ホルチス ヤマト

江戸〈洋学〉異聞（二）

熊木敏郎◉著
Toshiro Kumaki

雄山閣

近年洋學に関する史料の蒐集盛んに行はれ、之が為、西洋文物東漸の事跡益々明晰となれるは学界の為に欣ぶべき現象なりとす。然るに斯時に當り、北島見信の『紅毛天地二図贇説』の如きが埋没して、研究者の一顧に浴する能はざるは悔に遺憾に禁へざる所とす。

大正五年七月

文学博士　新村　出

（藤原集書　二一四）

【註釈】　北島見信が『紅毛天地二図贇説』に記載した「Fortis Yamato（和児知斯爺瑪多・ホルチス ヤマト）」とは、日本列島を中心とした島峡を包括する南北の海洋を含む広大な地域で、北島が「西洋建置大洲外新僭置一大洲」と称している一大版図である。この「ホルチス ヤマト」は、後の大正五年（一九一六）に、『贇説』を地理学書として高く評価した文学者新村出《にいむらいずる》によって「大日本洲」と名付けられている。もともと「Fortis（フォルティス）」というラテン語は、強い、勇敢な、潔い、強固、勇気、などの意味を持ち、例えば「Fortis romane（フォルティス ロマーネ）」は「勇敢なローマ人」などの呼格として使われる。また「Fortissimo（フォルティシモ・極めて強く）」という意味の楽譜記号*ff*もある。なお、ラテン語の「Hortare（フォルターレ）」、「Hortamini（フォルタミニ）」には「がんばれ」の意がある。

目次

(一) 天国からの手紙

享保二十一年・元文元年（一七三六）

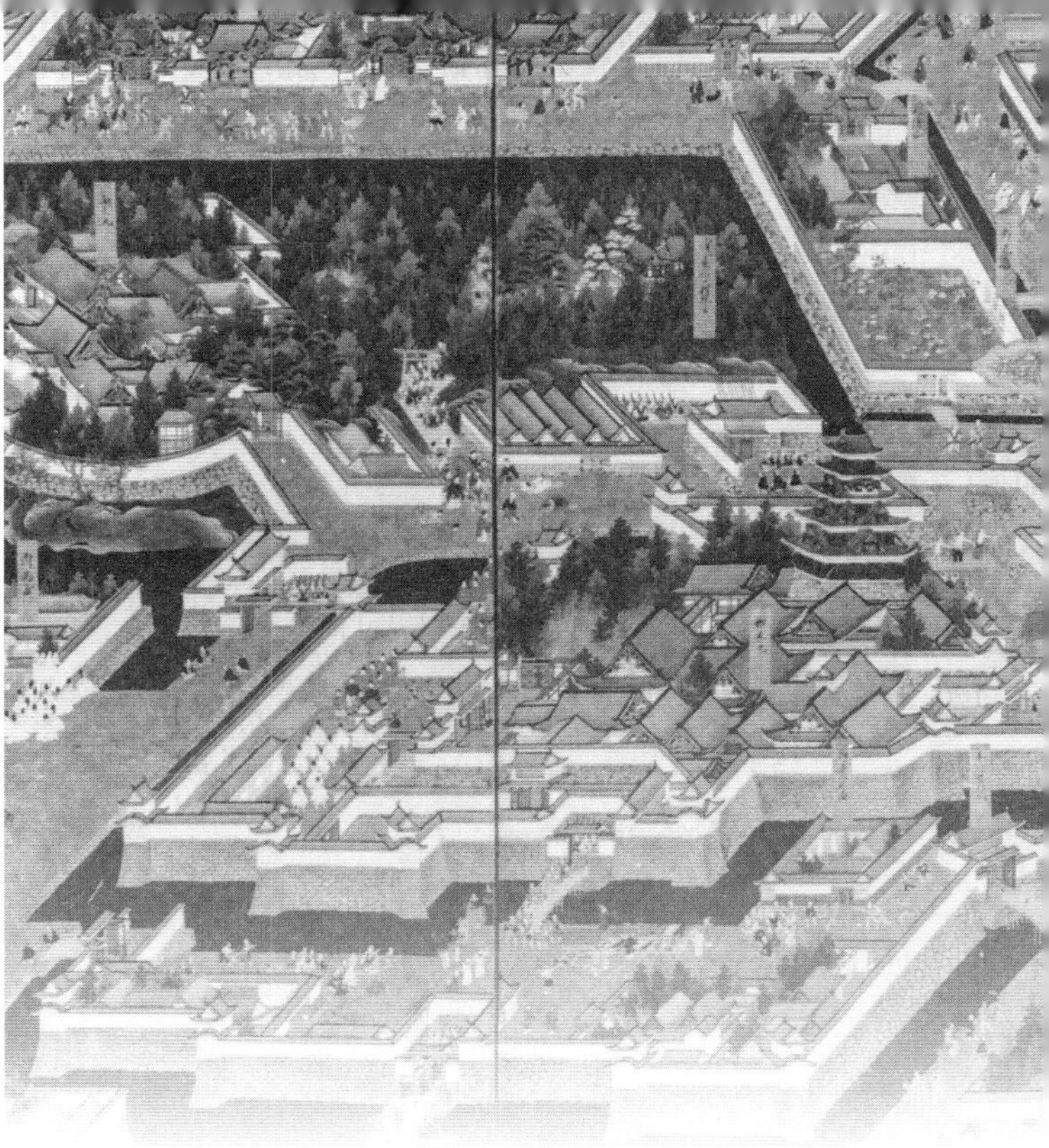

登場人物

吉雄藤三郎　三十七歳　小通詞
（長男）定次郎　十六歳　稽古通詞
今村明生（正之助・源右衛門）　十八歳　小通詞

図1　大音寺中門
（上野彦馬撮影・長崎大学附属図書館所蔵）

元文元年（一七三六）――四月二十八日、享保《きょうほう》二十一年より改元――も余すところあとひと月と少々になっていた。この「元文」改元は桜町天皇の践祚《せんそ》によるもので、『文選《もんぜん》』の「武創元基、文集大命」が出典となっている。

秋には、桜町天皇が即位されて初めて行う大嘗祭が八代将軍吉宗によって五十一年ぶりに復活されたので、久しぶりに京の街も賑わいをみせた。しかし、幕府は朝廷の権威を示すためにこれを行ったわけではなく、また、朝廷に対しての弾圧姿勢を緩めたのではないことは、この大嘗祭の様子を書いた出版物などを制限し、盛儀を広く知らしめることを避けようとしている姿勢からも明らかであった。

ここ長崎の奉行は、去る九月十八日に細井因幡守安明《いなばのかみやすあきら》が六十八歳で他界し、後任に窪田肥前守《ひぜんのかみ》が九月に着任していた。また、その相役は、先の佐渡奉行萩原伯耆守《ほうきのかみ》に発令されている。

細井安明が埋葬されている日蓮宗聖林山《せいりんざん》本蓮寺は、町の北側で立山《たてやま》の下の御朱印地にある。

細井の四十九日の法要は何日か前に行われたのだが、吉雄藤三郎は当日よんどころない用事があって失礼していた。それで、今日は、昼頃から息子の定次郎《ていじろう》を連れて本蓮寺へのお参りをするつもりでいた。ところが午前中、浄土宗正覚山大音寺《だいおんじ》から使いが来て、何か渡したいものがあるという。この大音寺には先輩の大通詞今村英生《えいせい》（享年六十六）が埋葬されている。英生は、細井安明逝去より四日後の九月二十二日に、まるであの世への道連れのように亡くなってしまった。

藤三郎は話しのあった大音寺から先にお参りするのがよいか、または旅立ちの順番どおり本蓮寺から大音寺への順路にするかを迷っていたが、息子の意見では、本蓮寺から大音寺へ右回りが正しい道順でしょうと言う。また、その順路途中には、吉雄家墓所の禅林寺《ぜんりんじ》もあるが、別な機会に改めてお参りした方がよいと思います、とも言った。藤三郎は自分に似た容貌や背丈の大きなこの息子が、意外に堅物かも知れないなと思った。まあどうでもいい理屈ではあるが、その通りにすることにした。平戸町から本蓮寺までは大した道のりではない。

聖護院蕪《しょうごいんかぶら》のような二つの頭が街並みを並んで行く。本五島町から新橋を渡り、大黒町から下筑後町の本蓮寺門前まですぐに着いた。

藤三郎はあらかじめ本蓮寺山門入口で氏名を記した紙片を提出し、墓参の許しを得て細井家墓前に花と線香を手向けるため墓地に向かった。墓域には未だ墨痕も新しい白木の墓標が建ててある。その正面には、

　珪幌院殿仁山安明日融居士

と書かれているので細井奉行の墓標と判る。その近くにも未だ新しい墓標があったが、何方《どなた》なのか、生前の人物はわからない。

奉行の墓標の前で藤三郎は膝を折り、太った体を丸めて目を瞑《つむ》り「南無妙法蓮華経」とお題目を唱えると、細井の四角張った大きな顔がふと頭に浮かんだ、こちらを見てにっこりと笑ったような気がして、藤三郎はあわてて両手を擦《こす》り、頭を下げた。

本堂に移り、大曼荼羅《だいまんだら》に御香料を供えていると、横の部屋からお坊さんが出て来て、和尚様より用事があるという。

親子でしばらく待っていると、法衣姿の老人が奥から静に現れて、両手を合わせながら、

「お待たせしましたな吉雄殿。先日お会いできなかったのでね。実は、細井家の故人から預かった物があるのでお渡ししたい」

和尚はそう言って、骨ばった手で懐《ふところ》から外紙で包んである書状を取り出した。

「〝吉雄藤三郎殿〟と外紙の表書きがあるので、家族から渡してほしいとの依頼が寺にあった。お受け取り頂きたい」

藤三郎は厳《いか》つい眉を寄せて目を白黒させている。預り物があると通知されたのは大音寺だったが。

「私に何か御遺言でしょうか」

「さあどうかね、中を読んでみないと分からない」

藤三郎は和尚と息子の顔を見て、

「立ち合いをお願いします。いま開封しますので」

と言い、封の部分に両手の太い指を掛けて封を破ろうとしたところ、和尚が衣の袖から小刀を取り出して藤三郎に渡した。

「大事な書類かも知れないので、丁寧に開封しましょう」

藤三郎は頭を下げて書状の封を小刀で切り書面を広げると次の文字が表れた。

追善佛法之留是恵
南無妙法蓮華経

「和尚様、これはどういう意味でありましょうか」

「読んで字の如く、善事を営むことは、仏様が之を留めて是の善事を恵むということだろうね。またお題目は、自らの仏の心を信じ、感謝の念を持ちながら行動しましょう、という意味に受け取ってよいだろう」

「封内に何かありますね」

藤三郎が、封書の中から掌に取り出したのは紙に包まれた小物で、その包みを広げると中に古銭が一個あった。それを和尚に渡すと、よく点検してから
「常平通宝《じょうへいつうほう》とあるから渡来銭だろう。日本では、寛永通宝が百年前から造られて発行されているからな。お寺の御賽銭はそればかりだよ」

「何で渡来銭がこの封書の中にあるのですか」

「私に聞かれても分からない。ただ故人より、吉雄殿に渡してほしいという意思があったことは事実だな。何かの記念のためか。まさか吉雄殿が、故人も承知の古銭収集家ということではないだろうし」

和尚の目がぐっとこちらを睨んだように見えて、藤三郎は、蕪頭の上の太い髷《まげ》を、とんでもないというように横に振る。このとき大男の定次郎がすっと頭を挙げて言う。

「和尚様に申し上げます。その古銭は受け取るこちらの心持ち次第だと思います。先ほどお題目の意味を、自らの仏の心を信じることとお教え下さいました。私どもは通用しない他国の古銭であっても、授かった銭を蔑ろにすることなく、世のため人のために役立つことを自分で工夫しなさい、という御指示と受け止めたいと思います」

本蓮寺の和尚は、自分の禿げあがった頭を手でポンポンと叩いて、

「なるほどその通りだ。今の世は深刻な通貨不足となっている。とても若年者とは思えない受け取り方だ。どうだ、このお寺を継ぐ気持ちはないか。立派な和尚になれる素質があるぞ」

代わりに藤三郎があわて蕪頭を下げながら、

「とんでもございません、御覧のとおりの若輩者でございます。余計な発言をして大変申しわけございませんでした。本日は誠に有難うございました」

そう挨拶して、親子は本堂を退出のため歩きかけたのだが、藤三郎が立ち止まって和尚に尋ねる。

「ちょっとお尋ねしてもよいでしょうか。細井家の墓域内にまだ新しい墓標がもう一つありましたが、何方様でしょうか」

「お奉行の御子息でな、安本《やすもと》様だ。お奉行より三ヵ月前に亡くなられた。享年二十三歳とまだお若いのにな」

「そうでしたか、南無妙法蓮華経」

父子は合掌し、和尚に深々と頭を下げてから薄暗い本堂を退出した。

大きな体の吉雄父子は、聖林山本蓮寺を後にして、下筑後町の通りを観善寺前まで東上してから南

東方向に右折し、豊後町から酒屋町の街並みを通過して、二股川の太鼓橋を渡る。磨屋《まや》町の掘割を越えるともうその先は山になっていて、裾野には大きな寺院が軒を並べている。

浄土宗正覚山大音寺は、鍛治屋町の御朱印地にあり、寺の山門までの参道は長い上り坂となっている。

藤三郎は山門を入る際一礼して、今度は「南無阿弥陀仏」と称名を唱えた。境内には大きな銀杏《いちょう》の樹があり、藤三郎は、一瞬江戸の小石川療養所の風景を想い出していた。大岡越前守忠相《ただすけ》との出会の場だ。

「小通詞の今村正之助さんですよ、いや、今は跡を継がれて明生《めいせい》さんです」

息子の定次郎にそう言われるまで、銀杏の傍《かたわ》らで頭を下げている若者に気付かなかった。

「やあ明生さんこんにちは。本日は今村先生のお墓参りですか」

明生は故英生とは異なり、藤三郎親子と同じような大きな体で、筋骨逞《たくま》しそうだ。顔も声も大きく藤三郎に負けない。

「いえ、和尚様から、父の遺品をお渡しするよう頼まれまして、お待ちしておりました」

藤三郎が今にも手を出しそうな様子で言う。

「それはどうもすみません。やはり大音寺さんでしたね。有難うございます」

それを見て定次郎が傍らから、

「せっかくお寺にきているので、先に御本尊の阿弥陀如来をお参りしてからにしてはどうでしょう」

明生は年少者からの提案に、顴骨《かんこつ》の張った顔を歪めて笑う。

「なるほど、そうでした」

藤三郎が取り成すように明生に言う。

「定次郎は少々堅物でね」

それから一同は本堂に上がって本尊様に首を傾け、称名念仏を唱え、故人の極楽往生を祈る。

「今、和尚様はお留守ですが、故人よりの宛名が吉雄通詞殿となっているので、お二人にお受取いただければと存じます」

明生は、紙に包んだ本のような物を懐から取り出して言う。

「有難うございます。では先ずは私が開けてみます」

藤三郎は厳つい眉を上げ、四角張った顎を突き出し、その包みを両手で頭上に上げてみせて受け取った。封を剝がして包みを開くと、中から和綴《わとじ》の冊子が一冊出て来た。中には細かなオランダ語が手書きでびっしりと記されている。

「これは、先生が長年お書き集めになったオランダ書の解読手引きだ。前に拝見したことがある」

藤三郎が目を明生に向けると、明生は深く頷いて言う。

「そうですか、実は私にも同じ冊子が残されております、多分同様の物でしょう」

定次郎が藤三郎から遺贈の解読書を見せられて、紙面を捲《めく》っていると、一通の薄い紙切れがハラリと本堂の床に落ちた。

「何だろう」

定次郎が拾い上げて藤三郎に渡す。藤三郎がそれを広げてみると、小さい横文字が紙面全体に書かれている。外国語の手紙らしいので、

「明生さん、お父上の忘れ物かもしれない。手紙のようだが」

明生はちょっと躊躇《ためら》いながら右手を挙げ、

「いや、これはもう我が家とは関係ありません。父が、承知の上で挟んでおいたものかもしれませんので、このままお二人でお持ちになって下さい」

藤三郎が手紙を指で摘まんだままでいると、定次郎がそれを受け取り、丁寧に畳んでまた冊子の元の場所に入れる。

「何だか分からないが、明生さんの言うように、今村先生がうっかり大事なものを冊子に入れ忘れるとは考えにくい。お前はどう思う」

藤三郎は厳つい眉を上げて息子の定次郎を見る。

「私は、大先生《おおせんせい》とはあまりお目にかかる機会がありませんでしたが、この一冊を吉雄親子が遺品として戴いた以上、明生先輩のご裁断のように、その中身については、何があってもすべて責任をもって事に当たる所存です」

「なるほど、明生殿、お聞きの通りだ。では謹んで遺贈品を拝受し、それを墓前にご報告しよう」

三人はそれから故今村英生の墓所に向かい、花と線香を手向けて称名を唱えた。

　知新院寛譽舊古居士
まだ新しい墓標には右のような法号が墨書されていた。

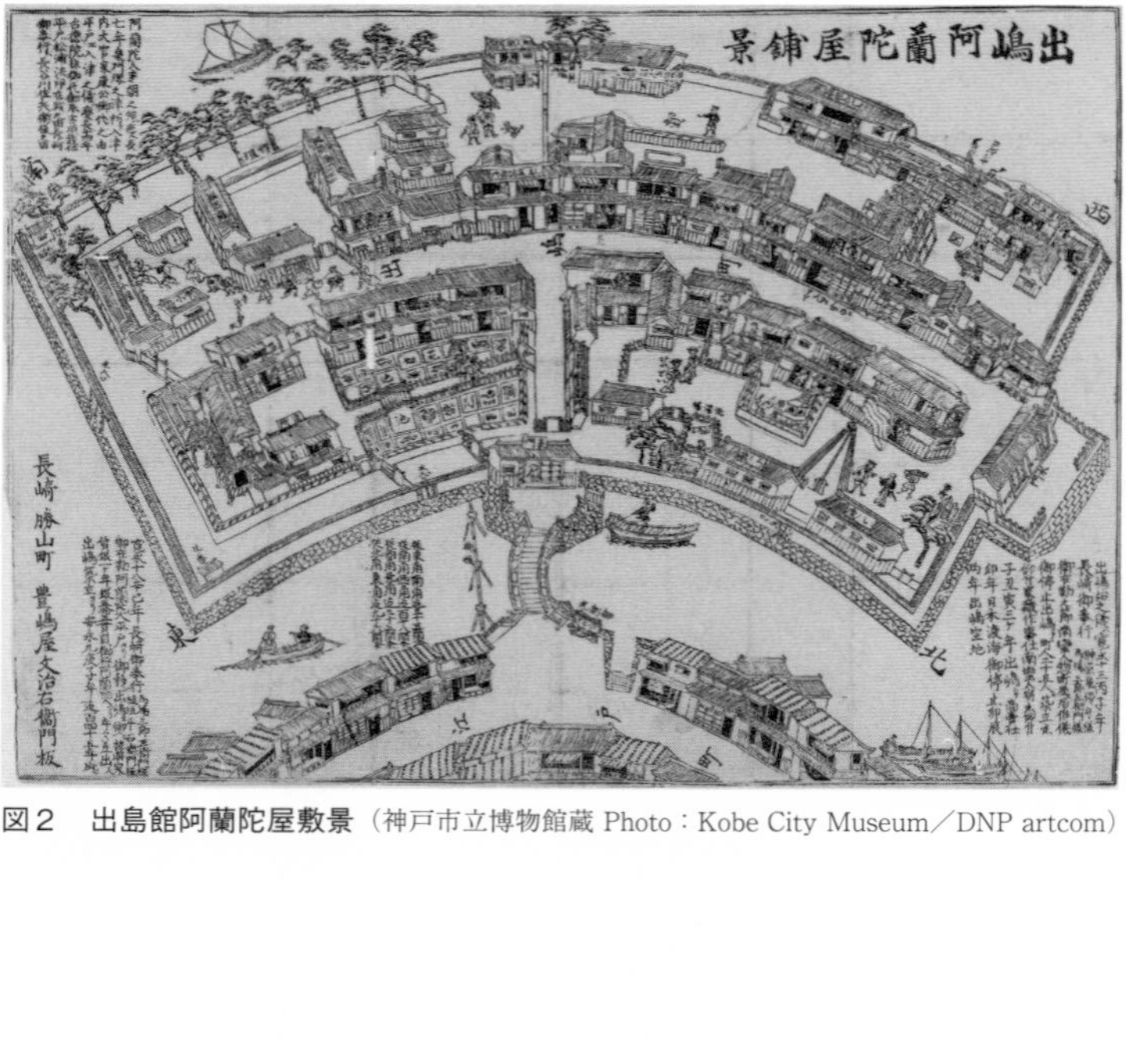

図２　**出島館阿蘭陀屋敷景**（神戸市立博物館蔵 Photo：Kobe City Museum／DNP artcom）

(二) 船長別邸　元文二年（一七三七）

登場人物

吉雄定次郎　十七歳　稽古通詞

今村明生　十九歳　小通詞

徳　次　五十歳位　くずねり

黒人少年　不詳　召使い

ヤン・ファン・デル・クルイッセ（クライセ）
三十七、八歳　長崎九十五代 商館長

ヨアン・デ・フレイス
三十歳位　副商館長

今日も隣の部屋からは鼻をくすぐる匂いが、梅雨空の湿った風に乗って漂《ただよ》ってくる。

知り合いの〝くずねり〟に聞いたところでは、オランダ人は、昼時は軽い食べ物にしているらしいが、それでも調理室では何かを煮たり焼いたりしていることが多いので、異国の香料が鼻を擽《くすぐ》るのだ。美味しそうな匂いだが、干魚を焼く焦げた匂いや、ウナギの蒲焼のタレの焼ける匂いなどとはまた違う。なんだか頭が痺れてくるような、魔術的な香りだ。

「定次郎どん、どうかしたのか」

隣にいた今村明生が声をかけるまで、右手に持っている齧《かじ》りかけの大きな握り飯が、宙の一点に止まっていた。

「いや、何でもありません。あれ、もう食べ終えたのですか」

「ああ、隣からのいい匂いをおかずにしてね」

やはり同じような感覚を覚えていたのだ、そう思うとなんだか安心した。

定次郎が急いで手の強飯の塊に再びかぶりついたとき、小屋の入り口の戸ががたついて開き、出島くずねりの徳次《とくじ》が入ってきた。「出島くずねり」というのは、奉行所からオランダ商館に派遣されている日本人の調理補助人である。商館のヘトル（荷倉役・貨物管理者）の指揮下に置かれていて、食料品の調達やオランダ商館調理人の手伝い、例えば調理材料の洗浄などが主な仕事だ。本来「葛練《くずね》り」は、葛粉を湯や水で練り戻すことの仕事人のようだが、ここの「出島くずねり」は調理人の下働きがそう呼ばれている。常勤者は三名で、簡単なオランダ語を理解し、江戸参府にも同行する。

「今日は珍しく昼からブレースゲレクト（肉料理）でね。館長も夜のお楽しみに備えているらしいよ。

へっ、へっ、へぇー」

徳次が顔を崩し横に伸びた大きな唇を少し開けて言う。道理で良い匂いがしてきた筈だ。

「ナチュルライク　ヴォ　イス　ヘット（もちろんそのとおりだよ、あの人は）」

そう言って明生は、また荒削の顔の大きな鼻孔を膨らませている。

「カピタンの勉強は予定通りありますか」

定次郎の心配そうな問い掛けに、明生は徳次の方を向いて、

「クライセさんは昼も頑張る人ですよ、ねえ徳さん」

徳次は、作業衣の懐から紙包みを取り出して傍《そば》の机に置いた。中からはカネールクウク（ビスケット）が表れた。

「ヘーレマール（まったくだ）、人使いもかなり荒い」

徳次にも何か身に覚えがありそうだ。今度は膨らんだ作業衣の腹から何か包みを取り出す。

「ところで正之助さん、実は以前、あんたの親父さんに渡してくれと頼まれていた物がある、極秘でね。壊れ物だから、落としたり重いものを乗せたりしたらだめと言われた。俺に頼んだオランダ人は商館員ではないが、前からよく日本に来ていたケイズル（ケイゼル）という調馬師だ」

徳次はそう言って、手拭いで毬栗《いがぐり》頭の汗を拭く。

「俺は中身は見ていないが、どうも金目の物ではないらしい。そのうち渡そうと思っていたのだが、今村先生は昨年天国へお旅立なされたと聞いた。オランダ人もバタビアに帰ってしまったので、もう返すことができない」

ごそごそと腹から取り出した紙包みを手で開けながら、

「俺もどうしていいか分らないまま時が経ってね。それで、今日息子さんが来るという話を耳にした。それじゃあ息子さんへ渡すのがいいかなと思った。そんなわけでここで預かった品物を渡しておくから、後はそちらで適当に処分してくれないか、遅くなって悪かったな」

徳次は、薄汚れた布の袋に入れた一合徳利ほどの大きさの堅いものを明生に渡した。

明生はそれを受け取って触ってみると、ごつごつした重みのある手触りだ。一瞬、面相を顰めたが、気を取り直して、

「徳さん、大変お世話をかけたね。中身は何だか分からないが、息子の私がこの品物を受け継ぎますから、ご心配なく。御礼は後程するとして、どうもありがとう」

明生は得体の知れない物を引き受けて嫌な気分だが、頭を下げながら言う。

「いや御礼ならケイズルからもう十分貰っている。心配いらない。トット　ケィク（それじゃあまたな）。帰りに探番《さぐりばん》に撫《な》ぜられないよう気を付けてな」

徳次は、肩の荷を下ろしたような気分になったのだろう、大きなおむすびのような顔を崩しながら冗談を言い、すっと部屋から出ていった。

探番は門番の下役で、オランダ館に出入りする遊女、禿《かむろ》、遣手《やりて》の監視役だ。不審な場合には、携帯品や身体の検査をするため、手で体を探るのでそう呼ばれている。

「明生さん、徳次は預かり物が何だか、包みを開けて見たかもしれませんね」

定次郎が確信的に言うと、

「ああ見ただろうよ、あまり金目な物ではないと目利きをして、こちらへ遣《よこ》したのさ」

明生は徳次の行動を見通していた。

「今日の勉強会は、このトルケン　コレージ（通詞部屋）ですか」

定次郎はどうもさっきから研修が気になっているようだ。

「まさか、遊女部屋ではないだろう」

明生は、徳次の布包みを懐深く捻《ね》じ込んだ。そのとき出入口が開いて、逆光に黒い影が立った。上の黒い丸い部分から二つの鏃《やじり》のような白目と、笑って剝き出した歯だけが際立って白く見えた。オッペルホーフト（商館長・ポルトガル語のカピタン）の使いで来た召使いの黒人少年だ。通詞部屋の二人を呼びに来たらしい。

「ショウ（正）、テイジ〈定次〉、ブラーフ（おりこう）、ウィトバァアレン（出港だよ）」

本日の勉強会は、花園（植物園）にあるカピテイン（船長）の別屋で行うという。

若年の小通詞や、稽古通訳等には、通訳技術の練習のため、時々商館での研修会が、奉行所から義務付けされている。出島商館側もこれには協力している。通詞のオランダ語の会話訓練には、オランダ人との生の会話を必要とするので、こうした研修が実施されているのだ。

本来研修会には、通詞目付や奉行所目付が同席することになっている。キリスト教関連の知識輸入を防止するための監視役であった。また、島の中は、係の番人が中の人間の動きを四六時中監視する体制になっている。しかし、何か事件でもない限りは中の人物の行動には無関心だ。今では、双方とも禁止行為が己に不利なことをよく理解していて、違反行為は発生しない。従って目付が立ち会うことも殆どない。

扇島の右先端にある通詞部屋から、左下の花園までの中央通りを歩くことになる。見張りの番所は島の四隅にあるので、家屋の立ち並ぶ通りを歩くのはそれほど目立たない。黒人少年の案内でゆっくりと花園に向かう。明生がくずねり徳次に以前聞いた話では、扇島の中央通りの長さは、オランダ人の歩幅で二百三十六歩あり、扇島の総坪数は三千九百六十九坪一分であるという。徳次は何故か出島の寸法にも詳しい。「二三《にさん》が六《ろく》、散々苦労の十九拝《じゅうきゅうはい》」と覚えろと言われた。


表門左側の花園（植物園）右上角にある船長別邸は、モミ材の木造で建てられ、一階が物置、二階が事務所兼住居となっている。二階には商館長のクルイッセ（日本人にはクライセと呼ばれている）と、フェイトール（副商館長・ポルトガル語のヘトル）のヨアン・デ・フレイスが待っていた。クライセは背が高く、金髪で顎と鼻が尖っている。目は薄い青色だ。印象としてはやや独善的な性格の感じがする。やや鼻にかかったオランダ語で言う。

「やあ諸君御苦労さん。今日は人数が少ないので、いろいろな器具の説明のためにここへ場所を移したのだ。フェイスには後で実技を指導してもらうことをお願いしてある」

茶色の髪で、濃い顎髭のある小太りの男がフェイスである。目の色も茶色だ。その目をくるりと回して、フェイスは「まあゆっくりいこうぜ。お若い通詞さん」と言う。明生と定次郎は頭を下げて挨拶する。お若い通詞さんと呼ばれたが、二人は背丈が彼らとほぼ同じで、体格も大きく引けを取らない。

「ショウにテイジ。不明な言葉などは聞き流さず、必ず挙手して聞き直すこと。よいかな」

クライセは分かり易いようにゆっくりと話す。

「最初は、基本的な問題となる時間について話そう。日本の時刻はこの表で示されるが、これは他国では通用しない。我々の時間は、ここにある時計によって測り、現在はどの国でも使われている」

フェイスが壁に貼ってある江戸時刻図と、机の上にあるオランダ時計を指しながら、「ついでに言えば、年号も本当は万国共通なんだがね」と口を挿む。クライセがフェイスの方を向いて首を振り、その話は止めておけと合図をする。クライセはまたゆっくり話す。

「簡単に言えば、年間の日照の時刻は時期によって異なるので、日中と夜間の長さが変わる。日本では、日中を効果的に配分して暮らす方法を選択し、日没から夜明けまでは夜とし、休みと定めている。つまり不定時法を一般生活に使用しているのだ。夜明けを明けの六《む》つ、日暮れを暮れの六つなどと言っていることはわかるな」

聴講生の二人は、フェイスより与えられた用紙と鉛筆で、必死に言葉の要点を記している。

「日本の器用な鍛冶職人が、その不定時法の表示を機械の仕組みに取り込んでいる。時間の遅速を調整する二個の天符《てんぷ》を使った和時計を作成しているのだ。それは承知しているね。ここに実物はないが、写生したものがある」

フェイスが、四角錐形の台に載せた二挺天符の和時計を描いた図を見せる。

「西洋では日照時間に関係なく、今は一日を二十四等分法で時刻を定めて暮らしている。昼夜は関係ないが、普通は六時から十八時迄の十二時間が昼間で、あとの十二時間は夜間だ。ここまではよいかな」

クライセが右の人指し指を上に向けて念を押す。二人には大体の意味は通じているので、「はい」と頷くように頭を下げる。

「どちらにもそれぞれ生活に適応した工夫があって、長くこれに基づいた習慣が根付いている。従って、一般住民には特に問題ないように見える」

二人の顔を見比べて、少し間をとってからクライセが続ける。

「しかし、物を造る職人などには大変重要な問題で、何か金属で物を造るときなどに、ある物質と別の物質とを混ぜて、一定の時刻だけ火で熱することがある。この場合には、誰にも通じる正確な時間が必要なんだ。加工する時間が異なると別の物になったりする」

クライセは少し難しい説明になってきたかなと思い、首を二、三度振る。

「例えば、もう少し身近な問題として、食べ物を煮たり焼いたりすることを思い浮かべてもいい。これに要する適当な時刻は人の経験も大事だが、その積み重ねで出来る一定の決まった時の長さを、物差しとした方が便利だろう。何事も予め正確な時刻が判っていれば、それを適度に配分して、皆が楽しく一日を生活することができるようになるだろう。繰り返しになるが、金属を使った器具や道具、または人を助ける薬物などを製造するためには、加工する時を正確に計測することが必要だ。火力と時間、これが鍵となる。そればかりではないぞ、大きな声では言えないが、船や戦闘用の武器なども各種の金属部品を加工して造っているのだよ……質問が無ければ次の課題に移るが、よいかな」

クライセは戦闘用などの言葉をうっかり使ったことを後悔した。余計なことはこれ以上言うまいと思ったときに、定次郎が手を挙げた。クライセは指をさして言う。

「どうぞ、テイジ」

「薬を造るのに、金属を扱うような火力が必要ですか。私は薬草を天日で干したり、湯煎したりすることしか知りません」

クライセは機密に属する製薬の問題は避けるつもりでいたが、やむなく言う。

「よい質問だ。薬には鉱物の薬物もある。それを造るには、鉱石を溶かしたり、加工したりするための高い火力が必要なのだ。一定の時間もだ。私は専門家ではないので、そう簡単に説明することは出来ないが、鉱物質からの薬物製法も二、三聞いたことがある」

クライセは、古代より鉱物のシナバー（辰砂《しんしゃ》）から、不老長寿の霊薬を精製していたことなどが頭に浮かんだが、ここでは話さないようにした。定次郎はそれ以上の回答は無理だと思ってあっさり引き下がる。

「はいわかりました」

次に、クライセは部屋の中をぐるりと指差しながら、茶色の眉をぐっと上げて言う。

「この部屋にある物はね、我らが日本国に持ち込んでいる本方《もとかた》荷物（貿易品）ではなく、商館員や船員達の脇《わき》荷物（私物品）が多いのだ。本当はあまり公開したくない物品であるが、君たちの将来のために特別に見せておきたい。だから関係者には内緒にしておいてくれ」

部屋のあちこちには銅細工、陶器、ガラス細工、鼈甲、琥珀、珊瑚などの各種加工品が、並べたターヘル（机）の上に置かれている。別のターヘルには、各種の鋏や外科器具などが無造作に並べてある。また、壁には、暦学用品や猟銃なども掛けられている。一つの机には地球儀が置かれていて、その傍には大きな望遠鏡があった。

クライセがそこに立って、若い聴講生二人を手招きして呼び、望遠鏡を指さして言う。

「君たちも望遠鏡は知っているだろう」

小太りのフェイスが寄ってきて、茶色の顎髭を撫ぜながら言う。

「我が国の眼鏡職人であるサハリアス・ヤンセンが、百三十年ほど前に作ったのだ」

クライセは、フェイスの自慢そうな言い方を嗜《たしな》めるような目付きをしながら言う。

「最初の発明者には数人の名前があって正確なことは分からない。しかし、オランダで特許の申請があったのは確からしい。だが天文学の発展は、この望遠鏡のお陰であると言える。これを使ったイタリアのガリレオ・ガリレイの星の世界の新発見によってね。『星界の報告』にその成果が発表されてから、この望遠鏡も天体に向けられたわけだろう、ただの遠眼鏡としてではなくね」

クライセは次のターヘルに移動しながら、両腕を上で大きな輪にして見せてから、次に両手で小さな輪を作る。

「大きな世界から小さな世界へどうぞ」

そこには鉄で出来た小型の円筒形の機械が載せてあった。

「小さい物を見る望遠鏡だよ。虫や黴《かび》が大きく見える」

フェイスがまた横から口を出す。

「これも先のヤンセン父子が発明した。そうですよね館長」

今度は館長を立てている。

「そうだよ。同じようにレンズを組み合わて作るものだから、遠くを見るか、近くを見るかの用途の違いだけのことで、眼鏡屋さんとしてはちょっと頭を捻るだけで出来る話だ」

何だか簡単そうな話になっているが、二人には当面未知の世界となっている。フェイスが機械の上の円い筒を指さして
「ほら、ここを覗いてごらん」

明生がその上に目を据えると、円筒の下で何か小さな虫が蠢いているのが見える。

「本当だ、何だろうこれは」

定次郎も続いて同じように覗いてみて
「小さな虫ですね」

フェイスが両手を広げ、口をへの字に曲げてから言う。

「ダニの一種だ、家中の何処にでもいるよ」

普段は見えない小さな生き物がよく見えている。何倍かに拡大されて見えるわけだ。なるほど小さい望遠鏡に違いない。

クライセは両手を添えて腰を左右に動かしながら
「今日の研修はこの程度で終わりとしよう、何か質問があるかな」

明生が手を挙げると
「ショウ、どうぞ」

「これらの機械類は個人で誰でも買えるのですか。また、既に長崎で買った人は居るのですか」

「それは言えない。先に言ったように、ここにあるのは個人の所有物なのだ。どれも持ち主がいて、それぞれの思惑がある。贈答品かもしれない。一般人を対象にした物産展ではないのだ。また、館内の品物が何処へ動くかについての管理者が必要なのは、基本的には本方荷物だけだ。早い話、これらは内緒の品物だよ。何か欲しいものでもあるのか」

「いえ、今は特にありません」

早い話が館員達の余禄物品なのだ。定次郎が恐る恐る手を挙げた。

「テイジ、何だろうか」

「はい、鋏の所にある機械類は、医者の道具ですか」

「そうだ、外科の道具類だが、どう使うかについては外科の医師でないと説明できないよ。興味があるのか」

「はい」

すると、フェイスが横にいた定次郎の右腕を掴んで持ち上げ、鋸《のこぎり》で切る手術の真似をしながら言う。

「痛みますか、我慢して下さい。すぐに切り落としますから」

これを見た背の高いクライセが、フェイスに近寄ってきて腰を屈め、眉を顰めながら顔を寄せる。そして、急に眼玉を剝き、かすれた小声で言う。

「お前さんの大事な所を切り落としてもらったらどうだ、荒い目の鋸でな」

フェイスは、一瞬クライセの青灰色の目に、無慈悲な魂のかけらを見付けたように寒気を感じた。フェイスは定次郎の腕を突き離して、身震いし「おお大変だ、もう悪いことはしません、神様」と言って、亀の子のように首を肩に引き込めながら、両手で股を押さえる。クライセは背を伸ばし、大きな声で一同に告げる。

「さあ、今日はこのくらいで勉強は終わりにしよう。御苦労でした」

定次郎が右腕の肘を一、二度折り曲げてから、その手をクライセに向けて挙げる。

「テイジ、まだ何かあるのか」

クライセが笑顔を作ってそう言い、定次郎の手を握った。

「すいません。調馬師のケイゼルさんが、今、何処にいるのかを知りたいのです」

クライセの笑顔が消えて、一瞬体を固くしたが、握っている手をさっと放し、

「私も君と同じだ。彼の居場所は誰にも分からない。生きているかどうかもな。さよなら」

召使いの黒人少年がやってきて、部屋から明生、定次郎を送り出す。

二人が通りに出て振り返ると、船長別邸の入口前で、黒い塊の中の白い歯が動き、両手が上で左右に揺れている。そこから唐語でさよならという声が風に乗ってきた。

「サイチェン（再会）」

明生と定次郎は、外へ出てきた解放感から思い切り大きな深呼吸をし、大きな体を前後に折り曲げる。

「どうだった、今日の見学研修は」

明生は大きな顎を無理に動かして、草臥《くたび》れた声を出す。定次郎は言う。

「欲しい物だらけです。でも書物は見なかったですね」

「そうだね。日本ではまだ購読が許可されてないためだろう。正規には幕府への贈呈本しか入ってこないのだ。ところで、最後に調馬師ケイゼルさんの居場所を聞いていたね」

「ええ、父に頼まれていたので」

明生は懐の固い品物が少々気になっている。

「定次郎どん、少し時間をくれないか。これを一緒に見てもらいたいのだが……」

そう言って懐の上からそれを撫ぜてみる。

「ああいいですよ。じゃあ、また通詞部屋に戻りましょう」

二人は島の右端にある部屋に戻り、用心のため部屋の戸に心張棒を当てがった。明生が、机の上で懐の品物の布を取ると、茶筒のような大きさの厚いガラス瓶が出てきた。きっちりと共蓋で塞がれていて、上から糸で厳重に巻かれ、蠟で封じてある。

「何だろうね、定次郎どん」

明生は、一刀彫に削ったような顔を顰める。

「きっちりと蓋がされていて、中に白っぽい粉のような物が入っていますよ、ああ、ここに横文字の書かれた紙が張ってあります」

紙には、
MERCURIUS　SUBLIMATUS　CORROSIVUS
と書かれていたが二人には判らない。

「オランダ語ではありませんよ、明生さん」

「私もそう思うが、どうしよう」

二人はしばらく思案するが、判らない物をそのままにしておけないという考え方は同じだった。結論として、定次郎の父親の藤三郎に相談することで同意し、後日、これを定次郎が吉雄宅に持参することとなった。

図３　妙見菩薩
（土佐秀信著『増補諸宗 佛像図彙』より）

（三）妙見菩薩《みょうけんぼさつ》

元文二年（一七三七）

登場人物

吉雄藤三郎　三十八歳　小通詞
（長男）定次郎　十七歳　稽古通詞
今村明生　十九歳　小通詞
石河隋柳　七十六歳　御隠居
（隋柳の養女）葵　十六歳　家臣の孤児
神代吉蔵　四十歳位　唐通事
又兵衛　五十歳位　家　人

長崎港の北東部には、正一位諏訪方社《すわかたしゃ》が鎮座している。ここは港の全体が一望できる位置にあり、神域は立山を背景にした広大な城郭造りとなっている。西脇には立山役所や高名な寺院が立ち並び、代官所などの役所で固められているが、諏訪社東側山手の土地は、二股川の上流を跨いで散在する農家の水田となっている。

入梅の曇り空から時折小雨がさっと降り、足元も少しぬかっている。その田んぼの畦道を、大きな図体をした三人の男が一列に歩いている。先頭は、髪を大きな頭の後ろに纏めたひょろ長い年少者の稽古通詞吉雄定次郎で、何か風呂敷包みを背負っている。続いて筋肉質でごつい顔に似合わず、綺麗に剃った月代《さかやき》に銀杏型に形よく髷を整えた小通詞の今村明生は小包を抱えている。一番後ろには、肥満体で蕪大根のような頭に、だらしなく髻《もとどり》を載せている小通詞の吉雄藤三郎が手ぶらで歩く。

諏訪社左側の森を背負ったところに西山《にしやま》という郷《さと》があり、山の中腹に小さな神社が見えてきた。北辰妙見尊王《ほくしんみょうけんそんのう》を祀る妙見社だ。西山妙見社と呼ばれている。享保四年（一七一九）に、長崎聖堂学長で唐通事の蘆草拙《ろそうせつ》が、諏訪社吟味役村田四次郎と共に社殿を建立したものだ。御祭神の妙見菩薩は善悪を見通す力を持つ菩薩で、北極星を神格化した中国思想では、北辰天帝と位置づけされている。諏訪信仰とも関連して信仰されているので、同じ場所に祀られることもある。また、地方によっては、女神である養蚕神とも習合されている菩薩だ。

その西山妙見社の森がある山を回り、奥に見える無尽山の方角に向かう。細い山道を休み休み登り、三人がようやく山の中腹にある岩屋に辿り着いたときには、昼の上刻になっていた。

隠遁者の隠れ家のようなこの庵は、石河隋柳《いしこずいりゅう》の隠居所となっている。

石河土佐守政郷《まささと》（隋柳）は、正徳五年（一七一五）から享保十一年（一七二六）まで、長崎奉行を務めていたが、職を辞してからは、娘婿の庄九郎政朝《まさとも》が御目付に任官され家を継ぎ、七十歳以後は、江戸屋敷よりもここ西山の岩屋に隠棲しているので、西山の御隠居と言われている。

今村明生は、かなり以前に父親の英生と一緒に、この隠居所を訪れたことがある。当時の岩屋には、二、三の家人の他に、近所の農家から数名の女人が通ってきて、雑用を行っているようだった。

坂道を登ると、楓の木立が蔽う台地が開けていて、岩屋の表口に続く平石の延べ段が見えてくる。三人が、その飛び石を伝わりながら入口に近づくと、何処からか一匹の大きな犬が現れて、こちらに近づいてきた。この犬はまだ生きていたのか、と明生が手を出すと鼻を近寄せてきた。

「噛まれませんか、明生さん」

定次郎が心配そうに言う。犬は噛みつく様子もなく、頭を上げ明生の顔を見て、首を二、三度振ってから何処かへ消えていった。

「前に一度匂い付けしたので、まだ覚えていたのかな」

「抱えているお土産の方に注目していたらしいです」

明生がそう言って犬の臭覚に感心する。定次郎は、犬が明生の顔付に恐れたのかなと思ったが、当たり障りのない言葉で済ませている。

草庵の背後は大きな洞窟になっていて、蔵造りのような建物が中の方へ続いているようだ。

十五、六歳位の円い顔の娘が入口近くに立ってこちらを見ている。髪は無造作に後ろで束ねたままだ。吉雄藤三郎が数日前に、書面で本日の面談お伺いを届けているが、特に不許可の返書がなかったので、大丈夫であろうと思い、三人で連れ立って来た。藤三郎は、相手がどのような立場の娘であるのか分からないが、丁寧に口上を述べる。声は相変わらず大きい。

「吉雄藤三郎他二名、御隠居様に御面会致したく参上しました。よろしく御取次をお願いします」

すると、その娘は小袖の腕を回して、何も言わずに奥に引っ込んでいった。少し待たされたので、

「生憎御隠居は居ないのかな」と藤三郎が呟《つぶや》くと、「おう、老《お》い耄《ぼ》れなら一人居るゾ」奥からしわがれ声がして、白髪頭の老人が出て来た。

「あっ、申し訳ありません。吉雄藤三郎です」

「まあ、皆上がれ。ただ先客が居るよ」

老人はそう言って奥の部屋に入り、大卓《だいたく》を前にした木製の大きな椅子に腰を下ろす。床も廊下と同じ板張りである。

「椅子の方が足に負担が掛からないのでな」

皆が入室を躊躇っているので、老人は部屋の様式を先に説明する。坊主頭の男が椅子からすっと立ち上がった。四十年配の長身の痩せた男で、着物は夏大島の絣の着物を着ている。一礼して挨拶する。

「既に顔見知りの方も居られますが、唐小通事助《とうこつうじじょ》の神代吉蔵《くましろきちぞう》です」

隠居の隋柳が、

「狭い長崎の街だ、唐通事とオランダ通詞だからな、職業柄何処かで会っているだろう」

明生がすぐ反応した。

「絵を勉強されている御子息彦之進さんとは、以前から知り合いの仲です」

彦之進は遠縁から入った神代家の養子で、長崎に渡来した唐人画家沈南蘋《ちんなんぴん》の下で数年修業している。年齢が明生とほぼ同じなので、知り合いとなっていたようだ。藤三郎は続けて言う。

「私は青貝屋《あおがい》の長崎店で、神代さんを一度お見掛けしました」

坊主頭の切れ長の目が一瞬鋭い光を見せた。定次郎は神代とは面識がないようだ。

藤三郎は、定次郎が背負ってきた家にあったウェイン（ワイン）と、明生が抱えて来た塩鯛の包みを差し出しながら、

「在り合わせの粗品ですが、お納め下さい」

「やあ、有難う。今、家の者が帰ってくるのでな、暫く待ってくれ」

隋柳がそう言って神代の坊主頭を見た。神代吉蔵は、彼らの持参品を横目で見ながら、自分もお土産には珍しい唐菓子の清浄歓喜団《せいじょうかんきだん》（お香茶巾菓子）を持ってきていたので安心していた。それよりも、後の客である三人が、どのような用件で来たのか大いに興味があった。が、留まる正当な理由がない。ぐずぐずしていると隋柳に腹を読まれそうな気がする。見切りが肝心だ、そろそろ退散しよう。

「御隠居様、本日はこれにて失礼致します。また改めて御連絡させて頂きます」

「昼時だ、一緒に飯を食べていかないか」

神代もその話に乗るほどの野暮天ではない。誰も見送りに出ないが、玄関先で振り返り、中の方に深く一礼して林を出て行く。前庭には先の犬と娘の姿が見えた。

四人となった部屋では、隋柳が土産物を奥に片付けてきてから言う。

「庭に一人の娘が居たであろう。旧家臣の娘でな。わけがあって、わしが養女にして育てている。

母親もしばらく前に亡くなっているのでな」

この娘は旧家臣井上平馬の愛娘だ。平馬は、享保四年（一七一九）のカピタン江戸参府に随行したが、その道中で急死した。表向きは発狂自殺ということになっている。そのとき、母親の体には既に子供が宿っていたため、当時、長崎奉行であった石河は責任を感じ、残された遺族の親子に対し手段を講じて、数年間山里の農家に隠した。ところが、母親も隋柳が隠居した後に病没してしまったので、やむなく娘を養子として引き取っていたのだ。

「本人はこの山荘が気に入っているらしいが、勉学のこともあるので思案している」

「名前は何と言いますか」

年少の定次郎が隋柳に尋ねる。

「葵《あおい》と言う名だ。母親が名付けていた。葵の花に、亡き父親との思い出があるのだそうだ。まあ、それは後の話でよいのだが」

隋柳はごそごそと懐から手紙を取り出して、

「この文では、調馬師ケイゼル氏のことで、何か相談があるとあるが、どんなことかな」

翁面のように皺の入った顔を藤三郎に向ける。

「こちらの今村明生殿の父上、英生大通詞がケイゼル氏より贈られた物品の件で、私が相談を受けたのですが、よく分かりませんでしたので、氏と関連があった御隠居様に、何か解明の糸口を教えていただければと参上致したわけです」

そう言いながら、藤三郎は厳《いか》つい眉を上に押し上げて明生を見る。

明生は、人形師が糸で操って首を吊り上げているように隋柳を向く。

「以前、父英生の供で一度お目に掛かっておりますが、今村明生と申します。本日はお忙しいところ申し訳ありません。実は、その品物はこれです」

懐から、茶入大のギヤマン筒を取り出して隋柳に渡す。

「生前の英生宛に、出島の中で、ケイゼルさんが知り合いの厨房職に口頭で託した物だそうです。付属文書は何もなかったようです」

隋柳は矯《た》めつ眇《すが》めつギヤマン筒を眺めていたが、少しの間、藤三郎を見てから、

「記載はラテン語らしいが、私には中身の意味は分からない。封じ込め方から見て、何等かの薬物であろうがね」

明生はこれを聞いて付け加えて言った。

「生前父は、ケイゼル氏から馬の治療薬について色々と指導を受けていました。その中で、何かの薬物を依頼していたのかも知れません」

隋柳は右手を挙げて、待てのような恰好をし、

「多分これは薬物だ。だが馬の物とは限らないぞ。馬の薬物ならば、英生大通詞が書かれた書物にも記載されているだろう」

隋柳はそう言いながら、ふと別のある事件が頭に浮かんだが、無論、ここでは発言を控えた。

「ではこうしよう。私の知り合いでラテン語の研究者を紹介しよう、この薬物の謎解きのためにな。但し、この現物を持ち歩くことは止めたほうがいい。落としてギヤマン筒が破損する恐れもあるのでな。

先ず筒のラテン語を皆で書いておきなさい」

　写しは家にもあるが、藤三郎は隋柳の指示を素直に受け、ラテン語を写して持った。明生が手を挙げて言う。

「お願いがあります。この薬物をしばらく、御隠居様にお預りいただくことはできませんか」

　隋柳は少し考えてから言う。

「私自身が預かるのはどうも無理な話だ。こちらはもう老い耄れてきているからね。もっと安全な場所がある。そこへ安置するのがよいだろう」

「そうですか、お任せします」

　明生は、突っ張った首の骨を緩めて、肩の荷を下ろしたような様子を示した。一方、藤三郎は一瞬大きな目を窄《すぼ》め、複雑な顔を見せたが黙ったままだ。

　そのとき、裏口の方から数名の人声が聞こえて来た。家人が帰ってきたらしい。馬の嘶《いなな》きも聞こえる。

「おう、ちょうど家の者が戻ってきたようだ」

　隋柳が裏の方に回っていったので、しばらくの間待たされている。

「明生さん、この品物を御隠居に預けてしまっていいのですか」

　定次郎が言うと、

「この物件が何であれ、今、これを誰も必要としてはいない。第一、これはあまりよい品物ではないような気がする。父はそれを知っていたのかも知れないがね」

　明生は、得体の知れない所持品に気が重いのだろう。定次郎が気休めに言う。

「まあ、ラテン語が解読されて、品物が分かれば、使い道があるかもしれませんね」

「そうだな」

「皆さん、こちらへ来てくれないか」

奥の方から御隠居のしわがれ声が掛かった。顔や腕が日焼けした壮年の家人の案内で廊下を進むと、そのまま廊下が岩屋の中の御堂のような建物に続いている。しかし、岩屋に入る前で厚い漆喰の壁が通路を塞いでいた。

「火災を予防するように隔壁が造られているのだ」

隋柳がそう言って、家人に御堂の扉の鍵を開けさせる。堂内は真っ暗だったが、家人が入って何か操作すると、左側の天井から明るい光が入った。日の光を受けて、右側に南向きの白い祭壇が浮かび上がる。

「岩の割れ目から日が入るのだ」

隋柳が日光の由来を説明する。祭壇は雛壇状になっていて、その中央部に置かれた古びた台座には、豊かな衣装を纏い、長い髪を両脇に下ろし、両手を前に組んだ神像の御姿が見える。三尺（約一メートル）位の御像だ。一筋の光線がお顔の辺りを照らし、荘厳な佇まいを創る。祭壇の回りの奥には板壁らしい障壁が見えるが、その両脇がどうなっているのかは、暗くて分からない。

「木造の童子形《どうじがた》妙見菩薩だ」

明生が前に出る顎先に手を添え、直感的に感じた印象を口にする。

「この菩薩は女神ですか」

「髪が長いことから女神と決めることはできない。しかも、道教の神々は長髪のことが多い。この菩薩が女神かどうか不明だが、大陸から渡られてきている」

今度は、定次郎が目玉をくるりと回して疑問を述べる。

「西山妙見社の菩薩とはどのような関係ですか」

隋柳が小尉《こじょう》（翁の能面）のような顔を上に向けたが、その表情は分からない。

「よい質問だ。無論のこと妙見菩薩が祀られている。但し、画像神霊のお姿でな。実はこちらが妙見社の奥社となっていて、この御像が西山妙見社の本尊様なのだよ。岩屋で保護しているのだ。無法者の盗難や、付け火による火災を避けるためにな」

そこで一同は改めて御本尊様に対して頭を下げて手を合わせる。このとき、定次郎は、草庵の入口で出会った娘のおどおどした目がふと浮かんだ。葵という名の不運な孤児である。

三人は御本尊が菩薩なので、柏手の作法が必要なのかどうか迷った。今回は誰も拍手を打っていない。仏法のお題目もない。隋柳はただ両手を合わせているだけだ。祭壇には神社らしい神具も見当たらない。ただ妙見菩薩に降り注ぐ天からの光だけがある。

三人は何か不思議な雰囲気を感じているのだ。隋柳は見学者の疑問を見越したように説明する。

「ここは、あちらの妙見社や諏訪社とは違い、通常は参拝人がお参りする場所ではない。奥の院だからな。但し、申し出れば誰でも、年間の御開帳日には、この御本尊様をお参り出来ることになっている」

藤三郎は無言でお堂の中を見回していた。

「珍しい御台座ですね」

「紅木《こうぎ》という印度南部の銘木で造られている。もとは花台として使われたものかも知れない。木肌にとら（縞模様）が綺麗に出ている」

「恰好もいいですね」

「円式五脚の姿が美しい。妙見様の御像の台座には、よく大亀や麒麟などの御神獣が用いられているようだが、北辰《ほくしん》との関係もあるのだろう。実はこの御台はね、ある知り合いから寄進されたものだよ」

そのとき、下の方から何かゴトゴトという音響と、重い振動が響いてきたが、岩屋の中でのことなので分からない。藤三郎は、この音は何処かで聴いたことがあったが、思い出せない。

随柳は藤三郎の不審顔を見て、

「あれは、ここの連中が仕事をしている証拠さ」

そう言ってから隋柳は、すっと藤三郎に近寄ってきて、

「吉雄殿、葵の勉学相談を頼んでもよいかな。どうしてもオランダ語を習いたいのだそうだ」

藤三郎は戸惑って、太い眉を上げ下げしながら答える。

「そうですか分かりました。考えてみます」

藤三郎の軽々しい返事に、そばにいる定次郎が心配顔で父親の耳にそっと言う。

「妙見様の前ですよ。何でもお見通しの菩薩ですからね」

藤三郎は、大きな図体を小さく丸めて小声で言う。

「分かっているよ。でも今は俺にもよく分からないんだ」

この様子を少し離れて見ていた隋柳は、小さな体を今度は明生に向けて言う。

「今村殿が入手した薬物らしい物は、この妙見様に預けることにするが、よいかな。このお堂の中に」

念を押すような言い方だ。

「有難いことです。妙見様にお守り頂けるのであれば、これ以上の安心はありません。天国の父も感謝しているでしょう」

隋柳は、懐から木綿の布で造られた巾着のような小袋を取り出した。白い生地の表にも裏にも、妙見社の印などは記されてない。中には小箱が入れてあるようだ。先程待たされているときに、この袋を用意していたのであろう。

「この袋をお守り代わりに持っていきなさい。その中には妙見様が預った証票のようなものが入れてあるのでね。時期が来て、品物を受け取りたい場合にはそれを持参すればよい。いや、相手が私でなくともいいのだ。私もいつまでもこの世にいるわけではないからな。そのときは、ここの誰かが相手を確かめて、預かった品物を渡すことにしてある。この証票の正当な持参者にね」

隋柳は皆を岩堂の外に誘導して、今度は、岩屋前から東に延びる渡り廊下を進む。隋柳の後ろを歩いていた藤三郎の腹の虫が、このとき大きく鳴いた。横の空き地では手拭いを冠った女人が、梅の土用干しの支度をしている。隋柳は前を向いたまま、

「腹が空いたろう。先程家の者が、ふくれ饅頭と出汁《だし》かけ饂飩《うどん》を用意していたよ」

廊下の先に板張りの広い部屋があり、中央には大きな囲炉裏が切ってある。今は炉を塞ぎ、脚を下ろす穴に変えてありて、その全体に机のような脚をもつ板を渡してある。囲炉裏ターフルだ。

一同が机を囲んで足を下ろすと、五十前後の猟師のような家人が、無言で小皿、茶碗、箸などを机上に配り、大きな徳利を主人の傍に置く。細面で白い歯が目立つこの男は、身の捌《さば》きが壮年のようで、動きに無駄がない。

「家人の又兵衛だ、夫婦で家事を取り仕切ってくれている。配下はまだ何名かいるが仕事中だ。この社では、畑作物を町に卸しているのだよ」

隋柳は台所へ通じる土間を指さして言う。

「水は隅の甕に、山からの湧水が流れている。お湯もあちらの鉄瓶で湧いている。酒はここにある。好きなものを自分でやってくれ」

そう言って徳利から酒を自分の茶碗に注ぐ。家人が、手長だこ、ぼらの煮つけ、牛蒡と里芋の煮つけなどを盛った大皿を机に置いて行く。

「魚は家人が時々港に買い出しに行く。牛蒡や里芋などは土に埋めて置いたものだ。皆さん遠慮なく食べてくれないか」

「頂きます」

藤三郎は大声で言い、煮物を皿にとる。酒よりも先ず腹の虫を押さえなければならない。饅頭はこれからのようだが、などと食べる手順が頭をよぎる。

明生と定次郎は、交互に部屋の隅へ行って、甕から何杯か水を汲んで飲む。喉が渇いていた。隋柳は酒で喉を湿しながら、にこやかにこの様子を見ていたが、

「ところで先にも言ったように、ギヤマンのラテン語を解明するつもりなら紹介する人物があるが、

どうするかな」

三人は、急いで座を改めながら異口同音に言う。

「よろしくお願いします」

隋柳はちょっと間を置いてから、

「その前に聞いてみたかったが、今回の問題で私を訊ねる思案をしたのは何方だろう。今村殿の息子さんかな」

名指しされた明生は、大きな目鼻を更に開いて藤三郎を見る。藤三郎はその強い視線を受け、反射的に顔を隋柳に向け、蕪頭を下げて言う。

「私です。先生のお名前は、故今村英生大通詞とケイゼル氏との日常会話の中で知っていました。何でも天文方との関連で、ラテン語をよく御理解されているという話でした」

隋柳は翁顔を苦笑いに変えて、

「あのお二人もとんだ買い被りをされたものだ。私などは全くの不勉強者だ。ラテン語を知る長崎の天文学者では、少し前まで西川如見《じょけん》がいたが、既に故人となっている。現在、ラテン書を読み解ける人間などはめったに居ないよ。ただこれから紹介する北島見信《けんしん》氏はかなり勉強している。まあ、頼んでみるが、あまり期待が過ぎると当てが外れる。私の場合のようにな」

隋柳は囲炉裏から腰を上げて、「ちょっと土間を覗いてくる」と言って部屋を出ていった。

残された三人が、黙々と大皿の煮物に箸を運んでいると、家人が熱々のふくれ饅頭を竹笊《たけざる》に沢山入れて運んできた。

「熱いですよ。中は甘い味噌餡《みそあん》です。かけ饂飩も食べますか」

まだ食べられるかなという家人の心配があったらしい。

「はい、頂きます」

誰かの大きい返事があったが、藤三郎の声に似ていた。

三人が出された食事を食べ終わった頃、隋柳が一通の手紙を持って戻ってきた。

「北島殿への手紙を書いた。単なる人物紹介状だが、持参して尋ねてみたらどうかね。この近くだが、居所は又兵衛に聞いてくれ。但し、天文学者だから、薬物の件は知らないかもしれない。まあ少々変わり者だが、会って損はない筈だ」

「いろいろと有難うございます。皆で大変御馳走になってしまいました」

三人は隋柳に深く感謝の言葉を述べて席を立つ。藤三郎は確かに腹の虫を満足させた。また、明生と定次郎もあっという間に平らげている。三人には田舎風の調理が珍しかったのであろう。

隋柳は廊下で北島氏への手紙を渡しながら、藤三郎へそっと言う。

「突然の北島訪問でも差し支えないよ、連絡しておくのでな。また来てくれ。葵のオランダ語勉学の相談もあるのでな」

家人の又兵衛が、来訪者三人を送り、楓の林が続く庭先を抜けてやや広い道に出た。歩きやすい処まで案内してくれるらしい。定次郎は、葵という娘と、大きな犬を目で探したがその姿はなかった。

三人は又兵衛に誘導されて、来るときに登ってきた道とは異なり、無尽山から西山の中腹の樹々に覆われた広い平坦な山道を南に進む。この道は下方からは見えない木陰にある。

しばらく行くと、意外に近い距離に西山妙見社の社《やしろ》が見えた。妙見社と奥の院を結ぶ参道ということか。近づくと妙見社の森もかなりの広さがある。小さな社殿の裏庭には、西山の御隠居所と同じように楓の林があった。又兵衛は、林の中を北の方向に反転して山側の大きな岩陰に進む。そこに一本の道が現れた。

「北島様はこの社を下ったところですが」

又兵衛が藤三郎に向いて意向を聞く。藤三郎は手ぶらでお宅に伺うのもどうかと思った。

「一旦、家に帰ってからにします」

そう答えると、二人の若者はきょとんとした顔付をしている。

「では、こちらの道を進んで行ってください」

又兵衛はそう言いながら、少し奥の方にある別の道を指さす。皆がその方向に進み、程よい処まで来てから、赤銅色の顔を振り返りながら手を振って別れていった。

「こんな大きな通りがあったのですね」

「全くだ。この道なら大砲でも運べるな」

「又兵衛さんが先ほど別れ際に教えてくれましたが、しばらく先に二股があって、左に進むと立山役所に出るそうです」

明生と藤三郎の会話を聞きながら、定次郎は考えている。地図にない私的なこの道は、長崎港東北の西山と、北奥の御船蔵のある馬込とを結ぶ、大きな抜け道となっているのではないだろうか。反対に、山荘を北の方向に通過すれば、長崎裏街道として重要な役割を持つ道路となる。今は、その真ん中を流れる立山川の上流にいる。その観点で考えると、山荘は極めて重要な位置にある。立山役所と馬込の御船蔵との分岐点に位置するわけだ。何で西山が選ばれたのだろうか。そこまで考えてから、

「明生さんすいません。その二股を右に進んでみたいのですが、いけませんか」

「街に出るのが遠くなると思うよ、左の道を行くようにとのことだったが……」

「いや、それほどの違いはないでしょう。馬込に出ると本蓮寺までは僅かな距離だと思います」

藤三郎はのんびりと言う。

「飯も喰ったし、まだ時間もあるから、回り道して行こう。又兵衛さんの言うように、岩場の風景が面白い」

三人が進むと、程なく道が左右に分かれた二股地点に着いた。見た目では右通りの方が幅が広く、本道らしい風情だ。左側は整備されている様子が見られない。無論、何の道標もない。

定次郎が、「すいません、左奥をちょっと見てきます」と言って左側の道を駆けて行ったが、すぐに戻ってきた。

「やはり先細りの道になっています。立山川の縁の道に出るものと思えます。右に進んでみましょう」

三人が、定次郎の考えに釣られて右の大道をかなりの距離歩むと、前方に大きな山が現れた。麓には小川が流れているようだ。気が付くと既に道は自然林と同化している。下方にあるらしい沢に降りる樵《きこり》道などもないようだ。そこで一同は、ここが行き止まりの道だと気付いた。しかし、実は築城術における行き止まり道の一つで、少し手前に迂回路の入口があったのだ。

定次郎は、二人に頭を下げてしきりに蕪頭を掻く。

「見当違いでした。申し訳ありません」

「道は確かに広いが、どうもあまり使われていないような気がする」

明生が大きな鼻の穴を膨らます。このとき、三人が隠道に戻って、もう少し上流に足を進めていたならば、また状況が変わっていたのかもしれない。

「二股まで引き返そう」

藤三郎は、不精に結われた頭の髷を反らして言い、年長者としての判断をする。三人は無言で元の二股地点に戻った。道は所々で左の山側に大きな岩盤の露出を見た。

「そんなに古い道ではないらしいが、まるで幽霊街道のようです」

定次郎はそう言って、又兵衛の助言を信じなかったことを後悔した。そのとき、はるか先方の岩陰に、孤児の葵と犬の姿が横切っていったような気がした。目を擦ってその周りを見直したが、何も居ない。葵がこんなところに居るわけがないので、余程自分の印象に残っていたのだろうと思った。

間もなく三人は、二股に戻ってから別の道に足を進める。定次郎が観察したように、道幅は徐々に狭まって林の中に入り、はじめはかなりの急坂であったが、緩い下り路になっていった。遠くの方からは流れの音が聞こえてくる。暫らくは思ったより緩い坂の道が続く。林を抜けると、広く視界が開けて、ゆったりとした立山川の流れが下る風景となる。その先には、立山の麓にある寺々と街並みと、長崎の港が立体的に組み合わさり、一幅の見事な鳥瞰図のように見えている。

三人はしばらく風景に見惚れてから、それぞれに感想を述べる。

「綺麗な眺めですね」

「今まで知らなかったよ。こんな場所があることをさ」

「諏訪社の裏側だからな、気付かない所だよ」

藤三郎は最後にそう言ってから、ふとあることに気が付いた。

「俺は小便をしてくるから、川縁で待っていてくれないか」

二人を先に行かしてから、おもむろに林の中へ放尿する。この川下は岩原の御目付屋敷だ。その南側には、川続きに立山役所がある。

この立山川は、上流からこの辺りまではかなり急流もあったが、これから下流には岩場などはない。目の前の岸辺までは船で遡ることができる。ここからならば、奥への緩やかな坂を通って牛馬の荷車でも十分な荷物が運べるだろう。

――そうだ、立山役所の改築や、岩原御目付屋敷の建設と同時に上の裏街道ができたのだ。新設のこの坂道を使って……

藤三郎は、一瞬目から鱗が落ちたように視界が開けた感じがした。

――しかし待てよ、一体誰が、何のためその裏街道を使うのだ。

ここの立山役所から、また馬込に出来た船着場からも、長崎の街を迂回した道路は、長崎町民が目にすることなく、物資を九州各地へ移動できる。そうした公《おおやけ》の道路の近辺に、妙見社やその奥の院が何故造られたのか。御隠居の奉行時代前後にだ。

――何かあるぞ、これは。

藤三郎が、既に用を為し終えた放尿の姿のままで考えていると、息子の定次郎が向こうの方から大声で怒鳴る。

「まだ小便が出ませんか」

藤三郎は出したままにしていた物を急いで引っ込め、前を合わせながら川縁に出た。

「北島先生訪問は後日にしよう。忙しい先生の家に、手ぶらで何かを教わりには行けないからね」

藤三郎は、二人を前にして、照れ臭い笑いで繕いながら年配者らしい配慮を示そうとしたが、今の言葉が先刻の繰り返しであることに気付いていない。

こうして一同は、日を改めて、教わった天文学者北島見信の宅を訪れることになった。

藤三郎には、北島氏訪問よりも、先程自分が思い付いた裏街道の謎、ケイゼルの手紙にあった御隠居との関連などを、更に追及していくことが優先事項となっていた。

見掛けだけ大きな頭の中身は、今、全く未整理の状態となっている。

（四）失われる金銀

元文二年（一七三七）

登場人物

吉雄藤三郎　三十八歳　小通詞

（長男）定次郎　十七歳　稽古通詞

高木作右衛門　五十歳位　町年寄

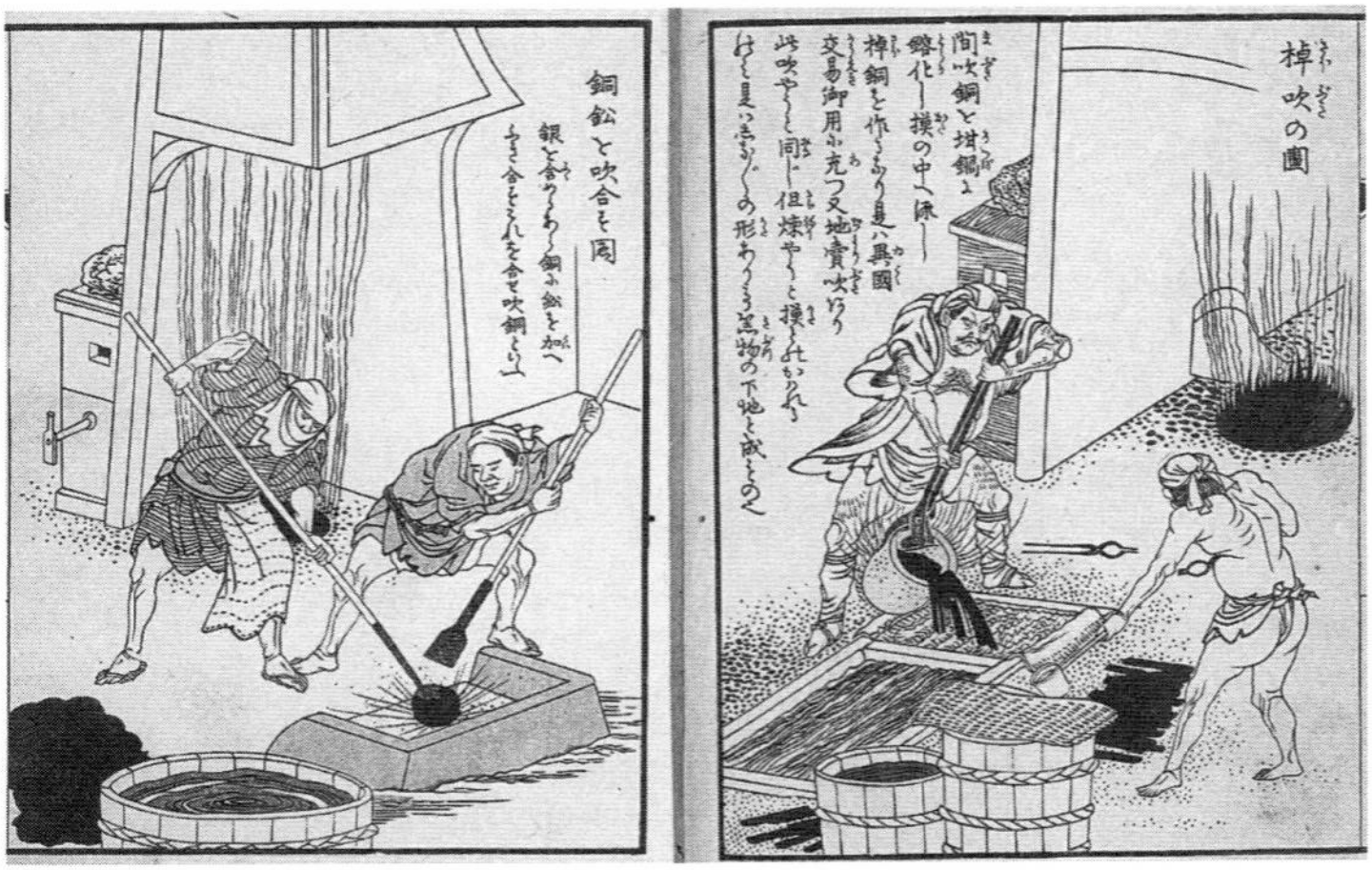

図４　輸出用棹銅の製法図（「鼓銅図録」国立国会図書館ウェブサイトより）

藤三郎は、残されたケイゼルの手紙と、御隠居の元長崎奉行石河隋柳訪問によって混乱している頭の整理をするため、先ずは随柳時代の情報収集の必要性を感した。そこで色々と考えた末、父親の時代から懇意にしている町年寄で、御用物《ごようもつ》役の高木作右衛門を勝山町の屋敷に訪ね、彼の豊富な知識を頂くことにした。しかし、訪問には何か尤もらしい理由を付けなければならない。幸い息子定次郎が、通詞として現在長崎蘭学の将来に強い不安を持っている。この定次郎を連れて、稽古通詞就任挨拶に来たことにしてはどうだろうか。定次郎の将来展望を開きたい親心とすれば、相手も定次郎も合点するだろう。定次郎に高木訪問の話をしてみると、是非同道させてもらいたいとのことである。

　書面を書き、家人を走らせて高木邸に届けたところ、先方から早速返事があって、本日昼八つ頃の面会を承諾された。手土産には、先代の当主吉雄寿山がかねてより地下蔵に所蔵していたウェイン数本と、知り合いの漁師から真鯛を購入した。

勝山町は目と鼻の先の距離である。

二人が高木家を訪れて、家人に玄関脇の座敷に通されて待っていると、奥から五十年配のよい男が入ってきた。着物は紺の木綿に博多帯と質素であるが、何だか堂々としていて、既に重厚な風格が備わっている。背は高く、全体に太り気味、顔の造作がすべて大形で目鼻立ちも整っている。髭剃り跡も青々としていて、このまま江戸歌舞伎の舞台に立ってもおかしくない面相だ。

「やあ、御挨拶を頂戴して忝《かたじけな》い。息子さんも若いのによく勉強しているようだな」

よく響く声も爽やかである。

「これからもよろしくお願い申し上げます」

親子が揃って大きな頭を下げる。

「何か尋ねたいことがあったのだろう。遠慮なく言ってくれないか。前に会ったのは、確か楢林長右衛門小通詞と一緒であったと記憶している。彼も若いのに数年前に亡くなってしまったね」

作右衛門は、こちらの訪問の意図を既に読んでいるのかも知れない。藤三郎はその一瞬、楢林栄実《しげみつ》の細面と、薄い顎髭が目に浮かんだ。

「生きていたら、今頃、また一緒にお伺いしていましたのに、残念です」

作右衛門も、そうだろうなというように頷いている。藤三郎が畏《かしこ》まって

「本日は、長崎新令と蘭学への影響について、高木様のご見解をお尋ね致したく、親子で参上致しました」

あらかじめ用意していた訪問の目的を述べ、顔を横に向けて、定次郎を見ながら付け加えた。

「実は、息子が、蘭学の今後を心配しておりまして」

藤三郎は、蘭学について、息子には強い不安があることを強調したつもりである。作右衛門は唐突の課題を持ってこられ、少しの間、意外な顔をしたが、

「なるほど、よいところに気付いている。大変重要な問題だ」

その後、少し間を置いて頭を傾げながら、

「しかし、要領よく話が出来るような課題ではないよ。あれこれと複雑な経緯《いきさつ》があってね。先ずは今までの経過を簡単に振り返ってみよう。その上で、現在、何が問題なのかを共に考えてみることだろう。各々の立場でね。局面の打開を図る必要があるだろうからな」

作右衛門は手を叩いて家人を呼ぶ。家人が、盆に菓子を添えたお茶を銘々に配り、主人から帳簿を持ってくるように言付けられて奥に下がる。

「先年（享保十九年）、お奉行の監督の下で長崎会所が出来たことは知っているな。これで長崎の貿易及び地方《じかた》の組織、機能が整備された。町年寄、商人を主体とする自治的な運営によってだ」

そこで作右衛門は、そばに運ばれている手付き煙草盆から羅宇の長めな煙管を取る。煙草入れから刻み煙草を摘まみ、右の指で軽く丸めて雁首の火皿に載せ、古伊万里の八角縁起紋《はっかくえんぎもん》の付いた火入の火種に近寄せる。遠火で火を点けて深く吸い込んだ。全身に行き渡る陶然としたこの煙の魔力には、つい負けてしまう。向かい側の二人から見ていると、一連の動作が、さながら糸で操られているようにゆっくりと動いている。町年寄はその間に話の進行を考えているのだろう。

「一先ずこの会所の話は置いておき、これからは一旦時を少し遡ることになる。長崎新令（または正徳新令）とは、正確には海舶互市新令《かいはくごししんれい》という法令のことだ。これは新井白石殿が建議して、正徳五年（一七一五）に出された国際貿易を制限する法令だ。くどくど言っても仕方がないが、白石殿らには、このままの長崎貿易を続けると、オランダと清に、日本の金銀をすべて持ち去られるという恐怖心が湧いていたようだ」

作右衛門が家人の持ってきた帳簿を開き、

「彼らの計算では、当時までの六十年間に、金約二百四十万両弱、銀三十七万両強が国外に流出していて、徐々に切り替えている代替の銅についても、十一億斤強が相手国に渡っている事態となっている。今後、更にこの状態が続くならば、あと五十年足らずで、日本の金銀は底を突く筈だという。銅も同じだ。今の鉱山には限りがある。それは全くその通りであることを我らも十分理解している。しかし、我々の貿易形態が、長崎の町民・商人の手による自治組織に一括統制され、改革・改善がなされるならば、金銀銅の流出も抑制されていくことは間違いない。我らにはその自信があった。外国貿易の規制による貿易量の減少という町にとって破滅的な手段を選ぶよりも、組織改革の方を先行すべきではないか。そんな考えがあることを、当時派遣されて法令立案の立役者となっていた新長崎奉行大岡備前守清相《きよすけ》殿にもよく理解してもらっていた。ここまではよいかな」

作左右衛門はそう言って両人を眺めたが、二人は特に反応は示してない。息子の定次郎は、澄んだ眼を大きく開いてこちらを注目し、時々頷きながら聞いていた。しかし、同じ大きな眼であるが、しきりに右左に動かしている父親の藤三郎は、全体的にあまり落ち着きのない素振りである。作右衛門は右手で煙管を握り、雁首を左手の平に軽く打ちつけて、消えたままの火皿の灰を火入れに落とす。新しい刻み煙草は摘まむことなく、右指で煙管を挿んで左右に回している。

「大岡殿はその後、享保元年（一七一六）に『崎陽群談《きようぐんだん》』という十二巻の書を編纂している。長崎の当時の行財政についての記述だ。『世界地誌』の内容も参考になる。息子さんも外国地誌に興味があるようだから一度読んでみたらどうかな」

「はい、有難うございます」

定次郎は親譲りの蕪頭を下げた。

「彼は残念にもその翌年に亡くなってしまった。在職中で三十九歳という働き盛りだった」

作右衛門は刻み煙草を捻って、火皿に軽く詰め火入れにかざして火を点けた。三回ばかり煙が吸われて火皿が赤くなり、灰となってゆく。

「話を戻すが、長崎会所は長崎貿易を運営するための商人組織でね、清国、オランダとの貿易の総勘定所となっている。享保十九年に元方《もとかた》、払方《はらいかた》の二部局制を設けて、組織と機能を独占的に集中した。無論、利益金の一部はお上に運上金として納めているが、一部は地下《じげ》配分銀として町民にも配分している。さて、結論に進むが、白石殿の新令は、長崎貿易において定高《さだめだか》を超える積荷に関しては、代物替《だいぶつがえ》のみ決済を認めるという制度だ。日本製品の輸出を増やすための方策となる」

ここで青い顔をした藤三郎が右手を挙げて申し出る。

「すいません。お手洗いを拝借したいのですが」

「ああそうか、先ほどから我慢していたのだろう」

作右衛門が手を叩いて家人を呼び、藤三郎を手洗いに案内させる。

「定次郎さん、貴方は大丈夫かな。蘭学をもっと勉強したいそうだな。頑張ってやりなさい。この国では言葉は話せるが、蘭書を和解(日本語訳)したり、蘭語で物を書ける人が殆ど居ない、残念な話だが。心ある人ならば、それでよいとは思っていないだろう。しかし、お上はキリスト教を恐れるあまりそうした機会を抑制しているのだ。私の家は、初代がキリスト教を廃棄して以来仏教徒だが、八代目の私は、西洋文明までを拒絶するつもりはない」

ここへ藤三郎がさっぱりとした顔付きになって帰ってきた。

「吉雄殿、話を続けてもよいかな」

「はい、途中で失礼しました」

藤三郎が頭を下げる。

「改めて話を纏めると、長崎港貿易の第一期は元亀二年(一五七一)、ポルトガル船の寄港に始まった南蛮貿易、これは寛永十六年(一六三九)にポルトガル人が追放されるまで続いた。寛永十八年には平戸からオランダ商館が出島に移設された。後に通商していた唐人も特定地域に居住許可となる。これが現在の第二期貿易となっている。第一期では、ポルトガルは生糸で多量の金銀を日本から持ち出した。幕府は慶長九年(一六〇四)から明暦元年(一六五五)まで、糸割符《いとわっぷ》制度を制定して、生糸の価格制限が行われたが、唐人商人の抵抗があって廃止されている。相対売買仕方《あいたいばいばいしかた》による自由貿易となったわけだ」

作右衛門は、茶碗の白湯を口に含んで、聞いている親子の様子を大きな目玉でじろりと眺めた。二人とも眠そうな顔付ではないようだ。手元の帳面を捲りながら白湯を飲み込み、また話を続ける。

「しかしこの結果、再び貿易量が増えたため、金銀の流出が増大する。そこで、今度は寛文十二年（一六七二）から貞享元年（一六八四）まで、輸入品の値段を入札によって決定し、市法会所《しほうかいしょ》が一括購入する制度（貨物市法）を策定した。しかし、これも唐人商人の薄利多売による金銀流出が続いてあまり効果を上げなくなった。このため貞享二年には定高貿易法《さだめだかぼうえきほう》を制定し、貿易額を制限することになった。そして、唐船は年間銀六千貫目、オランダ船は年間三千貫目という上限を定めた。入船の多い唐船には、積荷高、出帆地、乗員数などを考慮して船毎に定高を決めた。その後、取引を重ねるうち、定高を超える積荷については、銅、俵物などとの物々交換による決済（代物替）を許可することになった。日本は、このようにあの手この手で金銀の流出を極力抑えていたが、先に述べたように、白石殿などは、このままで推移した場合の金銀、銅の消費減を見越して、更に厳しい手段を採ることにした。定高を減じ、それを超える積荷は代物替のみで決済することとし、国産生糸、陶器などの輸出を増加すること。また唐船には信牌《しんぱい》（許可証）を発行し、来航数を三十隻に制限することにした。即ちこれが正徳五年の海船互市新令となった。説明が重なるが、奉行所監督の下で、これらの長崎における貿易統制、会計事務を町民の自治組織で扱うのが長崎会所というわけだ」

作右衛門は帳面を閉じ、煙管をとって刻み煙草を雁首の火皿に詰めている。その動作を二人がぼんやりと眺めていると、くっきりと描いたような眉を上げて、

「よし、今度は二人に質問するがよいかな。金銀の産出が底を突いてきた。つまり相手に支払う貨幣が乏しい日本が、今後貿易においてどう対応していったらよいだろうか。どちらでもよいから答え

てくれ」

作右衛門に見つめられてぎくっとした藤三郎は、目を剝いて息子を見る。定次郎は、こちらに向けた親父の虚無的な目を見て、これはどんな解答も到底出てこない眼つきだと思った。お前が言ってくれという願いが込められている。自分がやるしかない。そう覚悟して手を挙げた。

作右衛門が定次郎を煙の漂う煙管の雁首で指す。

「はい、私は先ず輸入してきた外国商品を調べて、日本人が暮らして行くために是非必要な物品を選定します。次に、それに相応できる日本の産物を各地から見つけます。それらを目利き集団で価格を決めて等価交換する。支払う金がないのですから、仕方ありません」

作右衛門はまた煙管を右指で回す。

「そうか、やはり前から講じてきたやり方しか方法がないということか。今では会所が全力を挙げてそれを行っているのだ。吉雄どん、貴方は何か別な対策はないだろうか」

藤三郎はもう逃げられないことを覚悟した。右手で顔をつるりと撫ぜて答える。

「私は昔から計算が苦手で、金銭取引については全くわかりませんが、相手の欲しがる金銀銅以外の鉱物か、価値の高い細工物がもっとあればいいですね」

作右衛門は回している煙管を止めている。

「鉱物資源の探索と新産業の開発、それは重要な国家的課題だ。また、息子さんの答えにもあったように、各地に埋もれている産物の発見も必要な対策だろう。二人の意見は大変参考になった。有難い。物産会の開催を求めている商人も多いので、会所で参考にさせてもらう。さて、二人には通詞としてもう一つの問題があったな。オランダ貿易が縮小していく現状で、これからの蘭学についての見通しだ。唐船やオランダ船の入港が減らされると、通詞の仕事も減るのは避けられない。仕事が減ればやがて賃金にも影響が出ることが考えられる。やむを得ないことだ。しかし、先も申したように、海の向こうの西洋文明は急速に発展している。蘭学の必要性は益々重要となる。例えば、鉱物資源から金銀銅の分別法などがよい例だ。分別法を知らなかった時代には、実際に採れる量の半分くらいは捨てていた。目に見える物しか分からなかったからだ。そこで、問題は、どのようにして彼らの文明をこちらへ移入するかだ。その答えは簡単だ。蘭書の買い入れだよ」

作右衛門はここでまた煙草を雁首の火皿に詰める。火皿が二、三度赤く見えてから羅宇が左手の平に打たれる。

「楢林鎮山大通詞は、生前楢林流外科で有名だったが、故今村英生大通詞の愛弟子吉雄小通詞どんは何か目指していることはあるのかな。先代の寿山さんは医業をされていましたね」

藤三郎はぼんやりと背を丸めて羅宇の火皿を見ていたが、直接名指しされたので、その背を伸ばしてぼそぼそと答える。

「はい、肝付家は長崎移住後も通詞家業を継いでいたのですが、吉雄と改名した三代目は医業に専念していました。私は通詞品川家からの婿養子です。私の元の名は品川与兵衛でした。養父の吉雄寿山は通詞家を再興するつもりでしたが、私はあまり通詞の適性は無いようです。今村先生からいつも言われていました。声が大きく響くので通詞には向かないと。それで、江戸番では専ら小石川療養所の野呂元丈先生のところで本草に関する蘭書の和解を手伝っていました。私自身には何の目標もありませんが、目指すところは、この五代目定次郎が早く一人前になることだけです」

作右衛門は大きく頷きながら、

「いや謙遜されるのはわかるが、今村通詞亡き後、この長崎でポルトガル語も通訳できるのは、吉雄どんだけだということだ。来年はまた江戸番だそうですな。さて、定次郎さんはどんな通詞になりたいのかな」

定次郎は軽く頭を下げ、

「私も親譲りで、本来声は大きいのですが、場面によって小さくもできます。発声の調節は練習で可能です。私は蘭学の勉強は好きですから、将来もオランダ通詞を続けます。今のところの目標は、次の職制（大通詞）に上達することです。また、蘭学は何でもオランダ人から聞き出していくつもりです」

この青年がこの後、二十四歳で最年少の大通詞となり、幸左衛門、幸作、耕牛と出世魚のように名を変えていきながら、吉雄流外科の開祖となることは、今の作右衛門には想像できない。作右衛門は相好を崩して
「そうかそうか、その意気込みで勉強してくれ。将来、お上の許可が下りれば、蘭書の購入については助力するつもりだ。さて、これで本日の課題は終わりになったわけだが、まだ他に何かあれば遠慮なく言ってくれ」

最後の一節は切り上げの口上なのだが、それを忖度できない藤三郎が更に発言する。

「すいません、一つだけ教えてください。新令の細目を立案されるため御苦労されたお奉行の大岡

清相様は、在任中にお亡くなりになったそうですが、長崎で御病気になったのでしょうか。それとは別のことですが、江戸で世話になった調馬師ケイゼルの居所がお分かりでしたら、教えていただきたいのですが」

作右衛門の両眼が一瞬光り、煙管を右手で握りしめたが、すぐに元に戻り、指先で左右に回す。羅宇の回転がいつもより速かった。

「大岡様がお亡くなりになったのは、江戸に御帰任になってからだ。石河殿と交代してな。そこに何か問題があるのかな」

少し上向きになった作右衛門の顔が、藤三郎を斜に眺めている。鋭くなった目線を和らげるためだ。

「いえ、その頃、長崎でコレラが大流行し、大勢の死人が出た話を聞いていましたので、まさかと思ってお聞きしました」

「ああそうだったのか、いや心配いらない。コレラはお奉行までは届かない筈だ。それと、ケイゼル氏は南方に戻っているらしい、噂ではな……多分そうだろう。それではこれで引っ込みとするか」

親子が頭を下げて見送る中を、作右衛門は愛用の煙管を煙草盆に戻して、そそくさと席を立ち奥に入った。藤三郎は頭を下げたままで目の前の煙草盆を見つめている。

「どうかしましたか」

頭を挙げて定次郎が尋ねると

「いや何でもない。この煙管が最後にものを言ったのだ」

親子は、まだ脚の痺れを感じながら広大な高木邸の門を出た。外の道を歩きながら、藤三郎は首筋の汗を手拭いで拭っている。息子は、先程のキセルがものを言ったことにまだ納得していないようだ。

藤三郎はその説明を加えた。

「煙管回しだけではないよ、大きな目の動きにも注目していた。それで大事な最後の質問が効いて正体が現れた」

「正体ですか」

「石河、ケイゼル、高木の三者は相棒だ。今に分かる」

「ケイゼルは、南方に戻っているらしい噂があるといっていましたが」

「いや、そんなことはない。必ず私と会うことになっている。だが定次郎、この仕事はわし一人がやる。おまえはただオランダ書を解読することに専念して、よい医者になってくれ。いいな」

親子の会話ではそのようなやりとりが続いていた。

図５　望遠鏡をのぞく蘭人と洋犬図
（中右瑛著『阿蘭陀趣味』より／1984年・里文出版）

（五）

『紅毛天地二図贅説《こうもうてんちにずぜいせつ》』

元文二年（一七三七）

登場人物

吉雄定次郎　十七歳　通詞

今村明生　十九歳　小通詞

北島見信　年齢不詳　天文学者

西　善三郎　二十二歳　小通詞

吉雄藤三郎　三十八歳　小通詞

紗　月　四十歳位　藤三郎の妻

常　吉　六十五、六歳　大工棟梁

今村明生と吉雄定次郎は二人で天文家の北島見信《けんしん》の住所を訪ねた。厚い雲が西から東へゆっくり流れている。天文家の閑な時は昼の八つ頃だろう、という二人の推量で選んだ時刻である。

中島川沿岸鋳銭所《ちゅうせんじょ》跡に、正保四年（一六四七）、儒医向井元升《むかいげんしょう》が開設した孔子廟《こうしびょう》がある。その側の新大工町に北島邸はある。この廟の開設は、当時の長崎奉行馬場三郎左衛門の助力により、向井が私力で創設した。一般には長崎聖堂、または中島聖堂と呼ばれている儒学学問所である。また、この聖堂は、正徳三年（一七一三）には北島の師である蘆草拙が塾頭となっていたが、享保十四年（一七二九）に亡くなっている。

初めは定次郎の父親の藤三郎も同行する予定であったが、本人があまり北島訪問に積極的な態度を示さず、むしろ若い二人だけの方がよいだろう、などと息子の定次郎に言っていた。北島が儒学者で天文家であり、蘆草拙の高弟ということもあって、少し怯《ひる》んでいるような気配もあったが、当日になって、別の場所にある本《もと》大工町に所用ができたという理由で不参加となった。藤三郎の動きには、緩慢なようで時に果敢な行動もある。

藤三郎が訪問を避けた北島邸内は、今、北島の生涯で一番多忙な時期であり、気忙《きぜわ》しい所であった。この数ヵ月、訪問客はすべてお断りの状態で、面会に訪れる人はすべて門前払いを受けていた。その状態のところへ訪れた二人の若者は、当然同じ扱いを受けても仕方がないところであったが、幸運にも幾つかの偶然が重なっていた。

その一は、この数日行方知れずとなっていた愛猫のタマが、先ほど縁側に帰ってきていたこと。その二は、北島の持病である左側に偏る頭痛の発作が起こらなかったこと。三つ目は苦労していた天文学者ヨハネス・ヘベリウス著の星名地名原図書の和解・註釈書である『紅毛天地二図贅説』がほぼ完成したことである。

西山の御隠居からの手紙もあって、二人には本日特別に面会が許された。

玄関脇の待ち部屋からは隣の築地塀と小さな庭が見える。塀の傍らには薄《すすき》の群れが茎葉を伸ばし、既に数ヵ所に小穂を付けている。二人が、初尾花かな、などと思って見ていると、応接に出てきたのは顔見知りで先輩の小通詞《こ》西善三郎であった。自分たちより小冠者に見える瓜実顔に、程よく配置された涼しい目が笑っている。西は、父親が北島による紅毛書和解の仕事を手伝っていた関係で、このところ通い書生のように北島邸の雑事処理にこき使われていた。

通された部屋は南向きの庭に面した書斎で、畳の上は足の踏み場もなく、乱雑に置かれた書籍で散らかっている。

「その辺を片付けて座ってくれ」

ねじ曲がったような声でそう言った男は、毛並みが長い白猫をしっかりと懐に抱えている。あまり見かけない種類の猫だ。白猫は黒目の中心に白瓜の種のような瞳孔を少し開けている。こちらには興味を示していない目だ。

天文学者は広い天空を眺めているにも関わらず、萎びた狭い顔をしている。何故か口先が右側の方へねじれている。発言が曲がっているように聞こえたのはこのためか。訪問者の二人は、彼が同時に儒学者であるという概念から老人と決め付けていたが、体は小さいが手足はがっしりとしていて、実際はまだ若い年齢なのかもしれないと感じた。

儒学者は大きな目玉をぎょろつかせて、訪問者の二人から差し出された土産物を眺めてから、猫にも聞かせるように顔を下に向けて言う。

「おい善三郎、貰ったこのカステーラを切ってきてくれないか、タマにもあげるからな」

善三郎は土産物のウェインとカステーラをもって裏の方へ消えた。

北島は若い者二人にいびつな顔を向けて、捩れた発語で言う。

「ケェグト　ウェルゴ　スゥアム（コギトー　エルゴー　スム・われ思う故に我あり）、ウェラル　ハァナム　イスト（エラレ　フマヌム　エスト・誤るのが人間である）、などは知っているな。用件は隠居の手紙で判っている。だが、吉雄藤三郎は長崎で数少ないラテン語を読む一人だ。何故こちらへわざわざ息子達を寄越したのだ」

二人には返事が出来ない。

「そのラテン語を書いた紙があるのだろう。見せてくれ」

北島が大きな目玉を双方に走らせると、今村明生が懐から財布を出し、その中に挟んだ紙切れを丁寧に伸ばして差し出す。そこには次の文字が記されていた。

MERCURIUS　SUBLIMTUS　CORROSIVUS

北見はそれを片手で受け取り

「これは水銀を加工した物質名だ。正確な名称は分からないが」

「水銀ですか」

どちらかの問いに、相変わらず曲がったラテン語が土瓶の注ぎ口のようなところから出てくる。

「メークル（メルクリウス）は水銀、サブムタ（サブリムタス）は副限界、第二次の制限のこと、コロシバ（コロシブス）は腐食という意味だ。後は、この水銀加工品を新規和語名に組み立てる必要がある」

「水銀を含む何らかの薬品でしょうか」

「そうとも言える」

そこへ善三郎が白湯と数個に切り分けたカステーラを持ってきた。北島はカステーラを白猫に少しずつ食べさせる。

「よかったなタマ。美味しいか」

善三郎は白猫と天文学者の北島を見ながら
「先生、折角ですから『天地二図』のお話もして頂けないでしょうか、お二人に」

北島は猫を抱え直し、手拭いで疎《まば》らな総髪の垂れる首周りを拭きながら、

「蒸し暑いな、そのうちにざあーっと来るぞ。『天地二図』か、まだ中途半端なところだが、タマも帰ってきたので、これから手直しをするつもりだ。実は、解説書を上、中、下の三巻に刷るつもりでいた。三巻目はどうなるか未定だ。このまま二巻で終わるかもしれない。『天地二図』、即ち星図、地図の二巻にな。解説には出典詳記《でどころかいせつ》が抜けている所が多い。これを補充する必要があったのだが、人間、欲を出せばきりがない。だから、これがもう限界かも知れないのだ。もう年だからな」

北島は善三郎に注がれた茶碗の湯を飲んでから更に続ける。

「この解説書は漢文で記しているが、それほど読みにくいものではないと思う。対註例、読番字例《よみばんじれい》、凡百例なども付けてある。対註は黄道之十二宮像《こうどうのじゅうにきゅうぞう》から始まり、それぞれのラテン語に和語と振り仮名

を付けている。これが大変だったわけだ。善三郎の父である西殿にも訳語を教わりながらな」

北島はまた手拭いを片手で丸めて汗を拭う。目の動きが留まって据わっている。話に乗ってきている証拠だ。片腕で筆をとって紙を広げる。

「例えばだ、話法だが通詞方は相手から耳で覚えるが、それは第三者に通じない。そこでそれを記述して解説する必要があった。

Aries 亜哩（アリ・アリエス）転舌引呼以下哩字皆同
Taurus 他烏児（タウル）転舌呼以児字皆同 斯（ス）

などのような具合にだ」

確かに北島の発語は訛っていて理解ができない。やはりこうして書いてもらうと他人にも意味が通じる。しかし善三郎は、北村が、これから延々とこれを続けるかもしれないという不安に駆られた。

善三郎は恐縮しながら北島に一礼して言う。

「先生、ここでお話の腰を折って申し訳ありませんが、細目の話は大変でしょうから、いずれ皆さん方には、後日写本で拝見していただくということにしては」

北島が、水をかけられたような顔をして眼玉《まなこ》を剝いた。

「『天地二図』の話をしろと言ったのは誰だ」

「すいません、私です。ただタマが、先ほどから小便をするような動きをしていますので」

北島は、片手で抱いている白猫が、少し手足をもがいている様子を認めた。

「そうかそうか、やむを得ない。話は善三郎が代わってくれ」

北島はタマを抱きかかえて、よろよろと奥の方へ消えた。善三郎は、涼しい目を通詞後輩の二人の方に向けて、

「せっかくの講話に水を差して申し訳ない。ただ、本日お越しの第一目的は既に終わっているし、『天地二図』については、今年のうちに刷り上がるものと考えている。この訳書の中で、先生の一つ大事な論説がある。それは先生の理念である〝ホルチス ヤマト（強固な一大洲日本）〟の構想だ。蘭学を学習する仲間として是非お伝えしたいと思う。お二人にとってきっと将来お役に立つに違いない」

明生と定次郎は黙って頭を下げ感謝の意を表す。

「オランダで出版された原図を基にして、天上界と地上界を天地二図として和訳するうちに、東洋の小国である我々が、日本国の目指す方向性を打ち出したのが、この〝ホルチス ヤマト〟という考え方だ。既に正徳三年、新井白石先生による『采覧異言《さいらんいげん》』という書があり、欧羅巴《エウロパ》、利未亜《リビア》、亜細亜《アジア》、南亜墨利加《ソイデアメリカ》、北亜墨利加《ノオルトアメリカ》など、この地域における地名が紹介されている。この書の基となった海外事情には、明生さん、貴方の御父君今村英生先生が、イタリア人宣教師シドッチの取り調べの際に聞き取りされた事柄も含まれている。日本は大陸国と弓状に接していて、古来より彼らとの交流はあるが、独立した島国だ。そこで先生は、北は蝦夷《エゾ》、韃靼《マッカツ》、西は朝鮮、南は琉球、台湾、呂宋《ルソン》、爪哇《ジャワ》、これらの島嶼《とうしょ》を包括するこの大きな地域を連合して、欧羅巴諸国、亜細亜大陸と並ぶ一大洲とする構想を持っていてね、〝西洋建置大洲外新儹置一大洲説〟と題している。日本を中心とした考え方の構想だ。これを先生は刺甸《ラテン》で〝Fortis yamato〟、漢語では〝和兒知斯爺瑪多《ホルチスヤマト》〟と記している。あまり他所では言えないが、先生が恐れていることがある。それは、この一大洲を統括して、連合しなければ他

の強大な地域に対抗できない。そうしなければ、いずれはそれらの諸大国に侵略されていくのは明らかだということだ。過去の歴史が証明している。要するに日本も、消滅する恐れがないとは言えないということであって、更に言えば、日本人は、その危機感を持つべきであるということなのだ」

明生は大きな顎を向けて反論する。

「欧羅巴、亜細亜大陸の二大大陸に侵略されて消滅する前に、近隣諸国を纏めて、日本がそれを統括連合するという構想ですか。勇ましい話ですが、恐らく夢物語でしょう。既に朝鮮では秀吉が失敗していますから」

次に定次郎が蕪頭の髷を揺すって発言する。

「連合というと、各国の意向を踏まえて助け合う仕組みだと理解しています。無理矢理に武力で近隣国や南方国を傘下に治めることはとうてい無理でしょう、善三郎さん。将来日本人がこのまま平安に過ごすことは出来ませんか」

「あのね、日本列島は海に囲まれた単なる一本の山脈《やまなみ》なんだよ。そこに皆が張り付いて生活している。平地が少なく、農業規模は大陸とは比較にならない。といって鉱物や物産もあまりなく、金銀は採り尽くしてしまった。銅も残り少ない。他所の資源のある国と組んで生き残る以外に方法がないのだ、産物の豊富な南の国とね。改めて先生の二天図を見てほしい。オランダ通詞としては、遠いこの日本にまではるばる乗り込んでいるかの国が、今までどう発展してきているのか、知らないわけはないだろう」

二人の方からはこれに対する発言が出てこない。善三郎が続ける。

「私達は、蘭語会話が出来ることで満足していてはならない、と思っている。もっと世間に蘭学を広め、新しい欧羅巴の知識を世の中に活用させるべきだと思う。我々は、その先頭に立って活動する役割を持っている。天文、暦学、医学、物産学などをね。その為には、早くオランダ書の自由な閲覧が許されてほしいのだ。無論、宗教書を除いてね」

このとき、遠くで雷鳴が轟いたがまだ遠い音だ。

「やはり先生の予想は当たった。間もなく降ってくる」

善三郎の言葉に定次郎が素早く反応した。

「そろそろ失礼します。今なら濡れずに帰れるでしょう」

「そうか、先生への挨拶はいらないよ。このままで」

定次郎は善三郎に丁寧に頭を下げて挨拶する。

「すいません失礼します。今日は大変勉強になりました。実は、明生さんは雷が苦手でしてね」

善三郎が大きく両腕を曲げて廻し、肩を慣らしながら苦笑する。

「ああ、定次郎さん、あなたのお父上が来られなかったのでね、御挨拶が出来なかった。少々話もあったのだが、まあ後日にしよう」

そう言って玄関先まで見送り、雲行きの怪しい空を見上げて言う。

「ゴロゴロさんと競争だな、臍《へそ》を取られないように」

二人はそそくさと北島邸を後にし、それぞれの自邸に急いだ。

藤三郎は、昼の八つ（午後二時）にはまだ出島からやや離れた自宅の書斎に居た。

吉雄の公的な通詞屋敷は、出島や大波止《おおはと》に近い、旧ポルトガル商人街にある平戸組通詞団（肝付、名村、西、志筑、本木、横山、猪俣、石橋家など）屋敷群の一角にあり、その後の通詞家の増加によって生まれた、今村、加福、楢林、中山、茂などの長崎新通詞団の家もこの近所である。

オランダ通詞団は、四人の大通詞、四人の小通詞、十数名の小通詞並や稽古通詞などで構成されていて身分格差があった。帯刀を一本許されてはいるが、身分は町人である。通詞の家は、大抵は家柄で昇進が決まる世襲となっていて、仮に当主が通詞能力に劣る場合には、実力のある人物を他家から養子に迎えて家系を継いでいた。実力社会で競争が激しいため、語学教育は生まれた家が教室であり、すべてオランダ語で生活している。オランダ通詞より貿易額の大きな唐通事の場合も、人数こそ格段に多いが、職制の構成はほぼ同様である。

吉雄家は平戸組で、代々肝付と名乗っていたが、三代目寿山のとき、品川家から娘婿に入ったのが品川与兵衛、つまり今の吉雄藤三郎である。

先代寿山は通詞職より専ら医学をもって栄え、かなりの蓄財を蓄えた。この自宅も、父親の寿山が、通詞屋敷からは少し離れた山手の場所に建てられていたある外国商人の屋敷を買い、欧風を残したまま改造した家だ。植物園や地下室、地下倉庫なども設けている。庭の池には湧水があり、その排水も兼ねて屋敷のそばを流れる掘割に通じる地下道もあった。寿山の自慢の洋風書斎は、部屋の一方が大きな書棚で、中央には立派なターフルがあり、その周りには革張りの椅子が並んでいる。

——与兵衛どの。

遠くで名前を呼ばれたような気がした。はっと気付いて周りを見回すと、目の前に妻の紗月《さつき》の大きな体が立っていた。顔も肥えてふっくらとしている。眉は濃く目鼻立ちも爽やかだ。紗月という名前には五月生まれのこともあり、レンゲツツジのような可愛い娘になってほしい、そんな寿山の願いが込められていた。しかし、レンゲツツジは高山に咲く花で、嶺風にも耐えていないと咲いてはいられない。成人するにつれて強い女に成長していった。

「ああびっくりした」

藤三郎は急いで口の周りの涎《よだれ》を手で拭う。それにしても昔の名前で呼ばれたような気がしたが。

「鼻提灯で昼寝していてよいのですか。大工町の棟梁常吉さんが下で待っていますよ」

紗月は懐から懐紙を出して藤三郎に渡しながら言う。

「ああそうだ呼んでおいたのだ。ここに通してくれないか」

「それから西山御隠居の娘様のここでの勉強の話は止めにして下さいね」

紗月は念を押して階下へ降りて行く。

隋柳から依頼された養女葵へのオランダ語学習を引き受けているので、いっそこの自宅で行ったらどうかと思い紗月に相談していたのだが、オランダ通詞家には、どこの家でも自家専用の学習法があるようで、他人には教えてはならないというのが家風なのであろう。

紗月が下に降りると、入れ替わりに棟梁の常吉が薄手の木綿着をひらつかせて猫のようにそっと姿を現す。常吉は既に六十五、六の痩せた老人で、渋紙を揉んだような顔にまばらに残った歯を見せながら言う。

「お変わりないですか若先生、だいぶ世知辛い世の中になってきましたが……」

海からの潮風で声帯が錆びついたような声だ。

「常吉さん、若先生は倅の方だよ、俺はただの種馬だからね。もう用済みだよ」

藤三郎は与兵衛と呼ばれたのが頭から抜けていない。常吉は前の椅子に腰を下ろし、体を後ろへ反らして藤三郎を眺める風をして見せる。

「旦那は立派な体格ですからね。まだどんどん子造りに励まないと追い出されますぜ」

藤三郎は眉を寄せて、常吉に種馬と言ったことを悔やみながら顔の前で手を横に振り
「見掛け倒しだよ、まあ勘弁してくれ。俺は何をやっても下手でね」

と西瓜のような頭を叩いて、

「それにこの中も大方は空けてきている。あとは五代目が立派にやってくれるだろうさ」

「何だか心細いね。先代が聞いたら何て言うかな。……ところで話というのはどんなことです」

紗月に命ぜられた小者が、お盆で茶菓を運んできた。盆の隅には、何か和紙に包んだ丁銀《ちょうぎん》のようなものが載せてある。藤三郎はそれを手に取って、重みを確かめてから常吉に渡した。

「常さん、家内からの寸志らしい、取っておいてくれないか。家にある丁銀は、先代が銀の塊だと言って宝永正字丁銀《ほうえいせいじちょうぎん》を好んで集めていたのでね、多分それだよ」

呼び名がいつの間にか常さんになっているが、常吉は両手でそれを受け取って軽く会釈をする。また、銀貨の影響かもしれないが、それからの常吉の話し方が少し丁寧になってきた。

開けてある東側の縁側からは涼しい風が入って来る。そこからは大きな常緑樹の枝が揺れて見える。

「この家を改築したのはいつ頃だったかね」

常吉は少し考えて、

「確か坊やが生まれる少し前でしたね、この屋敷を手入れしたのは」

「ポルトガル貿易の商人屋敷だったと聞いていたが」

「そうです、寿山先生はそれを居抜きで買い、大方の間取りを残して改築するようにとのことで、今でもこのような欧風な建物が残ったわけです。そこに見える樟《くす》の大木も、もとは屋敷の南側にありましてね、玄関前に移植するのにだいぶ苦労しました」

「地下のウェイン貯蔵庫などもね、有難いことに古い中身をそっくり譲ってもらっているので使っているよ、訪問先への土産などにね」

そこまで言ってから、藤三郎は、地下室から外の掘割に延びている地下水路を思い出した。

「なにしろポルトガル関連で追放された豪商の後、町の管理屋敷だったたから改造も大変だったろう。ところで、その地下水路に、滑車付の荷物を引き上げる装置があったね、大きな歯車が幾つか組み合わさっていた」

「えーと、それは前の商人が掘割からウェイン樽を引き上げる装置ですよ。寿山先生も時々動かしていました。機械ものは使わないと動かなくなると言ってですね」

藤三郎は、妙見屋敷で聴いた音が、今になってこの装置の音であったことが分かった。

「さて、その五、六年前のことだがね、立山のお役所が改築になったのを覚えているかい」

常吉は、藤三郎の質問が急に役所の方に飛んでいったので、少し面喰らいながら答えた。

「覚えていますよ、周辺工事には駆り出されましたから、ただ本体工事の中身はよく知りませんが」

「いや、本体工事の内容には関係ないよ。実はこの間、息子たちと西山の御隠居を訪ねての帰り道でね、立山の裏山で迷子になってしまった。でも、歩いているうちに、何と立山役所の川辺に出たわけだよ。その裏山の迷路がどうしても気になっていてね。後で考えてみると、役所の改築で木材を運んだ道かな、と思えて来たわけだ。でも息子が秘密の裏街道などと言うので、さらに興味が湧いてきてね、それで、その時代の工事にも詳しい人に聞いてみようと考えた末、常吉棟梁なら知っているだろうと思ったのさ。裏街道であっても無関係のことだし、特に何の目的もない人間の、言わばただの野次馬さ。まあ、お茶でも飲んでからにしよう」

藤三郎は出されているコンペイトー（金平糖）に手を出しながら、また話に馬が出てきてしまったなと反省する。

常吉は二、三度頷いてから、

「確かに若先生が秘密の裏街道と言われることは当たりです。これは現在、この町では使われてはいない私道となっています。山の持主のですね」

「山の持ち主は判るかな、まあ野次馬……いや興味本位の探索根性から知りたいのだがね」

常吉は、顔に寄った皺を手で撫下しながら言う。

「別に秘密ではないので教えましょう。この山道の辺りは、山全体が殆ど諏訪社の社領となっていますが、後ろ側の一部の山は妙見社に移されました。妙見様が建立された頃ですね」

「裏街道は、妙見社の建立などで必要な道路であったと解釈しているわけだね」

「諏訪社と妙見社は、何でも神様同士が親戚関係らしいですからね、互いに融通しているところがあるのでしょう。町民はまあその位に考えています。生活上、裏の道は全く通行する必要はありませんので、街道などと考えたりしません。むしろ道があることなど知らない人が大部分でしょう。山全域が神聖な浄界だと思っていますから、普通はめったに人は入りません」

「神聖な浄界か……」

藤三郎は、その山中で長い小便をした自分を想い出して反射的に前を押さえた。罰は当たらないだろうか。

「どうかしましたか」

常吉が怪訝な顔をしている。

「いや、何でもない。そのとき倅が、この道は大砲でも引いて行けるなどと言っていたのを想い出してね」

「私はまだ通ったことはありませんが、大きな道でしたか……今度、諏訪社か妙見社の許しがあれば行ってみたいな」

常吉も興味を示し始めている。

「でもね、あの裏道を、諏訪社と妙見社との通行路以外に利用するとしたら、何があるかね」

藤三郎は少しその熱を冷やす。

「そこが分からないので謎の迷路となっているわけでしょう」

「常さん、もう一点だけ聞きたいのだがいいかな」

藤三郎はコンペイトーを掴んで口に入れ、片頬にそれを寄せて話題を変えてみる。常吉は食べたくても歯が少ないので嚙めない。家人がわざと堅い菓子を出したわけでもなかったが、結果的にはこの家の当主が殆ど食べてしまった。歯のない常吉の分も含めて。

「ああいいですよ、急いで帰る用事もないので」

常吉は、貰った銀の分量から見て、まだ余裕を見せている。

藤三郎は口中の甘みを名残惜しそうにぐっと飲み込み、

「その頃の役所の工事は、何方が主に指揮をとっていたのだろうか、覚えていたらでいいよ」

「それはお奉行様に決まっていますが、さて、あの頃は――」

常吉は、空の口元を窄めてコンペイトーでもあるように動かしながらしばらく考え、

「大岡様だったかな。……いや待てよ、あれは新令の実施された頃着任された石河様だったな。大岡様は体の具合が悪くなって江戸にお帰りになったので、工事の指揮を交代したのを覚えています。立山役所の上の段に、岩原御目付屋敷も新設されるというので、石河様が図面などを直《じか》に広げているのを見たことがあります」

「西山妙見社の社殿も同じ頃造られたらしいね」

藤三郎は軽い調子で更に鎌をかける。常吉は頷きながら、

「そう言えばその頃、蘆草拙様や諏訪社の吟味役村田四次郎様が、ご自宅に祀っていた妙見様を、揃って新しい妙見社に合祀されたという話を聞いたことがありますよ」

藤三郎は、今日はこの程度かな、とみて、

「有難う、今日の話は大変勉強になった」

そう言ってから、急に体を起こして向き直った。

「常さん、今考え付いたのだがね、工事のお願いがある。近々に先程のウェイン貯蔵庫を含めて、地下室と水路を少々改造したいと思う、私が健在のうちにね。この二階の図書室改造も含めていずれ定次郎が塾生に教授する部屋を用意しておきたい。まあオランダ医学が好きだから、弟子もそのうちに増えると思う。時世がその方向に動いているからね。私自身も、五島や対馬に出向する陰の用事が出来たので、まあ諸々世話になりそうだが、よろしく頼みますよ」

常吉は、樟の大木が緑の枝を広げる玄関前まで藤三郎に送られて帰っていった。

藤三郎はその後、苦労しながら西山の御隠居石河随柳宛の手紙を書いた。養女葵の蘭学勉強の件である。我が家での修学を考えたが、家業秘伝となっていて実現できないことを長々と述べた。しかし、養子の身分であり、それを押して実行するような気力がないとは、とても書けないことだ。

家人にそれを託してから、庭に出て、故寿山が丹精して育てていた植物に水撒きをしていた。すると、前に頼んでおいた使いが帰ってきて知人の返事を貰ってきた。この度閉鎖された築地銅座の鋳造職人だった久蔵からだ。

返事の紙片には簡単に「夕の七つ（午後四時）頃、松籟軒で」と記してある。

妻の紗月には用件で松籟軒に行くと告げて、平戸町から外町の西浜町にゆっくりと向かった。丁銀のお捻り（紙に包んだ祝儀）を用意してもらっている。陰の仕事が始まってきたのだ。

空を仰ぐと低く北に流れていく雲の動きが速い。夕方にはひと降りあるなと思い、傘を持たずに家を出て来たことが悔やまれた。

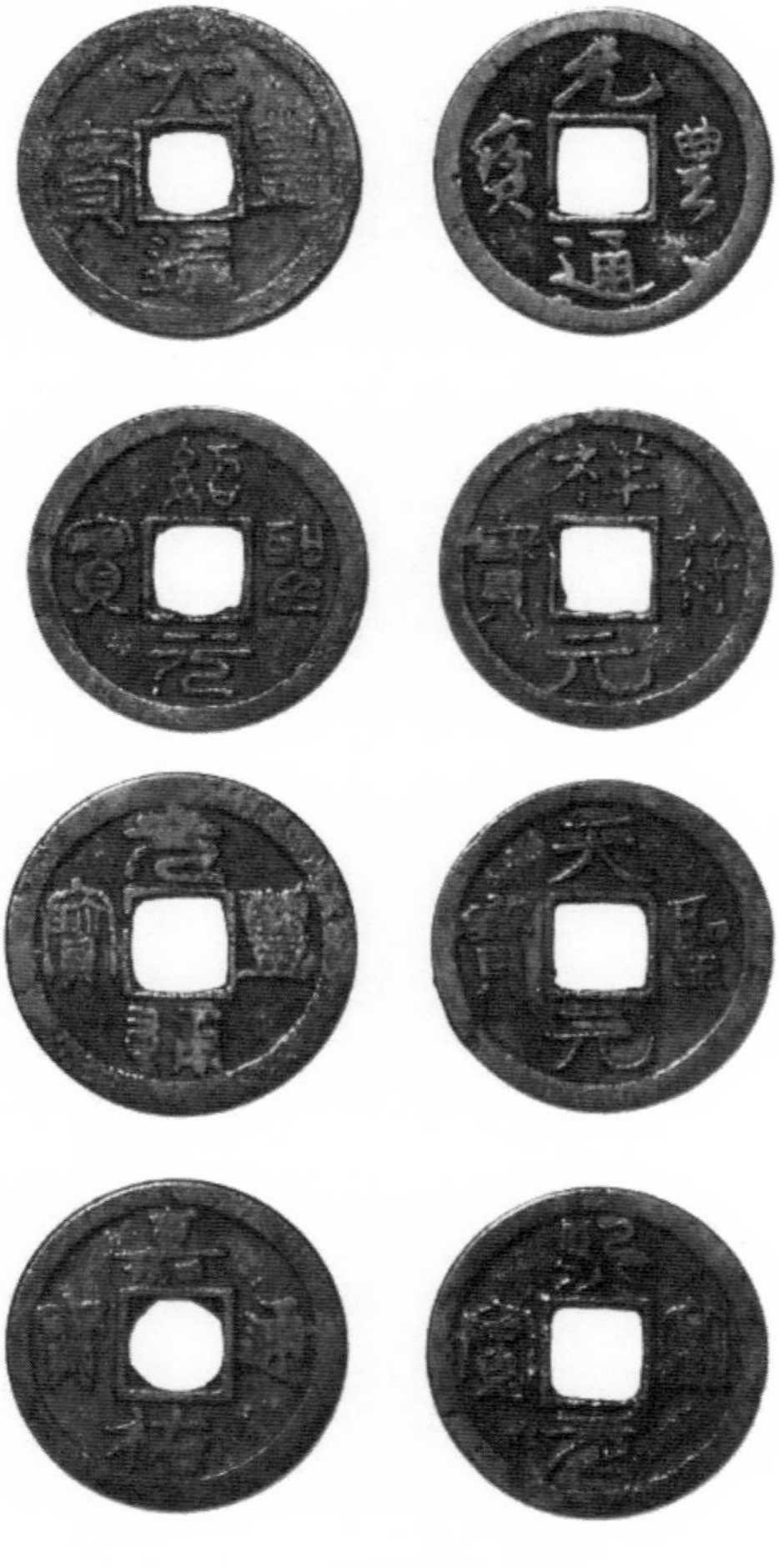

図6　長崎（貿易）銭

（六）古銭の謎

元文二～三年（一七三七～三八）

登場人物

神代吉蔵　四十二、三歳　唐小通事助（隼の吉蔵）

劉万鳳　五十歳半ば　唐屋敷元締

市兵衛　四十歳位　コンプラ仲間（買物使）

松籟屋次郎　五十歳前後　松籟軒主人

（養子）幸次郎　二十歳

二俣川の第十一橋に近い西古川町の川端通りに、見かけは商《あきな》いを閉じているような店がある。その両隣も活気のない雑貨屋と道具屋だ。建て付けの傷んだ入り口の戸を開けて、神代吉蔵がその店に入ると、大小の梱包された荷物が乱雑に置かれていて、店内には誰も居ない。しかし雑貨の匂いに混じって、荷の陰に、誰かが隠れているような人の臭気が漂う。犬でなくても、どこかに複数の臭い人間が居ることが分かる。奥に進むと、部屋の右奥に地下に降りる階段があって、下の空間に薄明かりが見える。ここに四、五人の人物が円卓を囲んでいたのだ。彼らの話声が聞こえる。

「この十年間の輸入馬の功労で、幕府がオランダとカピタンにそれぞれ報奨金を渡したようだ」

「へえ、お上からの報奨金の額を知っているのか」

「二人で銅二十万斤《きん》(一貫＝六・二五斤)だという噂がある。折半ということらしい」

「どうもこれが、浜町の築地銅吹《どうふき》(精錬)最後の棹銅《さおどう》らしいぞ」

「じゃあ、その後の銅吹はどうなる」

「吹きたくても、どうにもならないのが銅山だ。どこの山にも銅がねえ」

「築地銅座が廃止され、稲佐《いなさ》、神田浜《かんだはま》の鋳銅所も廃止された。どうにもこうにも、どうしようもない」

「これみな、話やめ。隼《はやぶさ》の兄《あに》イ、話しするよろし」

獅子鼻を上に向けて聞いていた劉万鳳《りゅうばんほう》は、そう言って坊主頭の神代吉蔵を名指しした。

この隠れ家の元締劉万鳳は、昨年兄が引退したので、代わって十善寺《じゅうぜんじ》村の唐人屋敷に入っている。

本日はこの唐屋敷隠れ家に一味を集めて打ち合わせをしているのだ。

吉蔵は手拭いで顔を二、三回擦ってから話す。

「どうにもこうにも情けねえ話ばかりだ。入船が制限されたばかりじゃあねえ。例え抜荷で物があっても、それを買う人がいねえのだ。だがね、先日様子を探りに行った妙見の爺さんの話では、幕府の通貨政策で近く質のいい金銀が出回るという。この五月に小判金、一分判金、丁銀、豆板銀が新調される。これらは慶長の金銀と同じ品質のようだ。元文の改鋳というらしい。新規鋳造の銭《ぜに》も出回るな。金銀改鋳で、銭の相場が高くなるのを防ぐためだ」

将軍吉宗は、金銀を慶長時代相応の品質にすることを望んでいた。高品位に改鋳すると、市中の通貨は量的に減少することになり、金銀通貨の流通が少なくなっていく。よって銭も高値になるため幕府は鋳銭を急いで始めたのだ。誰かが言う。

「いくらお上に金銀が増えてもだ、武家方には回すが、下々の懐に入るカネではなさそうだ」

「当たり前だ、景気は水ものだから、時が経って見なければ分からねぇさ」

「彼らが運んでくる品物も値上りを待つしかないか。でも、その目が凶と出るか吉と出るか、危ねえもんだ」

この雑談を聞いていた劉万鳳は日本語をあまりよく理解できないが、言葉を聞く大きな耳たぶは、その内容を大まかに掴んでいる。

「銭の話、大事、わかる」

劉は、兄と同じように、でっぷり太った体をよじって隼の吉蔵の方に向き、

「隼の兄、品物売れない。よいか。我ら船、経路沢山ある。産物もある。このまま、いけないよ。仲間、大勢いる。食えない。近いところ、江蘇《こうそ》、浙江《せっこう》。遠いところ、福建《ふっけん》、広東《かんとん》、広西《こうせい》、その奥、

雲南《うんなん》、シャムロウ、ジャガタラ。別のところ、台湾、琉球、朝鮮。みな船留まっている。日本、欲しい物、沢山あるだろ」

吉蔵は相手に両手を振って見せ、

「それはお奉行様か、町年寄の高木作右衛門さんが分かっている。唐小通事助に聞いても、詳しい事無理、劉さん」

隼の吉蔵は、前にある大きな急須から煎じ薬のような延命茶を自分の茶碗に注ぎ、一口飲んでから、劉の福耳を見ていて急に頭に浮かんだことがあったので、今度は唐語で問う。

「(劉さん、今まで、船積記録、見せて)」

「(船、運んだ品、帳簿、ある)」

劉の唐語は早口で、よく分からないが大意は通じる。大声で何事か叫び、家人を呼んでいる。そして、奥から古ぼけた二、三冊の帳簿を持ち出させた。

「何か書くものを用意してくれ」

吉蔵は紙片をもらって矢立を取り出し、劉の読み上げる品物を記録する用意をした。唐通事助吉蔵の唐語も、唐人にはたどたどしく聞こえるらしい。吉蔵は帳簿を捲ってすぐに諦めた。

「(劉さん、その帳簿、読む、全部だめ、品物多すぎる)」

「(主な産物でいい、わかるか)」

「(唐語でも、難しい読み方、こちらわからない)」

「(唐語読み、そちらだめ、では帳面字見せる、産物多い、言葉難しい)」

「（わかった、俺の方は字を見た方がいい、あんたの読み言葉通じない、しかし劉さん、ここは大事なところだ、別室で筆写させてくれ）」
「（そうか、そうするよろし、おい、誰か連れて行け）」
聞いている他の者は、二人が唐語で何を言い合っているのか分からないが、吉蔵が手下に案内され出てゆく。

（以下に記す各地の産物は、大岡清相『崎陽群談』第八〔中田易直／中村質 校訂〕より抜粋した）

《浙江省》黄精、芡実《けんじつ》（おにばすの実）、茶、裏絹《りきん》、錦、雲絹《うんきん》、綾、白糸、縐《すう》（ちぢみ）、綿、筆、紙、硯、青瓷器《せいしき》

《福建省》竜眼肉、庶、茉莉、書籍、緑礬、明礬、牛筋、竹櫛、甘蔗、枇杷、茶、唐紙、金橘《きんかん》、黒糖、白糖、木綿、銀魚（きんぎょ）

《広東省》波羅蜜、竜眼、茉莉、丹砂、水銀、漆器、銅器、錫器、針、沈香、眼鑑《めがね》、虫糸（すじ）、二彩、綿細、八糸（しゅす）、翡羽、端硯、孔雀、鸚鵡、牛、椰子、沈香、烏木、花梨木

《江西省》瓷器、葛布（かつふ）、茶、金糸布、水晶、石青、石緑、黄精、地黄、班竹

《湖南省》茶、紙、水晶、天鵞、石青、石緑、黄精、緑毛亀、硯石、千歳、硃砂、丹砂、水銀

《貴州省》茶、蘭、菖蒲、硃砂、水銀、竹、葛布、茯苓、石榴、竹鶏

《四川省》薬種、薛涛牋《せっとうせん》、麝香、天門冬、五佳皮、丹砂、苦薬子、茘枝、犀角、牛黄、毛氈

《雲南省》馬、毛氈、石緑、五色花石、紫花木、波羅蜜、蛇胆、翡翠、矢竹、石緑、毛褐、氈《もうせん》、麝香、孔雀、人参、当帰、琥珀、瑪瑙、猩々、細布、沈香、象、石油、白檀香、安息香、

木香、

《暹羅《センラ》（シャムロウ）》蘇木、魚皮、黒糖、鹿皮、山馬皮、椰子油、象牙、象皮、漆、犀角、紅土、鉛、錫、硝《えんしょう》、樹皮、木綿、花布《さらさぞめ》、花氈、乳香、大風子

《咬留吧《カルパ》（ジャガタラ）》白糖、黒糖、琥珀、大木綿、柳条布、花布、籐蓆、檀香、乳香、没薬、硃砂、蘇合油、珊瑚珠

吉蔵が別室から出てきて、劉に筆写内容を点検してもらうと、

「（まだ他にある、同じ音の広西、抜けてる、どうする）」

吉蔵は、唐語の羅列に目がしょぼついてきた。会話にも力が入らないので和語に戻る。

「もういいよ劉さん」

「どうした、疲れたか」

「いや、これらの帳簿を見て仕分けする。贅沢品、必要品、奉行や年寄、どうしても買いたいものあるだろう」

「そうか、勉強するよろし。隼兄さん、一つ相談ある。二人だけ。さて皆さん、ここお別れいいな」

劉の言葉で、他の連中がぞろぞろと外へ出る。

「先の話、関係ある。今度新しいカネ、できる。いいか隼、その前のときのカネ、ある。それ取替えなし、大丈夫か」

傷んだ魚のように不透明だった吉蔵の目の底が、急に活気を帯びてきた。

「カネの種類は何か。小判、丁銀、銅、鉄の一文銭などがある」

「金貨、二十年前の」

吉蔵の頭は、水車の樋が水を掛けられたように急回転を始めた。

――この前の鋳造金貨だと。

二十年前なら、正徳・享保の改鋳か。新令が出た頃だ。長崎奉行は大岡備前守と石河土佐守が交替したときだ。

「取り替えない、前の金貨だめ、それが心配」

期間が経過した後、旧貨幣が無効となる場合もある。

「劉さん、それ持っているのか」

「前のとき、兄、新しいカネ、沢山取り替えた。兄、それ隠した。他の人と一緒に隠した」

吉蔵の話し方が急に流暢な唐語になった。

「（その隠し場所を教えてくれるという旨《うま》い話ではないだろうが、その物を一部見せてくれるかな。貨幣によっては、交換が可能になる場合もある。お上が決める一定時期の間にね）」

劉は、これを受けて、ゆっくりとした唐語で答える。

「（隠し場所が分かっていれば苦労していない。何しろ兄貴が中風で倒れてね、頭もやられている。幸い通常の取引で、別に少しの金貨だけ預けている人がいた。夕方、食事でも一緒にしようか。そこで実物を見てもらおう。前の金貨を一緒に預けたというオランダ館の男も南方に帰っている。これも行方が分かっていない。馬の調馬師らしいがね、この金もどうなるのか）」

吉蔵は直ぐに調馬師ケイゼルだと分かったが、彼はオランダ館での接触はなく、個人的にも交際はなかった人物だ。ただし、古銭の収集家であることは知っていた。吉蔵自身も古銭を集めているので、彼の評判を収集仲間から聞いていた。しかし今は、三猿《さんえん》の言《い》わ猿《ざる》を見習って、余計なことは黙っているに限る。

「(まあ、小判の値打が下がることはないだろう。流通経路が裏に変わるだろうが。さて、夕方は何処へ行けばいいのかね)」

劉は、少し安堵したように凝った肩を叩きながら言う。

「松籟軒、店主の次郎にも、用事ある」

その日の夕刻、神代吉蔵の姿は、長崎では外町《そとまち》と言われている西浜町にあった。

唐人料理の老舗である松籟軒の軒端には、円く赤い提灯が数珠のように横に並んでいる。

吉蔵が頭を隠した鼠色の頭巾を取ると、白茄子のような坊主頭が出てきた。中に入り名前を言うと奥まった唐国式の部屋に通された。先客が一人居たが顔見知りの男だ。コンプラ仲間の市兵衛という便利屋である。コンプラとはポルトガル語でコンプラドールのことで、出島の厨房の買い物を交替で請け負っている仲間達だ。買物使とも言われている。

「よう、しばらくだね」

吉蔵が声をかけると、市兵衛は椅子から立って、狐顔に薄ら笑いを浮かべながらぺらぺらと喋る。

「神代の旦那、お元気そうで何よりです。少し前、急に劉さんから呼ばれましてね。私と劉さんは彼の兄さんとの関連からです。ここの親父とは、彼が唐館に居た頃からの知り合いです」

この店の主人松籟屋次郎の先祖は明人《みんじん》で、福建周辺の貿易商人として来航し、市中に家を構え、いわゆる在宅唐人となった。後に日本女性を妻に持ち、永住権を許されて帰化した素性がある。

「市兵衛さんはオランダ語と唐語の両刀使いだそうで、どこからでも便利に使われてしまいそうだね」

劉が太った腹を揺すって部屋に入ってきた。

「お二人さん、来てくれて、有難う。次郎さん、すぐ来る」

そういう間もなく、主人の松籟屋次郎が一人の若い男を連れてきた。松籟屋は面長の顔で、眉は濃く、鼻の両脇に深い皺が目立つ。年齢は劉万鳳と同じ五十歳位か。学者のような品格が備わっている。付いてきた二十歳前後の背の高い若者は松籟屋の家人か。吉蔵がそう思っていると、

「皆さん、これは息子の幸太郎です。どうぞよろしくお願いします。市兵衛さんと吉蔵さんはしばらくでしたね」

吉蔵と市兵衛は座ったままで頭を下げる。いまさら畏まって挨拶するような間柄でもないだろう、そんな気分でいた。しかし、松籟屋にこんな大きな息子が居たことは知らなかった。

「この度、親戚筋から養子縁組をしましてね、長崎商人として貿易をしっかり勉強させるつもりです。ああ、挨拶したら下がっていいぞ」

「皆さん、よろしくお願い申し上げます」

青年は痩せた体を折って皆に頭を下げ、部屋を出た。

「飯の前に例のお宝を見てもらいたい。二人ともカネには詳しいのでね」

劉がそう言うと、松籟屋は懐から財布を出し、中から黄金色の小判を二枚取り出して、机に置いた。吉蔵にはそれが正徳小判であることが判らなかった。小判などにはお目に掛かる機会はめったにない。後藤家十代廉乗（四郎兵衛光信）なら別として、慶長、元禄、宝永、正徳、享保の小判を並べて区別するのは難しい。何とか区別できるのは、せいぜい目方の軽い宝永小判ぐらいのものだろう。しかし吉蔵は、一礼してそっと手に取り、楽焼茶碗を拝見するように、両手でゆっくりと廻して裏表を見る。

「二人の兄さん、このカネ、二十年前のもの、大丈夫?」

劉は前の二人に聞く。市兵衛はすぐに答えた。

「年代印はありませんが、間違いなく二十年ほど前の正徳四年か、享保のはじめに改鋳された小判です。重みが物を言いますので」

市兵衛は右手に小判を載せて、重みを計る振りをする。

劉は太い首で頷き、続いて細い目を吉蔵に移す。

「私も同じ意見です。この小判に御目に掛かったのは初めてですが、品位の高い慶長小判と同じだと聞いております。さすがに黄金の色合いがすばらしい」

松籟屋次郎も、

「正徳・享保の吹替えは品位を高くするので、小判の鋳造高が少なくなったと聞いています。重さの八割方は純金のため、商人が競って退蔵したようです。江戸、大坂以外の市中には殆ど流通しなかったらしいです」

しかし、劉が不安に思っている新金との引き換えについては、誰も意見を述べていない。

「このカネ、本物、よく分かった。お上は、これを取替えるのか、新しいのと」

「多分期限付きで、交換するお触れが出るでしょう」

市兵衛は殊更に冷たく言う。

「松籟屋さん、困ったな、兄貴は何処へ預けたか」

「残念ながら分かりません。私がお預かりしているのは数枚の小判と、僅かな北宋銭などです」

劉は参ったというように首を振りながら、

「まあ仕方がない、そのうち、何かよい手掛かりが見つかるだろう。北宋銭と言えば、皆さんの興味がありそうな古いものを、今回、沢山、譲ってもらった」

まわりの三人は、劉の意図を知るため次の言葉を待った。

「私は古銭の価値はよく分からないが、北宋銭にも、大変貴重なものがあるという。松籟屋さんに全部預けて置く。ところで、以前、オランダの調馬師が数年来ていた。私の兄貴がここに居た頃だ。その男のことが知りたい。何でもいいから、松籟屋さんに知らせてほしい。その都度、北宋銭を差し上げたい。欲しい銭があればだが。松籟屋さん、よろしく。さて、この辺で夕飯としよう」

その後は酒盛りとなり、松籟軒の特別定食が振舞われた。紹興酒、焼酎などで乾杯してから、前菜、酢の物、焼き物、蒸し物、煎り物、汁物などの肉、魚、野菜の料理が広い卓上に次々と運ばれる。

話の中で、長崎貿易銭の話が出た。北宋銭などを模倣したものだ。模倣銭の嘉祐通宝、元豊通宝や天聖元宝などである。

劉万鳳が疑問を述べる。

「松籟屋さん、長崎銭は、誰が、何故造ったのか。勝手には造れないだろう」

「町年寄の申し立てによって、万治二年（一六五九）にここ長崎に銭座が設けられました。当時の長崎奉行黒川与兵衛様、甲斐庄《かいのしょう》喜右衛門様を介してお上に鋳造を陳情したもので、異国船へ売買する目的からです。但し寛永年号は堅く御禁制でした。最初はオランダ人から鋳造銭を受け取りたいとの願いがあったようです。また、台湾に国姓爺が居たため銭が払底していて、その頃は唐船も銭を買い取っていたとのことです。オランダ人や唐人は、貿易代わり品ということで銅銭を希望していたのです。いや、むしろ銅が欲しいためでしょう。正保三年（一六四六）には希望の通り、銅そのものの輸出が許可されていますが、大坂からの廻送に費用が掛かって困っていたこともあり、長崎に銭座を設けたのです。北宋銭の銭銘を用いたのは、オランダや唐国は印度との貿易がありますので、唐国の銭銘を歓迎していたのでしょう。その後、御存じのように中島銭座は貞享元年（一六八四）に廃され、享保十年（一七二五）に東浜町築地に、また享保十六年には稲佐稗田ノ浜に銅吹所（鋳銅所）が造られています」

吉蔵は先程から劉の鼻を眺めていた。顔の正面に二つの黒い穴が深い洞穴のように並んでいる。なるほど獅子鼻だ。この穴の奥の方で何を企んでいるのか分からないが、自己中心の人間のようだ。つまりケチな男らしい。人に物を頼むのに、先に小判の一枚位が出せないのか。そんな奴が目論む、兄貴のお宝をそっくり戴こうという計画に加担するつもりはないが、こちらでそのお宝を頂戴するまでは、うまく付き合うことにしたい。

「吉蔵さん、何か、うまい考えでも、あるのか」

獅子鼻をこちらに向けていた劉が探りを入れてくる。勘働きは鋭いようだ。

「劉さん、そのお宝はどの位あると思います。一人で運べる程度なのか、大勢で移動させるような大掛かりなものなのか。一人二人で動かせるものでは手掛かりを掴むことは到底無理なことだ」

「私もそう思います。ですが新小判は、そう簡単に旧小判と交換できない仕組みになるかもしれませんよ」

コンプラの市兵衛が、狐のように吉蔵の後を追尾する。そこで松籟屋が学者のような顔で発言した。

「貨幣の吹替の際、お上は御触書を出して通用法を交付しますが、高品位の新金銀貨幣が出ると、どうしても退蔵されるのが現実です。取り締まる勘定奉行、鋳造する金座・銀座、通用させる両替商、大所の商人達が闇で結託して相場を操り、高品位の大判小判を退蔵した例が過去にもありました」

劉が大きな鼻を更に膨らませて言う。

「兄はこれまで稼いだカネ、闇金も少しはあっただろうが、当時、全部新貨幣の小判に換金したらしい。それを誰かが仲介していることは事実だ。一人二人で運べるわけがないカネの量だ。兄は既に廃人になっている。現在、身寄りは我一人。受け継いで見付ける責任がある」

吉蔵はそのときにはっとして気付いた。将軍吉宗の招聘でケイゼルは何度も江戸と長崎を往復している。ケイゼルがこの小判交換に関与していたのではないのか。現在、劉がどの程度までそれを疑っているのかは不明だが、その筋を探っているのは明白だ。この獅子鼻男は、そこで調馬師ケイゼルの情報取りに我々を使うつもりなのだ。

「まあ、急いては事を仕損じるという格言もあり、どうです、それぞれ一旦思うところを整理して、後日、また話し合うということにしては」

吉蔵は、核心に触れるこの問題の流れを一時逸らす戦法に出た。

「それもそうです、また逢いましょう」

市兵衛がすぐこの発言に賛成する。彼も、先に小判を貰っていれば、真剣になって相談に乗っている筈だ。松籟屋は、相変わらず江戸湯島の聖堂に座っている儒学者のように、淡々とした顔をしている。劉は具体策が出ないので、まだ名残惜しい気分であったが、その儒学者のような顔を見てしぶしぶ解散を宣言した。

「では、今日のところはこれでお開きとするか」

散会して、吉蔵が帰り際に店の通路を通ると、隅の方の囲いの中に、大きな蕪頭に太い髷を載せた大きな男が見えた。あれは確か先日、妙見の隠居所で逢った吉雄小通詞だ。誰かと会食中のようであるが、こちらに気付いた様子はない。吉蔵は彼がなんでここへと思ったが、そのまま生ぬるい風が吹く外へ出て帰路についた。


元文二年（一七三七）の暮れ、オランダ書より和解された北島見信の天文地理書『紅毛天地二図贅説』が完成した。

その後、元文五年に、当時、幕命によって長崎に留学していた野呂元丈と青木文蔵（昆陽）らに蘭学の重要性を説得したのは、オランダ通詞の西善三郎と吉雄藤三郎・定次郎（耕牛）父子である。この努力が功を奏し、日本におけるオランダ書の読書や、和解が正式に許されるのは、更に五年後の延享二年（一七四五）のことになる。後年、オランダの天文書を翻訳した『和蘭《おらんだ》地球図説』や『天地二球用法』によって、ニコラウス・コペルニクスの地動説を初めて日本に紹介したオランダ通詞本木《もとき》栄之進《えいのしん》（良永《よしなが》）が、まだ十歳の頃である。

藤三郎はその頃、互いに縁のあった故細井安明（長崎奉行）から藤三郎への遺品となった朝鮮の古銭を、長崎留学中の青木文蔵に預けた。ケイゼルの関与が疑われ、薩摩が関連すると考えられる密貿易の状況について相談していたのだ。また、正徳年間の金貨改鋳に関する問題で、当時の大岡長崎奉行の死亡と、金貨の退蔵関連への疑惑についても語っていた。とうてい自分の手には負えない事柄だからだ。こうして、青木文蔵は大きな厄牌を何枚も引いてしまった。しかし、藤三郎の願い通りにこれらの問題については、故長崎奉行大岡清相の関係者でもあり、今は上司の寺社奉行大岡忠相に相談するしかないだろう。人間の運命などは分からないもので、これが切っ掛けとなり、青木文蔵は後に『国家金銀銭譜』という金銀古銭の重要目録を編集することにもなる。

同じ元文二年の年の瀬に、唐人屋敷で火事があった。出火は夜の五つ（午後九時）頃で住家三棟が焼け落ちた。火事場から二人の男が近隣の唐人達によって助け出されたが、その後間もなく二名とも死亡が確認されている。出火原因は分からなかったらしいが、唐人屋敷の噂では、遺体のうちの一名は、昨年渡来した劉万鳳という唐人貿易を行っている親方であり、他の一名についてはまだ身元不明であるとのことだ。現場近くにいた劉を知る人の話では、その晩、彼は泥酔していて逃げ遅れたため、煙に巻かれたのだという。

元文三年（一七三八）が明けてからすぐ、吉雄藤三郎宛てに西山の御隠居石河政郷（随柳）から手紙が届いた。養女葵のオランダ語修業について、心配を掛けたことへの丁重な感謝の文章であった。その後書きで知ったことでは、近く石河が養女葵を連れて江戸に移るという話である。理由は、家を継いでいる庄九郎政朝が、昨年二月江戸の北町奉行に任官され、職務多忙のため何とか江戸屋敷に帰還してくれないかと懇願されてのことだという。なお、妙見菩薩本宮には、政郷の娘婿で、桑山主水孝晴の次男孝政《あつまさ》が、蘭学を勉強するため数年間滞留するのでよろしくとあった。又兵衛夫妻は今のままであるという。

藤三郎は、何だか急に力が抜けたような気分であった。故今村英生を介したケイゼルの書簡と水銀性毒物、故細井安明の残した朝鮮古銭と密輸の関連、故大岡清相奉行急死の原因と後任奉行石河政郷の妙見本宮創設、および正徳金貨の退蔵疑念、または鋳潰《いつぶ》しの可能性など、幾つかの疑惑が未解決であるなか、主要人物が次々に抜けて行く。今は代官となっている高木作右衛門忠与も何らかの関与があるとみてよい。これではこちらが手詰まりになるのも無理はないだろう。しかし、これも運命だと思う。こうなったらゆっくり構えて、出来ることをのんびりやるとしよう。そう思っていたところへ、息子の定次郎が藤三郎を呼びに来た。居間で母親が待っているらしい。

居間に入った藤三郎が座る間もなく紗月が訊ねる。

「いま定次郎とも話していましたが、何か変事でも起きているわけではないでしょうね。このところ色々な会合などあって、大変そうな様子ですが」

「変事などはないよ。大した用事ではない。ところで、今度大通詞として承認されるらしいのでね、むしろ吉事だろうよ」

紗月は少しびっくりして言う。

「定次郎がですか」

「いや俺だよ、順番からもそうだろう」

藤三郎がムッとして答えると定次郎が傍から取り成す。

「大通詞になるのが遅かっただけですよね。何しろ江戸では、上様の側近、儒者の深見先生（深見久太夫有隣）が、お父上の和解を誉めちぎっていたそうですから」

紗月が素っ気ない調子で軽くいなす。

「妙見様の使い姫葵さんが江戸に移るということはよかったですね。こちらには影響なくて」

定次郎に話したことが早速紗月の耳に入っている。

「その代わりに、御親戚の桑山様という男性が妙見社に入って来るそうだ。ここの何処かへ留学なさるらしい。歳は幾つの方か分からないが、恐らく若い人だろう」

「うちは関係ないでしょうね」

「よろしくとはあったが、お願いするとは書いてない」

「よかったです。もう厄介なことは持ち込まないでくださいな」

「ああ、大丈夫だ。わしは定次郎には余計な問題は決して残さない。他人に引き継いでもな。だがな定次郎、近年、オランダ語を勉強する人々が増えている。負けないように頑張ってくれ」

藤三郎はこの年も大通詞として江戸番業務を務めたが、その間、旧知の野呂元丈が取り組んでいた『阿蘭陀本草和解《おらんだほんぞうわげ》』の訳業を手伝った。この書は四年後の元文六年（二月に寛保に改元）四月に完成するが、その前月には、江戸に来ていたオランダ商館長のヤン・ファン・デル・ワェイエンを、元丈とともに長崎屋に訪ねて、持参した『ヨンストン動物図説』について、あれこれと質疑を行っている。

また、誰も知らない藤三郎の離島関連の動きがあった。しかし、それが陰の動きのまま、彼にとって最後のお勤めとなってしまったのである。

翌寛保二年壬戌《みずのえいぬ》（一七四二）五月一日、卯の刻（明けの六つ・六時）から辰の刻（朝の五つ・八時）にかけて日食があった。人々にとっては、訳が分からぬまま、世の中が闇夜の如くなったと記録されている。

吉雄藤三郎は、この年、幾つかの課題を大きな頭の中に仕舞ったまま亡くなってしまった。残暑が続く九月初旬、長崎のおくんちが終わった頃、今年は珍しく暑気あたりになったと家人に言っていたが、その後流行り風邪をひき、肺の臓を傷めて、数日後、あっけなくあの世へ旅立っていった。

藤三郎らしい最後である。

（七）吹上錦

寛保二年（一七四二）

登場人物

松平乗邑　五十六歳　勝手掛老中

大岡忠相　六十五歳　寺社奉行

神尾春央　五十五歳　勘定奉行

石河政朝　五十六歳　江戸北町奉行

青木昆陽（文蔵）　四十五歳　寺社奉行配下

図７　（左）正徳小判、（右）享保小判
（『ヴィジュアル百科江戸事情 第３巻』より／1992 年・雄山閣）

寛保二年（一七四二）十二月も中の頃、江戸城大手門に近い堀端。

吹上庭園の紅葉も大方は枯葉となって散ってはいるが、まだ大きな森全体を見れば、晩秋の名残が僅かに感ぜられる。桜の枝先が裸になった早朝の土手を、歩く人々の羽織の裾を払うような突風がお堀下から時折吹上げてくる。それに驚いて雀の群れが一斉に飛び立ってゆく。

二、三の供人と城中に向かう武士の一人が、立ち止まって東方の空を探し物でもするように見上げる。まだ有明の月影が留まってはいないだろうか。そう思いながら呟く。

「〝吹上の錦も褪せて秋の暮れ〟というところかな。淡い月でも浮いていればもっと風情のある句ができたろうに。だが待てよ、お城の庭の錦が褪せて暮れるなどという俳句は、徳川の世にとって不吉な句であると受け取られる恐れがある。危ないことだ。誰にも言わなくてよかった」

武士は長身ではあるがやや猫背になっている背中を回して辺りを窺う。面長で高い鼻、そしてその両脇の深い皺が顎の方まで伸びている顔は、以前の江戸南町奉行で、現在は寺社奉行の大岡忠相《ただすけ》である。寺社奉行は楽人・連歌師なども管轄しているせいか、近頃は俳諧にも興味を持っている。本日は、御勝手掛老中松平乗邑《のりさと》の招集を受けて本丸に登城し、途中の庭園の情景を詠んでいたのだ。二十年も前から着手され、営々と編集が続けられていた幕府の犯罪と刑罰などの法令を定めた「公事方御定書《くじがたおさだめがき》」がこの程ほぼ完成したため、編集三奉行がその報告の取り纏めに掛かっているのだ。

大岡忠相が評議の間に入ると、中には勘定奉行の神尾春央《かんおはるひで》及び江戸北町奉行の石河政朝《いしこまさとも》が居た。政朝が入ってきた忠相に上座を示しながら、少し固い顔付きで会釈をした。

「遅れましたかな、失礼しました、何分もう年ですからね」

忠相は長い顔の大きな両目を一度強く瞑って見せる。

「いやいや、我々が早く着き過ぎていたのです」

春央が太鼓腹を動かし野太い声を出して取り成す。

「この御定書も長丁場でしたね、これでようやく纏まりますか」

忠相が奥の座に尻を落ち着けながら、二人にやや擦れた声で言うと

「まだ残りがあるようですが、ひとまず一段落付けないと限《きり》がないようです」

春央が、今度は膨らんだ赤ら顔を横に振って言葉を返す。

「既に二十年も掛かっていて、いまだ延々と続けているのは、誠に気の長い大事業ですな」

政朝は山葵の効いたような言葉を尖った顎から高音で吐く。

そのとき、奥坊主に案内されて、老中の松平乗邑が、紺染め木綿の風呂敷に包んだ書類を小脇にして、小柄な体の頭に水盤でも乗せたような歩き方でそろりと入室して来た。乗邑は、正面中央に設え

てある老中の座るべき場所にすっと腰を据えると、頭を下げる一同に軽い会釈を返す。眉間に縦三本の皺を寄せて、言い訳めいた言葉を述べる。

「皆さんお待たせした。このところ色々な事案が重なりましてね、この御定書の件も意外に手間取っている。お上に対して誠に申し訳ない」

やや早口だが、一言ひとこと区切る明快な発音だ。

「お役柄大変でしょう、お体が幾つあっても足りないことと推察しています」

春央が太った顔を揺すって早速追従する。

「まあ、適宜振り分けてやってもらっていますよ」

人使いが荒いという評判は乗邑自身もよくわかっているらしい。忠相はその言葉に合わせて面長な顔で頷いている。政朝はいつもは頷く癖があるのに、今回は首が固まっているようだ。乗邑は時を惜しむように風呂敷包みを解き、冊子を取り上げて開き、本題に入る。

「さて、ご案内のように、評定所の役人達は、長い間前例を唯一の根拠にして裁判を続けてきている。これに対して享保五年（一七二〇）正月、合理性に乏しいそのやり方を改革して、諸判例の整備を御指示されたのはお上でしたね。これを受けて、現在までの多くの判例や慣習を取捨選択し、補充改善を加えるために、長年に亘る作業が関係者によって継続されてきた。それがこの年末、刑罰・政令などの基準の設定が、御定書としてほぼ完成されたと言ってもいいだろう。無論、皆さんのご努力のお陰ですがね」

乗邑はそこまで一気に述べて、三名の様子を見渡す。春央が太鼓腹を両膝にどっかりと据えて、両眼を閉じた姿は座禅僧のようにも見えるが、まだ眠ってはいないようだ。忠相は太い眉の下の大きな目を開いて乗邑に向けてはいるが、夢見る眼《まなこ》が瞬きもしていない。政朝は微風を受ける葦のように前後に上体を揺るがしている。鷹狩においては騎射の名手との評判だが、座敷では正座を保つのが苦手なのか。

乗邑は更に早口となって続ける。

「御承知のように、この公事方御定書は上下二巻となる。上巻は司法関係の政令を載せていて、下巻は現状では未完の状態だが、判決基準となる条例が、概ね百箇条あまり記載されることになっている。なにしろ刑罰の基準設定が難しいのでね。これまでの慣習や判例を勘案して、新しい制度を作るということは、色々な意見があって、当然だがその調整に手間が掛かる」

ここで乗邑が少し言葉を切って、手元にある冊子を捲っている。政朝からえへんと軽い咳払いが聞こえて、いいですかというような目付きで乗邑を見つめている。乗邑は、政朝が上体を反らして揺れているのを見て、まだ話を始めたばかりなのに無骨な奴だなと思ったが、どうぞと頷いた。

「追放刑の取り扱いは、従来通り幕領のみの適用ですか」

この男は刑罰条目の校定には煩く絡むのだ。乗邑は眉間の皺を深く寄せて政朝に答えた。

「当初はそのままになっていたのだが、お上のご意向が強く諸藩にも適用するようになる。これでこの御定書は全国の規定になってゆくだろう。しかし、その判決の影響は、しばらく経って見なければ誰にも分からない。なにしろ三奉行と京都所司代、大坂城代以外は他見禁止となっているからね、刑罰の基準が判らないのだ」

次に、乗邑に指示されて、春央が赤ら顔を振って講じたのは専門の財政問題、とりわけ租税収入についての問題であった。後日、その実務遂行のため、配下の勘定組頭堀江荒四郎芳極と共に畿内、中国地方へ派遣されて、年貢徴収の強化、隠田《おんでん》の摘発などを強行に実施することになった。徴税部隊の先駆けとなって貧乏くじを引かされたわけだが、幕府の財政改革には大いに貢献した。しかし、百姓からは大いに恨まれて苛斂誅求の酷吏とされたが、後世の書物『西域物語』（本多利明著）に、「胡麻の油と百姓は、絞れば絞るほど出るものなり」という春央の言葉が残されているところを見ると、本人は真面目に任務を遂行しただけのことで、自身を、非人道的な、過酷な人間とは全く思っていなかったものと察せられる。

能弁な乗邑は、更に立て板に水を流すように連座制の適用緩和などを延々と述べている。ところが、忠相の脳裏では、この連座制という言葉が鍵となって、瞬間的に回顧の扉が開いてしまった。

江戸南町奉行時代の忌まわしい問題が蘇ったのだ。元文元年（一七三六）の貨幣改鋳事件である。

その当時、改鋳実施後に商人らによる良質な旧銀の退蔵が起り、それによって当然銀が高騰した。忠相は役目柄、銀高の責任を解明するため両替商十数名を奉行所に呼び出した。しかし、何のかのと名目を付け、手代を代理人として出向かせて、本人たちは出頭して来ない。加えて手代達が詰問に満足に答えられないという始末であったため、よしそれならばと思い、手代達全員を伝馬町の牢屋に投獄してしまったのだ。それから二ヵ月間、両替商達はしきりに釈放を嘆願してきたが、忠相は一切聞き入れなかった。

——真相が解明するまでは退くまい。

忠相のそういう信念は誰よりも強い。

ところが、忠相は、ある日突然町奉行を解任され、高位の寺社奉行に栄転となった。多分、銀貨退蔵に関わった両替商達と、関連者達の高等政策が裏にあって、事件の発覚を恐れ、騒動を避けるために行われた上層部への昇任画策であろう。権力のある関連者が、上層部にいることは間違いない。

寺社奉行は三奉行の最高位で、幕府職制からは奏者番、京都所司代、大坂城代と同等の格付である。四名の寺社奉行は本来大名の役職であり、二、三十名の奏者番を兼ねる場合も多い。また、寺社奉行の職務権限は広大で、全国の神社仏閣、社寺領の訴訟から、紅葉山坊主、火の番、楽人、神道、連歌・囲碁職などまでも管理する。

忠相の転任は異例中の異例のことであり、あるいは事情を知ったお上の御配慮であったのかもしれない。但し、その有難いお上には思いもつかない問題があった。それは、忠相の任命は、当時の足高《たしだか》（臨時職務加増）による寺社奉行昇任であり、正式の身分は旗本のままであった。そのため奏者番を兼ねる大名控室には入れない慣習により、城中で控の間がないという肩身の狭い処遇がしばらく続いた。もっとも、ここうした身分は将軍の知るところとなり、後に忠相は一万石に加増され、本物の大名となったのである。

忠相が転任した折、手代達は北町奉行稲生武正によって全員が出牢を許可されている。また、その後は処罰された者もなく、事件は何らの進展を見ないまま立ち消えとなってしまった。この事件は「元文小判改鋳退蔵事件」として忠相の頭に明記されている。

次いで、今、頭の扉を更に押し広げている理由は、もう一つの「正徳小判改鋳退蔵疑惑事件」である。配下の青木昆陽を通して、故吉雄藤三郎オランダ大通詞から相談を受けたものだ。江戸小石川療養所における銀杏の出会い以来、野呂元丈との『ドドネウス草木誌』の和解において、大変に世話になった藤三郎の天国からの依頼である。他の重要問題とも関係があるらしいが、まだ事件の全容を詳しく聞いていない。しかし、忠相はこの相談から直観的に元文退蔵金事件とも関連していることを確信した。

忠相の連座制に関する頭の歯車の回転は、乗邑からの呼び掛けが耳に入り急停止した。

「越前殿、何か御意見をどうぞ」

乗邑の話を見かけは聞いている状態になっていたが、頭の中身は同時進行中の歯車に切り替えられていたので、話の経緯が分からなかった。この場を取り繕うため、何らかの発言する必要に迫られている。が、有難いことに、頭の歯車は瞬間的に最適な言葉を選んで発言するように出来ているらしい。

「このところ老化しているのでうろ覚えですが、盗人御仕置之事《ぬすっとおしおきのこと》に十両盗めば死罪の条項がありましたね。命の価値を十両とする根拠が問題になりませんか」

忠相の頭が咄嗟に選んだ意見を絞り出すと、乗邑は、何だそんなことか、というように眉間の縦皺を広げて言う。

「確かにその点は議論のあるところでしょう。しかし、この法令が実際に実施された場合、その金額以上の盗人が減るのかどうか、ということを見ていく必要があります。恐らく人々は、盗人行為が十両の価値で重いのか軽いのか、命を賭けて行動するようになるでしょう。また、反論として、十両で死罪は人命軽視という意見が起こるかも知れない。しかし法令を厳しくすること、または軽減することは、それを決定できる為政者が如何に慎重に判断しても、関係者にとっては利益と不利益を生じますのでね。釈迦に説法かも知れませんが、法令では、庶民にとって、具体的で理解しやすい定めを示しておく必要があります」

忠相は、またこの男の悪い癖が始まった、と思った。すぐ人を説教する立場をとってしまう。そして、正論めいた理屈っぽい話をするのだ。仕事はこなすし成果も上げるが、人使いが誠に荒いので配下にも人気がない。確かに十両盗めば死罪ということになれば、十両以上の金額を盗むことはなくなるであろう。但し、明らかに十両以上の金に相当する価値のある物品についてはどうなのか。例えば金塊などだ。それを盗めば、命が幾つあっても足りないだろう。まさかこの男は、退蔵金貨関連者ではないだろうが、高位金貨を多量に鋳つぶして、退蔵している高官連中がいるという時代だから、誰でも疑ってかからなければなるまい。そして、そのからくりを解明し、公平に罪刑を定めることは、これからも更に検討していくべき問題だろう。

評議はその後、「公事方御定書」の取り纏めに入り、一刻ばかり後にようやく座がお開きとなったので、忠相は桜田門前の自宅へ戻った。

少し疲れていたが、正徳の退蔵金疑惑事件をもう少し確認しておきたい。そう思って、情報元であり、先日までオランダ語研修のため長崎に出張していた青木昆陽を呼んだ。『蕃薯考』という薩摩芋栽培の普及を意図した書籍を、享保二十年（一七三六）に発表し、薩摩芋御用掛として幕臣となり、今は甘藷掛を卒業して、寺社奉行大岡忠相の配下となっている昆陽が呼び出されて、居室兼用の御用部屋に伺候してきた。この頃、寺社奉行の自宅は役所を兼務しているので、用務机や書籍棚などが忠相の回りを囲んでいる。その居間に、昆陽の細長く、初瓜のように青白い顔がそろりと入ってきた。忠相は座布団の上に背を丸めて座り、両手で昆陽と同じような長い面を二度ばかり上下に擦りながら言う。

「まあ、もっと近づいてくれ、密談だから」

「お疲れの御様子ですが、差支えありませんか」

昆陽は気遣いながら少し体を寄せる。

「左近衛将監（老中乗邑の官名）殿の長話で少々疲れた。いつものことでね。どうもこのところ根気がなくなってきている。今は大丈夫だが、確実に老馬になっているようだ。ところで、大通詞の藤三郎はまだ若いのに急いで旅立ってしまったな。野呂元丈も大変がっかりしていたようだ。何しろ彼の『阿蘭陀本草和解』は藤三郎のお陰だから」

「私も驚きました。長崎に居た初秋の時分はとても元気な様子でしたので。この度着任して来た江戸番通詞の話では、風邪をこじらせて肺の臓をやられたということでした。大変親切にオランダ語研修をしてくれましたのに、残念です」

「息子が小通詞に成長してきたようだから、親の分まで頑張ることだろう」

「倅のオランダ語通詞力は既に親父を超えているようです。また医学についても、祖父の業を継いでゆくとのことでした」

「それは頼もしい限りだ。さて、先日概要を聞いたが、故人藤三郎が魂を込めて依頼してきた疑惑事件について、詳細が知りたい。わしもあまり付き合いはなかったが、同姓で、ほぼ同年生まれの故人五郎右衛門清相《きよすけ》殿が関連していたかも知れないというのが、何か因縁を感じるのでね」

家人達が、煙草盆と、土瓶に入った薬湯と湯呑の一式などを下げて入って来た。昆陽の分もある。

「まあ膝を崩して、一服してからじっくり話をしてくれ。このオケラの薬湯は少し苦いが、疲れを去るという。かかりつけの先生（本草家）が勧めるので飲んでいるのだが、専門家の貴殿にも一度訊ねてみたいと思っていた。適正に老化を進めていくためにな」

そう言って忠相は、自分は煙草を一服付けている。昆陽はその様子を薄目で眺めてから、その薬湯を湯呑に注いで少し口に含む。

「白朮《びゃくじゅつ》（キク科の多年草オケラ）ですね。古法ではオケラの漢名に蒼朮《そうじゅつ》を当てています。蒼朮は漢方では腎や胃の働きを助けるために用います。利尿、頻尿、便秘などに適応させるためにです。また不老長寿を祝う屠蘇散《とそさん》は、この蒼朮が主薬ですから、疲れを去る効果も期待できるでしょう。〝恋しくば袖も振らむを武蔵野の宇家良が花の色に出なゆめ〟と、万葉集にも詠まれている武蔵野の山菜です」

「なるほど、頻尿にも便秘にも効き目があるので先生が勧めていてくれたのだね。更に不老長寿の効力ありと聞けば、疲れなどもなくなるだろうという期待も込められているのだな」

忠相はそのオケラ湯を一口啜ってから言う。

「では本題に移ろう。先ずこちらから、いまだ不明な部分を尋ねることにしたい」

南町奉行を長年務めていた癖が抜けていない。口調も白洲（法廷）での尋問のように変わる。

「先ずは近年発生した類似事件を並べて、その内容を比較してみることにする。それに該当するのが次の三件だ。第一に宝末正初（宝永末期正徳初期の短称）に発生した金貨退蔵事件だ。これは、金銀改鋳に便乗して、私腹を肥やしたと言われている当時の勘定奉行萩原重行の退蔵行為、並びに銀座役人の不正連座事件である。第二は正末享初（正徳末期享保初期）の改鋳の際の金貨退蔵疑惑事件だ。これが現在、我々が問題としている事件となっている。第三が元文元年の金銀貨幣の改鋳だ。これは銭貨不足による蓄銭禁止にもかかわらず、囲銭容疑事件があった。私が詮議した事件だったが、誠に不首尾な結果となった。このうち第一、第三の事件は、共に貨幣改鋳に関わる幕府の役人と鋳造所、銀座、両替商などと結託した特定組織の起こした事件であろう。但し、第二の疑惑事件に関しては、同じ退蔵事件でも、前者の特定組織に加えて、未知の役者が相当数関与していることが想定される。寺社方の探索情報によれば、長崎港という舞台には、唐船、オランダ船の貿易関係者、及びそれらと結託する内外の密輸関連者などが無数に盤踞していて、それぞれの役割を演じているようだ。また、この時期が長崎新令（海伯互市新令）の草案を纏めている頃でもあり、奉行所や町衆の動きも気になるところだ」

忠相は発声が重く感じられてきたので、湯飲みの薬湯を一口飲みこんでから、

「そこまでの背景を踏まえて尋ねるが、故人藤三郎は、何を根拠に退蔵事件を訴えてきたのかな」

忠相はそう言って、横長の太い眉を上に押し上げて見せる。

「さあ、それは私には分かりません。彼の残した言葉と、預けられたこの銭以外に何の手掛りもありません。この銭は関係ないでしょうか。故藤三郎殿の話では、故細井安明奉行から遺贈されたもので、常平通宝・折二銭《せつじせん》と称する銭だそうです。朝鮮で六十年ほど前に大量鋳造されたものですが、日本ではあまり多い銭ではないようです」

昆陽は懐から巾着を取り出して、その銭を忠相に渡した。

「故藤（故藤三郎のこと）は、他に何か言っていなかったのか」

昆陽は巾着の中を探りながら、

「そういえば巾着に折紙状がありました。何でも細井奉行の残した故藤宛の遺言というか、追善の勧奨文らしいのです。朝鮮銭と共に入れてありました」

短冊のように折られている紙片を取り出して忠相に渡す。忠相が広げると、そこには次のような文字が記されていた。

追善佛法之留是恵

南無妙法蓮華経

忠相は暫らく「追善の仏法は之を留め是を恵む」という前文の意味を考えていたが、あまり納得がいかないような顔で書状を前の机に置く。

「まあ一服してから考えよう」

二人は机を隔てて、互いに煙管の火皿に煙草を詰めて火を点ける。線香ではないが、手元から紫煙が立ち昇ると、先程の追善の文面が忠相の脳裡に浮かんでくる。この追善勧奨は、細井安明がわざわざ残す文言としてあまり相応しいものではない。安明は、追善供養の催促などを残すような人柄ではない。やはり、朝鮮銭と合わせて考えるべきだろう。忠相はもう一度机の上の紙片を眺めたて見たが、紙片の置き方が逆さまになっていた。先程置いたときにそうなったらしい。

「追善佛法之留是恵」の文字を逆さのまま読むと「恵是留之法佛善追」となった。忠相が目に入った頭の三文字を何気なく棒読みにすると、その刹那、記憶にある人名に変わっていった。

忠相は、急に煙管の雁首を左手の平に打ちつけて昆陽を見る。顔の太い眉が、木偶《でく》人形師に操られたように上がっている。

「昆陽、分かった。僚友の安明殿は探索を故藤に託したのだ。むろん銭も関連している」

昆陽は忠相から渡された紙片を受け取るが、まだ納得していない、冴えない顔付だ。

「オランダ語を勉強している貴殿は、彼らの文字の並べ方を想い出すがいい。紙を横向きにして、反対に読むのだ。すると文字の配列からみて、最初の追善の文字は善く追うとなり、佛法は宝物、之の字、留是恵は人名でケイゼルと読めるだろう」

昆陽は合点して細い首を二、三度頷かせて言う。

「なるほどその通りです。すると逆さ文は〝ケイゼルの宝物を善く追え〟ということになりますね。ケイゼルは古銭の収集をしていたようですし」

「あのケイゼルがここに現れるとは意外だったな。しかし、朝鮮銭の意味はまだよく分からない。今言えることは、これで故藤が、安明殿の紙片を読み解いて行動していたことだ。彼の残した探索結果を無駄には出来ないぞ。先ずは故藤の足跡を辿ってみることにしよう」

「私が故藤から聞いている話では、最初に行動したのは、長崎の西山にある妙見社の隠居で、元長崎奉行の石河随柳様を訪ねたものと思います。長男の小通詞定次郎と、故今村英生大通詞の長男で稽古通詞の明生が同行しています」

「ケイゼルとの関連はあったのかな」

「故英生がケイゼルから貰った薬物があり、明生に受け継がれましたが、貼ってあった表記がラテン語の文字で内容が分からず、予てから交際のあった英生の知人である随柳様に教えを乞うためということでした。しかし、随柳様にラテン語を教わりに行くという理由には、少々無理があるようには思いますが」

「待てよ、当時は有名なシドッチの事件（イタリアの宣教師ジョヴァンニ・バッティスタ・シドッチの不法入国事件）があった。その際、その語学力で活躍した故英生の功績は大変な評判となった。先ずシドッチがイタリア語をラテン語にする。出島のオランダ人がそのラテン語をオランダ語に直し、それを英生が和語にするという手間の掛かった話であったそうだ。それに触発された新井築後守殿（新井白石）をはじめ、色々な人物が語学の勉強をしたらしい、ラテン語を含めてね。長崎というところは、誰が何ヵ国語を知っていても不思議ではないところだ。随柳殿もなかなかの人物らしいからね。しかし、ラテン語でも専門用語は無理だろうな」

「結果的には随柳様には分からないと言われ、その上、ギヤマン壜で効力不明の薬物を持ち歩くのは破損の際に危険だと言われ、明生の依頼でそこに預けられることになったそうです」

忠相は首の後ろを右手で揉みながら言う。

「故藤の目的はどうもそれだけではないような気がするが……。頭を整理するため、少し時代を遡らせてくれ。当時の流れを逐条的に辿ってみよう」

一呼吸置いて話し始めるが、声がやや擦れている。ええん、と喉奥を鳴らしてから細い声を押し出す。

「故大岡備前守清相が長崎奉行に着任したのが正徳四年（一七一四）で、正徳金銀（金銀古制に改鋳）と同じ年となる。幕府が長崎新令を発布したのが翌年の正徳五年。吉宗公が将軍となられたのが、その翌年の八月で年号は享保元年となった。翌享保二年に、備前守清相が長崎奉行から西の丸留守居に転出し、後任に石河土佐守が発令されている。この三年間のこうした大きな変動の中で、長崎を舞台に金銀を巡る暗闘が行われていたのだ、陰陽にね。そして故細井安明殿の遺文によって、ケイゼルという調馬師を兼ねた振付師が、その陰の部分で蠢いていたことは間違いないだろう。さあ、これからどうするのが良策だろうか、甘藷先生」

三年間の人事を振り返って、順次話しているうちに、忠相自身も重要な場面で舞台に登場していたことが気になってきているようだ。そのためか、大事な遺文対策を纏める段階になってから、早々にその進行役を昆陽に振ってしまった。うっかりすると自分も関連者となりかねないことに気が付いたのだ。忠相は渋い顔をして土瓶のぬるいオケラ湯を注いで飲む。

昆陽は「甘藷先生」と言われて思った。この御奉行様も、これまでの過去を振り返ることは出来たが、それを解明してゆくための原動力が萎んできているのだ。ましてこの事件の発生時期が、御自身の奉行就任とも重なっていることが、何としても気に掛かってきたのであろう。

「さあ、どう方策を進めればよいでしょうか。先程ケイゼルが逆さ読みで浮かんできたばかりですから。私にはいまだその先までの頭が回りません。ですが、幕府の金銀改鋳、大岡備前守、新令の発布、石河土佐守及び調馬師ケイゼルには複雑な因果関係が絡んでいるものと考えます。これらを丹念にほぐしていくことが必要となりましょう、はい」

昆陽はそう言いながらこの場を繕い、思案の態を示している。考えてみれば、俺は儒学者を志していた。努力してその道で名を成すべきであったのに、なぜか甘藷普及の専門家になってしまった。それも薩摩芋泥棒のような働きの結果だ。その後、運命の骰子《サイコロ》の目は吉と出たのかもしれないが、懇意にしていた江戸南町奉行所与力加藤又左衛門枝直《えなお》殿の推挙で、大岡様から御書物御用達に取り立てられた。その成り行きで今度は寺社奉行の配下となり、今は調役のようなことを仰せつかっている。そして、この度は金貨退蔵疑惑事件の解明に巻き込まれているというわけだ。骰子は、今度はなんと出てくるのだろう。大凶でなければいいが。

「ケイゼルの所在は、誰か掴んでいるのかな」

忠相の矛先がその弱気を狙って突いてきたが、一瞬昆陽の気持ちが立ち直って答える。

「いえ、分かりません。また、故藤自身もケイゼルのことは話題にしておりませんので、彼がどの程度踏み込んでいたのかも不明です」

昆陽は青い顔で顎を突き出したまま、慎重に答えながら考える。実際にケイゼルはどこに雲隠れしているのだろうか。今までの印象で、ケイゼルという人間は単なる調馬師でないことは明白だ。もしかするとオランダ国も関係している仕事人（隠密工作人）ではないだろうか。また、オランダ国としても、遠く将来を見つめて、長い時間を掛けながら、日本のどこかに秘密基地を建設しているのかもしれない。その為に仕事人を使って軍資金を隠匿しておく必要があるのだ。だが、今の時点ではすべて口外することはできない。忠相は、昆陽と同じような長い顔先を指でつまみながら言う。

「ケイゼルの宝物が存在しているらしいこと、また意味ありげな朝鮮銭、細井奉行が残したこれらの手掛かりを長崎で探る必要があろう。しかし、これにはかなりの時がかかるに相違ない。既に多くの関係者が現場から居なくなっている。青木氏よ、貴公は甘藷普及の経緯もあり、オランダ語研修のため長崎との因縁が深い。また故藤からの依頼も受けてきている。ついては、この探索の中心になって一汗かいてもらいたいのだ。そうだな、表向きの役割は寺社・幕領に関する古文書収集のためとでもしておこう、日本中どこでも歩けるようにな」

昆陽は、今度は「青木氏」との呼びかけを聞いてややがっくりした。これは命令調だ。やはり凶と出たか。昆陽は先の予感が当たったことを嘆く。忠相のこの頃は、以前とは違い発想から決断までの間隔が短くなくなっている。前には程よいゆとりを感じていたのだが。昆陽の長い顔は、更に青白くなっていたが頭を下げて答える。

「誠に微力ですが承りました。もとは甘藷栽培が専門の人間ですが、何とかお役に立てれば幸いです」

どうやら甘藷専門という余計な言葉が共鳴したらしい。忠相がまた何か気付いたようだ。

「そうだ、上様は長崎の密輪について、薩摩藩の関与を心配されている。あるいは本件も何らかの繋がりを持つかもしれない。その辺も考慮してみたほうがよいぞ」

忠相の注文が益々複雑化してくるのは、こちらの方にも原因を作っている責任があるようだ。口は災いの元だ、昆陽の余計な言葉がまた自身の仕事を増やしているのだろう。

「はい、注意して頑張ります」

用心深く、短く答える方が無難だ。しかし昆陽は考える。始めは儒者を目指したが、いつの間にか、甘藷栽培普及人、御書物御用達、金貨退蔵事件の解明人、謎の調馬師ケイゼルの探索者、長崎の密輪問題と薩摩藩観察者と、百科事件の請負師となっている現在、何から動けばよいのか全く見当が付かない。いつか気付いたときには、大岡忠相のごみ箱となっているかも知れない。ごみはそのまま放置しておけば、いつか自然に腐ってゆくものだ。

「それからもう一つある。大岡奉行と石河奉行との関連だ。大岡を私と誤るなよ、故人の大岡備前守清相の方だ。清相とは同性ではあるが、系統が異なっていてその親族との交流はない。当時の成り行きには残念ながら全く手掛かりが得られないのだ。複雑になるが、私の方の大岡に、同族で大岡主膳忠光《ただみつ》という人物が居る。西ノ丸勤めの気鋭な若者でね、親交もある。今後の成り行きによるがね、当時の長崎奉行で前任者の故大岡備前守清相と、後任者の石河土佐守政郷（隋柳）との金貨退蔵疑惑事件へのかかわり方の解明。この問題解決に協力してもらうつもりでいる。忠光の意向もあるが、政郷殿の婿殿（政朝・現江戸北町奉行）も恐らく御存じない裏仕事だろうから、将来苦労するだろうね」

昆陽は直感的に無理な話だと思っている。苦労するのは大岡の方で、お白洲で裁けるようなそんな簡単な事件ではない。忠相はこの件では、更に両者の因縁が次代に延伸して行き、大岡主膳と石河政朝という両者の対立を予期しているようだが、二人ともお利巧さんで多分動かないだろう。

「この件ではまだ多くの知識が欲しいが、正直言ってもう疲れている。本日はこれまでとしたい」

これで忠相の本日の勤めはようやく終了したのだが、体に疲れが感じられる。声も既に掠れている。颯爽と裾を払って立つ姿はもう昔の舞台だ。

忠相は、このところなぜか風流の世界に憧れを感じるのは歳のせいかなと思う。そして朝方の「吹上の錦も褪せて秋の暮れ」という句の文言が、いまだ頭にこびりついていて消え去らないことに気付いた。

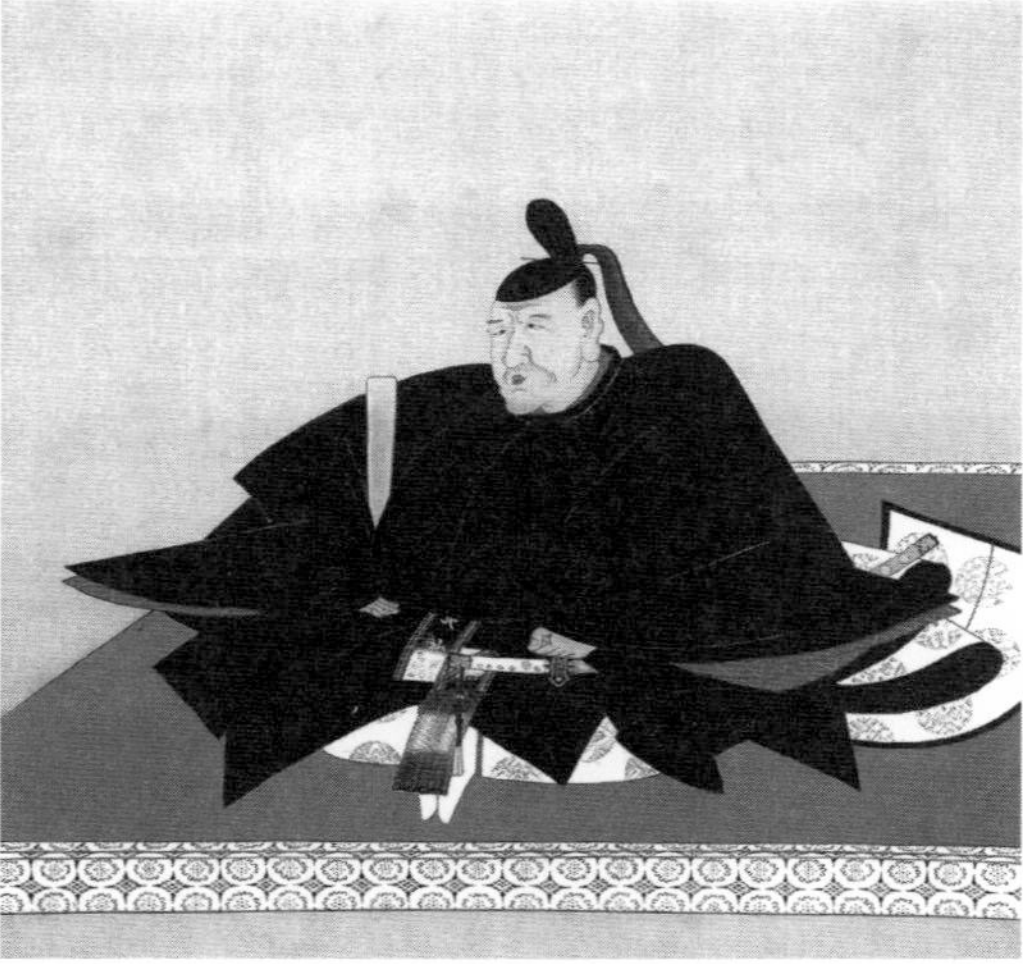

図８　（上）徳川吉宗、（下）徳川家重
（『ヴィジュアル百科江戸事情 第３巻』より）

（八）奇怪な星

延享二～三年（一七四五～四六）

登場人物

徳川吉宗　六十二歳　八代将軍
松平乗邑　五十六歳　勝手掛老中
徳川家重　三十六歳　九代将軍
大岡忠光　三十七歳　御側御用取次側衆
大岡忠相　六十七歳　寺社奉行
加納久道　七十四歳　西の丸若年寄（前御側御用取次）

寛保《かんぽう》四年甲子《きのえね》（一七四四）は、二月二十一日に延享《えんきょう》元年と年号が改められた（甲子革令改元）。その改元の理由を、その年の二月五日子の上刻（暁の九つ・十一時）に、西の空に現れた奇怪な星の為だとする人が大勢いる。その星の形は五重塔の屋根を上から見たような恰好で、四角形の中央と四隅に輝点を持つ異様な形の星座だった。これを嘉瑞《かずい》と喜んだ人々もいたが、この年は夏から諸国に疫病が流行し、八月には江戸湾の洪水などが発生していることから、天空現象を不吉な前兆ととらえる人も大勢いたようだ。

天からありえない幻影を見せられて戸惑う人々は、やがて神や仏の威光とは異なる偉大な力を持つ何かがこの世に存在することを悟った。それは、幕府が、長崎の天文学者北島見信を天文方に任命したり、神田佐久間町に天文台を建てたりした要因にもなっているに違いない。また、その翌年の延享二年には、八代将軍徳川吉宗が将軍職を実子の家重に譲り、大御所となって隠居している。それは前年の不吉な奇星出現の直接的な影響ではないとしても、吉宗が目の黒いうちに、家重に将軍職を早期に継承させたいという親心に間接的な動機を与えたかもしれない。

将軍継承については、いつの世でも、周囲を取り巻く利害関係者の暗闘が付きものである。かつて吉宗自身が、幕政の頂点である将軍職を継承した際にも、関係者の巧みな駆け引きが展開された。その初めは、七代家継の後見役就任を推戴する段階であるが、常識的な観点から正当な後継者と考えられていた尾張の継友や、水戸の綱条《つなえだ》が控えて居たにもかかわらず、天英院（六代将軍家宣の正室）など関係者の行動が、ある時期から吉宗推戴に向かって強力に舵を切り、推進されていったことである。この際、吉宗にとって大変好都合な展開がなされたのは何故だったのか。吉宗が強運と言わざるを得ないのは事実だが、その陰に動いた人物たちの思惑も見逃してはならないだろう。その真実はここでは擱くとして、そこで、将軍職就任を再三辞退してみせた吉宗の振舞いも加味して考えねばならない。果たして心底からの辞退であったのか、または高度な演技であったのか。

こうして将軍となった吉宗は、倹約を旨としながら、政治、経済、法制等の改革（享保の改革）、武術、弓馬術、学術、医術、伝統文化の継承など各方面で大いに活躍してきた。万葉の打毬（ポロ競技）復活などもその一つである。後に名君と称される実績を残していることも事実だ。

一方、吉宗は神君家康公に見習い、子孫繁栄と将軍職相伝のための周到な準備を怠らなかった。正妻の伏見貞致親王の息女真宮理子《さなのみやまさこ》は、宝永七年（一七一〇）、二十歳で亡くなったが、侍女のお須磨が翌八年（正徳元年）に第一子の長福丸を産み側室となった。この男子が後の家重となる。

このお須磨の方は、次の懐妊で流産の末に亡くなっている。そこで、お須磨の方の又従姉妹《またいとこ》のおこん（お古牟）が側室に入り、正徳五年（一七一五）に第二子を産む。この次男小次郎が後に田安中納言宗武となる。秀逸な人物で、家重が将軍となる前には、次期将軍に相応しいとの噂も高かった（田安徳川家）。

お古牟と共に側室となったお梅は、享保六年（一七二一）、第三子小五郎を産む。後の従三位刑部卿宗尹《むねただ》で、一橋門内に大名屋敷を与えられる（一橋徳川家）。

これらの予備軍に加えて、延享二年（一七四五）には、家重と西の丸の御次から中臈になったお千瀬《ちせ》との間に男子が授かった。この第二子万次郎（重好《しげよし》）を、従三位左近衛権中将とし清水徳川家の祖としている（清水徳川家）。

なお、家重の第一子は、西の丸大奥上臈お幸との間に元文二年（一七三七）に生まれた竹千代で、既に家治と名乗り、将来の将軍を約束されている。

お須磨の方との間に、長福丸（家重）が正徳元年十二月二十一日に誕生して以来、父親である吉宗が、生涯持ち続けたのは、このひ弱な長子への憐憫の情であった。それは、育児中のある時期から判明したのだが、長福丸の身体には運動系の軽い機能障害と、重い言語障害があった。また、頼りにしていたお須磨の方は、正徳三年九月に難産の末次男を出産したが、新生児は儚くも翌日早世し、また産婦も母体を損ねて一ヵ月後にあと追って没してしまった。最愛の側室と男児を同時に失った吉宗にとっては、誠に憐れで忍びない出来事であった。この二重三重に受けた心の深い傷は、その三十数年後の吉宗の後継将軍にも影響することになったのだ。

無論、深徳院（故お須磨の方）との嗣子である家重が西の丸に控えてはいるのだが、生まれつき虚弱であり、言語も不明諒で素行も性格もあまりよくない。従ってこの三十四歳の嗣子の将軍就任に積極的に賛同する重臣はいない。むしろ、お古牟の方の産んだ、父親に似て体格もよく、頭脳も優秀な次男の田安小次郎宗武を推す勢力がある。重臣の中でも、老中首座の松平乗邑は強力に宗武を推戴していることで知られている。

吉宗は先ず先手を打って、乗邑を懐柔するために御座之間に呼んだ。しばらくして乗邑は、小柄な体を部屋に滑り込ませて平伏し、明瞭な音声でお定まりの挨拶をした。吉宗は大きな耳を動かし、膨らんだ眼袋の中の小さい目を寄せた。

「このたびは御苦労であった。お陰でようやく法令の整備もほぼ終わり、また、年貢の増徴もあって安心している。過日は、慶安以来の法華八講（法華経八巻を講説する法会）も無事に終えた」

吉宗はここで一息入れ、右手親指の根本を左手の親指で捏ねるように摩っている。

「将監（左近衛将監・乗邑の官名）、これまでの功労に、この度少しばかりの加増（一万石）を決めた。これからもよろしく頼むぞ。さて、わしも今年で六十二歳となった。この辺でそろそろ次代に役割を譲ろうと思うが、どうだろうな」

そう言う吉宗の声が小さく擦れてきている。乗邑は、「はっ」と言って頭を下げた。頭が切れる男ではあるが、咄嗟の場面で何と答えればいいのか迷う。ここでうっかりしたことは言えない。眉間の縦皺を深く寄せて、苦渋の言葉を絞り出す。

「申し訳ございませんが、私には、にわかにお答えが難しい御下問です」

乗邑には、吉宗の抱いている深徳院に対する深い想いが分からない。

「そうか、西の丸（家重）ももう三十五だからな。私の目の黒いうちに後を継がせたい」

実は、吉宗の言葉には飲み下して声に出さない部分があった。

――お須磨にも喜んでもらいたいからだ。

乗邑は、吉宗の呟き声にただ平伏するだけであった。それが精一杯の無難な意思表示だからだ。

頭を畳に付けながら、頭の中ではもうこれで終わりが来た、次の愚かな将軍の時代を諦める覚悟をしなければならないと感じた。

「ははあー」

延享二年（一七四五）九月二十五日、徳川吉宗は将軍職を辞して大御所となり、西の丸（隠居所）に移った。

同年十一月二日、本丸に入って九代将軍となった家重の初仕事は、老中松平乗邑の罷免と、弟の田安宗武に謹慎を命じたことである。乗邑は先に加増された一万石も返上させられている。将軍継承問題では、身体優秀な宗武支持の持論を吐いて、身体虚弱な家重の憎悪を招いたことに加え、前時代の業績のうち、世間の評判の悪い部分（倹約令・上米令・相対済まし令など）についての責任までも纏めて背負わされたことになった。

代替わり時の老中は、本多忠良、松平大給乗邑、松平大河内輝貞、堀田正亮、松平大給乗賢、酒井忠恭などであったが、継承に際しての幕閣への影響としては、松平乗邑が西尾忠尚と、松平輝貞が本多正珍と交代したことで決着している。

このような経緯から、先の二月に天空に現れた奇怪な星は、吉宗に将軍職を家重に譲る決断を与えた要因になったことは疑いない。そして、この星が吉宗の心に深く宿るお須磨への慕情を更に蘇らせたことも確かである。


年が明けて延享三年二月、江戸の街にも日中はようやく春らしい温かい陽が差し始めた。昨年の十一月、八代将軍吉宗が西の丸に大御所として隠居し、新将軍に三十五歳の家重が就任したが、同時期に江戸は大風雨に見舞われ、おまけに一昨年夏から秋にかけて諸国に大流行した疫病が、この江戸でも再び流行の兆しを見せていた。幸い、現在までは大規模な蔓延状態には至っていないが、庶民の多くは延享二年二月子の刻に、西方角に現れた奇星の祟りがいまだ治まっていないことを感じていた。

新将軍を戴く新政権では、昨年の十一月に、長崎の天文学者北島見信を新たに天文方に据えて、天体の動向を観測させているが、そこからはまだ何らの対策や名案も報告されて来ない。北島は科学者であると同時に儒学者でもあり、当時の世間に迎合するような、いい加減な天文上の憶測を述べるような人物ではなかった。当時の知識の範囲で事実に基づいた意見のみを報告している。

ところが、新将軍の家重が入り浸っている大奥は、外部の噂話や、巷の風評を仕入れてきて吹聴する大勢の人間との接触があって、世間の情報伝播には事欠かない。新政権発足と共に現れたこの奇星の祟りについては、無論、側室や侍女から家重に伝わってきている。

ある日、御側御用取次側衆に任じられていた大岡主膳（忠光）が家重に呼ばれ、この事態に対応する方策を相談されたのは自然な成り行きであろう。居間で寛ぐ家重は端正な顔立ちであるが、瞼が弛み眼光にも活気がない。左足を少し崩し、右手には撞木のような形の杖を持っている。

「＊＊＊……＊＊＊＊…＊＊＊…」

家重が唸るような声を出すと、忠光だけは家重の顔の表情、不明瞭な発音、身振りなどを総合的に組み合わせてその意味を理解できる。

「世間を騒がせている先年の奇妙な星のことですか」

家重は頷いて更に続ける。

「＊＊＊＊……＊＊＊＊……＊＊＊…＊＊＊＊……＊＊」

「天文方など関係者に連絡して善処し、御簾中方が御要望になる平安祈願を計画致します」

忠光は直ちに家重の希望を汲み取り意見を言上する。

「＊＊＊＊……＊＊＊＊＊…＊＊＊＊…」

家重は、忠光に大御所様にも報告して了解を得るようにとの配慮を命じた。見掛けとは異なり、意外に気遣いが細かい。

数日の後、大岡忠光の小柄でやや太り気味の姿は、寺社奉行大岡忠相の屋敷にあった。大奥の意向によって持ち上がっている妖星対策案件の一部が、旧知の寺社奉行大岡忠相の管轄圏に関わる事柄となっていたため、役所を兼務する桜田門前の自宅を訪れていた。

忠相は、忠光とは同族の誼からかねてから親交があったが、このたび来所の忠光は、現将軍の御側役であり、また、誰にも真似の出来ない将軍との通詞のような特技を持っているため、現在は幕府の重要な役割を有する人物となっている。下膨れで眉の間が広く小さい黒目に小さい口元だ。

「このところご無沙汰を致しておりました。益々お元気そうで何よりです」

女人のように柔らかい声を出す。

「いやあ、いよいよ老体となってきているよ。主膳殿も重要人物となって活躍されているので、我らも同族として心強い限りだ。そちらも忙しい体だろうから、早速相談を始めようか」

歳に似合わず太く響く声だ。長年、喉ぼとけが使いこなされているためか。

「まあ、御用は例の妖星に関わる対策案件です。説明が長引くのを避けるため、予めお届け致しておきました書面に要点を記載しておきました。重複しますが、先ずは現在までの経過を項目にして説明致します」

そう前置きして、忠光は家人が煎れてくれた茶を一口に飲み乾す。忠相は長い顔に煙管を咥えて一服付け、背を更に深く曲げて体を楽な姿勢に崩す。忠光は懐から資料を出して拡げる。何か克明に調べて来たようだ。

「第一には、この妖星の正体は何であるかということです。まあ、今のところ誰にも分かりません。天文方を含めてです。天文知識が及ばないためです。西洋の天文書もありませんし。えー、仮に天文の洋書があったとしても、残念ながら読める人間が居りません。一人の天文方、長崎から上府している北島見信という者ですが、彼の意見では、この星が今のところ実害を及ぼしていたのは、奇異な天体現象に恐れる群衆への心理影響だけであるとのことです。まあ暴風、洪水、疫病などとの発生には関連がないだろうと彼は言います。しかし、他の天文学者は、現時点で一概に無関係な連鎖現象と断定する根拠はないと言います。えー、私には、どちらの言い分が正しいのか、分かりませんが……」

忠光が一息入れながら下膨れの顔を忠相に向ける。意見を聞かせてくれということだろう。忠相は背を起こしてよく響く声で言う。忠光の、まあ、という発語の癖が移ったように、

「まあ、天体奇異現象と地上の天候異変には何か関連があるのかどうか、今のところ分からないというのが本音だろう。その天体そのものが、何が何だかわけが分からないのだから……。天文知識が及ばないということだろうね」

「えー、第二ですが、天文方は、また妖星は現れるかもしれないというので、幕府も天空に近い高地における観測を行いたいという希望がありました。山岳に詳しい知識者を動員して、江戸の近辺で測定候補の最高高地を選んでいましたが、関東ではそれが西北の甲斐との境にある秩父山地にあるら

しいのです。知識者の話では、三峰山と呼ばれている白岩山、妙法ヶ岳、雲取山の三山に接した山岳が測定地として最適であるであるということが分かりました。そこには山岳信仰者によって、既に観測に利用できそうな寺社が建立されております。まあ、しかし、現状がどうなっているのかは不明ですが。大変くどい前置きの説明をいたしますが、これには、まあ、少々理由があってのことです」

忠光は家人に水を一杯所望して、聞いている忠相の様子を小さな目で窺うが、聞いている様子に特に変化もないようなので話を続ける。忠相は内心、忠光が自身で言うように、もっと話の要点を絞ってもらいたいと思っている。近年少々気が短くなってきているのだ。煙管の雁首に煙草を詰め替える作業で平静を維持している。

「話を続けます。山岳信仰の霊地三峰山の手前には開けた盆地がありまして、その中央には古くから北極星・北斗七星を神座とする妙見信仰の社として高名な秩父神社があります。この社の南東に聳える高山は、神名備《かむなび》の霊山とされる妙見山（武甲山）です」

忠光はそこで軽く頭を下げてから、

「なお、この神社の現在の社殿は、神君家康公により造営が許された由緒ある権現造りの建物だそうです」

忠相は、神君までが妙見社に関連されていたのか、と意外に思って長い首を傾けている。

「関係者から聞いた話では、社殿の欄間彫刻は左甚五郎の作とされているようです。また、毎年十二月初めに行われる例祭におきましては、霊山の男神と神社の女神が、年に一度御旅所の熊木《くまぎ》というところで逢瀬を楽しむ夜祭が開催されるそうです。まあ余計な説明でしょうが」

忠光は忠相をそっと見ると、今度は真っ直ぐ顔を立てて正面を向き、何か考えている様子だ。

「いやいや大事なお話だよ。それにしても、妙見様が子孫繁栄の御利益も与えてくれるとは有り難い神様だね。早く知っていれば神君のようにお参りしておいたのにな」

「えー、ようやく巫女の話に辿り着きましたが、ここから話が少し脇道に入ります。この秩父神社をよく知る者の話では、この神社は妙見菩薩として有名でありまして、諸国の妙見社に奉職している巫女達の修業場となっているのだそうです。まあ、秋に一度だけその修行会が開催されますが、延享元年の十月の例会である事件が起ったそうです。実は、ここが問題となりますが、先ずは話を進めます。例会の終わりに、巫女の一人が道場で突然倒れ、あらぬことを口走りはじめたのです。こうしたことは、巫女の連中からすればそれほど珍しい出来事ではないらしく、妙見様の御神託を受け、いわゆる乗り移りの現象だそうです。当時は、その巫女の示した御神託の意味が不明のまま過ぎていました。まあ、そのときの記録があると言いますが、確認しているわけではありません。ところが、その翌年の二月にあの奇妙な星が天空に現れたわけです。ご承知のように、日本中に姿を見せたその妖星の形が、四角枡形に×印があり、中心と四隅に光星を持つものでありました。そして、問題が起こったのは、その天体の形がどうも、前年に巫女がお受けした妙見様の御神託内容と符合するのではないかという一部の見解があったそうです。この辺りが少々出来すぎではありますが」

忠光はそこで話を止めて一口の水を飲んだ。忠相は崩した体を少し起こしている。

「それで、その巫女はどんなことを言ったのかね」

「えー、先にも申しましたが、意識のない時の言葉は意味不明でしたが、巫女が気付いて数刻の間ははっきりした記憶がありましたので、まわりの人間がそれを書き留めてありました。習慣的にそうしているらしいのです」

忠光は書類を捲り、その個所を示しながら言う。

「巫女の受けた御神託を聞いた人間が、別個に書いた文字と記号を、総合的に取り纏めたのがこれです。まあ、大意は次のようなお告げとなっています。

〝大地が激動し裂けて火を噴く。海から大波が押し寄せみな沈む。西北の母なる神を鎮めるべし〟

巫女はこの他に、数個の多分記号を表す図を描きました。一個ずつ紙に筆記したのはこれです。
○△□一一
更にこのときには、巫女は聖なるお山が見えると言っていたそうですが、数刻後にはこれらの記憶を思い出せなくなっていたそうです」

忠光はその書類を忠相に渡しながら言う。

「巫女の受けた妙見様の御神託を信じるかどうかは、まあ、別ですが、多分近年中に、どこかで発生する地震・津波の予言と考えられます。まあ、古来から災害多発の国ですから、珍しいことではありませんが、それを祈願で鎮められれば、それに越したことはありません」

「西北の母なる神か、近い所なのか遠い所なのか、その場所の特定は難しいだろう」

「最初、この謎を特定する手掛かりは、記号の図形にあるものと考えていましたが、どうもそうではなく、巫女の見た聖なるお山ではないかと思います。つまり、山を御神体とする信仰で、女神を祀る寺社について、西国を調査するべきかと考えています」

「正に寺社奉行の管轄というわけだな。それは早速手配してみよう。それで、記号の方はどういう意味となったのかな」

「この記号をこのまま単純に積むと――順序を変えればですが――下から方形の地輪、円形の水輪、三角の火輪となります。半月の風輪、円形の空輪がありませんが、密教系の五輪塔に近い形となります。その下の横棒は不明でした。ところが、翌年の二月あの妖星が現れました。すると、例の巫女は忽ちお告げの記憶が蘇りまして、四角の舛に二本の横棒を×印のように入れました。それが現れた妖星と同じ形になったというわけです。残りの記号は、まあ太陽を戴く聖なる山だろうということになったそうです」

「なるほど、妖星の形が妙見神のお告げの記号と合致するので、星辰《せいしん》のお告げであったということになるわけか」

忠相は、これは場合によると大変な前兆現象ではないだろうか、と思えてきた。

「ええ、この話が大奥に入りましてから、上様も気を揉んでおられまして、大御所様に御相談の上、早急に対応せよとのご意向です。大御所様は、まあ御奉行に相談して善処するように、との仰せでありましたので、早速お邪魔させて頂いた次第です」

忠相は少しの間長い顔を深く傾けていたが、顔を上げて、

「委細承知致しました、と御両所様にお伝えくだされ。ただ、相手が得体の知れない妖星なのでね、いまのところ神仏におすがりする以外に名案は浮かばない。さあ、先ずはその西北にあるという聖山祈願の具体策を練ることから始めるしかないな」

役目柄、とても断るわけにいかない。忠相は少々破れかぶれな気分となっている。

「えー、これで最後ですが、第三の話があります。以前、正徳金貨退蔵疑いのお話を伺いまして、その関連からお聞きしていることですが、元長崎奉行の石河政郷（随柳）殿――今は故人となっておられます――が、隠居した長崎の妙見社についてのことです」

忠相は石河隋柳が亡くなっていたことを初めて聞いたので少し驚いた。しかし考えてみると、彼も相当な年配であったなと合点できる。忠光はおかめ面に似た頬を膨らませて続ける。

「当時妙見社には、隋柳殿の元家臣である井上平馬の愛娘葵がおりました。父の井上はある事件で既に故人となっていますが、葵は事情により隋柳殿の養女となっておりました。隋柳殿が隠居して、家を相続していた養子の庄九郎政朝殿が、近年昇進して江戸北町奉行に就任し、江戸屋敷が多忙となったため、奉行殿に乞われて隋柳殿がやむを得ず帰還することとなり、その葵も、まあ一緒に江戸入りしたわけです。葵は長崎の妙見社兼隠居所に居る頃から、熱心な妙見信仰者だったようです。江戸に移って養父随柳氏が亡くなった後は、名前は聞いていませんが、江戸近郊のある妙見社に巫女として奉職していたようで、大変な美女なのだそうです。まあ、関係ありませんが」

忠相は、忠光がまた長話を始めたと感じていたが、葵が巫女となったことに少し興味を抱いた。それにしても、忠光は色々とよく調べているな、と感心する。

「葵は先の話の、秩父妙見社の巫女修行に参加しました」

忠光はここで意図的に少し間をおいて、細い目を広げて忠相の長い顔を見つめ直した。

「実は、妖星のお告げを受けた巫女は、この葵だそうです」

忠相は、途端に曲がっている背をすっと伸ばした。

「ふーむ、妖星も美女を狙ったか」

妖星の受告者が葵であったことに一瞬驚いたが、なぜ葵なのか分からない。多分、何かの偶然であろう。この際、そう考えるしかないのだ。だが、次に忠相の頭には、幾つかの亡者の面影が浮かんだ。この葵が、長崎妙見社に纏わる謎を秘めて亡くなった人物、大岡清相、石河随柳、細井安明等の怨念を引き受けた存在となったのは間違いないだろう。もっとも、うかうかしているうちに忠相自身もその怨念のお仲間に入ることに成り兼ねない恐れがある。

——そんな歳だからな。

なお、石河随柳と調馬師ケイゼルとの関連も調査が必要だ。そのケイゼルで思い出したのが、去る日、大御所様が雑談の中で申されていたことだ。

「ケイゼルは、本来は調馬師として来日したが、ポロ球技の復活や、植物書のドドネウスの和解にも貢献していることは事実である。かなり多才な人物だ。また、こちらの調査では、彼には多少の疑わしい行動はあるが、こちら側に不利な事件や問題は起こしていない。最近分かったことではあるが、彼には過去に山師（鉱山師）の経歴もあるらしい。これからの我が国は、対外貿易上、更に銀や銅の鉱物が必要となる。金・銀・銅の鉱山は各地にあるが、どうも産出量が少ない。できれば更に増産してゆく手段を講じたい。ついては、ケイゼルの持つ西洋知識を利用することを考えたい。彼を鉱脈目利き人として臨時に手当を払って雇い、各地鉱山からの要請によって、地域役人に案内させたらどうかと思う。無論非公式に目付や同行通詞も必要になるが」

この件について、早速ケイゼルを見付け出して対応しておくべきだ。これは忠光にも伝えておこう。一方、石河随柳の養子北町奉行の政朝は、現在では大目付の役に就任していて、長崎の金貨退蔵事件には恐らく無関心であろう。随柳は堅物の養子には本心を明かさず、また最後には、長崎隠居所の一切を葵に託したのかもしれない。もしかしたら、彼女の神がかり能力も知っていた可能性がある。

忠相の頭が忙しく回転しているところへ、また忠光が問題を投げ掛けてくる。

「えー、大奥の意見では、西北の神を鎮めるためには、この妖星からお告げを受けた巫女の祈願でなければ通じないだろう、ということになり、お上もそれを了承しています。但し、あまり世間に騒ぎ立てられないよう考慮して、その方策を建てるようにとの仰せがありました」

忠相はこの一件からも逃れられないことを覚悟した。

「それで、この案件のすべてを表立てず、このわしに無事やり遂げるように、という有難い思し召しだろうか、出雲守殿」

忠相は長い顔の皺を寄せながら、ここでは忠光の叙任名を出し、何だか皮肉に聞こえるような言葉を絞り出す。

「まあ、簡単なことではないことはお上もよく理解しておられます。何しろ西北の神と言っても、今のところ何処に行けばよいのかも分かりませんのでね。但し、事柄が寺社奉行の管轄であるため、他の人間に相談するわけにはまいりません。まあ、御奉行にすべての宰領をお任せした上、幕府機関の全力を挙げてこの事態に対応し、応援しなければ、この厄介な災難から抜け出す方法はありません。無論、掛かる費用の問題を含めてですが。また、えー、先日ご相談のありました退蔵金問題探索の件につきましては、担当の青木昆陽が、西国で十分活躍できるよう取り計らいます」

忠光からは、老馬に鞭打つような台詞が次々に出てくる。

「これが最後の御奉公かもしれないな、はっはっはぁー」

忠相の萎んだ口から、この重圧を振り払うような苦笑いと、何だか捨て鉢のようなかすれ笑いが吐かれた。そして、もう一度、最後の質問が絞り出された。

「最後に当たり尋ねるが、忠光殿、巫女のお告げを信じるべきかね」

忠光は、少し間を置いてから柔らかい声で呟いた。

「まあ、これは私の勘ですが、妙見様の御神託と妖星との関係はあり得ません。誰かが、両者を巧みに仕組んだものと思います」


翌朝、寺社奉行の大岡忠相は、朝から居間を兼ねた役所内にて一人で思案して居た。好みの煙草をふかしている。忠相は思う。人生では最終段階まで予想できない災害に遭うものだ。晩年に至り、老境を花鳥風月とともに優雅に送れれば幸いだと思っていたが、ここで妖星を鎮めるための役割を与えられるとは、思わぬ人災を被ったというわけだ。誰が考えても、得体の知れない天体や地面の動きを、人間が祈願によって左右できるわけがない。これは予期せぬ無理難題な話だ。妖星のお告げの通りならば、国土が災害を受けることもさることながら、自分がいつまでも寺社奉行職に座っていたのが運の尽きだった。神仏祈願という管轄内の役割を断われるわけがない。我欲だ、我欲が最後に苦しみを与えてくる。しかし、こうなっては何事も運命だと思い、諦めるしかないだろう。最後まで頑張る自分でありたい。願望も執念も生きているうちの話だ。さて、先ずは妖星のお告げを体感した巫女の言う、母なる西北の神を特定することから始めるとするか。忠光はどうも不審に思っているらしいが、今更役を降りるわけにはいかない。

忠相は灰吹きに煙管の雁首を叩きつけてから、奉行所の配下を呼び、役人に入手できる関東から西方の地図を探すことを命じた。但し、正確な地図がないことは承知している。概略の地図でもいいから、それがあればお告げのあった秩父神社から直線を西北に引き、その延長線上の場所を探し、神仏を祀る山があるのかどうか、そしてその近辺に寺社奉行所の帳簿に載せられている神社仏閣があるのか、先ずは出来得る範囲の調査を早急にしなければならない。

一方、家重側用人の大岡忠光は、西の丸の御用部屋に居た。その対面には、西の丸若年寄の加納久道が、高齢ながら分厚い唇をした丸顔をてらてらと光らせていた。先程から、この度の災難回避祈願について相談している。また久道の分厚い横長の唇が重く縦に動いて言う。

「ええん、大御所様も、このたび神田に設置した天文台に、ご自分で作られた簡天儀を置かれるなど、天文については大変注目しておられる。うう、情報は既に御存じだろうがねえ、えー、えへん」

痰が絡まるような喋り方だ。

「また、大奥の妖星対応の件についても承知されている。ああ、うん、しかしな、幕府全体が天変地異に怯えている姿を、公に示してはならぬと仰せられているよ、うん。これはもっともなお考えだと思うがね」

久道は湯飲みの茶碗を取って、もう冷えている茶色い水を飲む。

「ああ、このところ少し風邪気味でね、お医師が薬湯を勧めてくれているが、効き目はないようだ」

「それは困りましたね。お体を無理しませんようにお願いします。まあ世間では風邪が流行ってお りますので。ええ、風邪の対策で、麹町の薬種屋では大和人参（和人参）がずいぶん売れているよう ですが」

「うーむ、実はそれも飲んでみているがね、どうもよくなった気配は感じない。医者の葛根湯はな おさら効き目がないようだ。それで御覧の通りさ、えへん」

「まあ祈願の件はですね、世間体は通常行われている厄除け祈願に致しますが、問題は、告知を受 けた巫女の妖星祈願を、そこにどのように嵌め込むかです、まあ、神との交流能力のある巫女自身の 考えも考慮しないといけませんのでね。ええ」

　忠光はそう言って、役職は若年寄であるが、そろそろお迎えが来ても可笑しくないお年寄りの恵比 寿顔を見つめる。

「ああ御存知ではあろうがね、大御所様は、先に九州方面の主要各社に、武士の団体を送り流鏑馬 奉納を行っている。ええん、ところが、後に大変悔やんだことがあると言われていた」

　久道は何かの布を懐から出して、鼻に当ててしゅんと音を立てた。しかし、巫女の話はまともに受 けてはいない。故意に話をはぐらかしているのか、あるいは老化のためなのか、判別は難しい。

「それはね、その際に後回しとなったと申されているが、実は、その折には思いつかなかったとい うのが本当だろうがね。欠くことのできない一番大事な神の島（沖ノ島）を拝んでいなかったことだ。 そこに祀られている最高神の宗像大社《むなかたたいしゃ》への祈願もいまだ果たされていない、そう言われている。う、あ、わ、わ」

今度は口をわくわくと痙攣させながら、上を向いて息を吸い込んだ途端、光った頭が前に振られて、「はっくしょーん」と大きな嚔《クシャミ》が飛び出した。久道はこれですっきりした顔付になって結論を言う。

「まあそんなわけでね、表向きには、宗像大社詣ができれば御満足だと思うよ」

大御所様への言葉も少々軽くなっている。

「まあ、恐らく寺社奉行の越前守殿が、いま西の方角から聖域の場所を割り出しているとは思いますが、どうなりますかねえ、ええ」

忠光もあまり確信的な言葉は述べていない。どちらの側用人経験者も、大事なところで言質を残しておきたくはないようだ。久道は、クシャミで膝の回りに飛び散っている唾などを布切れで拭っていたが、

「ああそうだ、もう一つ大事な話が残っていた。戊辰《ぼしん》年(一七四八)に重なっている朝鮮通信使節と琉球使節の江戸上がりの問題が控えている。大御所様は、国威を示す重要な行事であるから、あまりみっともない対応は出来ないと申されている。今から対馬藩と薩摩藩に交渉して、遺漏のなきよう準備を進めるように、との仰せであった。あん」

久道はクシャミの効果で、急に老中にでもなったような口振りになってきている。忠光は、前回の御代替わりにおける、享保三年戊戌《ぼじゅつ》(一七一八)の琉球使節、享保四年己亥《きい》の朝鮮通信使について、殆ど知識がない。

「まあ、特に朝鮮通信使の方は大掛かりですから、準備が大変ですね」

今のところ忠光は他人事のように言う。

「多分わしはね、その頃には三途の川を渡り切っているだろうからな、関係ないよ。あっはっはあ」

そういえば、昨日の大岡忠相もこれが最後だと言ってやはり笑った。諦めの苦笑は、人生の終点を自覚した場合の共通現象かもしれないなと思った。しかし、忠光には、この時の久道の力の抜けたような笑い声が、いつまでも山彦のように耳に残った。

この後、忠光は忠相からの位置調査結果を待った。

同時に行われる沖ノ島宗像神社への国家安泰祈願を実施するためには、担当する諸役を通して抜かりなく手配を行わなければならない。その際、心霊巫女を祈願に参加させることもなかなか大変だ。但し、この祈願を、誰がどのように実施したのかについては、お上のご意向ができるだけ機密に行うようとのことだったので、この件に関する具体的な記録は一切残してはならない。

もう一件の退蔵金隠匿問題の探索については、青木昆陽を呼び出し、こちらの担当者と引き合わせておきたい。これも極秘で実施するよう忠相の依頼ではあるが、あまり気乗りがしない案件だ。何故この問題に青木昆陽という人物が登場するのかわからない。このような大仕事を企む悪人の隠匿物が、素人の植物学者に探し出されるようなら誰も苦労はしない。まあ、この探索劇は、関係者の顔を立てるための田舎芝居となって、雲を掴むような隠密道中を演ずるだけであろう。

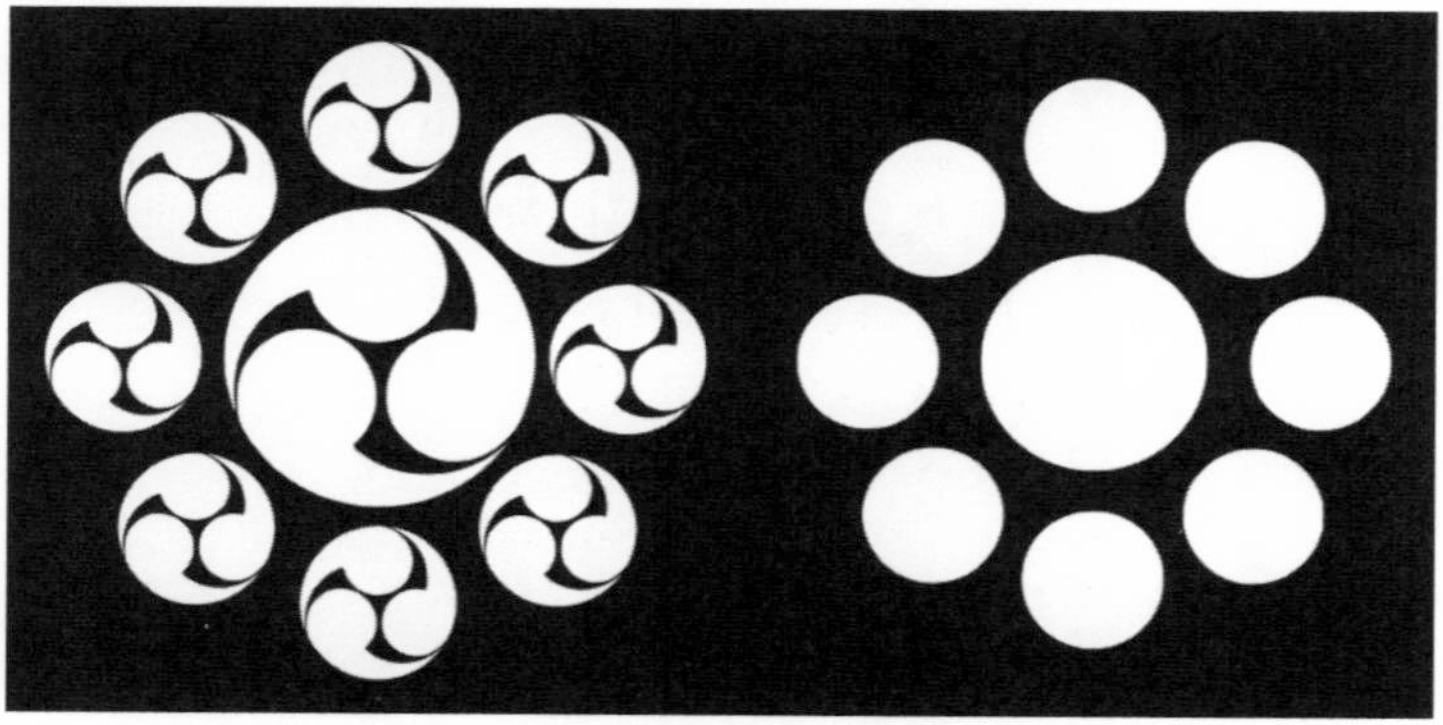

図９　九曜巴紋と九曜星紋

（九）九曜紋の災難

延享四年（一七四七）

登場人物

酒井忠恭　三十七歳　上野前橋藩主・左近衛少将
堀田正亮　三十五歳　下総佐倉藩主・相模守
本多正珍　三十七歳　駿河田中藩主・侍従
西尾忠尚　五十八歳　遠江横須賀藩主・侍従
松平武元　三十三歳　上野館林藩主・右近衛将監

延享四年（一七四七）九月三日、巳の刻（午前十時）、松平武元《たけちか》は、開催される閣議に間に合うよう、御用部屋坊主の先導する大廊下を急いでいる。今般、西の丸老中から本丸老中に転任し、初の閣議参加である。

白書院に入ると、下座には数名の記録係りの書記が座卓を前にして並び、閣議の席には、奥の方から円形に酒井忠恭《ただずみ》、堀田正亮《まさすけ》、本多正珍《まさよし》、西尾忠尚《ただなお》の顔が見える。いまだ刻限ではないのに、既に他の老中全員は揃っていた。武元は空いている自分の席に着座して、一同に軽く頭を下げて小声で言う。柔らかな音声だ。

「遅れて申し訳ありません」

中央に座る老中首座の酒井忠恭が、切れ長の一重瞼にどっしりとした鼻柱を持つ顔を水平に回し、自分の後方にある二挺天符式和時計（櫓時計）を見てから、太い低い声でぼそっと呟く。

「いや、いまだ刻限の四つ（巳刻）には間がありますよ」

忠恭の隣に居る西尾忠尚は、目尻に深い三本皺があり、三日月面のような大きな目をぎょろつかせている。会議の始まる前であることも気にせず武元に話し掛ける。少し語尾を上げたような話し方である。

「このたびは、松平侍従（松平武元）殿の目出度い初閣議参加でありますのに、たまたまとんでもない事件の報告となったものだねえ」

今度は、その隣に居た堀田正亮が、首座の忠恭に向かって発言する。延享二年（一七四五）に大坂城代から老中に任ぜられている正亮は、その翌年、出羽山形藩から下総佐倉藩初代藩主に転封されたばかりである。

「あの私事ですが、実は、この事件の当人とは家系上で少々繋がりがありまして。そこで、私はこの席を遠慮すべきかと思いますが、少将（酒井忠恭）殿、どうでしょうかね」

立場上、万事用心することに越したことはない、という正亮の計算が働いていることは分かる。

忠恭は右手を挙げ横に振り、低い声だが、今度は一言ひとこと区切りを付けて言う。

「各々方、いまだ開会前だ、ちょっと待ってくれ。これから順を追って発言してもらうのでね……。そろそろ刻限なので閣議を始める。最初の案件は、去る八月十五日に発生した旗本寄合席板倉勝該《かつかね》の城内刃傷事件に関する報告事項、並びに付帯審議事項についてだ。当月の月番であった伯耆守殿（本多正珍）から、この事件のあらましと、後の経過について簡単に御報告願いたい」

正珍は、下座に手を振って書記を呼び、一件の関係書類を取り寄せている。事件の内容を報告するためだが、忠恭の方で何か先の前置きの言葉に追加することがあるようだ。

「それから、先程相模守（堀田正亮）殿よりの御慎重なお申し出を無視することは失礼となるので、先に審議しておきたい。えー、板倉勝該との家系上の関連ですが、御一同にその問題をお諮りしたいと思います。では気になる御家系の繋がりについて御説明下さい」

「はい、有難うございます。あの、先ず私（堀田正亮）の父、堀田正武《まさたけ》は三十一歳で病死致しまして、そのため私は父の兄正虎《まさとら》の養子となりました。祖父は堀田正盛三男の堀田正俊《まさとし》で、室（祖母）は酒井讃岐守忠勝《ただかつ》殿の娘です。昔の話になりますので、皆さまは既にお忘れかも知れませんが、その祖父正俊はですね、常憲院様（徳川綱吉）時代の貞享元年（一六八四）八月二十八日、若年寄稲葉石見守正休《まさやす》の乱心によって殿中で刺され、その傷がもとで当日のうちに亡くなっております。享年五十一歳でした。祖父堀田正俊の兄正信《まさのぶ》の子に、稲葉正休と同名になりますが、堀田豊前守正休という者がいて、その室は板倉阿波守重郷《しげさと》の娘です。また、堀田正休の二男重浮《しげゆき》が板倉市正重大《しげもと》の養子となりましたが、この板倉重浮の二男が当事者の板倉勝該となるわけです。長男の勝丘《かつたか》が延享三年に三十八歳で亡くなったので、旗本の家督を勝該が継いだわけです。まあ、以上の繋がりを簡単に言えば、当事者は私の祖父の兄の孫となるわけです。回りくどい説明でしたが、私の家系にはこうした因縁があるというわけです」

ここで首座の忠恭が太い首をぐるぐると廻し、右拳で左の肩を二、三度叩いた。肩でも凝っているのかもしれないが、顔が上気しているせいで赤さを増している。大きな息を吸ってから、吐き出すような口調で言う。

「いやー、参ったな。こちらも相模守（堀田正亮）殿と同じような縁続きだ。私の実の母は堀田豊前守正休の次女なんだよ。私は酒井飛騨守忠菊の四男でしてね、兄の親本《ちかもと》も同じく忠菊の長男ですが、その兄が二十七歳で病死したので、私が養子に入ったのです。縁の濃さで言えば、こちらは祖父の孫との関係になるわけだな」

ここで本多正珍がすっと右手を挙げた。左手には事件の記録簿を持っている。

「あの、御両家いずれの家系も、当事者との繋がりは相当離れておりますよ、はい。えー、私は別に問題ないと思いますが」

「私も同じ意見です」

松平武元が追って発言をした。しかし、武元はここで、どこの武家においても、家督相続についても同じような問題があることを実感していた。実は、自分自身も常陸府中松平藩三代当主播磨守頼明《よりあき》の二男であったが、松平右近将監清武（越智松平）の家督を継承していた武雅《たけまさ》が、享保十三年に二十四歳で亡くなったので、その後に養子に入っていた。

本多正珍は痩せ型で、全体に骨ばった体格である。太い眉の下の目は窪んでいるため、頬骨がとりわけて目立って見える。

「それでは説明に入りますが、色々な点でねえ、はい、城中の刃傷事件は単純そうで、不可解な事件が多いようです。まあ、最初は事件の経過だけ述べてみます。記録によれば、本件は先月（八月）十五日午の刻（九つ・真昼）、殿中大広間北の落縁《おちえん》（座敷または縁から外にある一段低い縁）において発生したとなっています。その場所は柳の間近くの厠への通路ですね。ここで起こったのですね、この事件が。事件の当事者である板倉勝該は、昨年の延享三年十二月五日に兄の勝丘が三十八歳で亡くなり、その知行六千石を継ぎ、今年の三月十九日、上様にお目見えを許されたばかりでありました。その勝該が突然狂気の行動を現しました。えー、不意に腰の脇差を抜いて、近くにいた細川越中守宗孝《むねたか》殿、に斬りつけたのです。細川殿は殿中で思わぬ背後からの所業のため、その白刃を避けるいとまもなく頸部に深い切り傷を受けました。この騒ぎはすぐに台聴に及びまして、即時に侍医の武田叔庵および数人の番医師による傷の手当が指示され、上様からは傷養生のための人参等を賜ったとのことです。この刃傷事件の処置には、細川家家臣の同席も許されまして、被害者の宗孝殿は平河口から退出し、親族である織田山城守信舊《のぶふる》殿の屋敷に収容されました。更に懸命な傷病の手当を受けたのですが、その甲斐なく、翌日受傷がもとで亡くなったということです。え―、三十二歳だったそうです。若いのに、このようなことになって誠に気の毒ですね。一体両者に何があったのか、皆がそう考えているのですが、勝該乱心の兆しは前からあったらしいという噂もあります。が、さあどうでしょうか、私には分かりません、はい。それで、結末としてはですね、勝該本人はお定めの通り水野監物忠辰《ただたつ》殿にお預けの上、去る八月二十三日に切腹を仰せつけられました。無論、家禄は没収されることになるでしょう。何分個人の行動について本人からの釈明はなく、他者では判断が出来ず、常識的には、誰が考えても狂気の行いであるとの判断が下されております。そして、本人は既に死を賜っているため、直接関連する親族等へのお咎めの是非などについては、今後の審議事項となるのではないかと思います。無論、上様のお考え如何によりますが、はい。え―一方、被害者となった細川家にはですね、奏者番永井伊賀守直陳《なおかた》殿を遣わされ、お家のために家臣一同鎮まるようにとの老中からのお達しが下されました。細川家中は今のところ平静で、何等不穏な動きもないようです。また、遺領は弟の紀雄（重賢《しげかた》）殿の仮養子が定めてある様子で、これは問題なく継続されるのではないでしょうか。この辺のところはですね、え―、堀田相模守（正亮）殿が上様のお使いで、事件直後に細川家に尋問に行かれておりますので、月番である私などよりも、適切な状況を把握されておいでになるものと考えます、はい」

本多正珍はここで説明の区切りを付けて、首座の酒井忠恭の方に頬骨を向けた。その忠恭の言葉を待たず、堀田正亮が右手を挙げて言う。

「私が、事件直後の大騒ぎの中に細川家に遣わせられたのは、上様よりのお見舞いの言葉と、細川家の遺領については今更申請には及ばず、心安く保養するようにとの恩命をお伝えしただけでのことでしてね、無論、生死も分からない当人を尋問などしていませんよ。ですからね、事件の解明につながるような話は全くありませんね」

どうも、どの大名家でも虚弱者や若死の者が多い。何故だろう。その究明などは、今のお抱え医師や古い医学では到底無理な話だ。幕府もオランダ書をもっと輸入して、蘭学者や通詞達に読ませ、進んだ西洋の医学を積極的に導入できないものだろうか。

西尾忠尚が右手の掌を忠恭に向けてひらひらさせ、禿げあがった頭に小さな髷を付けた頭を二、三度頷いて見せた。目は瞑ったままだが、眉を上げて同意の意思を示している表情だ。忠尚はこの三月より大御所吉宗の隠居所となっている西城（西の丸）に扈従《こじゅう》している。吉宗の信認も厚い。

酒井忠恭はほっとしたように首を左右に傾げた。頭の血の巡りをよくするための癖になっている仕草らしい。

「御一同に御異存がなければ誠に有難い。では、続いて西尾殿よりも事件について御説明願います」

このときまで居眠りしているように顔が下を向いていた西尾忠尚が、光る頭をすっと挙げた。

「この問題が起こったのは、月例拝賀で出仕していた細川越中守（宗孝）殿の背中にある九曜星《くようぼし》紋にあったという説があるようですねえ。つまり、勝該は、実は紋所を間違えたため、他人へ刃傷に及んでしまったらしいというわけです。まあ、単なる噂ですがね」

そう言いながら忠尚は、大きく厚く被さる両眼の瞼を上下に開くと、下からは大きな目が現れて、裃（小袖の上に着る武士の礼装）の両胸に付いている櫛松《くしまつ》の家紋を見ている。

酒井忠恭も、自分の裃に付いている剣鳩酸草（剣酢漿《けんかたばみ》）の紋に眼をやりながら呟く。

「そんなことが起こるのか。考えられないな。それで九曜星と似た家紋は何だろうね、西尾侍従殿」

「それがですねえ、ややこしいのは、そもそも勝該の板倉家家紋が九曜星とよく似た九曜巴《ともえ》の紋所なのですよ。細川家の九曜星とは並び方が同じでね。無論、近くでよく見れば巴の形が分かるが、装束の染色次第では判別が難しいこともあるのでねえ」

松平武元は自身の家紋について考えていた。武元の継いだ越智松平家の右近将監清武は、三代将軍徳川家光の三男綱重の次男であった。兄である六代将軍家宣公より、松平の姓と葵の御紋を賜ったが、御紋については着用を固辞し、従来からの丸に揚羽蝶と左巴を使用してきている。従って武元も葵の紋は遠慮している。このお城では、葵の紋を付けて肩を張っている侍は多いが、本日まで、自分は紋所に興味はなかった。しかし、この度は家紋が災いを呼ぶことがあることを知ったのだ。

今まで口を閉ざしていた松平武元が右手を挙げて首座の酒井忠恭を見つめる。忠恭は赤ら顔を武元に向けて太い声で言う。

「右近将監殿、どうぞ遠慮なく発言してもらいたい、他の方々のようにね」

これは老中達への少し当てこすりに聞こえたようだ。

「はい、有難うございます。西尾侍従（忠尚）殿に少々お尋ねします。侍従殿のお話では、板倉勝該は行き当たり次第、誰でも構わず白刃を振ったのではなく、自家の家紋である九曜巴を付けている人物を攻撃目標としていていた。そして、迂闊にも紋所を間違えて九曜星紋の熊本藩主細川越中守殿に斬りつけたということですか。私には、自分自身の一族の人物をですね、わざわざ殿中で探して刃傷に及ぶなどということは到底考えられません。殿中で刃傷に及べば、相手がたとえ同族であっても、本人は切腹、お家は改易となるのは明らかですから。つまり、一家断絶を招くのが必至の所業となりますので、全く割に合わないと思いますが、どうでしょうか」

「いやあ、巷の噂話ですよ。真実は分かりません。何しろ狂気の仕業です。理屈に合わないことをしますよ。但しね、板倉本家筋の当主で、遠江相良藩主板倉佐渡守勝清《かつきよ》殿と、分家相続について葛藤があったとの話も伝わっているようですがね。勝該は普段からあまり素行が宜しくなかったようですから、勝清殿も色々と思案があったのでしょう」

武元は、こうした噂話が巷に撒かれるのは、現在の武家における家督制度にも問題があると思った。家を継いでゆくには、第一に家を継承出来る血統を確保しなければならない。第二には、家系上相応な家からの正当な手続きを踏んで、養子縁組を結ぶことが重要な手段となっている。結果的に、幼年者や予想外の人物が家督を継承する場合も少なくない。武元自身も、養子となって親元を離れたのはわずか十二歳のときであった。従って骨肉の争いが起こらないとは限らない。しかし、それにしても、この度の家紋誤認による人違い殺傷事件については、何か不自然な感じがするのだ。

登城してすぐに、刃傷事件のあった時服置所先の松の大廊下手前左側外縁の現場を視察してみた。そこには厠への渡り廊下に通じる階段があった。既に何事もなかったように、血に塗れた不浄な場所は清掃されていたが、被害者は加害者より下方にいたことは確かだ。致命傷となった首の外傷を受け易い位置にあったことが推定される。無論、家紋の判別については当人以外には分からないが、我が家臣の調査では、板倉巴よりも似通う家紋は、蛇の目九曜、九曜桜、銭九曜など沢山あるそうだ。しかも、かなり至近距離にあったので、人物を比べたことはないが、近くで見れば四十一歳の板倉勝清と、三十二歳の細川宗孝を見間違えることは先ずないだろう。衝動的な行為ではなく、意図的な犯行に違いない。但し、板倉対細川の相対的な関連なのか、あるいはその間に第三者が関係したものか、そこは不明だが、加害者に意図的にそうした目的があったとすればどうだろう。そこに謎があると仮定したら大変な事件だ。

いずれにしても、犯行者は異常性格者であり、誰かに唆されて実行したとしても正常な精神の持ち主ではない。狂人として扱われるのは当然だろう。だが、大勢が登城する中で狂人が混じって居ること自体が大問題だ。これを軽く見てはいけない。通常の場合、古来から「喧嘩両成敗」という鉄則がある。この事件には細川家肥後五十四万石改易の危険性もあったのだ。風聞によればその窮地を救ったのが仙台藩主伊達宗村《むねむら》であるという。

事件当時現場近くに居た伊達宗村は、首の血管を切られた大出血で、既に一命を落としていた細川宗孝を見たのだが

「越中守殿はいまだ存命だ、早く家来を呼んで屋敷に運べ」

と大声で周囲に叫んだそうだ。生前相続手続の問題を懸念して、宗孝生存を証明してみせたわけだ。加害者の板倉勝該は、観念して暴れ騒ぐこともなく、取り押さえられ素直に引き立てられたが、当時の言動については誰も分からない。取り調べ結果は何も伝えられず、乱心者による殿中誤認刃傷事件として本人は切腹、一家は改易となっているのだ。家紋の災難ともいえるこの事件は、このまま四方波立たずとなって終結することだろう。

松平武元には、自身の肌感覚で、板倉勝該は、細川宗孝と心中する何らかの合理的な理由があった、と思えてならないのだ。いつの日か、この真相は確かめなければなるまい。武元は自身の考えにようやく納得して一、二度頷いた。西尾忠尚は重そうな瞼をゆっくり動かしながら発言している。

「僭越ですが、私の意見はですね、板倉家の問題は、乱心者の勝該一家に限るべきであると考えます。前例もありますのでね」

忠尚は、貞享元年の稲葉正休の事例を言っているようだ。本多、松平の両老中は同意の表情で頷いている。酒井忠恭及び堀田正亮老中もほっとした顔で軽く一同に会釈をする。

「では、この一件については、そのように上様に言上するのでよろしくご了承願いしたい。さて、次の報告案件に移りましょうか」

「次の案件は、来年に迫っている第十回朝鮮通信使来訪と琉球使節の江戸上がりの件だ。朝鮮の方は、大御所様が昨年、既に対馬府中藩の宗《そう》対馬守義如《よしゆき》への対応を定めておられる。また、琉球については、薩摩藩の島津家が対応するよう命じる手筈になっている。そして、一連の行事等については林大学頭《だいがくのかみ》に裁量してもらう。それでよろしいですな。詳細については、個別に後日改めて御用召奉書に連署し仰せつけることに致しますが」

首座の酒井忠恭の発議に、一同は頷いて了解しましたという意思を表す。

「では、本日はこれにて終わりとしましょう」

忠恭は低い声で会議の終了を宣言したが、その傍から西尾忠尚がまた発言した。

「もう一つお知らせがあるのですがね。この朝鮮通信使対応の問題とは別の話ですが」

忠恭はやむを得ずしぶしぶと言う。

「簡単に願います。記録は止めるがよろしいか」

「ええ、どうぞ。皆さんも覚えておると思うがね、去る延享元年二月に得体の知れない妖星が現れたね。それが、その前に妙見信仰の巫女が受けた我が国の大災害発生のお告げと関連することが分かり、大奥などの強い要請により、当時、上様が災害除け祈願をなさることになっていたことをね」

そこで唾をごくりと飲んでから、大きく一息吸ってから語る。簡単な話ではなさそうだ。

「ところが、延享二年に将軍家のお代替わりがあり、以後、その祈願は延び延びになっていたのだが、江戸では更に大火災、疫病の流行などもあった上に、今度の刃傷事件が発生したというわけです。世間では、この事件が細川家の九曜星紋と関るので、例の妖星と関連があるのかもしれないと囁かれているようです。これは単純な結びつけですよ。この件は既に寺社奉行の大岡越前守殿が、その祈願宰領を命ぜられているわけですが、いずれにしろ自然災難が相手ですから、越前殿もこれから苦労しますね。関係者に聞いたところでは、『行程大絵図（貞享二年・石川流宣）』や幕府の『享保日本図（測量原図）』などを参照してね。それで、受けた巫女のお告げの通りに、秩父の妙見神社から西方に絵図上の直線を伸ばしていくと、なんと対馬島に行き止まったらしいのですよ、ええ。つまり、そこがお告げの場所であり、巫女の祈祷場所となるわけですな。なお、祈祷者は妙見信仰の祈祷法に従って七個所での祈祷を予定しているらしいのです。これは、先の対馬藩にもかかわることなので、お知らせしたわけですよ」

忠恭は、西尾忠尚に一度大きく頷いてから太い声で〆る。

「なるほど、これも対馬藩ですか。それに巫女の祈祷か。うーむ、対馬宗氏には少々行動に問題があってね、通信使対応の他には役割を背負わせたくないのだが……あまり借りを拵えておきたくない事情もある」

そこでちょっと言葉を切ってから鼻柱を上げて言う。

「でも、この際やむを得ないでしょう。寺社奉行所配下の神道方《しんとうかた》が相応の支援をするだろうが、巫女の祈祷については厳しいね。祈祷者は北斗七星を模《かたど》る七箇所を祈祷所とするのか。しかし、妙見信仰の祈祷は、多分地元とは考え方や方法が違うからね、協力を期待してもあまり当てにはならないだろう。高齢の越前殿にも何かと負担になるだろうが、頑張ってもらうしかないだろうな。西尾殿の言うように、なにしろ相手が妖星だからね」

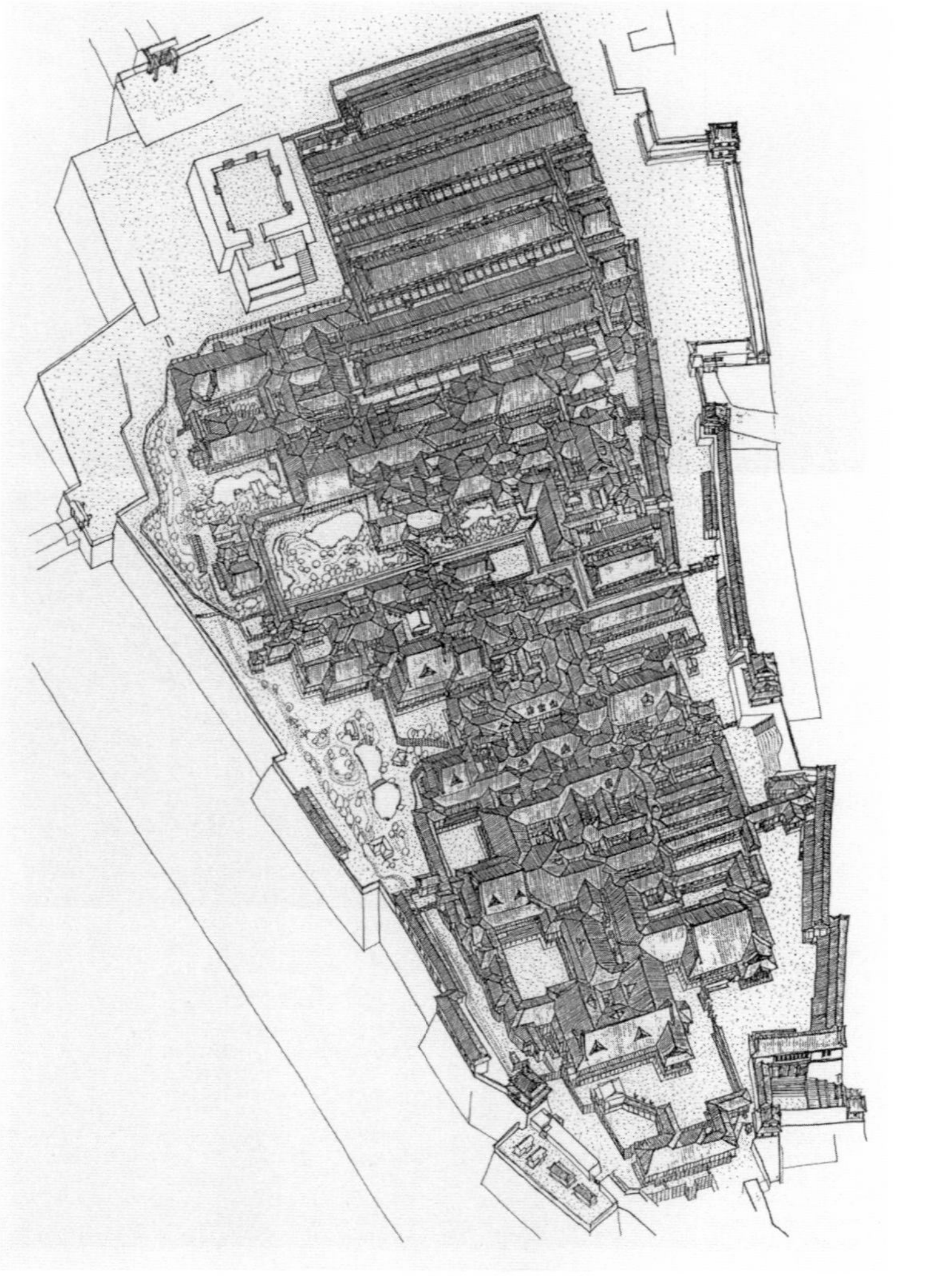

図10　弘化度江戸城本丸御殿（鳥瞰図）
（作成：平井聖『ヴィジュアル百科江戸事情 第5巻』収載／1993年）

（一〇）御庭之者

延享四年（一七四七）

登場人物

徳川家重	三十七歳	九代将軍
明楽善次郎	二十六歳	伊賀御庭番
（妹）小鈴	二十一歳	加賀御庭番妹
松平武元	三十三歳	老中
大岡忠光	三十八歳	家重御側衆
安部一信	五十三歳	長崎奉行

朝の四つ（午前十時）前に、伊賀御庭番の明楽《あけら》善次郎は、妹の小鈴と共に江戸城本丸の御庭に設けられている御庭番所を出て、庭伝いに大奥御殿と渡り廊下で連結する将軍の御休息所に向かった。休息所南側の濡れ縁沿いの一ヵ所には低木の植え込みがあり、樹々の僅かな空き地に、渋柿色の装束の二人が蹲《うずくま》っていた。周囲の風景に溶け込んでいる様子は、さすがに広敷伊賀者明楽樫右衛門の孫だけはある。

しばらくすると、濡れ縁の内側に大型の座椅子が運ばれ、間もなく将軍家重が重そうな腰をどかっと載せた。付き人が渡り廊下に下がると、周辺からは人の気配が消えた。

南向きに座った家重は、右に偏った顔を前方の茂みに向け、明るい光を絞るようにして小さい目をきょろきょろと動かす。相変わらず左足は少し伸ばしたままだ。善次郎が音もなく大きな体を半歩前に前進させて低頭する。

「……うう……」

家重が小さく呻いてから、右手の親指を立てた。善次郎は左右の指を使って手話を始める。

「（明楽善次郎、妹の小鈴。御報告に参上）」

家重の方も手話で応じる。

「（よろしい。続けてよい）」

以前は、御側御用人の大岡忠光が居なければ会話が成り立たなかったのだが、伊賀者との意思疎通には手話を用いていて苦労していないようだ。

「（一つ目の薩摩藩の件、報告書にて提出します）」

「（よし、小鈴、ここに出してくれ）」

小鈴が素早く濡れ縁に寄って、善次郎から渡された茶表紙の冊子を渡すべく奥の方へ体を伸ばす。その引き締まった肢体と黒目の目立つ容貌を見つめて

「……うう……」

家重がまた呻いてから手話で尋ねる。

「（小鈴は何歳か）」

「（二十一です）」

善次郎が後ろの方で答えているが、家重は小鈴の方を見ている。善次郎は瞬間的に「これは参った」と思った。家重の女道楽は有名である。小鈴に眼をつけられたら大変だ。小鈴も本能的に身の危険を察知して素早く元の位置に下がった。

家重は冊子を捲る真似をしてから、無造作にポンと畳に置いたが、また、思い直してすぐにそれを取り上げて懐に押し込んだ。表紙に「アの一」などと記されてあるので、極秘文書だから慎重に取り扱っているのだろう。これらの文書は時期が来れば、すべて燃やしてしまうことになっている書き物であることを認識しているようだ。家重は気を取り直して善次郎の方を少し冷めた目で見る。

「（八月十五日、お城内、刃傷、切腹）」

細かい手振りの手話が、やや粗雑な動作になってきた。

延享四年八月十五日、江戸城内で寄合の板倉勝該が、肥後熊本藩主細川宗孝に対して刃傷に及び、死亡させ、八月二十三日に勝該は乱心者として切腹となった事件だ。

「（家紋の間違い、狂人の噂は？）」

家重は手話と言うよりも、身振り手振りで表現を済ませている。自身の羽織の家紋や耳を指さし、またそれを頭に向けてから、次に両指で×印を作る。狂人の意味か。事件の発生には細川家の九曜星紋が誤認されていたこと、本人が狂人であることが話題となっていることを指摘したものだろう。もう二ヵ月程経過している。

「（その噂は広がっています）」

善次郎は正確な手話で応じている。

このとき、家重は思っていた。

世間の噂などは都合よく辻褄を合わせるものだ、と。所詮真相は闇の中にあるのにだ。まあ、それでいい。御先祖様の家康公は、〝徳川の安泰は常に西国の外様勢力を削ぐことにある〟と申されていたという。その仕組みを考え、采配を振り、結果的に民が平安の世を過ごせることを一義とする。それを実行してゆくのが将軍の使命だ。大御所が打鞠競技を復活した折に、大奥表使いの八重がそう言っていたことが思い出された。屁理屈だがその通りだ。

右に曲がった顔に皺が寄った。閉じた目がへの字になったので笑ったのであろう。この不気味な顔付に善次郎は益々不安な印象を受けた。この場から早く解放されたいと焦ってくる。何しろ相手は予想の付かないことを考える権力者だ。何を命ぜられるか分かったものではない。しかも、小鈴にも何か用事があるという意向のようだ。そのような父親からの指示があったので、一層気が抜けない。家重の笑い顔が消えて、すぐ小さな両目が小鈴に注がれた。

「(星の祈祷、小鈴、支援する、よいか)」

三年前の延年二年二月、子の刻に出現した奇星の件だ。無論、祈祷は表向きの役目としてあるが、薩摩関係の裏の働きが真の役割であることは御庭番として重々承知の上だ。善次郎にも小鈴にも、用命された祈祷の内容は全く分からないが、これは簡単に出来ることではないようだ。しかし、この将軍を相手にするのは、何よりも即応が絶対条件なのだ。小鈴はすぐに返事をした。

「(承知しました)」

家重の手がなぜか下腹を擦っている。

「(巫女の頭、連絡付いている、正晴《まさはる》に聞け)」

善次郎は、「なるほど既に手は打ってあるようだ。父親に相談せよと言っている、これは明楽一家総出の仕事らしいな」と思った。そういえば、先日、父親との行動計画の打ち合わせで、祈祷団には他の計画もあるらしいと聞いている。詳しいことは分からないが、家重はそのことを言っているのかも知れない。

家重が急に体を揺すって喚いた。前の二人には意味がわからない。

「……うぅぁ……」

家重が隣に置いてある鈴を取って強く振った。すぐに渡り廊下から付き人が部屋に入った。どうも尿意が強くなっている様子だ。小便将軍とも言われているように、頻尿の持病があったようだ。

家重は二人に手を振って下がれと命じている。善次郎と小鈴はこれ幸いと低頭して、あっという間に何処かへ消えていった。

十日ばかりの後、昼の八つ（午後三時）過ぎ頃。

老中の松平武元、昨年の十月から将軍家重の御側御用取次側衆に昇格した大岡忠光、長崎奉行で江戸在番となっていた安部一信、この三者が千駄木の森に近い武芸道場の奥で会談を行っていた。

道場の敷地は広いが、その東側には貧相な冠木門があるだけで、老中や御側御用などの高官が立ち寄るような構えには見えない。玄関前には大きな杉の木が二、三本あって、僅かに風情を添えている。

来訪者達は、乗ってきた駕籠を近辺の目に付かないよう遠く離れた場所で待機させているらしい。また、供侍は連絡員だけが門内の待合に入り待機している。

道場玄関には、目立たない小さな木札がぶら下がっていて、金釘流の掠れた文字が見える。

「鹿島神流《かしましんりゅう》江戸道場」

あまり聞かない流派である。しかし、鹿島神宮に古くから伝わり、松本備前守政元を流祖とし、国井家が宗家となっている古武術の流派だ。本家は常陸国鹿島にあるが、ここは江戸に置かれた分教場である。

玄関を入ると、無骨な板の間の控え部屋があって、その先は東西に長い武芸道場となっている。道場の南側は、忍び返しの付いた高い塀に囲まれた平地と、起伏を伴う植え込みで、抜刀、槍、薙刀、杖、棒などを実践的に使った訓練が出来る多様な広場となっている。

元来、鹿島神流は、基本的には剣術と柔術を総合的に組み合わせた武術であり、いわゆる武芸十八般をすべて会得することを要する。また、対個人との相対武術だけでなく、同時に複数の敵を倒すための技術も修得する。そして、修行の中で最も大切なことは、他人に役立つ人間としての心気人倫を学ぶ道場であることを自覚させられることであった。

本日参集の三人は、互いに入門や修業の時期、場所や経歴はそれぞれ異なるが、この流派の同門である。三者の采地（知行所）が概ね北関東にあり、鹿島神流の武芸所がこの地域に存在することも関連があろう。中でも年長の安部一信は三人のうちの最古参であり、この道場の非常勤師範代も兼ねていた。

三者会談の場所は、道場の奥にある母屋と廊下で繋がった八畳と四畳半の離れ座敷である。八畳座敷の床の間側には老中の松平、北壁側には御側御用の大岡、南の縁側を背負って長崎奉行の安部が座っている。安部は万一庭側からの攻撃があった場合に備えている格好だ。周りの樹木に直射日光が遮られていて、まわりの障子はすべて開け放たれている。風通しはよいが、十月半ばなのでやや寒い。

「主計頭殿、寒くはないですか、見通しはよいのですがね」

下膨れの顔から、柔らかい声で年かさの一信に気遣いをするのは大岡忠光だ。一信は額に三本皺が目立つ面長な顔を左右に揺する。

「いや、大丈夫です、私の方は。さて、御老中の前で恐縮ですが、同門の誼で少々教えてください、御側衆の出雲守殿。ずばり将軍家御庭番の現状ですが、今は如何な動きですか」

忠光は広い眉の間をぐっと寄せて見せ、

「まあそれが分かれば苦労しませんよ。えー、裏の活動ですが、大御所様以来、御庭番家筋の活動は、現在でも何家か受け継がれていることは事実です。大奥に属する広敷役人ですからね。何しろ表向きには御庭番所もありまして、お城の警備に当っている職務ですから」

「それはよく承知しています。ですが、将軍家側近である御側筋からの命令で、情報収集活動をすることもあると聞いておりますので。無論、口外秘密であることも理解しています。但し、このところ意外な事件が頻発しておりますからね。また、大きな権力がやや偏って動いているような兆しが感じられまして、少々行く末が心配なわけです」

老中松平武元の整った顔の左頬にえくぼが凹み、小声ではあるが語尾の明確な声が上がった。

「主計頭殿、同門の後輩が立場上からですが、意見を出して恐縮です。具体的に事件を名指しすることは避けますが、近年不自然な力が動いていると感じるのは同感です。隠然とですね。しかし、御庭番の職務には、現在のところ将軍家以外には誰も関与出来る状況ではありません。それは確信していますよ」

忠光も太い首を動かして合点している。

「失礼な発言を致しましたが、私もそう信じております。ただ、これからの崎門学《きもんがく》（山崎闇斎が提唱した朱子学の一派）に関心を持つ者の弾圧を恐れております。もう徐々に始まっているようですが。皇統を敬う心の育成は、我らの修業した鹿島神流の根本道義に叶う行為ですよ。天子の御心に副い奉る士を培うことを旨とする流派ですから。無論、幕府にとっての反逆行動については別ですが」

一信は一気に持論を述べた。武元は引き締まった筋肉質の上体を少し起こして言う。

「その反逆行動、つまり反幕の動きを培う行動、その発生経過と受け取り方によっては、取締りの対応が近年きつくなっている。それは事実でしょう。一方、幕府の土台は、時を経て初期のように堅固ではありませんから。幕府にとって危険な思想の芽を早めに摘むこと、それは幕府の制度を維持するために必要不可欠な防御反応となります。但し、取締りを甘くするか、辛くするのかについては、行動当該者、事件の性質、その事件担当者によっても異なるのです。一概に全体を弾圧と決めつけることは出来ないでしょう。また、皇統を敬う精神は、日本人の基本であることを否定するつもりはありませんし、それを認識し、育成する学問の普及を妨げることには、私個人として賛成出来ません。しかし、政《まつりごと》を任されている者としては、ここの舵取りがなかなか難しいところですね」

「御老中としてのお立場はよく理解できました。有難うございます。まあ、これは私の所管ですが、長崎に居りますと多様な情報が飛び交っておりましてね、一度ご意見をうかがっておきたいと思いました。しかし、赴任して分かりましたが、先輩奉行の方々が、如何に努力してこの外港を守ってきたかということです。貿易上、金銀銅などの国有資源流出を如何に減らすかについては無論ですが、外国からの外敵進入を防衛することも重要な事項です。外敵からの武力攻撃についてはですね、例えば故石河土佐守殿の長崎を迂回する戦略的迂回路、戦闘資源補給用回路の構築などについては、相当苦労された立派な業績があります。神社の私用地ですから一般人には公開されてはおりませんが、故人の信仰する妙見別社を巧妙に利用した施設となっています。ここは一大戦略的秘密基地を形成しております。一部は現在造成中とはなっていますが、一旦事が起きれば、幕府が随意に使用する施設となります。そうした公約文書が取り交わされているのです。更に石河殿は、対馬の大陸に対する戦略的な重要性をもっと認識すべきであるとし、先ずは日本女性の移住を図って人口を増やすこと、それには、日本神道をはじめ宗教的な活動を更に普及発展させることも必要であろう、と考えていたようです。まだ密貿易取締り対策などには多くの問題がありますが、この国を外敵から守ってゆく気概を受け継いでいくことは大切な役割と感じています。また、外国から進入する疫病についても、特にオランダ通詞達の協力によって、オウロパ先進国の書物の和解が進行していますが、まだまだこれからの発展を期待しております」

一信はここで話を止め、大きな目を開いて前の二人を交互に見つめる。御側衆の忠光は、小さな黒目を動かしながら笑みを浮かべ、柔らかな音声を発する。

「お二人のお話は大変勉強になりました。私は上様の御側にいても、なかなかこうした動きが分かりません。ですから灯台元暗しという存在でしょう。まあ、しかし、何かお役に立てることがあれば、立場上出来る限りのことをさせていただきます。ところで、えーと、来年は朝鮮通信使と琉球使節が江戸上りとなりますね。お二方とも御苦労が重なりますので、くれぐれも健康には御留意下さい」

一座の話はこのような挨拶で終了しているが、話の締めを行った大岡忠光が一番先にあの世に向かうことになるとは、このときには誰も予測できないことだった。

また、この後の忠光について、儒学者で尊王論者の山県大弐《やまがただいに》との歴史的後日談を付記しておくことにしたい。ここで行われた意見交換の内容が関連していると思われるからだ。

大岡出雲守忠光はこの後昇進して、寛延元年（一七四八）には三千石の加増、宝暦元年（一七五一）には石高一万石の上総国勝浦領主、宝暦四年（一七五四）には五千石加増で若年寄、宝暦六年（一七五六）には五千石加増で側用人となり、武蔵国岩槻藩主となっている。

山県大弐は、甲斐国巨摩郡の与力の家に生まれ、村瀬家を継ぎ、山崎闇斎の流れを汲む学者に学ぶ。京都に遊学し、医術、儒学を修め、郷里に戻って尊王思想を説いた儒学者、思想家である。当時『柳子新論』『天経発蒙』など様々な著書を残している。その後、事情により山県家に復帰し、宝暦年間の初期、江戸に出府し医者となったが、その頃、若年寄となっていた大岡忠光に仕え、領国の勝浦に代官として赴任した。大岡に仕えた理由、正しい辞任の時期などは不明だが、宝暦十年（一七六〇）までの忠光存命中は、代官に在職していたものと思われる。大岡が尊王家の山県を庇護した理由の一つには、彼が山県の尊王思想を理解していたであろうことが推測できる。

山県は忠光の没後、江戸八丁堀長沢町で私塾「柳荘」を開き、儒学や尊王思想を講じていた。明和三年（一七六六）に、小幡藩の内紛に巻き込まれ、門弟の幕府に対する謀反共同の疑いで逮捕された。山県が幕府を倒すための兵学を講じたとの疑いである。翌年、幕府に対する謀反の罪で門弟の藤井右門と共に処刑されている。

いわゆる王政復古を唱えて討幕思想の先駆けとなった明和四年の事件（明和事件）である。

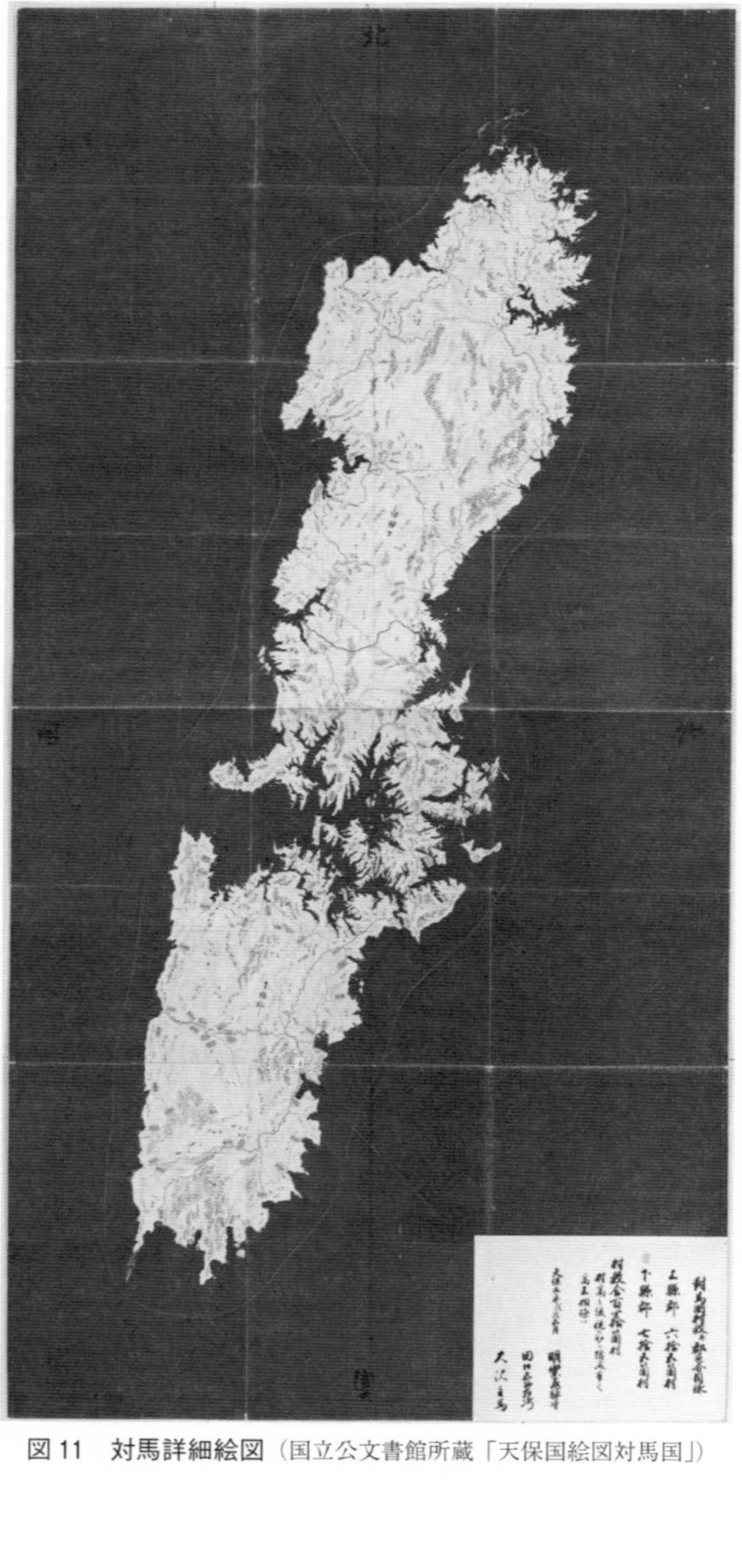

図 11　対馬詳細絵図（国立公文書館所蔵「天保国絵図対馬国」）

（一一）神宿る島

延享四年（一七四七）

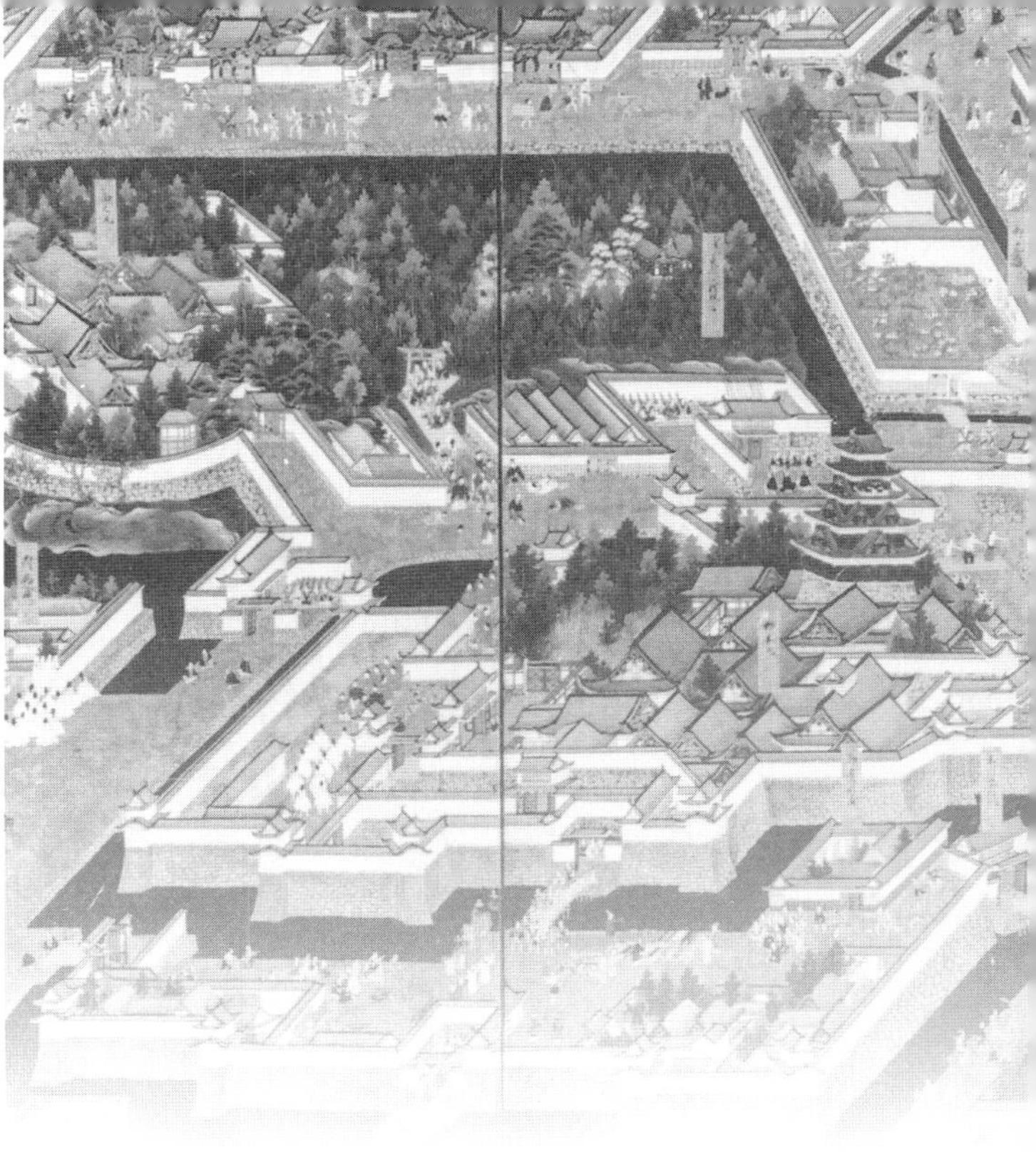

登場人物

西尾忠尚　五十八歳　御用番老中

大岡忠光　三十八歳　家重御側衆

宗　義如　三十一歳　対馬藩八代藩主

原　宅右衛門　五十歳前後　対馬藩留守居役

東叡山寛永寺の山下から、御徒町の賑やかな通りを南の方角にしばらく進むと神田川の畔に出る。そこに架かる橋は和泉橋だ。そのかなり手前に藤堂和泉守上屋敷が川に向かって左手にある。屋敷の北側通りを挟んだ神田向柳原にも広大な一角を占める大名屋敷がある。ここは対馬府中藩の上屋敷で、一般には対馬藩邸と呼ばれている。

対馬府中藩は、西海道に属し、対馬全土、肥前国田代、浜崎を治めている府中（厳原《いずはら》）に国府を置いている小藩だ。対馬島は南北朝時代以降、宗《そう》氏が支配し、特殊な事情があって幕府からはかなり優遇されてきたが、藩の懐具合は厳しい状態が続いている。

延享四年（一七四七）九月中旬のある日、対馬府中第八代藩主宗義如《よしゆき》に、老中連署のある御用召の奉書が届いた。義如は早速支度を整え、指定された朝の四つ（午前十時）迄に登城して目付に届け、大広間において坊主衆からの呼び出しを待った。三十一歳となった義如は、顔は細く目も横に長い、全体的に痩せた体付きだ。肺でも悪いのか、時折えへんと気管に溜まる唾を吐き出して飲みこむ。

しばらくして坊主衆の呼び出しがあり、案内されて松の大廊下を通り白書院に出頭すると、上段部屋の上座には御用番の老中西尾忠尚が恵比寿様のような太り顔で座っている。その下座には義如より少し年配で小太りの侍がちんまりと控えていた。それが誰だかは分からないが、指定の場所に着座するとすぐに忠尚からの申し渡しがあった。

「昨年、既に若年寄から内通されているであろうが、お代替わりもあったので、来春の朝鮮人来朝の儀について、正規にお達しするようにとの御上意である」

と言って書付を渡された。義如は平伏し、畏まって口上を述べる。

「本日、朝鮮通信使来聘の儀の仰せ、忝く御請けの上、遺漏なきよう準備仕ります。なお、委細は早速朝鮮国に申し遣わせさせて頂きます」

双方からの形式的な挨拶を終えてから、忠尚はくだけた言葉に変わり、義如に思い掛けぬことを告げた。

「えーと、突然の別案件ではあるがね」

忠尚はそう前置きしてから、分厚い唇を忙しなく開閉して口早に事の次第を述べる。

「それは、この度決定された対馬島北端における、巫女による我が国の災害除け祈願行事についてである」

忠尚は事の成り行きについて、努めて事務的に説明した。何も相手の理解を得るためではないからだ。但し、妖星との関連については省くわけにはいかない。

「ここは神頼みしかないのだ。相手が妖星だからな」

忠尚は、説明の終わりにそう付け加えた。

聴かされている義如はとんだ災難だと思った。この催事は上様からの命令なので断ることはできない立場にある。ただ、それに掛かる費用はどうなるのかが一番気掛かりだ。莫大な借財を抱えている肥後の細川藩のようになるのだけは免れたいが、対馬藩もこれから相当な借財を抱えることになるだろう。これは既に江戸家老が幕府と交渉中だ。義如の細長い顔は、青菜に塩を掛けたような顔色になって、えへんと喉を鳴らす回数が多くなっている。忠尚はその瓜のような顔を見て配慮の言葉を追加する。

「貴藩の経済的窮状はよく分かっているつもりだ。朝鮮御用拝借金の上納年賦延べの件についても承知している。また今回、祈祷で掛る費用については、すべて公費で賄うよう執り計らうことになっているのでね」

忠尚の大きな目蓋が、二、三度上下に動いて更に気分を変える言葉を付け加えた。

「まあ、何とかなるだろう。長い経験を積んでいる大岡寺社奉行の宰領だからね。ところで、貴藩の儒者、雨森芳洲《あめのもりほうしゅう》殿はいまだ健在ですかな」

義如は、不意に大岡、雨森という二人の人物の名を同時に聞かされて一瞬頭が混乱し、側に控えている番士の家紋が細川の九曜星紋として眼中に広がった。だがよく見ると、似たような印象はあるが九曜星紋ではない。記憶は言葉や見えたものの作用で、錯覚や幻想を導き出すようだ。このように人物の家紋が気になっているのは、自身の中で、いまだ殿中の刃傷事件が大きな心の歪みとなっていることを自覚しなければならない。しかし、それを気取られてはいけない。ぐっと気を取り直して答える。

「雨森は七十九歳の老体となりましたが、国許で元気にしており、隠居の生活を楽しんでおります」

義如はようやく思考を正常化させてきているが、忠尚の傍にいる番士がこちらをじっと見ているのが気味悪く感じられた。

「ほう、それは結構。羨ましいことですな」

忠尚は芳洲のかつての活躍ぶりをよく覚えているようだ。義如は、忠尚の側の若い人物の顔をどこかで見たように思ったが、一体誰だったろう、どうにも思い出せない。その侍は下膨れの優しそうな顔を終始こちらに向けているが、沈黙している。

義如は自身と細川との関連は、いまだ前に居る両者の意識にはないであろうと思ってはいるが、この場は早く切り上げたいところだ。忠尚は落ち着かない義如の様子を見たのであろう。それ以上の会話は続けず、分厚い唇を動かして締めを言う。

「では藩の長老達ともよく相談されて、遺漏のないようによろしくお願いする」

義如は藩邸で待つ長老たちの顔を思い浮かべ、挨拶も早々に白書院を退出した。取り敢えずこれで、この日の老中御用召の行事は無事に終った。しかし、義如は幕府から色々な宿題を背負わされることになり、大廊下を下城する足取りは重い鉛を付けて歩いているように見えた。


「対馬国」(魏志倭人伝)、「津島」(古事記)、そして別称対州《たいしゅう》と呼ばれる徳川時代の対馬府中藩には、古代・中世から積み重なる歴史は措くとして、近世以降について省くわけにいかない秘話とも言うべき複雑な経歴が存在する。それを知らなければ、対馬藩の置かれた現状を知ることは到底無理な話だ。理解不可能であると言っても過言ではないだろう。

そこで今回、以下に概略を記すことにした。

文献によれば、対馬は九州と朝鮮半島の間にあり、南北約八二キロメートル、東西一八キロメートル、面積約七〇〇平方キロメートルの島である。また、島の北端から朝鮮半島までは約五〇キロメートル、南端から壱岐までは約五〇キロメートル、博多までの距離は約一三二キロメートルある(参考資料:産総研・地圏資源環境研究部門「地質ニュース」六三七号・須藤定久・二〇〇七年)。

日本の近隣諸国との海禁(下海通藩の禁)の中で、対馬は外交、貿易における四つの口の一つだ。口シアを背にしたアイヌを介する北方の口、長崎におけるオランダを介する西欧諸国からの口、明・清を後ろにした沖縄・島津からの口、そして後金・清を背にする朝鮮・対馬からの口である。

対馬国は室町時代中期頃から、桓武平氏・平知盛を祖とする宗氏が支配を承認されてきた歴史があり、宗氏の歴代当主は、隣国の朝鮮を舞台に、幾多の戦闘や困難な外交を経験してきている。

慶長五年の関ヶ原の戦いでは西軍に属していたが、徳川の時代となって、家康は対明政策を変更して、戦争状態を修復する外交を推進した。ここで交易上必須の位置関係にあった対馬藩宗氏が粘り強く動いた。幕府の大儀名分（体面）を保ちながら、自藩の実利を得るために朝鮮との国境にある対馬藩は、非常手段として国書偽造まで行ったが、結果的にどうにか朝鮮との間に貿易協定を結ぶことができた。これが中世以来の貿易慣行の復活である己酉約定《きゆうやくじょう》（修好通商新条約）である。

幕府は、対馬藩宗氏の朝鮮国との国交回復に寄与した功績、今後の大陸との外交的役割の重要性などによって宗氏の本領を安堵し、国主格、十万石の家格を与えている。そのため、実際の藩領は二万石の小藩ながら、屋敷の構えは十万石の大名格となっているわけだ。

対馬は、『魏志倭人伝』『古事記』『日本書紀』などにもその名を記され、素戔嗚尊《すさのおのみこと》立ち寄りの伝承もある国だが、これまではあまり精緻な図面がなかった。当時の代表的な日本絵図は『享保日本図』であるが、その『対馬図』を見ると、対馬は日本列島の最西北端に位置し、大陸に最も接近している島で、ある程度島の概略が描かれているだけである。その島は南側三分の一の場所でわずかに離れる南北二郡で形成されている。二群は北側上部をやや東に傾斜して本土と朝鮮の間に位置する。

島の形状は、上の島が西方の大陸を睨んだ破軍星の大将（妙見菩薩）で、下の島が上向きにひれ伏した亀のような形（亀島）に見えなくもない。神の島とも言える。絵図では、上縣郡（仮称妙見島・東側網掛岬から西側唐洲岬までを結ぶ線より北部・上島《かみしま》）、及び下縣郡（その南部の仮称亀島・下島《しもじま》）と分けている。そして上下両郡（上下両島）の面積割合は、概ね六対四くらいとなるであろう。両島とも山と深い森が連なり、海岸線は多数の湾と岩礁とにより複雑な海岸線を形成し、地質構造的には褶曲と断層の対州層群から成る。下島は全体的に花崗岩が多く分布していて、上島よりも高く急峻な地形だ。両島の間ある浅海湾（浅芧湾《あそうわん》）は深い入江群から成り、いわゆる溺れ谷状海岸を呈している。

島の右側の対馬海峡（対馬海峡東水道）には暖流が北上して東北に流れる。また左側は朝鮮半島（韓半島）先端の大陸縁辺に向かっており、半島との間は朝鮮海峡（対馬海峡西水道）となっている。

島の絵図面は、かつて享保二年（一七一七）に、当時の勘定奉行大久保下野守忠位《ただたか》からの要請があって、藩邸の留守居役から幕府に提出している。但し、後に海上道法などの検討から、絵図面の補正を求められた。特に『元禄国絵図』を改定していた八代将軍吉宗からの強い意向もあって、全国的に図面の精度を高めることが求められていたのだ。そのため補正された全国絵図は、北条氏如《うじすけ》、武部賢弘《かたひろ》などの調査担当によって、享保十三年に完成した。それが『享保日本図』である。

『元禄国絵図』以来、絵図には対馬と朝鮮国が特別に図示されている。海上の隔たりがあるが、大陸への足掛かりとして、朝鮮（釜山）倭館の所在を意図的に誇示するものだろう。しかし、藩邸留守居役から再び幕府に提出したものは、前の『対馬絵図』を適当に手入れしたもので、それが「享保日本図」に載せられている。当時、対馬の詳細図は極秘に別途作成していたのだ。

対馬の上下二郡はほぼ山岳地帯で、平地は殆どなく、作物の耕地は極めて少ない。従ってこの島で生きている人々は、先祖代々、生活の糧を外部から輸入してくる運命を背負わされている。言い換えれば、そうした生活の知恵を備えなければ、この島では生きてはいけない。二郡の中間部は多数の半島群で形成され、まるで八手の葉のように海に突き出ている。それが幸いして、地形的には暖流の荒波を防いではいるが、半島部は無数の岩礁によって船の接岸を拒み、簡単な改良ではとても交易に必要な良港にはならない。船舶の積荷を中継する適正な船着場は、島民が苦労して人為的に造成しなければならなかった。但し、一つの問題点がある。この多数の半島群には、密貿易者の巧妙な抜荷の隠し場所が造られていることだ。

島の周囲の小島や、中央部の半島は、朝鮮からの荷物ばかりではなく、長崎、薩摩、沖縄はもとより、本土からの密貿易品や秘蔵品の隠匿場所を提供しているらしい。藩がこれ等の密輸者を完璧に取り締まることは出来ないし、むしろ一部の利用者は、藩に見逃しの歩合や見返り品を納めているという噂もある。

このように、この島は日常生活には誠に問題点が多いが、対外交易路としては、日本から唐大陸へ渡る最高の中継点となっているので、為政者としては蔑ろにはできない場所だった。

また、反対側の朝鮮からみれば、この目と鼻の先の島は大海洋進出の拠点となるわけで、古来から双方の民が往来していた経緯があり、歴史的にも貴重な存在で、戦略的、地勢的に重要な地域となっている。

この対馬を支配する宗氏が最大の危難を迎えた事件があった。寛永年間の「柳川一件《やながわいっけん》」だ。

元和九年（一六二三）、秀忠が大御所となり、家光が将軍となった折、先例により朝鮮使節派遣を宗氏を通じて要請した。

翌寛永元年（一六二四）に、日本国王承襲祝賀の朝鮮使節が来朝した。

ところが、寛永八年になり、対馬藩家臣の柳川調興《しげおき》によって、このときのやり取りが国書偽造事件として幕府に訴えられたのである。その折に取り交わした朝鮮国と幕府の国書の交換には、それぞれの国情もあり、双方が納得したものだったが、柳川は、幕府からも千石の知行を貰っている実力者であり、祖父の代より朝鮮との外交交渉に功績が在った家柄でもあった。この家臣の調興が藩主を告訴するという事件は、実力者調興に味方する老中もおり、幕閣も一時混乱した。

寛永九年正月、大御所秀忠が亡くなり、家光の親政となった十二月十一日、この問題について、江戸城大広間において家光の直接審理が行われ、翌日には判決が下された。家光は、この裁判ではかなり政治的配慮の強い選択をし、宗義成は無罪、柳川調興を津軽藩にお預けという採決を下した。

家光の判決は、朝鮮との国交上、中世以来の宗氏の実績を選び、君臣の秩序を守ることを世間に示すための範とする意図があったのかもしれない。

この柳川一件は、その後の朝鮮使節派遣にも影響を与えている。六代将軍家宣の侍講新井白石による通信使儀礼変更である。従来の鄭重な儀礼様式を簡略化し、呼び名も来朝（国の使節を招く）から来聘《らいへい》（賢人を招く）へ変更するよう自説を主張した。

こうした日本側の動きに朝鮮通信使側の抵抗も強く、対馬藩の対応も難しい局面があったが、江戸家老平田直右衛門、儒臣雨森芳洲らの身を挺した働きによって、何とか国内的、対外的に円滑な交渉が成立したのだ。

義如は来年の朝鮮使節来聘を拝命した老中御用召の重い気分を抱きながら、ようやく藩邸に帰り着いた。一服した後、待機していた江戸留守居役の原宅右衛門を部屋に呼んだ。追加で下命された対馬北端部での巫女による災難祈祷について相談するためである。

義如は宅右衛門に、本日の経緯を詳しく説明してから命じた。

「『享保日本図』があるかな、『詳細対馬図』もだ。それと何か紐を持ってきてくれ」

『日本図』には、享保十三年に幕府に提出した『対馬全図』も載っている筈だ。宅右衛門はすぐに地図を何枚か持参して義如の前に広げたのだが、喉に溜まる痰を飲み込みながら、巫女のお告げは誠に正確だと思った。宅右衛門は別図を示しながら説明する。

「『詳細対馬図』を拡大したものがこれです。当時、何図か作成しています。これを御覧になれば分かりますが、上島北端部には一定の規模を持つ港が二つあります。東側には西泊港、反対側（朝鮮側）には佐須奈港があって島の要衝となっています。何しろ朝鮮との重要な航路です。なお両港を横に結ぶ陸路の交通路も整備されています。冬場の荒れ海に備えている港ですから。また、両端を回る北端部の岬群には泉、豊、鰐浦、河内、西津屋などの船着場がありまして、表向きはいずれも風避けの臨時避難港ということにしてあります。しかし、実際には朝鮮との取引場所や、荷の隠し場所が多く築造されており、朝鮮語や清語をよく話せる隊士も大勢居住して居ります。えー、また（雨森）東組の別組織もあります。無論、島内要所には対大陸用の防備施設が極秘の場所に設けられており、藩内でも一部の防衛担当者とその従事者しか知りません」

「そうか、まあ、日本の西国を守る第一線だからな。油断は出来ない。この度幕府の役人が、北端部の巫女祈願場所をどこに定めるのかは不明だが、このあたり一帯のどこかに違いない。うーむ、祈願場所は妖星が選んだことになっているが、実際には巫女の考えたお告げによるものなのでね。しかし、おかしいな、場所が北部に正確に特定されている。島の機密情報が洩れている恐れはないだろうか。かつて『詳細対馬図』の盗難事件があったと聞いているが、待てよ、――もしかするとこれには、何者かが仕組んだ筋書きがあるのかもしれないいな」

なるほど、義如の推理には一理ある。宅右衛門はそれを聞きながら、義如の思わぬ鋭い思考展開に――これは油断できない主君だ。

と感じている。今までは人柄をやや軽く見くびっていたのだが。

「単なる巫女が、この場所の秘密を知っているわけは毛頭ないと思います。妖星は巫女のお告げの後から出たものですし。こちらの思い過ごしではないでしょうか」

宅右衛門は様子見の反論を述べてみる。

「だがね、世の中には、時に思いがけぬ偶然があるものだ。近年は流れ星なども多発しているのでね。例えば、先日の事件なども偶発事故のようなものだし、この宗家と細川、島津、板倉などとの関係も、世間ではあまり考えられない結び付きのようにね、えへん」

「家紋誤認刃傷事件ということになっている一件ですか」

「そうだ、この際、祈願巫女についても疑いを持って少し調査してみてくれ」

「承知しました」

「ああ、それともう一つ調べてみたいことがある。本日、老中御用召の折、陪席していた番士だが、何処かで見たような顔だ。思い出せないでいるが、番士の家紋が九曜星紋に見えてぎくっとした。家紋帳があれば見たい」

我が宗家の家紋には、これまで桐、菊、丸に平四目結、隅立て四ツ目結、蛇の目、二引両、平四目結、四目結引両などがある。桓武平氏知盛流で、惟宗からの宗を名乗っているという話だから、家紋は時代による変遷があるのであろう。今は習慣的に隅立て四目結紋を使用しているが、家紋にはさほど興味をもっていなかった。

間もなく宅右衛門が武家家紋帳を持って現れた。義如は、さてどんな紋所であったかなと帳面を辿る。九曜星紋に近い紋は九曜櫻、銭九曜、蛇の目九曜、板倉巴もある。紋所帳を捲る。しばらく目を凝らすうちに、本日目にした家紋が目に飛び込んできだ。

「剣輪違《けんわちがい》……大岡七宝……」

義如が思わず呟いた。すると大岡の鍵言葉で義如の頭がすぐに回転した。

――今日の番士は大岡忠光、上様の通詞御側役だ。

なるほど、大岡忠光、大岡忠相、大岡同士でこの巫女祈祷問題に対応しているな。妖星の登場はこちらも分からないが、巫女のお告げが仕組まれたものとは大岡組は疑ってはいないであろう。自分は彼らの一歩前を進んでいるようだが、安心はできない、なにしろ幕府当代の優れものだからな。

「宅右衛門、至急、今の状況について検討しなければならないようだ。こちらも実働できる人物を集めてくれないか。大岡らがどの程度、遠国である対馬の事情を察知しているか分からない。また、国許の芳洲にも知らせて、急ぎ対策を練るように頼んでくれないか」

義如が細い目をぐっと瞑りながら指示する。原宅右衛門はまだ五十歳前後であるが、額が広く髪は少ない。目鼻も口も大振りで鰓が張っている。

「承知致しました。京・大坂・堺・長崎などの留守役達にも準備の手配を致します」

宅右衛門は一応の返事をしてから、

「総取纏の役は御家老がなさるでしょうが、京坂の手配りに遺漏があってはいけませんので、私は一足先に出立して現地に入りたいと考えますが……」

と、お伺いを立てた。この際、責任のある立場はなるべく避けておきたい。自身のための秘密の手配もあるのだ。

「ああ、そうしてくれ」

義如はそう言ってから、

「宅右衛門、先の『詳細対馬図』は、当時、何枚か作成していたと言っていたが、他に配ったところはあるのかな」

宅右衛門が大きな目鼻を向けて、はてなというような素振りをしてから
「えー、古い話なので分かりませんが、幕府には当然提出しているものと思います」

と曖昧な答えをした。昔のことであり、宅右衛門には、実際、地図作成時の知識は何もない。

「そうか……」

義如はこのとき、それ以上の拘りを持たなかった。

『詳細対馬図』が作成されたのは、大御所吉宗公が新将軍となってからのことだ。直接の関係役所

ならば当時の長崎奉行所だが、享保三年頃の古い話だ。その翌年には朝鮮通信使が来訪している。それは今の藩主が生まれたばかりの頃だから、儒者雨森芳洲ならばよく知っているだろう。しかし、芳洲は朝鮮との『交隣提醒』（六十一歳時の著作）に徹した頑固爺で、隠居後は藩の行事に妨害もしなければ参加もしない。秘密工作にも距離を置いている。まして老境にある現在、余計な荷物を負うような仕事はなるべく避け、和歌などを勉強中だ。寵童の趣味があるという噂もある。せめて昔の話を聞き出すくらいのことが出来れば御の字だろう。

義如は、老中や宅右衛門との面談を終えて大変疲れているらしく、両膝に手を当ててよいしょと言って腰を伸ばし、席を立ってよたよたと歩きながら奥に入っていった。その奥には聡明で勝気な正室の喜和《きわ》夫人（父は肥後熊本藩四代藩主細川宣紀《のぶのり》、母は側室の際《きわ》）が待っている。

その喜和は、過日、実兄の細川宗孝（熊本藩五代藩主）を、狂人と看做されている板倉勝該に江戸城内で殺害されている。あの八月十五日の忌まわしい事件に遭遇しても、今日、気丈によく耐え忍んでいる。しかし、大勢の側室を抑えて気が張っているため、時にはきんきんと金物のような堅い反応を返してくるのも無理はない。本日も、対馬藩の危機的な経済状態や、当面迎えている幕府からの様々な難題について、真実を話してよいものか、それは考えものであった。

（一二）交隣石窟館

延享四年（一七四七）

登場人物

雨森　東（芳洲）　七十九歳　隠居（対馬藩儒者）
防備隊士（夜霧）　五十歳前後　隊士（石窟館世話人）
高坂典膳　三十七歳　対馬藩通詞
李啓宣　四十歳　朝鮮商人
柴山大二郎　四十三歳　草梁倭館代官
対馬屋権左衛門　五十五歳　長崎薬種商
松籟屋次郎　五十代後半　長崎松籟館主人

図12　雨森芳洲

天武三年（六七四）に、下鼎郡《しもあがたこおり》の厳原《いずはら》が対馬国の正式な府中（国府）の地と定められて以来、その港（厳原港）が本土からの表玄関となっている。

厳原から東の海岸線を一里ほど北に進むと鶏知《けち》という要所があり、道はここで三叉路に分かれる。更に三里ほど右方に向かえば大船越《おおふなこし》に出る。ここには対馬海峡から朝鮮海峡へ通じる瀬戸（運河）が開通している。大船越瀬戸は、寛文十一年（一六七一）、第三代藩主宗義真《よしざね》によって開削されたが、その当時は瀬戸の水深が浅いため、満潮時を待って渡航した。後世、日本帝国海軍の海防政策によって、ここから半里ばかり北上した小《こ》船越にも、東部の三浦湾と西部の浅茅湾を結ぶ万関《まんぜき》瀬戸が開削されることになる。

大船越からひたすら上鼎郡《かみあがたこおり》の西岸に沿って北上すると、朝鮮釜山への港となる佐須奈《さすな》に至る。また、鶏知の三叉路から左方の道を約二里ほど奥に入れば、洲藻浦《すもうら》に向いた半島状の竹敷《たけしき》という所となり、浅茅湾南岸の要所である黒瀬に至る。

この黒瀬は、応永二十六年（一四一九）の外寇（朝鮮では己亥東征《きがいとうせい》）の頃、倭寇の頭として活躍した早田左衛門太郎の一族で、首領黒瀬彦九郎の本拠地である。遡れば、ここには白村江の戦い以来、大宰府防備のための金田城《かなたのき》が築かれていた。この城は、古来東国から徴集された防人が派遣されていた基地で、日本の対大陸防衛最前線の鎮守であった。外寇において、侵入軍はこの湾から上陸し、当時の島民の殆どが殺戮されるような激しい戦火を被ってきた。但し、侵入者がうっかり浅茅湾東岸に入ると、上下二郡の大小の半島や小島が密集する複雑なリアス式海岸の湾内に迷入してしまう。湾内には水深が浅い場所も多くあり、熟練の漁師でも西岸に戻ることがかなり難しい海域である。

延享四年（一七四七）も既に十月の末となっている。

鶏知からの細い山道を小柄な対州馬に揺られ来たので、馬上の老人の尻は痺れてきた。スダジイ（常緑広葉樹・ブナ科シイ属）の白みがかった赤銅色の林間を抜けると、ようやく左側に、青く細長い洲藻浦を見下ろす小さな台地が開けてきた。左右は崖で向かい側には再び小高い山波が迫ってくる。正面は高い崖になっており、道を右に折れしばらく行くと、その先端は北側の崖となっていて進めない。

崖の手前で、左に折れる長い洞窟状の潜り道が造成されてあり、それを抜けると、やっと全体をシイの常緑樹で蔽われている広場が現れる。この館の東ノ口だ。何だか秘密鉱山の跡のような場所だ。そこは巧みに四方が高い石塀で囲われていて、いわゆる枡形の囲いとなっているらしい。その広場の中で、馬の手綱を引いていた体格の大きな男が、馬の帯締頭絡《たいていとうらく》を引いて馬を止める。

「マチム、トチャ（ようやく着いた、もう馬は無理な年だな尻が痛い）」

馬上の大柄な老人は、黒いチョソンモジャ（朝鮮帽子）の縁を上げて、乾いた声で朝鮮語を呟く。後ろから馬を寄せて来た三十七、八歳の男はモジャを脱いで、易者のような総髪を後ろに揺すりながら答える。

「ピロヘシダ（疲れましたね）」

こちらも朝鮮語だ。会話を朝鮮語にしているのは、この辺で日本語を話すと、防備隊士に本土からの侵入者と間違われるからだ。館の生活物資を運搬してきたのであろう、それぞれ重そうな荷袋を背に振り分けた荷馬が囲いに入る。馬を引いてきていた小者達が左側の石塀の一部を皆で押すと、ギイという音がして広い間口が開いた。荷馬の一隊が門内に姿を消すと、入れ替わるように五十前後の隊士が物陰から現れた。目は線描きしたように細いが、仁王様のような体格だ。全身には厚手の黒い肌着を纏い、その上から膝まである丈の長い茶褐色のチャゴブッポク（仕事着）を羽織り、黒い帯を巻きつけている。後ろの腰には鎖の付いた赤銅色の筒と、短い鎌のような刃物が差してある。

「トン　ススン、コメット（コームンメットウェジ・黒猪）とは会わなかったようですねえ、ヘッ、ヘッ、ヘェ」

目瞑り仁王はそう言いながら両手を広げ、歯をむき出して笑う。コメットと詰めて呼ばれている黒猪とは、仁王隊士配下の短弓と吹矢を武器としている対馬藩の特殊武闘隊員であり、今回の道中では姿を見せなかった。隊士に案内されて、老人と易者頭の中年男はオンドル（朝鮮式床暖房）で温かい岩屋内に入り、薄暗く長い土間を通り抜けて南向きの広い庭に出ると。目の前に洲藻白嶽《すもしらたけ》の露頭が連なって見えてくる。老人は、この風景を楽しむように冷えた大気を胸いっぱいに吸い込んだ。白い顎髭が吹き上がる浦風に揺れている。この石窟館は、藩上層部の関係者以外には誰にも知らされていない秘密の場所であるが、この白髭老人と付人らしい人物は屋敷の常連らしい。恐らくここは極秘の防衛基地にもなっているのであろう。

目瞑り仁王こと隊士（夜霧《パマンゲ》・石窟館世話人）が土間のチョン（鐘）を叩くと、小者が奥から数人出て来て、一同を奥に案内する。歩きながら夜霧は、

「トン　ススン　ハンジュンマク（蒸し風呂で温まりますか、東先生）」

「シガヌ　テンダ（時を潰す）……後にしよう、そろそろ連中も来ることだろうし、のう典膳」

夜霧の暖かそうな誘いに対して、東先生《トンススン》と呼ばれた白髪の老人雨森東《あめのもりとう》が、傍らの総髪男高坂典膳《こうさかてんぜん》を振り返る。

「カームサハムニダ……有難とうござんすが、後にしましょうや。風邪を引くといけませんのでね」

典膳がそう言って老人に同調する。

「ソッチョク　イプク……西口の見張りからはまだ合図がないから一杯やってますか」

夜霧の誘いに典膳はすぐさま応答する。

「チョンミョンハダ（賢明な判断です）」

石窟館の中央部付近の板の間に円卓が数個据えてあり、藁の円座が周りを取り巻いている。夜霧が南向きの正座に東先生を座らせ、手を挙げて小者を呼ぶ。

「スル……酒、つまみは何でもいいよ」

「マッコリ、トンドンジュ……伝統濁り酒ですか、高級濁り酒ですか」

「トンドン……高級に決まっているだろう、東先生のお出ましだぜ」

夜霧の顔が一瞬仁王らしくなったが、東老人が手を挙げて言う。

「モンジョ　インサムジュ（先ずは高麗人参酒にしてくれ）」

東先生の注文に典膳はなるほどと頷いている。

三人が暫らくチョッカル（塩辛）で薬酒を舐めるように飲んでいると、突然プク（太鼓）が大小・小大・大小と鳴った。夜霧は立ち上がって、

「ペゴリ……連中だ」

西ノ口から来館する場合は、浅茅湾大口から入船し、東南に舵を切り、芋崎と大首崎の間を抜けて、先ずは洲藻浦中央の細り口左岸に設けられている栈橋に船を着ける。ここはかつて倭寇が基地に使っていた部落趾らしい。栈橋広場のまわりには石屋根の住居と倉庫小屋が数個並び、何組かの居住者も居るようだ。但し、案内人なしにこの部落から館に至る本道を登ることは難しい。なぜならば道中には谷に落ちる偽道などが数本あるからだ。また、東西の数箇所に館への通路見張所が設けてあって、コメット防衛隊員から特殊の通信が送られてくる。館にはその通信網によって外来者の情報が報告されているわけだ。

しばらく待つうちに数名の話声が聞こえてきて、客人が館内に到着した気配がした。下の船着き場から上がってきたようだ。来館者は、李啓宣、柴山大二郎、対馬屋権左衛門、松籟屋次郎という一行で、それぞれ一癖ありそうな顔ぶれだが、互いに顔なじみなので名乗りはない。

一同が座に就くと、東老人は少し枯れた声で挨拶する。

「ヨロブン……皆さん、遠路ご参集ありがとう。本日は、これから通信使の重要な会議がありまして、えへん。準備案件が多いので一両日は掛かるだろう。他にも北端部での祈祷の話があるのでね。しばらくは休憩しよう。ああその間、誰か昨今の話題を披露してみてくれないか。まあ、腹も減って

いるだろうが、飲み食いは後にしたい、えへん」

東老人は、面長な顔に垂れる白髭を右手で静かに扱って待つが、誰からも返事がない。

「草梁の柴山大二郎代官よ、あちらの様子を頼みますよ……ごほん」

東老人は風邪気味なのか、咳をして早々に相向かいにいる大柄な草梁代官に御鉢を渡す。何しろ寛文八年（一六六八）生まれの七十九歳だから、馬上の疲れが出ているのであろう。垂れ下がる白い眉毛の下から、達磨さんのような目玉を大二郎に回した。草梁代官の柴山大二郎は一時ぎょっとした顔をしたが、すぐに気を取り直して、先ずは挨拶から始めた。

「えー、東先生からの御指名がありました。では、私が前座を務めます……宜しく」

柴山は、丸い小顔を左右に振ってぺこりと頭を下げてから、

「倭館はですね……、今の課題は、幕府勘定吟味役の対馬藩に対する朝鮮交易の改善要求、えーと、要望です。このところ人参の輸入量が少なくなっていますから、これを問題にしているわけです。改善できるかどうかわかりませんが、えー」

えーを連発する柴山の発言の大意はどうにか理解できるが、これが代官を務めている人物の会話力では困ったものだ、と東老人は思っている。その東老人は外国語に堪能で、唐語（中国語）、朝鮮語をあたかも母国語のように話すことができる。かつてある人に「貴方は他国語を善く話すが、中でも日本語が特に素晴らしい」と言われたことがある。ここではなるべく朝鮮語を使うようにしているらしい。外国語は喋らないと錆びつくのだ。

雨森東は都に近い湖北の地で生まれ、幼少時は父の希望もあり、一度は京都の医家を頼って医学の

修業を始めた。しかし、父の死後はこの志を変えて江戸の地を訪れ、幸いにも当時高名な儒学者である木下順庵の門下に採用された。その後、刻苦勉励し研鑽を重ね、世間から木門五先生（室鳩巣、新井白石、榊原篁洲、祇園南海、雨森芳洲）と称される人物となっている。雨森東は漢名で通称は東五郎であるが、この東五郎を宗対馬守義真《よしざね》に推挙したのは師の木下順庵で、二百石の真文役《しんもんやく》（朝鮮外交文書取り扱い）である。東五郎は元禄二年（一六八九）当時は二十二歳の青年であったが、この役目を受け持ったことから朝鮮語を猛勉強し、更にその奥の言葉として唐語や蒙古語を学んだのである。以後、対馬藩の儒学者として、また朝鮮方佐役として、藩の数々の難局を潜り抜けるために貢献し、『橘窓茶話《きさそうさわ》』『交隣須知《こうりんすち》』など多くの著書も著したが、今は高齢のため隠居となり、専ら藩の裏街道補佐役として秘密の仕事を手伝っている。

古今東西、いずれの藩でも表向きの外交や貿易取引とは別に、幕府には内緒で非公式な裏街道を設営している。他国との裏取引を巧みに工作して経済外交を営んでいるのだ。そうでなければ自国の運営は成り立たない。但し、ほどほどに大商人から借金をしていること（借金財政）は極めて重要であって、かりそめにも裕福な内情を曝け出すことは出来ない。財政的に余裕がありそうな藩には、幕府が忽ち公的負担を掛けてくるからだ。

朝鮮釜山の日本人町である草梁の倭館では、朝鮮側との貿易品の売買交渉のため、二十名程度の代官が対馬の有力商人のうちから選ばれている。中には柴山のような士分待遇の者もいる。

柴山が、えー、と言って次の言葉を考えていると、東先生の隣にいる背の高い高坂典膳が総髪を揺すり、四角な顔に付いた団子鼻を擦りながら流暢な朝鮮語で言う。

「端的に言えば、問題はこちらの支払う銀貨です。私の先代の頃、幕府は何度か通貨を打ち直したようです。金銀の吹替ですよ。あれがいけませんでしたよね。人参取引では低品位の丁銀が混ぜられて使われていたらしい。大事な人参を品位の混在する銀貨では売れないというわけです。どうですか、李さん」

朝鮮商人の李啓宣は、日本語も流暢だから通訳はいらない。典膳に突然指名されてカーミョン（仮面）のような顔を立てたが、表情は読めない。

「ネ　クレヨ……ああ　そうだね、多分――」

と言っただけで言葉を切る。考えが纏まらない様子だ。すると、横に居る狭い額に丸顔の対馬屋が、鯰のような分厚い口を開いて発言した。

「すいませんが、わしにその後の話をさせてもらえませんかな。長崎の町年寄から聞いている改鋳銀貨物語を披露しますよ。ただ朝鮮語を話すのが下手でしてね。日本語で話させてください。聞くのはどうやら分かりますが……。お話の金銀の改鋳問題ですが、最初は二十年位の古い話に遡ります。あれは家宣様がお亡くなりになった年でしたね。正徳二年（一七一二）の十月頃だったと思いますが、当時、長崎には佐久間、駒木根、久松、大岡（備前守）の四人のお奉行様が居られました。その後のお奉行は三名、二名と段々と減りましたがね。まあ、それは別として、……その八月に勘定奉行の萩原重秀様が罷免されました。何か汚職事件があったと聞いております。私などには詳しいことは分かりませんが、金貨改鋳の一件らしいのです……。正徳三年四月には家継様が将軍となられました。その翌年の五月にまた金銀貨の改鋳がありました。前回の改悪金銀を古制に戻し、価値の高い正徳金銀を流通させ、世間の信用を高めたいというわけですな。この改鋳の頃、各部署の役人と銀座年寄とがかなりの不正行為をやらかしたらしいですな。改鋳良貨の退蔵ですよ。一部の人物はその悪事が発覚して処罰を受けました……。その次です。吉宗様が将軍になってからの金銀改鋳ですが、享保三年（一七一八）十月から新金銀が引き換えとなりました。この頃にも新貨退蔵問題があったようで、新旧貨幣の交換は、乾字金が向こう五ヵ年、元禄金は一ヵ年という期限付きでしたから、場合によると、退蔵されたまま交換されていない金銀貨が、いまだにどこかで眠っていることも考えられますがね」

　対馬屋は一呼吸置いてから続ける。

「さて、前置きが大変長くなりましたが、ここで話を纏めますと二つの未解決問題が存在しているわけですな。一つ目は、金銀改鋳に際しての良貨退蔵の問題。二つ目は、当時の悪貨がまだ対外取引に使用されている事実ですね。高品位貨幣を貯め込み、低品位のものは早く処分したい。そんな関係者の本能的な意識と、幕府財政政策などが複雑に絡んでいたというのが、この問題の経緯でしょう。金貨、銀貨、銭貨の流通以来、必然的に派生する問題ですな。私はこれを特別な悪事と決め込むのはどうかと思いますがね。但し、後者は先程問題になった人参取引の減少にも繋がるわけですよ……」

　そこへ柴山が、八の字眉を顰めるような仕草をして言葉を入れた。

「えー対馬屋さんのお話中ですが、一言追加させて下さい」

　高坂が口をへの字に曲げ、僅かに顎先を前に動かし柴山に合図した。仕方なく了解したという意味であろう。

「確かに貨幣改鋳で金銀の含有量は変わっています。えー、当時の勘定奉行殿によって変わってきたことは間違いないですよ、あー、荻原様を含めてです。人参の調達も段々と難しくなっています。実は、朝鮮で良品がなかなか採れないからです。でも朝鮮は、それを承知で銀による高値の取引をしています。ここに李さんが居りますが、弱みを見せたくないからです。貨幣が改鋳されても必ず受け取るのは銀貨です。よく吟味して、その価格（品位）に応じた商品を渡すという方法を執っています。えー、では、朝鮮が銀を主要通貨とするのは何故か。それは受け取る銀を更に精錬して、唐物貿易（朝貢貿易）に使っているからですよ、ええ。あー、それからね、対馬屋さんはよくご承知のことですがね、我が藩の薬種と砂糖取引はですね、倭館や長崎とは別に、大坂の指定問屋でも調達されています。えー、貨幣の改鋳と退蔵の問題も、京都、大坂のこれらの連中が相当に絡み合っているというのが、その筋の見方ですね。えー、当藩は、当時の長崎奉行だった石河様とも、なんやら貿易問題で確執を生じたという話があるようですが……ところがですね、この頃、長崎貿易には抜荷が続発していましてね、幕府もこれに目を光らせていたわけですよ、ええ」

柴山の話が横道にぶれてゆくのを感じて、高坂は右手を柴山の方に挙げて話を止め、白髭の東先生の顔色を窺がった。東先生は、左手で顎の髭をしごきながら目を瞑っていたが、ぱっと大きな目を開けて枯れた声を出す。

「ペガ　コバヨ（腹が空いたね、そろそろ飯にしようか）」

東先生はこの辺が潮時だと判断したようだ。隊士の夜霧が既に薄暗い部屋の隅から立ち上がって「アンチェ　カチ　カヨ（母屋に一緒に行きましょう）」と笑いながら言う。一同は煙草道具などを持ってばらばらに席を立ち、夜霧に付いて別室に案内される。

区画されている棟の行廊を通ると、横並びに幾つかの別房があり、間もなく南に庭が開けた主屋と思われる大きな部屋に至る。南面する正客の場所には東先生用の座布団席が設えてある。東老人がそこに座ると、後は運び口を開けて置かれいる茎葉で編んだ円座にそれぞれ座り込み、上下なしの円陣を組んだ。

数人の小者達が、料理室から欅で長方形に造った海洲盤《ヘジュバン》（食膳）を運び、銘々の前に据える。膳には広口の陶器製大楪《テチョブ》（飲料用の器）が置かれた。運び口から輪の中央に入り、正客に一礼した一人の小者が、キテピョンと呼ぶ素焼きで出来た首の付いた徳利を持っていて、東先生の器から右回りで席を回り徳利の酒を注ぐ。

「コンベ（乾杯）」

先生の枯れた発声で、一斉に杯をぐっと飲み乾すと、強い香気が鼻孔を吹き抜ける。

「このオガピジュ（五加皮酒）はね、不老長寿のヤクチュ（薬酒）だ。三百年の壽《よわい》を得るらしいぜ」

夜霧が鼻の孔を膨らませて言う。小者達は、カハジュ（過夏酒）、ファングムジュ（黄金酒）、ソジュ（焼酎）などの酒類を次々に並べる。飯饌《パンチャン》（おかずもの）は、漬物類、周辺で採れた魚肉類、鳥獣肉などを簡単に調理して並べられる。

東先生は粥、餅などで腹を養った後、李啓宣及び代官の柴山との三者会談のため別室に移動した。馬藩通詞の高坂典膳も腰巾着のように先生に付いている。用心棒も兼ねているからだ。この三者は、明年に迫る朝鮮通信使来貢行事の予備交渉のためにこの館に集合しているのだ。別に、釜山草梁での対馬藩役人と朝鮮側訳官との本交渉は続いている。しかし、両国間にはなかなか折り合いの付かない部分があって、その解決には雨森御老体の知恵が必要となってくるようだ。恐らくこの館に二、三日は逗留して下交渉が行われるのであろう。

後に残されたのは薬種商の対馬屋と松籟屋次郎だが、この両人はこの館に預け物があるのだ。既に数回目の依頼となっている。いずれの場合も、隊士の夜霧が、当初から館の統括者として対応してきている。その夜霧が、テチョブに残った酒をぐっと飲み乾して、

「ところで旦那衆、今回の預かり荷物は入庫したが、まだ預かり手続きが残っている。さて、これから帰りの荷物車が下に移るがどうする、館に泊るか」

「無論、船に戻りますよ。ね、松籟屋さん」

対馬屋の言葉に考え事をしていた松籟屋は、片手で懐を探りながら少し間を置いて答える。

「ええ、勿論です。認証銭を貰ってからね」

「呼びに来るまでここで待っている、いいね」

夜霧がそう言って部屋を出ていった。小者達が食べ散らかした後片付けをし、茶の入った土瓶と茶碗を置いてゆく。

「隊長の夜霧とか、黒猪組隊士（コメット）の連中は、一体どこに所属する人間なんだろう。藩の隊士らしいが」

対馬屋権左衛門は、丸顔に付いた厚い唇を窄めて前に突き出しながら松籟屋の方を見た。

「さあわかりませんね。雨森先生が昔から使っていましたね。日本人であり、対馬藩の所属者であることは間違いありませんが、倭寇の末裔かもしれないし、曲《まがり》の海士《あま》（対馬網漁権、船公事免除者）の子

孫かもしれない。顔付からもですね」

松籟屋次郎は冷静に前を向いてそう言ったが、そのとき、深い眼窩を持つ調馬師ケイゼルの顔がふと目に浮かんだ。面長な学者顔を急に対馬屋に向き直して尋ねた。

「対馬屋さん、だいぶ以前の話ですがね、先ほど草梁館の柴山代官の話の中で、長崎奉行だった石河土佐守様の名前が挙がりましたが、対馬藩とは何か確執があったのですか」

今度は対馬屋が、びっくりしたように狭い額の下に寄っている両目を一杯に開いた。

「いやー、偶然ですな。いま私も西山の御隠居を思い浮かべていたところですよ」

対馬屋の脳裡には、当時の御目付であった石河三右衛門政郷と、長崎の町年寄高木右衛門の両右衛門が映っていた。

「石河様と対馬藩との関連の始まりはよくわかりませんが、享保四年（一七一九）に朝鮮通信使来朝（第九回）がありました。それに際して、当然色々な交渉事がなされた筈です。常識的にはそれ以降のことですよ。但し、石河様が長崎奉行の発令をお受けなさったのは、その前の正徳五年（一七一五）頃です。更に、その一年前には長崎に御目付代として赴任していました。その間に何らかの経緯があったとしても不思議はありませんね。将軍様のお代替わりがあり、当時の前任奉行大岡備前守様が正徳新令の後、奇怪なご病気を発病されて江戸にお帰りになり、亡くなっていますからね」

そこへ夜霧の使いで小者が二人を呼びに来たため、対馬屋の話が途切れた。

「後でまた話しましょう」

対馬屋が、ドッコイショと言わんばかりに膝に両手を添えて、太った重い腰を持ち上げる。松籟屋は居合抜きの武芸者のように、片膝を立ててからすっと立ち上がる。小者の後に付いて行廊を右、左に辿り、棟の奥の方へ進むと、正面に厚い木戸があって、半分ほど開いているがその中は闇だ。暗い木戸の中は大きな広間になっていて、ガラス板で囲われた灯油燈が四隅に置かれていて四方を照らしている。中央には堅木造りの大机があり、そのまわりには数個の椅子が据えてある。そこに夜霧と手下らしい人物が数名、不規則に腰かけて待っていた。

「アレッチョクッチョチャガダ（下の方へ一緒に行ってくれ）」

夜霧が角ばった顔を上げて、二人を見ながら少し訛った言葉を手下にかける。

「プタカムニダ（お願いします）」

朝鮮語に堪能な松籟屋がその言葉にすぐに頭を下げて反応した。松籟屋次郎は夜霧の朝鮮語訛りを聞いて、彼は向化倭《こうかわ》（捕えられて朝鮮国に仕えた倭寇）の子孫ではないかと思った。松籟屋の言葉が夜霧の意識を刺激し、朝鮮語の不得手な対馬屋が居ることに気付いて、言葉を和語に変え冷たく言う。

「その前に認証銭を確認させてもらうよ、旦那方」

対馬屋と松籟屋はそれぞれ懐から袋を引き出して、中にある前の証文と大型の銭を取り出して大机に置く。机上に鈍く光る銭は、日本では通用していない朝鮮の銅銭である。これは大様《たいよう》（銭型の大きい）正字《せいじ》（整った書体）の常平通宝《じょうへいつうほう》・折二銭《せつにせん》だ。朝鮮ではそれほど珍しい古銭ではない。

手下の二人が別々にそれを持って別室に入る。松籟屋は、この折二銭の表裏のどこかに記号が彫ってあると聞いている。多分持ち主の名前と、イル（一）、イ（二）、サム（三）、サ（四）など荷の数の数詞だろうと思っている。以前から対馬屋と松籟屋は、既に数個の荷箱を預けている。自分のものとは別に、預かり金を前払いで受け取っている依頼者の荷物だ。その内容は分からないが、かなりの重量から貴重品であることは間違いない。

しばらくして手下は、それぞれ持ち帰った認証銭と新しい物品預かり証文を両人に渡した。対馬屋が渡された認証銭を手に取って確認するように見る。

「銭に記録された記号は誠に小さくてね、天眼鏡でも読み取れないと思うよ。こちらにも同じ記号の銭がとってあるからね、オランダ渡りの特別な拡大鏡（顕微鏡）で照合すれば誰のものか分かるのさ」

夜霧が、不安そうな顔を見せた両人に説明する。

「認証銭を失くしたら、預け物はもうお終いかね」

松籟屋が長い顔を傾けて心配そうに尋ねる。

「いや、そんなことはないよ。こちらには受け入れ台帳（原簿）があるからね。しかも認証銭と同じように、金属板に細字で彫り付けてあるのでね。認証銭がなくても、正当な手続きを踏めば、本人なら受け取れるよ。但し、よほど確かな証拠になるものがなければ、代理人が受け取ることは無理だろう。これは永久保存になるのさ」

今度は、対馬屋が丸い顔を夜霧に向けて質問する。

「夜霧《バマンゲ》さん、我々もいい歳だから、いつお迎えが来るかわからないのでね。預けっぱなしになることもふと考えるわけさ」

「いいかい、働く人間の貯めた財物は、代々その子孫に受け継がれてゆくものだ。今のうちに適正な受取人を指名して、こちらに登録しておくことさ。複数人でもかまわないよ。この館は非公式だが、藩が治めている交隣館だ。そのとき仕事に当たる人間が全責任を持つ。また、それを次に繋いでゆく。あのね、仕事を受けているコメットは、昔からちゃんとその系列が定まっているから、全く心配ないのさ。世の中がどう変っても、命を懸けて約束を守る仲間達だからね。まあ、心配しないでいいよ。ああ、それから、今回の口銭は、預かり金の中から規定額を貰っておくからね。ヘッヘッヘェ」

夜霧はへの字のような口の端を少し開けて笑い、抜かりなく手数料の受け取りを告げる。預かり物の中身とは関係なく、物品の重さによって口銭が上がるようだ。

そのとき、下の方からチョンッソリ（鐘の音）が聞こえた。その合図で夜霧を先頭に一同は奥の扉から地下への階段を下る。途端にすっと暗がりの中から冷気が顔を撫でる。広い踊り場に出ると、その前方には坑道のような穴が口を開いており、少し先まで灯油燈の明かりが奥へ続いている。

坑道の中は、地面も横の岩壁も腰の辺りまで頑丈な厚板で囲われていて、地面の両脇には溝が抉られているのが分かる。ここは箱車の軌道で下の集落まで続いているのだ。箱のような軌道車が太い数本の綱に引かれ、数個連なって坂を登ってきた。その綱は大きな滑車を廻って重石積載車に繋がれ、その重石車が別の坑道を降りているのだ。釣瓶井戸のような原理だろう。

一同が発車場の乗車用石段に降りると「さあ、乗ってくれ」と夜霧の指示があったので、対馬屋と松籟屋が上がってきたときの要領で箱の中の座席に収まる。一緒に降りる二人の手下の一人が、両脇にある箱に重しの袋を何個か積むと、箱車には重量が加わった。箱車の台車には鉄製の車軸が使ってあり、手下が握る鉄棒がそれに摩擦を加えて歯止めを掛けている仕掛けのようだ。鉄棒を進行方向に押して、それを緩めると坂の下方に向かって箱がゆっくり動き出した。

一人の手下が持っている灯油燈を上げると、その明かりが四人の横顔を闇に浮き上がらせる。振り返ると乗車口では、夜霧が暗い中で片手を横に振っているのが見えた。客の二人は、その仁王様のような手掌に向かって頭を下げた。昔は銀の採掘が行われていた古い坑道を、四人を乗せた軌道車はごとごとと船着場まで降りて行く。

館に荷物を預け、船着き場に降りて身軽になった両人は、館を守る黒猪組の連中と別れて小舟に乗り、湾の細り口に停泊する弁才船に漕ぎ寄せて船に乗り込んだ。浅茅湾の大口から細り口に入り込んでいるこの三百五十石積みの中型帆船は、今夜はここに停泊する。やや強まっている北東の風の具合にもよるが、明日は一旦湾内を移動して尾崎港に入る予定だ。二人の客人がそこで長崎に向かう大型船に乗り換えるためだ。

室町時代の尾崎地域は、朝鮮、九州と往来する倭寇流通の本拠地であったが、その倭寇の末裔達も、概ね今は朝鮮とも興利商人として付き合い、平和な海商倭人となっている。その尾崎港には、船尾に縦帆が追加されている千石積み弁才船が停泊している筈だ。

細り口の中型弁才船艫矢倉《ともやぐら》には、対馬藩の二両引きの幟旗《のぼりばた》がはためいている。公的には、対馬藩の封進品《ふうしんひん》（公貿易品）及び開市品《かいしひん》（私貿易品）物資交易のための使船であるからだ。

しかし、時には、極秘の任務にも使われている。

この度は、長崎に入港しているオランダ船や唐船から買い付けた品物を、草梁倭館に運ぶための特殊用務が課せられていた。また、朝鮮通信使来貢準備のために来島している朝鮮商人の李啓宣、倭館代官の柴山大二郎等を釜山港に送る役目もある。

その晩、対馬屋と松籟屋は弁才船の中で船頭達と一緒に、まわりで取れた魚介類を中心とした海鮮料理をたっぷりと味わった。船員達の海洋談義を聞きながら、両人は食後の一服を楽しんでいたが、松籟屋が煙管を左手の掌に静かに当て火皿へ灰を落としながら、

「対馬屋さん、上で夜空でも眺めませんか、そろそろ満月も近い頃ですからね」

両人は近くにあった桐油紙の半合羽を掴んで、帆柱近くの梯子を昇り甲板に出た。上を見回した範囲では、生憎月は見当たらなかった。やはり海上は風が冷たい。風除けの合羽を羽織り舳先に向かう。碇の手前に黒い大きな積荷があり、近寄ると防水布に包まれた伝馬船だった。両人はその陰にあった小さな積荷に並んで腰を下ろす。

「松籟屋さん、筍のように合羽に包まれて、海の星空を眺めるのも乙なもんですな」

そう言って対馬屋は太った体を揺すった。見上げると、満天の星がガラスの粉を撒いたように煌めいている。北の空にある柄杓型の星座は北斗七星か。その先には妙見様の北極星も見える。

「ごめんなさい。満月も現れず、相手が私のような爺さんでは、田舎芝居にもなりませんね」

松籟屋は片手を長い頬に当てて首を傾げて見せた。対馬屋は高座の噺家のように膝をポンと打ってから、分厚い唇を舐めて話を始める。

「さて、館の場の続きですが、いいですか。先ずは繰り返しとなりますが、石河三右衛門様（政郷）が正徳四年（一七一四）の暮れに長崎に御目付代として赴任され、翌年の十一月には長崎の御奉行に昇任されました。それから十四、五年間は、長崎から対馬藩への監視、または実質的な干渉が続いていたわけですよ。また、西山に隠棲されて御隠居となられてからも、元文三年（一七三八）頃、娘婿

の政朝様が江戸町奉行に就任され、請われて帰府されるまでの間、これもまた十四、五年間は、隠然たる勢力を保って動いておりました。つまり、故人の後半生三十年位は、対馬藩へ何らかの関与を持っていた人物でしたね。公的にも私的にもです」

松籟屋が二、三度首を上下に振って相槌を打つ。

「なるほど、織物に例えれば、対馬縞という反物の縦糸には、随柳染という横糸が所々に織り込まれていたわけですな。更に、死後もこうしてその彩が残されている。大した工芸者というべきですな」

「ええ、その辺の大根役者じゃぁないでしょう。よくも悪くも相当な役割を演じていたことは確かですよ」

対馬屋は寒いのか、両腕を組んで合羽の前を寄せる。一度ぶるっと身震いをしてから、声を抑えて呟くように言う。

「私と随柳御隠居との最初の関連ですが、私が先代に替って店を継いだ頃ですから、三十歳少し前のときですね。その年の十月には朝鮮使節が来朝したのでよく覚えていますが、長崎の小島郷に薬草園を置くことになりましてね、奉行所内にある薬草木を移し、更に来崎中の唐医呉載南さんから指導を受けて、薬園の整備を手伝うようにとの依頼を受けたわけですよ、町年寄からね。薬種商という家業ですから、多少唐語もやりますので使われたわけですな。御隠居との付き合いが始まったのはそのときからです。薬園整備について、あれこれと直接指示されました。但し、呉医師とのやり取りは、実際には聖堂学頭で唐通事の盧草拙先生にお世話になりました。なにしろ当時は専門知識もそれほどありませんのでね」

対馬屋はそう言いながら、今も同じことだと思ったが、話を続ける。

「ああ、その頃ですよ、御隠居からある問題を頼まれたのは。御家来の一人がオランダ・カピタンの江戸参府同行中に殺人事件を起こしてね、その責任を取って自身も切腹自殺してしまうという事件が起きてしまった。オランダ館の料理人が、カピタンの何かを盗もうとして護衛の御家来に現場を抑えられ、格闘となって殺されたということでした。料理人に化けていたのは、誰かに頼まれた計画的な泥棒らしいとの話でした。その妻子がね、突然の事態に遭遇したため途方に暮れている。何とか助けてやりたい。ついては対馬屋よ、この際是非協力してくれないか、というわけですよ。御隠居が私を見込んで内密な相談をされた以上、断わるわけにはいきませんよね。町年寄の高木様にも相談して、二人が引受人となるという条件で、その妻子の面倒をお受けしましたよ。その後は数年の間、私の親戚筋ということにして知り合いの老婆に妻子の面倒を引き受けてもらいました。近郷の山里で、無論、応分の生活料を渡してね。生まれたばかりの子供さんは可哀そうに、その後母親にも死なれまして、結局は御隠居の養子ということで引き取られましたが……」

今度は松籟屋が、両手を組んで額に当てながら語る。

「対馬屋さんの御隠居との隠されたお話をお聞きし、それについて、あれこれとお尋ねするほど野暮天ではありません。でも大変な経緯でしたね。こちらには朝鮮との善隣交易に関する石粉様との経緯が一点ありまして、つい館内で石河様と対馬藩との関連をお尋ねしてしまいました」

松籟屋はここで半身を対馬屋の方へ向け変えている。

「申し上げておきますが、私はこれまで、御隠居様と直接の関係は殆どありません。何しろ相手は長崎での最高権力者でしたからね。簡単に近づくことはできません。ただ、私も御隠居と同じ古銭蒐集の趣味がありましてね、そのために随柳様とは人を介して裏道での交際が多少出来ていたわけです。私の店に出入りする唐通事、オランダ通詞などを介しての間接的な関係でしたがね。言わば保証人のようなお願いを引き受けていてくれました。無論、それなりの謝礼金を献上していましたが。大きな声では言えませんがね、私の本業は対馬屋さんも御存じの通りですが、実は、家系が唐帰化人の末裔でしてね、時には非公式の船積で開市（私貿易）に加わってきている人間です。但し、非合法な証拠は何も残していません。身の安全を考えますからね」

密貿易の証拠を何も残さないということは、それらをすべて消し去っているという意味にもとれる。極めて危険な人物であることは疑いない。対馬屋は松籟屋の告白を聞きながら、多分そんな闇仕事もしているのではないかと予想していた通りなので、あまり意外な感じはない。しかし、館内で述べた金銀改鋳の件にこだわりを持つ松籟屋には、十分な用心が必要だ。また、以前から同じ交隣館を利用してきていた間柄だが、御隠居との古銭関係を聞いたのはこれが初めてだ。対馬屋は銭の話が出たことで、御隠居と自身の関係する正徳貨幣の退蔵問題が不安となってきたのだ。

松籟屋は、対馬屋の丸い両目が寄ってきている顔を気に掛けないで話を続ける。

「ところが御隠居が、先ほどのお話のように離崎され、その後、江戸であの世へお旅立ちになったこともあり、特に朝鮮経由で行っていた商いでは対馬藩への重しが取れてしまいました。抑える人が居なくなってしまったのです。半面、大きな関わりがとれて、肩の荷を下ろしたように感じている人も大勢居るでしょうがね」

対馬屋は、話している松籟屋の鼻脇の皺が一瞬伸びたように感じた。この言葉は自分に向けた念押しのようだ。

「また、長崎に近い某藩とはいささか濃厚な関連があって、これを少し隠れ蓑にしていたのですが、残念ながらある事件が起こってお終いとなりましたよ。人生、こんな災難が重なることもあるのですな、まったく。こちらにはざっとそんな事情がありましてね」

対馬屋は開けた合羽の前を合わせながら太い体を揺すり、夜風が身に凍みるような風情を示して言う。

「まあ、いろいろとありますよ、松籟屋さん。何事もすべて順調に行くわけではありませんのでね。さて、寒い船上での長話は風邪を引きますから、そろそろ胴の間に引き上げましょうか。話の続きは、ええ、またの機会に致しましょうよ」

松籟屋は、対馬屋が核心部分で話を端折ってきているのを感じていたが、ゆっくり攻めていこうと思っている。

「ええ、まだお互いに先が楽しみですからね。そういえば、最初に東先生が祈祷の話をしていましたが、何ですかね」

「そうでした。まあ、大したことではないのでしょう」

そこで両人は互いに複雑な思いを抱きながら、夜風を受けている船上の積荷からゆっくりと立ち上がった。

図 13　**根津権現**（歌川広重「江戸名所四十八景」より・東京都立中央図書館所蔵）

（一三）

願行寺歌会

延享四年（一七四七）

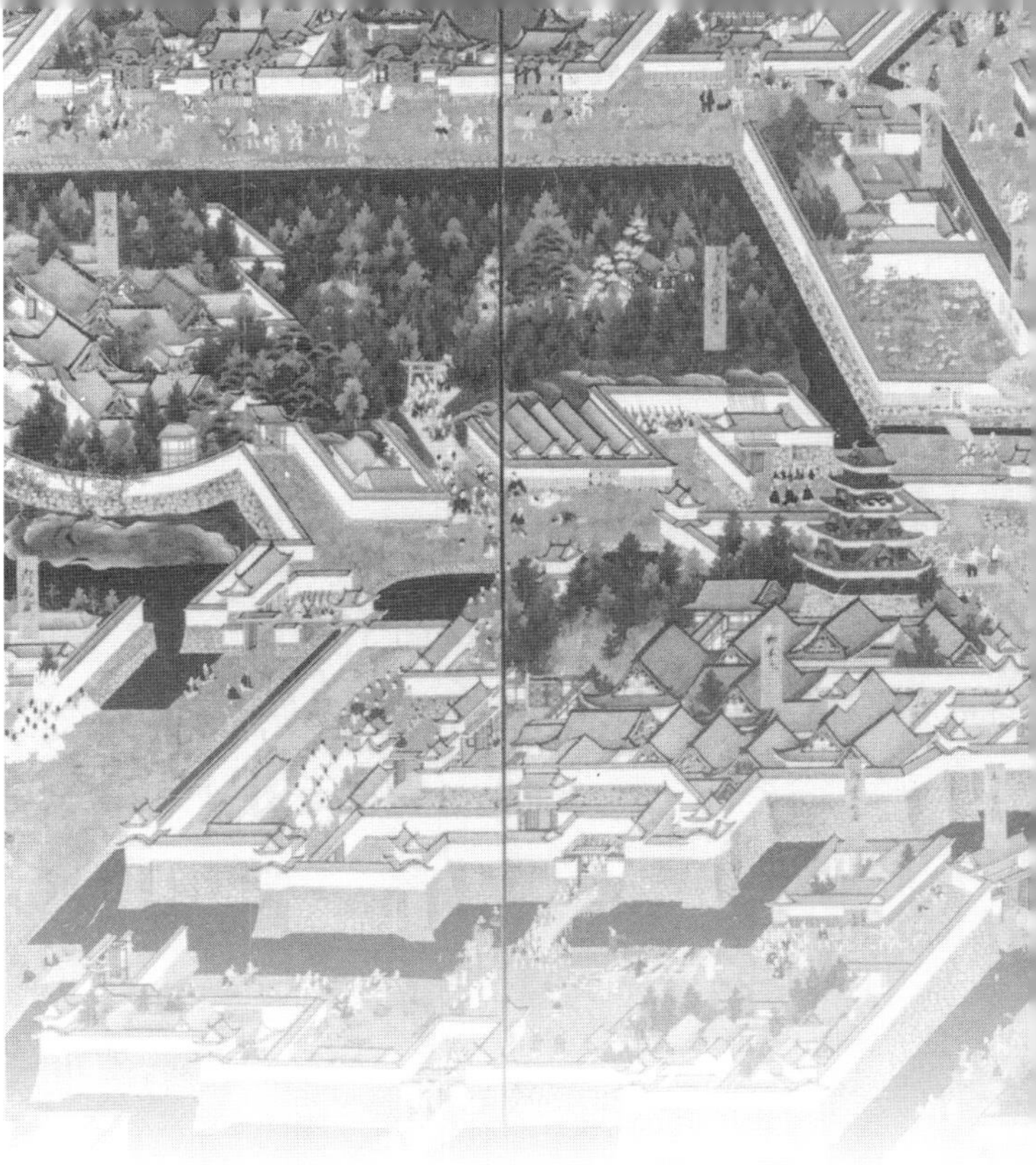

登場人物

徳川宗武　三十歳　田安家当主

観世三十郎（元章）　二十四歳　能楽師

賀茂三四（真淵）　四十九歳　国学者

加藤又左衛門（枝直）　六十三歳　与力・歌人

加藤又左衛門枝直《えなお》は、久しぶりに駒込千駄木町の根津権現社をお参りした。鬱蒼と杉の木立に覆われた社殿の唐門を出て、その左右に延びる透塀に沿って大回りし、表参道のある坂道に出た。

宝永二年（一七〇五）に常憲院（将軍綱吉）が創建したこの社殿の東向かいには、広大な小笠原左京太夫の抱屋敷がある。この一帯の地勢は、全体的に東側に向いた大きな斜面となっていて、曙の里と呼ばれている。坂上の追分に至る社殿脇道には沢山の躑躅が植えられていて、例年四月から五月の花盛りには大勢の見物客で賑わう。しかし、十二月に入った今では葉も落ちて、いずれも黒灰色の枝で編んだ球樹となっていた。

坂道は枝になった躑躅が、不浄を払う薬玉のように濃淡に蹲る中を縫って蛇行する。その霊気を帯びた急な石段を、追分の方角に向いて息を荒げながら一心に登ると、ようやく坂上の浄土宗願行寺《がんぎょうじ》の門前に出た。ひと降り来そうな空模様に急かされたのだ。

――ここで一休みだ、息苦しさが止まらない。吸気が足りないのか。

いまだ六十の坂を超えたばかりでこんなに息が切れるとは、情けない話だ。人生はこれからと思っているのに、体の修業が疎かな証拠だな。我が家のご先祖様である能因《のういん》法師の和歌にも詠われている。

都をば霞とともに立ちしかど　秋風ぞ吹く白河の関（『後拾遺和歌集』）

秀歌を作り出すのには、旅に負けない強い体力が必要だ、という意味にもとれる。枝直はそう思いながら願行寺の山門をくぐる。約束の八つ（午後二時）を少し回った頃だが、空模様がおかしくなっている。雨にならなければよいのだが。

不動堂横から本堂の脇を通り、塔頭の一つである周楽院に向かうと、その院内から頭を青く刷り上げた中年の僧侶が出てきた。枝直に一礼して側に寄り、小声で言う。

「本日は、和尚が別の塔頭で宗門の集まりがあり不在です。今のところ観世様がお着きです」

「千駄木坂で息が切れてしまってね。だが、殿様より前に入山出来てよかったよ」

薄暗い座敷に入ると、向こう向きに座っていた若い能楽師の三十郎が、枝直の方に向き直った。扇子を膝の前に置いて一礼する。伏せた頭に整った髷が瑞々しい。

「御無沙汰しておりますが、お元気で何よりです」

声に響きが少ないのは、いまだ雛鳥の音声だから仕方がない。

「謡曲の詞章を改訂されているそうですが、進んでいますか」

枝直が浅黒い顔の筋肉を緩めて聞く。

「いえ、まだこれからの話です。なかなか勉強が出来なくて」

三十郎元章《もとあきら》（後の左近）は、観世流宗家十四世織部清親の子であるが、国学を好み、この歌会にも時々出席している。

開けている障子越しに周楽院表口が見える。辺りがいっそう薄暗くなって、雨が降り出したようだ。そのとき、入口の軒先に影が動いて、小坊主に先導されて傘の下に屈んだ二人連れが、土間で濡れた肩や背中を拭いてもらってから部屋に上がってきた。座敷の正面にドンと座って胡坐をかいた小太りの人物は、見たところ商家の若旦那風で、その下座にそっと正座したのは、顔の大きな五十歳前後の番頭臭い小父さんだ。若旦那は座ると同時に、誰にともなく発句を呟いた。

「秋の夜の苫《とま》洩る雨の音ずれも」

先ほどから降り出した秋雨を詠んだのであろう。少し間を置いてから番頭さんが野太い声で返す。

「まぎれぬほどのあわれふかきて」

能楽師の三十郎は、二人の素早いやり取りを呆然と見ている。番頭小父さんはこれを見て、すぐに通釈する。

「秋の夜に船中にいると、苫を漏れてくる雨の雫の音もよく聞こえるが、と上の句で詠んでいる。苫とは船の上部を覆った菅などで編んだ茣蓙《ござ》だ。下の句はね、〝まぎれるほどの〟とは気にならないくらいにという意で、〝あわれふかき〟はわかるだろうが、しみじみと心を惹かれる秋の夜の一時であるよ、ということさ」

若旦那の清んだ声がこれに付け足す。

「真淵《まぶち》先生の通釈のようにね、この周楽院を船中に見立てた歌になっている。実は、そこにいる南山《なんざん》さんの〝舵枕《かじまくら》〟をもじった歌なのだよ」

かじ枕とま洩る雨の音づれも　まぎれぬほどの波のしづけさ（『東歌』）

南山と号を呼ばれて枝直は、照れくさそうに言う。

「殿様も、淵萬《ふちまろ》（真淵の雅号）先生もお人が悪い。ついでにこの参考歌が〝磯寝《いそね》〟であることも言ってくださいな、観世さんもいることだし」

「まあ、又さんよ、〝磯寝〟は貴方がゆっくりと解説してやって下さい。でも〝難忘恋《わすれがたきこい》〟の方が、三十郎さんには向いているかもしれないが」

そう言いながら淵萬先生は、広い額を片手で撫ぜ、小さい目で小坊主を見付けている、喉が渇いてきたのであろうか。先生のことだ、般若湯が欲しいのかもしれない。

三十郎は名指しをされて照れたのか、耳たぶを桃色に染めて言う。

「不勉強で恥じ入ります。〝磯寝〟も〝難忘恋〟も私には歌詞が分かりませんので、またの折にご指導ください」

小坊主が二人部屋に入ってきて、「お殿様より下されたお菓子です」と言って、一人が先ず座敷の真ん中に菓子盆を置き、他の一人は、大盆に載せた桜の数茶碗を正客も次客もなく配る。陰点《かげだて》の薄茶だ。その盆上には、茶巾の形をした茶色の菓子が、人数分懐紙に載せて置いてある。

「聖天様が好むという清浄歓喜団（団喜）という唐菓子だ。奈良時代から伝わるらしい」

若旦那のような殿様が菓子の一個を手に持ち、茶巾の袋を無理に開けるようにして力を入れる。皮革のように堅い結び目が開いた中からは、漉し餡がたっぷりと現れた。

「包みの部分が簡単に割れないな。この団喜は妻（近衛通子）が言う通り、非力な女子向きではないね」

小麦粉を揚げた巾着の包みが堅いので、殿様の御指摘のように菓子を割る力の入れ方が難しい。餡には白檀、桂皮、竜脳など七種類のお香が練り込まれていて、清めの意味を持つという（お香茶巾菓子・亀屋清水）。

「妻の知人が、先日、京の土産に持参したものでね」

奥方の関係で禁裏との付き合いもあるらしい。それぞれが力を入れて揚げ菓子の固まった結び目を割ると、中からは高貴な餡の香りが辺りに漂う。

賀茂真淵《かものまぶち》は、温かい茶を飲んで寒気が遠のいたのか、袷の襟元を少し緩め、懐中から小冊子を取り出して言う。

「三十郎さん、『萬葉集歌意考』の一部を転写したものだが、見るかね。参考になるかどうか分からないがね」

「大変有難いことです。是非拝見させてください」

三十郎が面長な顔を輝かせる。

「隣の部屋を借りて、この際先生の説明も聞いておくことだな。遠慮はいらないよ、ね、真淵先生」

澄んだ声を掛けたのは、小太りの顔の若旦那だ。真淵の鼻孔が少し膨らんで、あちこちと何かの香りを求めているのは分かっているが、今は般若湯の出番ではない。

二人が部屋を出ると、後に残った二人は煙草盆を引き寄せて一服点けている。何となく沈黙が続く。適当な話題が出てこないのだ。小坊主が置いていった大きな土瓶の煎茶を相手の茶碗に注いでみるが、若旦那は何か考え事のようだ。

歌人で南山という号もある奉行所吟味役加藤枝直が、少し掠れた声で心配そうに尋ねる。

「殿様、今日はお元気がありませんね。どこか具合でもお悪いのではないでしょうか」

若旦那はふと気付いたように大きなくす玉に乗った小毬のような顔を向ける。

「いや、体は心配いらないよ。食欲もあるしね。ただ一つ腑に落ちないことがあってね、心の整理が必要かな、というところさ」

丸い黒目が子犬のようだ。

「ところで、自宅に真淵先生の庵居を提供してくれているらしいが、酒代に困ることはないだろうか」

「殿様のお台所（十万石）と暮らし向きは比較できませんが、今のところは大丈夫です。淵萬先生も相変わらず蟒蛇《うわばみ》のように飲んでいます」

「私も、昨年ようやくその賄料《まかないりょう》（石高十万石）というものを与えられたのだがね……どうも控え種牛の飼育料でしかないようだ」

そう言ってから若旦那の小振りな顔が一瞬固まった。あまり極端な言葉を発言するのは禁物だと思ったらしい。

「さて、今日は秋の歌会となっていたのだが、ちょっとした問題が起こってね」

火皿の吸殻を灰吹の中に叩いてから、ぼそっと言う。

「実は、このたび私がね、将軍家（家重）を誹謗しているということで罰を受けた。大御所様（吉宗）から三年間謹慎という御沙汰が下ったよ、見せしめにね。但し、これには少々訳がある。私もあまり気に留めず、一役買っていたことがあったようだ。だから、まるっきり無関係ではないが……。そこで南山殿、この経緯をちょっと聞いておいてくれませんかな、後日のためにね」

殿様は、小さな顔に付いた太い眉をぐっと寄せて見せたが、あまり心配している様子は感じられない。何か重要問題らしいが、気楽に話し掛けてくる。聞き手に緊張を与えないための気遣いかもしれない。枝直は、殿様の謹慎処分に内心驚いたが、この話は是非聞いてみなければならない場面である。

「はい、私なんぞは、何のお役にも立ちませんが」

一応警戒心を強く持ちながらこれに応じる。

「これはね、極端に言えば、この国の存続に関する問題だよ。これが、私の発想ではないことは段々に分かるさ。後からも役者が出てくるからね。先ず結論を言ってしまうとね、このまま国の体制を維持して行けば、この国は、いつか必ず亡びるという怖い話だったよ。はっはっはぁ、幕府が目をひっくり返しそうな内容だよ。無論、すぐにではないということだが、何十年の後か、いや、百年先のことかもしれない。しかし、今、何の手も打たなければ、天下の屋台骨が徐々に腐ってゆき、何かをきっかけに全体がドンと崩れ落ちる。傍観していれば、その対策を講ずる機会が失われてゆく。あまり時は残されていないとの意見でもあった。これからどうしてそうなるかを、簡単に説明するよ」

父親の大御所吉宗から、謹慎を言い渡された若旦那風の徳川宗武《むねたけ》は、そこで煎茶を一口飲み、おもむろに語り始める。

「近隣諸国やオイロパ（ヨーロッパ）の国々ではね、昔から日本を〝黄金の国〟と思っているというのは、誰でも知っていることだね。この国の山脈には、金や銀、または銅、その他の貴重な鉱物を埋蔵した鉱山が所々にあって、その時々の権力者達が、それらのすべてを独占して管理してきていたのは歴史を見れば分かる。しかし、鉱物の採掘や精錬の技が劣るために、手の届く所は採り尽くし、近年は、既に方々の現場では採掘量が著しく減少している。外国の彼らが喜んで引き取るのは、金銀や銅の貨幣だけだ。持ち帰って加工すれば、別の価値を生ずるからね。かつての黄金の国も、貿易に使用する貨幣に占める金銀の分量を減らした、混ぜ物貨幣を使用しているような始末だ。近年は幕府も仕方なく、現在取引中の清国やオランダ国との輸入船舶数を減らしたり、品物の分量を限定したりして、縮小した貿易を行っている。そのうちに商取引が出来なくなるときが必ず来るよ。貿易の出来ない、落ちぶれた国の行方に待っているのは、一体何だろうか」

宗武は区切りを付けて、また一口茶を飲む。

「そうなった場合、この黄金の国は、どこかの強国に侮られ、攻撃され、占領される恐れがあるのさ」

宗武は声を低く抑えているが、投げ出したような捨て台詞を口にした。

「敵に攻めてこられたら、何でどう戦うのか、考えてみる必要はないのか、ええっ。特に天下国家を支配する者達に責任があると思うがね。戦えなければ、降参して属国になり、人々は馬や牛のようにこき使われるしかないだろう。国が亡びるとはそういうことだ、えっ……そうだろう……」

ここで昂ぶった己の気分を冷やすように、低音で念を押す。

「ここまでの話はよいかな」

宗武の黒目が天井を向いて、白目が一瞬現れる。

――これはすごいことを話し始めたぞ。

枝直は身震いが出るような緊張感を覚え、少し違和感を持ったが、一応相槌を打つ。

「なんとなく理解できます」

田安家初代当主で、吉宗の次男宗武は、幼少より聡明で、嫡男の家重に勝る器量人として将軍後継者に推す老中などもいた。なるほど万葉調歌人の若旦那侍とは別の面をお持ちなのだ。しかし、一体どこでこうした知識を吸収しているのだろう。宗武は、今度は落ち着いたのか、のんびり調子が戻り話を続ける。

「大事なことは、いいかね、この国には、既にこの話に相応するような外寇に脅かされている島々が、幾つか存在するという現実だ。何処だと思う、南山さん」

枝直は、急に頭の中を回転させてみたが思い付かない。この際は黙って首を捻るぐらいのことしか出来ない。

「それはね、琉球国であり、対馬島なのだ。北方では蝦夷地もある。アイヌの島だ。この辺りはもう切羽詰まっている状態なのだよ」

ここで直感的に枝直の頭に閃いたのは長崎だ。延享三年に長崎奉行となった、ほぼ同年配の旗本安部又四郎一信の面長な顔が浮かんだ。以前、このような日本の話を一信から聞いたことがある。山闇斎の垂加神道の話から、国の神道や外寇についての私見を述べていたのだ。主計頭一信とは、彼が御目付であった頃からの知り合いである。鹿島神流の達人で、大名との付き合いも多い。また和歌や俳諧を嗜むので、場合によると宗武との関連も想定されなくはない。

「考えてみてくれ、琉球国や対馬島が、現在どのようにして自ら生き延びようとしているのかを。関係国へ卑屈な身の処し方をしてね。私は、これらは幕府の関心を得るための芝居でしかないと観ている。琉球使節、朝鮮通信使、そして長崎のオランダ商館長の江戸参府、いずれも日本人、特に幕府の連中に見せるための単なる猿芝居だよ。ああー、あぁ、ふう……」

宗武は、ここで話を逸らすために、両手を組んで頭の上の方に伸ばし、大きく欠伸をして見せた。枝直は、話が核心に入ったな、と思って身を入れて構えていたが、少々気が抜ける。

「これらの来貢《らいこう》の真意は別にあるのだが、今は措いておこう。少し話を遡りたい」

そう話を切り替えておいて、宗武は口のまわりの涎を手で拭った。背を伸ばして言う。

「あれは昨年の若葉の頃だった。五月会という和歌の会合が今日のようにあってね、とある寺院に数人の知り合いが集まった。おっと、奉行所の役人には誰だか名前は言えないがね。その中に、京のある公家に仕える青侍が居た。妻への使いに来てね、女性にもてそうないい男だったよ。そこでは和歌の話だけではなく、天空に奇星の現れた話、日本の行く末が不安だという外国に対する防御の対策、反対に、奇想天外な大和洲などという版図を設けての交隣融和構想などが話題となった。その青侍の話ではね、大和洲というのは、北は蝦夷、靺鞨《まっかつ》、西は朝鮮、南は琉球、台湾、呂宋《ルソン》、爪哇《ジャワ》を包括する、オイロパに対抗する東亜細亜連合のことでね、その構想のもとは、『紅毛天地二図贅説』を著した学者の北島見信の説だという。いずれも仮定の話題ではあったが、興味深い意見であったよ」

ここで枝直は、歌会の話題が、天文、防衛、交隣など、あちらこちらにまたがるので、頭が混乱してきた。現時点では、宗武が、過去の話が面白かったという感想を単純に述べているのかどうか、よく分からない。遡って、それを今、ここで取り上げた真意は一体何なのか。しかし、宗武が謹慎処置を受けた真の理由も知りたい。また、昨年の会合に、どのような連中が集まっていたのかにも興味がある。いずれにしても、宗武の語りは、幕府にとって誠に重要な話であるから、ここでは辛抱強く話を聞くしかないことは分かっている。

一方、宗武の方は、枝直には真実を話しておきたいが、どの程度の内容を話してよいものかを決めかねていた。

加藤又左衛門は、幕府では南町奉行所与力から吟味方に転じたという下級武士であるが、本姓は伊勢松坂の橘氏の出で、能因法師（橘永愷）の末裔という歌人（号は南山）でもある。自筆の歌本『東歌』の他にも、稿本や日記などを多く著している。

――大岡越前守忠相にも深く信頼されている男だ。心配ないだろう。人を信じられなくなったらお終いだ。こうしていま謹慎沙汰を受けるわが身では将来のことは全くわからない。問題は、あの五月会に出席していた連中の殆どが、このところ何かしらの災難に見舞われていることだ。これは偶然ではない。

宗武が少し間を置いているのを見て、枝直は、吟味役らしい眼光鋭い目をへの字にして伏せ、浅黒く膨らんだ頬を宗武に向けて、掠れ声で言う。

「殿様、その歌会で話題に挙げられたということですが、対馬藩宗氏が、朝鮮半島との交隣に大変苦労しているということを知人から聞いたことがあります。来年も朝鮮通信使が来貢することですしね、幕府も財政的にかなり支援しているようですが、どうなんですか……」

このとき、宗武は、夏頃に発生した江戸城内の刃傷事件を思い返していた。そこへ対馬島の話が遠くの方から同時に耳に忍び込んできた。回想と枝直の話が、脳の中で輻輳している隙間に入ってきた漠然とした質問だった。一瞬、返事をどうすべきか迷ったが、小ぶりな顔を起こして気を取り直し、痰のからまったような言葉を返した。

「いやー、えへん、……交隣外交もいいがね、相手はそんなお人好しばかりではないよ。応永の外寇や、秀吉の文禄、慶長の役もあったしね。その国が将軍代替わりの挨拶に、どうして五百人近い大勢を引き連れてくるのか、他にも役割があるからさ。徳川家の天下になってから、寛永元年までの三回は回答使兼刷還使だったね。しかし、それ以後は通信使と名を変えた。単なる便宜上の方便だよ」

宗武は白目を見せて、一瞬天井を見上げ、そこで胡坐を組直した。

「この来貢はね、実は、外交使節という名目の大陸からの偵察団なんだよ。その真意が分かっているのだろうか、ええッ」

宗武の語尾が少し上がってきている。枝直は頭の中で、釜山から対馬、壱岐の島々を経て、下関から瀬戸内を通過し、室津、大坂を経由して、京都、彦根、名古屋、浜松、静岡、小田原、江戸までの行程を辿ってみた。

「なるほど、朝鮮国の後ろには唐国（明・清）などがいるわけですからね。これは大変な隠密集団の大行列だ」

「その上現状ではね、唐国辺々においては明、清の争いがいまだ終わっていないようだ。台湾などでね、ううん。先にも述べたが、北方のオロシアもアイヌとの交渉を行っているようだし、長崎のオランダ国や琉球にしても、面従腹背の連中であることは間違いないよ」

「何かよい対処法はないのですか、日本を守るための」

「だからね、今の幕府に出来ることはないという話が出てくるのだよ」

「五月会では結論が出なかったのですか、……ごめんなさい、これは機密事項でしたね」

「いや、いいのさ、どうせ誰かが真実を知っておく必要がある、後日の為にね。私はね、今は種さえ蒔いておけばいいと考えている。それがいつか発芽して、新しい国の糧になるよ。日本を守っていくこと、これは今の幕府指導者には荷が重くてね、期待する方が見当違いということもよく分かっている。だが、そんな批判をすれば自身が危ない。外敵から国を守るより、先ず内敵から身を守ることが必要だろう。それこそ隠密からね。でも、秘密の内容などはいずれ伝わっていくね。中には信念に基づいて行動している人もいるから……隠し通すこと自体が無理なのだ。五月会の参加者には、既に二、三の被害者が出ているのだよ。私もその不穏な人物という一人でね。会に参加したということだけで、謹慎という制裁を受けているのさ」

宗武はここで瞬いた白目を天井に向ける。宗武の話はとうとう問題の核心に触れてきている。

「同日参加していた京の青侍は、なぜか現在行方知れずだそうだ。妻の情報だがね。また、数ヵ月前に殿中での刃傷事件があったろう。家紋誤認というおまけ付きの理由で、狂気の人間に殺害された。彼も実は歌会の参加者で、犠牲者の一人なのだ。その狂人とは、何か別の経緯も重なっているらしいが、いずれにしろ気の毒なことだった。故人の冥福を祈るばかりだよ、南無阿弥陀仏……」

枝直は、家紋誤認という言葉で、その犠牲者が熊本藩の当主細川越中守宗孝であることはすぐに分かった。しかし、越中守が、宗武と同じ五月会の参加者であったとは意外な話であった。

近くの寺から梵鐘が打たれている。夕の七つ、申の刻（午後四時）だ。雨は既に止んでいる。賀茂真淵と観世三十郎が、鐘の音に撞き出されるように隣室から出て来た。二人は万葉の歌論に酔ったような目付きで、よじくれるように部屋に座り込んだ。

「御苦労さん、勉強が捗《はかど》ったらしいですな」

宗武が先生に声を掛けると
「油が切れてね、あちこちの歯車が、もう動かない。はあ……」

国学者の真淵先生が、悲鳴に近い情けない声をあげる。僧侶が大きな徳利と、重ねた茶碗を持って入ってきた。

「このような会に、般若湯はいかがなものかとは」

坊主のためらいの言葉は途中であったが、真淵先生は両手を出してそれらを素早く受け取り、座敷の上に並べる。体の動きが賄女のように滑らかだ。

「では、頂きましょう」

先生は野太い声で皆に言い、早々に手酌で注いだ般若湯をがぶりと飲む。そのとき、田舎親父のように分厚い顔が右に歪んだ。

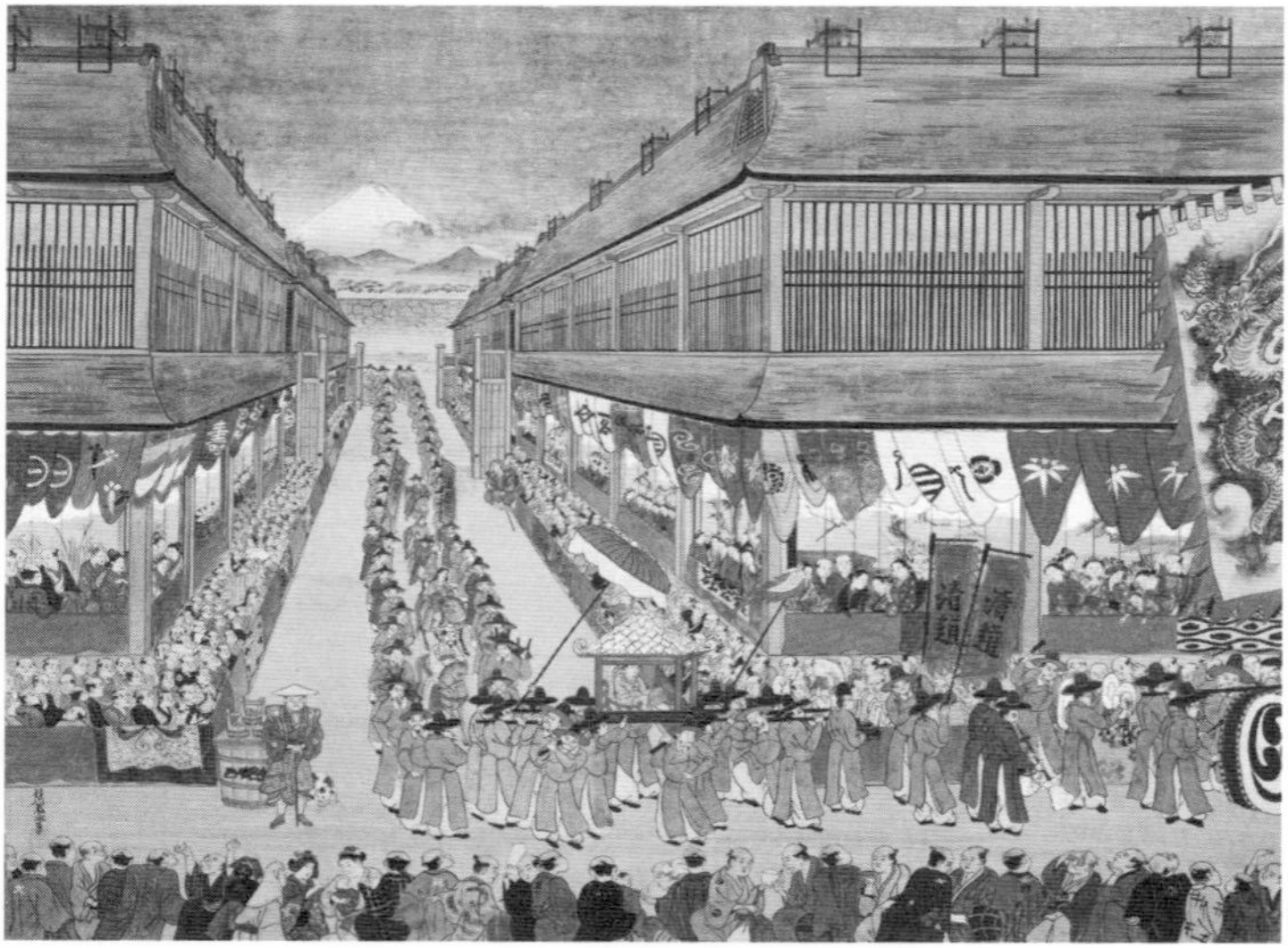

図 14　羽川藤永筆「朝鮮通信使来朝図」
（神戸市立博物館所蔵 Photo：Kobe City Museum ／ DNP artcom）

（一四）朝鮮通信使後談

寛延元年／英祖二十四年（一七四八）

登場人物

宗　義如　三十二歳　対馬藩八代藩主

雨森東（芳洲）　七十九歳　対馬藩儒者

原宅右衛門　五十歳前後　江戸留守居役

高坂典膳　三十八歳　対馬藩通詞

戊辰の革運ということで、七月十二日に年号は寛延元年（一七四八）と改元されたが、ほぼその四十日前の延享五年六月朔日《さくじつ》（第一日）に、朝鮮外交使節団の一行は江戸城に登城した。ここで、朝鮮側としては朝鮮国王の国書を徳川将軍に伝える「伝命の儀」、徳川幕府側としては「将軍家重襲職祝賀の儀」の双方が同時に行われた。後世の話となるが、この行事の朝鮮側主要参加者について、李元植氏作成の「朝鮮通信使一覧表」によって左記の如く表示されている。但し、ここでは城内儀式参加人は特定されていない。

◆祝賀団員の役職と主要人物

年　代　朝鮮英祖二四、日本寛延元、干支戊辰

正　使　洪啓禧

副　使　南泰耆

従事官　曹命采

製述官　朴敬行

書　記　李鳳煥、柳逅、李命啓

譯　官　朴尚淳、玄徳淵、洪聖亀

写字官　金天秀、玄文亀

画　員　李聖麟、崔北

使　命　家重襲職

総人数　四七五（大坂留八三）

使行録　奉使日本時聞見録（曹蘭谷・曹命采）、隋使日録（洪景海）、日本日記

（映像文化協会編『江戸時代の朝鮮通信使』毎日新聞社・一九七九年）

また、『江戸東京年表』の記事によると、当時の朝鮮使節団のための準備の様子が一部窺がえる。

四月二十三日、朝鮮通信使が江戸を立つまで、龍閑橋・一石橋・西紺屋町橋の橋際が土俵で閉め切られ、通船が停止される。

五月二十一日、朝鮮通信使一行368人が浅草東本願寺に宿泊する。

七月一日、朝鮮人風の衣装を身に着け、辻踊りをすることが禁止された。
（大濱徹也・吉原健一郎編『江戸東京年表　増補版』小学館・二〇〇二年）

こうした記録を見る限り、朝鮮李王朝からの朝鮮通信使来訪とは、使節団の人数、往復を含む年を越える滞在、接待、贈答に伴う莫大な必要経費などからみて、江戸幕府最大の外交行事であったことは疑いないようだ。但し、両国の友好を深めるための意図がどの程度まで達成出来たかについては、後世の学者によって議論のあるところだ。無論、幕府の権威を内外に高めること、外国からの領土支配、覇権防止、海域利権闘争の回避、禁海、鎖国体制においての先進文化修得、大陸との貿易促進等々を加味して、両国関係を考慮していかなければならないであろう。しかし、どう考えても、朝鮮国が単に将軍家継承を祝賀するために儀礼訪問をしたわけではないであろう。「各種専門家五百人の目で、一年の時間をかけて、日本各地の国情をつぶさに観察するための公開偵察団である」と見ている者もいるが、その人の眼は僻目《ひがめ》（やぶにらみ）なのか、正眼だろうか。

昨年の朝鮮通信使来訪劇において、その立役者となっていた対馬府中藩第八代藩主の宗義如は、小雨に濡れた苔に足をとられないように気を付けながら、ゆっくりと長い石段を降りている。この厳原金石《かねいし》にある万松院の百三十二段ある石段は、百雁木《ひゃくがんぎ》と称されていて、石段の両脇には数えきれないほどの奉納された石灯篭が、最上段にある歴代藩主の墓地まで続いている。

朝鮮通信使一行の国内安全通行のための先導と護衛、人馬車両の手当、宿泊地の設営と食事、滞在地での饗応と文化交流、贈答品の選定と輸送等々を何とか施行できたことは、歴代御先祖様のご加護によるものだ。帰藩して、本日はその報告と御礼のための万松院参拝である。この後は、高台の中ほどにある友隣閣で、数名の者との会食が予定されている。

折角お墓参りをしたのに、帰りの駕籠では、この度の過ぎて行った行事のあれこれが、頭の中心部まで灰汁のように浸み込んできていて、なんとも気分が重い。そのうち世の中が灰色に見えてくるのではないか。通信使接待のような幕府の交隣外交は、朝鮮国との国境に存在する対馬島支配者宗氏の役割分担に、更に過重な役務を課したことになる。過去の日朝綱渡り的な仲介者の役割を振り返ると、御先祖様達はよくこのような仕事に耐えてきたものだと思う。更に言わせてもらうならば、貧乏藩にとって大きな痛手となることは財政負担だ。会計が明白な主要経費は幕府が当然負担するが、収支会計書に現れてこないその他の隠れ雑費については、対馬府中藩の懐から出ていった。やれ駄賃だ謝礼だのといった細かな出費だ。そのときは少額であっても、一年間も積み重なると大きい額となる。

こうして大陸からの侵略の危機から日本を守っている我が藩に対して、ようやく貰っている補助金だけでは到底済む話ではない。ましてやその補助金すら、近頃は危ないという話がある。義兄の隆徳院（細川宗孝）が、生前によく嘆いていた「西の端にある諸藩は、いずれ幕府から潰される運命にある」との言葉が蘇ってきた。いずれそれが現実となる日も来るであろう。それが故に、現在何を為すべきか、それが問題なのだ。

義如は、ますます混迷してくる頭を一、二度揺すって気を鎮めてみる。しばらくして、乗っている腰網代の駕籠が、担ぎ手の立てる砂利の音と共に止まり、簾の外に側役の黒い影が近寄って来た。義如はゆっくりと駕籠を降りる。

右側に高く鏡積みになっているのは金石城の城壁だろう。薄暗く茂る木立の間を石垣に添って蛇行している延べ段を歩く。その白い斑岩の上を一つ二つと無意識に勘定しながら、先方に見えてきた入母屋破風の玄関に向かう。この友隣閣は昨年朝鮮使節団の宿泊所としても使われた。

女中に案内されて対馬海峡を望む展望の開けた廊下を通り、枯山水の庭に面した書院風の部屋に入ると、先に待っていた三名の異質の顔が並んでいて、幕開けの舞台よろしく一斉に頭を下げた。

義如が上座にひょろりと座ると、向かって三人横並びの中央にドンと構えている老人が、顎の白髭を揺すって発言する。少し錆れた嗄声だが、語尾はいまだはっきりしている。

「通信使接待の御大役が無事にお済みになりまして、えー、誠にお目出とうございます」

この言葉で、三人は改めて藩主に向かって拝礼する。

「うん有難う。皆さん方のお陰で、どうやら大過なく終えることができたよ。えん……まあ、留守居番も大変だったたね。橘窓先生（雨森芳洲の別号）も和歌を誦える余裕がなかっただろう。ええん……」

義如は、芳洲が『古今和歌集』の詠唱を日課としていることを知っていたので、労いの意味を込めて付け加えた。芳洲は黙って白い顎髭を摩りながら、大きな上体を僅かに前に傾斜させた。気遣いに対する礼のつもりだろう。

「あー、宅右衛門、抜かりはなかろうが、出貿易（渡航船による朝鮮貿易）のことはしっかり頼むぞ。今回の我らの役割に見合うようにね。その為に皆が頑張ったのだからな。えへん……」

義如は風邪気味のようで、喉の奥に痰がからむ。

「はい、無論承知しております。船数や渡航回数も増加しました。倭館の相手も了解の上です。事前に橘窓先生が中心となって高坂殿、柴山代官、李商人などとも十分打ち合わせてありましたから、問題ありません」

宅右衛門は、薄い髪を残した頭を他の顔に一、二度回しながら、大きい口を窄めて言う。自分が宰領したわけではないので、少し遠慮しているのだ。

「この度の通信使帰路で、何か気に掛かったことはなかったかね。通詞の典膳、下知役だったろう。ううん……」

高坂典膳は、隙を突かれたようにびくっとして四角な顔を上げた。

「はい、えーと、私がこの度一番印象に残っていますのは、彦根城下でした。使節道中の各宿駅ともそれぞれ立派な応接がなされましたが、彦根は特別に見事な対応でした」

宅右衛門は義如の方を向きながら、鰓の張った口を急いで動かし
「おい、典膳、殿はあんたの道中役割の上で、何か気に掛かったことはなかったかとお尋ねである。応接の良し悪しなどはお聞きになっておらんぞ」

典膳は口をへの字に曲げながら宅右衛門に顔を向けて

「今から言うところですよ。通詞の中でも、三使など偉い方々の交流には限定された上級通詞がいましたので、その方々の様子は私には分かりません。その通詞仲間からも特に変わった話は聞いておりません。今回は、我らのような下知役が十人くらい、その他一般通詞は四十七人が交替で対応しました。仕事は主に使節に提供する専門料理人などへの食材調達、現地宿所の手当、贈呈品や荷物の管理などです。無論、のんびりした遊山道中ではなく、やることは連日山ほどあって、毎日が戦場のような状態でした。そう言えば復路でしたが、彦根藩が準備した珍しい進物を見ました。髭籠《ひげこ》（竹や針金を用いた籠）に入れた小ぶりな赤い果物です。名前はわかりませんが、三使、上判事などへ三十個くらいずつ用意してありました」

典膳は、気に掛かったことはこの他にいくらでもあったが、すべて個人的なことであって気の利いた話は何も出来ない。俺にはそんな才能はないのだろうと、頭の総髪を右手で撫でてみる。

「何でしょうか、その赤い果物は」

宅右衛門はそう言って義如の顔を見るが、細い顔に付いた横長の目には何の反応も起こらない。

「昔のことだが、何かの書物に〝利牟古《りむご》〟という食べられる小さな赤い木の実があると書いてあった」

芳洲が、面長の顎に垂れ下がる白髭を揺るがして言う。

「『古今和歌集』ですか」

宅右衛門がてらてら光った広い額を芳洲に向ける。

「いや誰かの本草書だったと思うが、思い出せない」

義如が細い目を開いて言う。

「その赤い木の実は三使の頭を更に働かせることになるだろうな。しかし、種からの発芽や育成は大変難しい。こちらも朝鮮人参でだいぶ苦労しているから分かるがね、ううん……。朝鮮で言う壬辰倭乱《イムジンウエラン》、秀吉侵攻の頃だ。ポルトガルから日本に伝来した唐辛子が倭芥子《わがらし》として朝鮮に渡り、栽培されている。彼らが食品によく使っているあの辛い種だ。我々も道中の朝鮮料理で、この度もずいぶん付き合って食べたよ、えへん……。そういえば近年、陶山《すやま》庄右衛門（鈍翁）が苦労して植えた琉球芋も、あちらへ持っていかれていているようだね、えへん」

高坂典膳は、義如の細い目がじっとこちらを見ているような気がして、すっと半身を伸ばした。原宅右衛門はふてぶてしい顔をして、蝦蟇のような口を開く。

「橘窓先生、この赤い木の実は何かに効き目はありますか」

「さあどうかね。食べたことはないのでね。ただし、大抵の果物は、皮ごと喰えば通じはよくなるよ。えー、発語は同じだが、典膳の通詞ではなく排泄の方の通じだよ」

典膳は、念の入った芳洲の説明だとは思ったが、伸ばした半身を折って腰を浮かしながら言う。

「有難うございます。お陰様ですっとしました」

駄洒落の一つも必要な場面と読んでの台詞や所作だったが、誰も乗ってはこないし笑いも取れない。典膳にしてみれば、同じ赤色の植物である人参の問題が更に出てきて、薬種商の対馬屋権左衛門との深い関係を義如に気付かれでもすれば、元も子もなくなる。異常に神経の細かい殿様であると感じているので、ここはひと先ずはぐらかす必要があったのだ。その義如の方は、何か考え事でもしているのか、細い目の動きはない。

「三使への饗応食はどうだったのかな」

義如は、朝鮮通信使への饗応が、如何に大変な形式食であることを、よく理解している。

三使（正使、副使、従事官）、上々官、上官には七五三、五五三膳が供される。
〔朝鮮通信使饗応食の一例〕
本膳、二の膳、三の膳、四ツ目、五つ目、湯次、盃、捨土器、吸い物、銚子、吸物（これを繰り返す）、奈良台、湯次、六角折（食べられない）、二つ星の物、三つ星の物、銚子、杉縁高（菓子九種）、茶
〔正使登城の饗応「七五三」膳組〕

本　膳　熊引盛　海月盛、蛸盛、蒲鉾、飯、手塩、
　香　物　福目、小桶
二の膳　鮫　盛　巻鯣　汁　くしこ、むき芋、皮こほう、焼とうふ、大こん、貝盛
　鱲　子　干鮎盛　汁　塩鴨、椎茸、うと、ふき
三の膳　羽　盛　栄螺　汁　大鮒、塩鮒、
　船　盛　汁　鯛、背切
四つ目　差　味　鯔長作り、鱸湯かき重ね、ゐんす、みる喰せん、塩みる、小みる、
　南蛮煮　鯛薄身、塩松茸、根ふか、あいくち塩鴨、つふし卵、酢味噌
五つ目　丸杉箱　多以、赤貝、あわひ、山の芋、敷くす

盛　合　焼鳥うつら、塩鶉、色付御さわら、きす色付焼、いせえひ皮むき、味噌漬鯛

昆布巻　半遍ん　吸　物　鮒　銚　子

加

吸　物　卯の花いりいか、品川のり　銚　子

加

吸　物　ふくら煎蚫、すりわた

奈良台

押　取肴、からすみ

折三合（けんひ焼、小板蒲鉾）（柚干、外良餅）（屋うかん、金柑盛）

二ッ星之物　熨斗盛、唐黍盛（上置　からすみ、するめ）

三ッ星之物　塩引鮭、こん切盛、海苔からみ（上置　くしこ、串貝、沖津たひ）

菓子九種　粕ていら、まんちう、有平、大平せんへい、雪みとり、枝かき、やうかん　かや、くるみ　茶

（芳賀登・石川寛子監修『全集日本の食文化 第七巻 日本料理の発展』雄山閣・一九九八年）

「藩の記録では、七五三膳には手塩で飯を食べる以外は、両使ともあまり手を付けていません。四つ目の差味、南蛮煮、五つ目の丸杉箱、吸い物などは召し上がりました。菓子九種はカステラ、饅頭以外は、飾り物があるので食べにくいこともあったようです。残しています」

宅右衛門は記録を見ながら答えている。

「そうだろうな、装飾と高盛で形式化された膳組だからな。……話は変わるがね、昨年朝鮮使節が渡って来る少し前に、大奥の使者一行が来島し、妙見様への祈祷があった、厄除けにね。ところが、江戸で当時の関係者からの報告書を見て、少し考えることがあった。それで、宅右衛門にやや古い記録を用意してもらった。ええん……」

宅右衛門は、既にこの問題を聞かれるであろうことを承知していたようだ。義如に話題を振られた割には目付きも落ち着いていて、傍らの風呂敷包みをしっかりと引き寄せている。どんな質問にも留守居役の面目にかけて受け答える自信がありそうだ。

義如は先ほどの話で、「通詞」「通じ」などの言葉が鍵となり、巫女と妖星との神秘的な通事を蘇らせたのだろう。しかし、祈祷に関する質問の真意は、聞き役の誰にも分からない。通信使の問題とは関係のない唐突な話題に変わったからだ。実際、そのときの義如の脳裡には、老中西尾忠尚の萎んだ顔と、家重側役大岡忠光の下膨れの顔などが、交互に浮かんでは消えていった。

「先ずは本島での厄除け祈祷の経緯について、簡単に説明が必要だね。えへん……宅右衛門」

義如の指示に宅右衛門は大きく頷いて座り直す。

「えー、先ずは今回の厄除け祈願についてです。当初、妙見信仰のある巫女への妖星の御神託、つまりお告げがありまして、その内容から、近年、この国のどこかに、地震・津波の襲来が予告されたものと判断されました。新将軍や大奥御簾中などの要請により、厄除け祈願が実施されることとなり、寺社奉行の大岡忠相殿がその宰領を指名されました」

説明が始まったばかりであるのに、宅右衛門は動かしている分厚い唇が乾いてきた。きょろきょろと見回したところ、辺りに水の用意などはない。

「宅右衛門殿、何か探し物ですか」

典膳が気を利かして小声でそっと言う。宅右衛門は右手を振って違うことを示す。

「えー、すいません、続けます。ところが、数日後になってですね、巫女のお告げによると、妖星の示した西方の聖地、つまり神の島というのがこの対馬島に当たるということになったのです。宰領者からの通知がありましてね。後日、江戸藩邸のお殿様の御前において『対馬図』の入った地図を広げて実際に確かめてみました。そうしますと、江戸西方にある秩父神社(妙見神社)のあたりから西に直線を引いたところ、なるほど、その先端は対馬になりました。えへん……かっ」

義如の真似ではない。いよいよ喉の水が枯れてきている。唾を飲もうとしたが、その唾さえ出ないのだ。

「宅右衛門、そもそも話は抜かしてくれないか。えへん……そのお告げを受けた巫《かんなぎ》の身元調査はどうだったのかね」

義如は江戸藩邸で宅右衛門に依頼していた件を忘れてはいない。

「はい、すいませんが、少しお待ちいただきたいのですが」

「何だ、小用(小便)かな」

「いえ、喉が干上がっていまして、がえー」

宅右衛門は上を向いて、大きな喉ぼとけを上げ下げする。

「典膳、乾いた田んぼに水だ」

典膳はすぐ立ち上り廊下に出て、そこに居た女中に水を飲む手真似をする。宅右衛門は廊下で待っていて、女中の持ってきた土瓶の水が空になるほど喉に流し込んだ。

「ああ、もう大丈夫です。げっ……ぷぅ、……この巫女はですね、どうも渡り巫女（旅回りをして禊や祓いをする歩き巫女）のようです。近年は、江戸近辺の妙見神社に居てですね、秩父神社の巫女修業に行ったわけです。そのときに口寄せのような神憑りの振る舞いとなってですね、たまたま御神託を得たようです。それでですね、何かまずいことでもあったのでしょう、厄除け祈祷を上げる話が出てから、当人はすぐに山伏風の一行に加わって姿をくらましてしまいました。大きな犬を連れていたそうです。無論、代役の巫女はいくらでもおりますから、問題はありませんが。えー、お告げを受けた巫女と当時一緒にいた同僚が、この役を引き受けたとのことでした」

義如は瓜のような顔を少し傾げている。十分納得していない様子だ。

「関係者の報告では、この厄除け祈祷では少し悶着があったようだが」

「はい、悶着というほどのことではありませんが、あのー、神楽を上げる（祈祷神事を行う）場所などに、地元との食い違いがありました。何しろここは、全島が神の国のようなところですからね、至る所に神職がいて、それぞれの神を祀っておりますので、えー、折り合いを付けるのがなかなか難しいわけです。まあ、結論としては、先ず神楽を上げる前に、関係者一同が土地の神社に礼拝して、神鎮めの儀を行うことで双方納得しました。要するに、御奉納金が問題を鎮めたわけですね、ええ」

義如もそれはよく承知している。大抵の問題は金で解決出来るのだ。

「いや、悶着というのはね、祈祷団が対馬島祈祷の前に行った宗像大社の三社参拝のときの話でね。この神域では女人禁制の場所という掟があって、巫女が立ち入ることを許されなかったということだ。まあ、これはどうでもいいことだが、この対馬では、そのような女人禁制問題はなかったのだね。それで、北端の何処で祈祷神事が上げられたのかな、ええん」

宅右衛門は風呂敷包みを解き、冊子を幾つか捲りながら話を続ける。

「実はですね、女人問題もありました。少々説明が長くなりますが、これを省きますとこの先と関連する糸が切れますので、申し訳ありませんがお聞きください。ここからは、妙見信仰者以外にはやや腑に落ちない部分ではありますが、祈祷する巫女側の申し出によりますと、対馬には、妙見信仰の対象となる北斗星と関連する霊山が幾つかあるのだそうです……七箇所だったかな。えー、そしてですね、祈祷地には、その霊山群を結ぶ線、彼らの言う神霊線の地を選びたいという強い希望がありました。それが、北方地では佐須奈の大久間山付近となるのだそうです」

義如は目を瞑って聞いている。典膳は廊下に出て、女中に土瓶に水を入れさせた。宅右衛門の喉が嗄れる前に用意をしているようだ。

「この大久間山から流れる佐護川の側に祀られているのが天神多久頭魂《てんじんたくずたま》神社です。病を治す神通力を持つとされる天道《てんどう》法師がお祀りされていますが、お社はなく、傍にある天道山を遥拝する形式となっています。何でも一番奥には一枚の鏡が置かれているだけのようですが、無論、神職以外はこの山には立ち入ることが出来ませんから、実際のところはよく分かりませんが……」

「女人禁制の話が出てきませんね」

典膳が横から口を出す。宅右衛門が大きな目を四角にして、冊子を見ながら話を更に続ける。

「これからだよ、横槍を入れないでくれ。あれ、何処だったかな……。えーと、この天道山は、実は子神で、親の方は本島南端の豆酘《つっ》に、母神である神産巣日神が祀られているということです。参拝したことがないので、詳しいことは分からないのですが、いずれにせよ、この神様が天道法師の母にあたる方とされていまして、不義密通の女院説や、豆酘に住む照日なにがしの娘説などがあります。無論俗説ですが。また、朝日に向かって用を足しているときに懐妊したという伝説もあって、父親は太陽であり、天道法師は日子である、という神話があるそうです。真似する女人がいるかもしれませんが……。えー、そんな神話からですね、天道法師をお参りする際には、手続きとして、神産巣日神を先にお参りすべきである、との意見が出ていました。特に女人はですね、ええ……」

宅右衛門は女人礼拝についての問題点を述べるところにようやく到達している。義如はそこで眼を開き、説明を終えた宅右衛門に尋ねる。

「それで祈祷団は、先に豆酘までは行かなかったのだろう、多分な」

「はい、遠くの方からですが、深く遥拝の上、十分な奉納金を神職に送る手続きをし、略式で済ませたというわけです」

義如はこの手続きにふと不安を覚え、一瞬背中にぶるっと冷気が走った。

「神産神がそれで納得すればよいがね、女神は嫉妬深いというからなあ……」

このときに義如は軽くそう呟いたが、これからしばらくの後に、自らが神の怒りを実感することになるとは夢にも思わなかった。

義如は祈祷団が信じる神霊線に興味が起こっていた。この対馬島全体にそのような線を画すのは何故なのか。以前から、誰かが何かを意図して、妙見信仰者を利用しているのではないだろうかとの疑いを持っていたが、その疑念は益々深まってきている。

「ふーむ、先程聞いたが、祈祷団の注目する神霊線というのが伸びる霊山名は書いてあるのかな、南の方のだ。念の為だが」

「そこの近辺以外は記録がなかったようです。今書付を出します」

宅右衛門はがさがさと冊子を捲り、右指をぺろりと舐めて紙面を広げる。

「えーとですね、いま申し上げました佐須奈の大久間山、その南が仁田に近い高野山となっています。北方の地域に限定して書いてあるようです」

「なるほどな、対馬北端を指す最低限の霊山を記したか。宅右衛門、対馬詳細図は用意しているかな」

義如は宅右衛門が持参していた地図を広げると

「何か紐がないかな。二つの霊山を結ぶ位置で、南に伸ばしてみてくれ」

典膳が腰から何かの細紐を外し、地図の大久間山から高野山へ、そして更にそれを南方に伸ばす。

「幾つか霊山になりそうな山はありますね、直線上に」

「主な場所と、霊山候補を読み上げてくれないか、典膳」

「高野山の南が仁位の烏帽子嶽、その南が佐須峠に近い三隈山、一番南が豆酘に近い龍良山です。北から南へほぼ一直線に並んではいますね。また、それぞれの山岳には神社が祀られておりますので、これを結べば神霊線と言えなくはないでしょう」

義如には読み上げた地名で大まかな場所は想定できるが、山名には殆ど馴染みがない。

「但し、下県郡の白嶽は南下直線から少し西側になりますが、この有名な霊山を抜かすことはできないでしょう。それに数が二箇所足りませんね、霊山の」

典膳は長髪を揺すって自説を吐き出した。義如もすぐに細い首を縦に二度ばかり動かして言う。

「北斗七星の信仰だからな。五箇所の霊山で済ますわけにはいかないという意見だ、そうだろう典膳」

典膳は、四角の顔の中に聳える団子型の鼻先を赤くして発言する。

「はい、その通りです。先の神霊線内にも、よく見付ければ二つ位の霊山はある筈ですが、しかし、神霊線は先の直線だけとは限りません。皆さんもご承知のように、天空の北斗七星は柄杓型ですから、他の霊山は、北か南の枡形に位置する離れた所にあるのかもしれません。但し、それがどんな意味を持つのかは分かりませんが」

「神霊線の南北左右の何処かに、他の霊山がありそうだということか。えへん……巫女達には宗教的な何かの意味を持つのかも知れないが、このような離れ小島に、人間様が興味を抱くのは一体何故か。その目的が謎を解く糸口となるわけだ。まあ、いずれにしても、今回はその巫女の厄除け祈祷が、佐須奈の大久間山で実施されたというわけだな」

義如には、妙見様の後ろに隠れた謎の幻影が薄ぼんやりと映るが、いまだそれが誰だかは見当が付かない。義如は右手に持った扇子で膝を強くポンと叩いてから
「そうだ、白嶽という言葉で思い出した。大事な過去の出来事がある。わしが生まれる前の話だし、宅右衛門も多分先代の頃の筈だろう。南側に白嶽連峰がよく見える廃坑、黒瀬秘密銀山のことだ。書

類が残っていればいいのだがな。宅右衛門、手持ちの冊子を調べてみてくれないか」

宅右衛門がごそごそと書類を調べているが出てこないようだ。何しろ秘密銀山などは、幕府に知れれば大変まずい書類となるので、残してはいないのだろう。典膳は、正座のままで軽い寝息を立てている隣の芳洲を起こそうと思ったらしい。小声で耳元に向かい、「橘窓先生、橘窓先生」と囁いたが何の反応もない。今度は朝鮮語で言う。

「トン　ススン（東先生）　コンベ（乾杯）」

その掛け声で東先生は、ぱっと目覚めて「コンベ」と応じた。

「お早うございます。先生、殿様がお呼びですよ」

義如は仕方がない老人だなと思ったが尋ねてみる。

「昔の話だが、白嶽近くの黒瀬の秘密銀山が廃坑となったときの話をね、聞かせて欲しいのだが。少し気になるところがあるのだ」

芳洲はそこにあった土瓶の水を茶碗に注ぎ、旨そうに一口飲んでから答える。

「黒瀬の銀山、……そんなのあったかな。対州鉱山ならすぐ傍にあるが」

「キョリュ　フェグァン（交隣石窟館）のところです、ススン（先生）」

典膳が助け舟を出す。

「キョリュの……。ああ、あの山だね。黒瀬銀山なんて言うから分からなくなった。あれは確かに元は秘密の鉱山だったよ。昔から正確な名前はないが、銀と銅が採れた。それがね、いつだったかな、そうだ享保も半ば過ぎだ頃だ。急に銀の鉱脈が途切れた。藩は困ってね、わしに知恵を出せと言ってきた。それで知り合いの長崎に居た石河随柳殿に頼んでみた。鉱脈の探索ができる山師の派遣をね。無論、幕府の目があるから、どこにも内緒にだよ。だが、これはそう簡単な舞台回しではなかった。石河土佐守はね、その頃、長崎奉行を辞めて立山の続きにある西山に隠居していた。裏の岩山には諏訪大社の東にある妙見様を分社して祀ったようだ。妙見菩薩信仰者だからね、九曜紋の……」

東先生はそこで黙ってしまった。何かを考えているのだろう。

「煙草でもいかがですか」

宅右衛門が四角な顔を丸くして、煙草盆を芳洲の前にずらせて勧める。芳洲は黙ってそれを引き寄せ、煙管の雁首にゆっくりと煙草を詰めている。

「橘窓先生、妙見様は九曜紋ですか。その話も続いて伺いたいが、先ずはその鉱脈の探索はどんな顚末になったのかをお話し願いたい」

義如は九曜紋の細川家を思い出して、細い顎から音声を絞り出した。

芳洲は白い髭に囲まれた口から煙をフーと吐き出して話を続ける。

「鉱脈探索の一団を鉱山に案内してから数ヵ月経ったが、なかなかよい結果が出ない。わしもしびれを切らして、山師に説明を聞くため鉱山に登った。すると彼らの探索結果では、この山にはもう鉱脈はないということだった。最新の探索手段を使ってもね。この島は全体的に鉱脈の少ない地質らしい、と山師が言っていた。驚いたことに、その山師の中の一人が実は異国人でね。真の国籍は不明だが、一応オランダ人になっていた。ケーズルと言う名のね。無論、鬘を付けて日本人の山師に化けておる。顔付も、まあ中東あたりの出と見たがね。今は日本人に化けているが、本職は山師でね、日本にはアラビ（アラビア）産の馬を数匹持ってきて調馬師という触れ込みになっている。将軍家にも拝謁し、特命で昔日本に伝わったポロという馬術競技を復活させた男でもあるようだ。大岡忠相奉行にも信頼されていて、何でも佐渡島をはじめ色々な鉱山の銀脈調査を頼まれていたらしい。長崎の市兵衛というコンプ役（コンプラ仲間・買物使）を通訳に伴っていた。この男はオランダ語、唐語、朝鮮語の三ヵ国語を話す。わしよりずっと上手だ。これらの仕事は、石河殿が町年寄の高木作右衛門や、商人の松籟屋次郎などの助力を得て出来たのだそうだ。後にそう語っていた。何しろ石河殿は、幕府としても対馬をもっと強力な島に改造する援助をしたい、そうしなければいずれ大陸に飲み込まれると言っていた。そうだ、あの坑内をヘガン（フェグァン・会館）に改造したのも、造作に詳しいケーズルの発想だった。あそこは貴重品の秘密保管所として、今でも重宝しているだろう」

芳洲はここでまた煙草を吸い始めている。

「煙草を吸うと記憶が戻ってくるのですね、先生」

典膳がそう言って同意を得るように皆を見回している。銅の方はどうだったのか、ケイゼルは対馬の基地をどの程度知り得たのか、義如はまだ芳洲に聞きたいことが沢山あるが、煙草の効果が頭に回るまで、もう少しの我慢だと気持ちを抑えている。が、宅右衛門が先を越した。

「橘窓先生、鉱脈探索団は、妙見様と何か繋がりがあったのですか。石河様との関連からですが……」

髪の薄い頭を右手で掻きながら、宅右衛門が顔付きに似合わない猫撫で声を出したのだが、本日は喉の機嫌が悪く、女形《おやま》のなり損ないのように声が裏返ってしまった。宅右衛門はしまったと思い、スッポンのように首を引っ込める。

「妙見様だと、何でここに妙見様が現れるのか」

案の定、体格の大きな芳洲の圧力の掛かった声が返ってきた。猫を撫で損なうどころか、大寅を起こしてしまったようだ。白い眉の下から大きな黒目がこちらを睨む。義如は、これ以上芳洲から妙見問題を聞き出すのは無理だと観念した。彼は先の霊山の話の間、それを別の夢の中で聴いていたのだ。煙草の煙がたとえ彼の夢を鮮明にしたとしても、こちらの役には立たない。

「まあ、それはまた次の機会までお預けにしよう」

義如はそう言って今日の話を締めくくった。

そのとき、義如の目の前の光景が緩やかに波を打ち始めた。そして、目に映るすべては七色に光る。波動は起こっては歪んでゆく。次々に波のように打ち寄せてくる。意識は明確だし、特に異音も聞こえない。目を瞑り眼球を擦ってみたが、この波動は少しの間続いて発生し、次第に消えていった。一時の不思議な体験であった。多分自分にだけ起きているこの謎の波動は、一体何であったろうか。妙見信仰の巫女がこの現象を体験していたのなら、恐らく何らかの吉凶を予知していたのかもしれないが……。

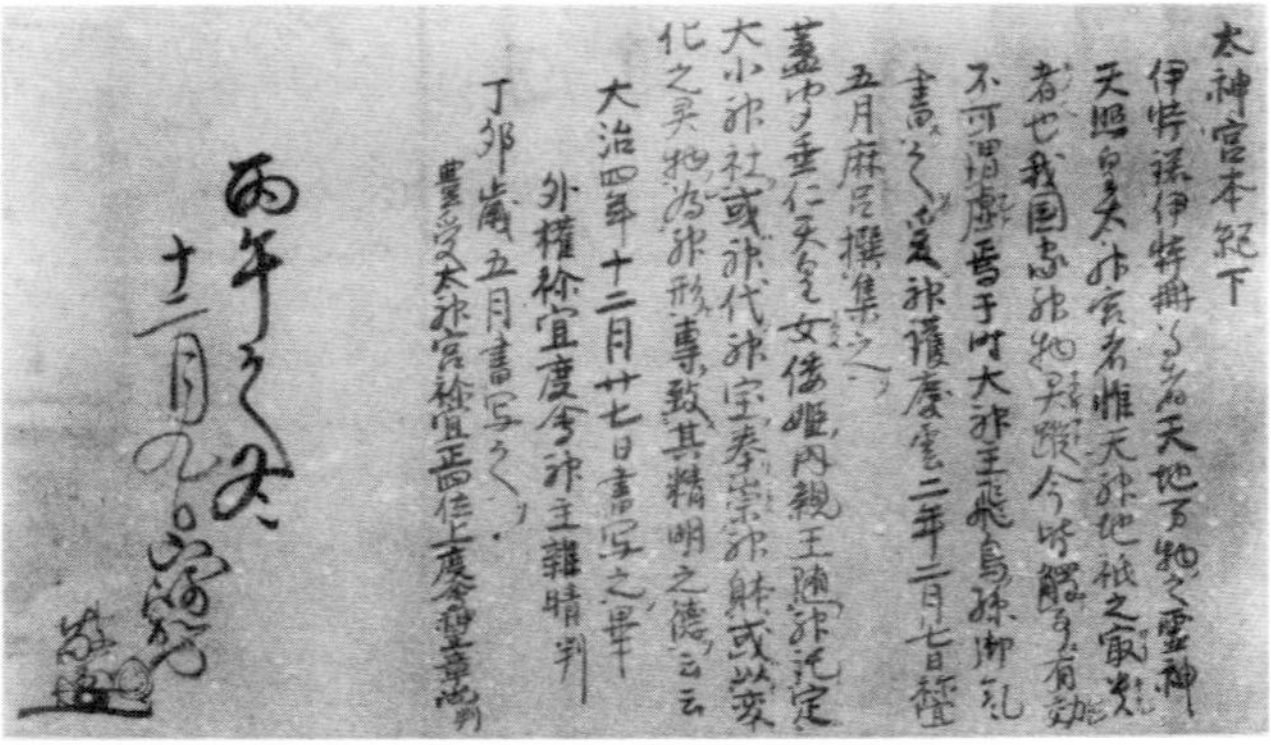

図 15　（上）山崎闇斎（『先哲像伝 近世畸人傳 百家琦行傳』より）
（下）山崎闇斎筆「倭姫命世記一巻」（『先賢遺芳 維新志士遺墨集』より）

（一五）伽羅一本

宝暦二年（一七五二）

登場人物

松平武元　三十九歳　老中・御所係

酒井忠用　三十二歳　所司代

一条道香　三十歳　摂政

寛延四年（一七五一）は十月二十七日に年号が改められ宝暦元年となった。そして、この前後数ヵ月の間には、日本の歴史に名を遺す人物が没している。

その一人は大御所徳川吉宗（六十八歳）で七月十二日に逝去した。翌年の二月三日には、その吉宗によく仕えた大岡忠相（七十七歳）がこの世を去った。そして、同じ二月の十九日、対馬を襲った疱瘡によって、まだ若い藩主の宗義如（三十六歳）が命を失っている。

宝暦元年七月三日に執り行われた有徳院殿（吉宗）御新葬法会の奉行を承ったのは松平右近将監武元（三十八歳）であった。将軍家重は奉行の労に報い、武元に石州直綱の御刀、御遺物探幽筆の掛幅を与え、更に病中において傾けた誠心の奉公に対し、手ずから伽羅《きゃら》（黒沈香という最優品の香木）一本を賜った。

武元は、水戸徳川家庶流の松平頼明の二男として生まれ、正徳三年に越智松平家の松平武雅の養子となり、その遺領を継いだ人物である。祖父の清武が文昭院殿（家宣）御同母の弟で、養父武雅も尾張水戸両家の支庶という縁もあり、延享三年（一七四六）に西の丸老職を拝命した折には、大御所吉宗からは特に京都御所の御事を奉るよう命ぜられている。次代幕政の最有力者となったわけだ。

また、この宝暦に入った時期に、将軍家重の御側御用取次（御側衆）に昇格したのが、この後に田沼時代と呼ばれる時代の中心人物となった田沼主殿頭意次《おきつぐ》（三十二歳）である。

近年、京都御所では、江戸幕府から朝廷運営のすべてを任されている摂関家（摂政・関白に任ぜられる家柄・近衛、九条、二条、一条、鷹司の五家）が、各家当主とも概ね若年層世代と交代していた。このため、朝廷においては一条家以外の摂関家の発言力が衰え、朝廷運営において公家達の不満が高まっていた。幼い天皇を戴きながら老人の言いなりとなり、すべてが保守的な意見で固まり、新鮮な息吹は感じないのだ。

過ぎる享保年間には、中御門上皇を失い親政を行っていた桜町天皇は、朝廷の伝統儀式復活の賛同を示した将軍吉宗の支援により大嘗祭の開催などを行った。しかし延享三年、実質的な権力者であった従一位関白の一条兼香《かねよし》は嫡男の道香《みちか》に関白職を譲り、太政大臣に昇任して第一線から退いた。道香は翌年摂政に昇任する。その後、延享四年五月には、桜町天皇も第一皇子の遐仁《とおひと》親王（桃園天皇）に帝位を譲り上皇となった。だが、この御譲位の真相については不透明で、後世諸説を産むこととなったのである。

寛延三年、桜町上皇は三十一歳の若さで崩御された。

このような情勢において、幕府は朝廷への圧力を更に強化するため、宝暦二年（一七五二）の五月朔日、大坂城代の酒井讃岐守忠用《ただもち》（三十二歳）を、新たに京都所司代に昇任させることにした。この赴任に際しては、老中で御所の用務も司る松平武元が京にのぼり、忠用を伴って参内の上、帝に執奏することを命ぜられた。急な用命のため、道中行列も簡素に整えた慌ただしい出立となったのである。

東海道を急ぎ旅で通過してきた武元が、三条大橋を越えて新緑に染まる京の中心に入ると、縦横の小路には江戸とは異なるはんなりとした空気が漂い、人々の動きにも何となく雅があるようだ。武元は、やはり千年の都だけのことはあるなと感じ、ここで思わず大きな深呼吸をした。

しばし宿所に滞在して、すべての用意が整った五月二十七日には、所司代となり侍従にも任ぜられた酒井忠用とともに御所に参内した。御所内の行事を取り仕切っているのは摂政の一条道香（三十歳）

である。どこかで銅鑼が叩かれたたような低い音がした。

「御出御であらせられます」

御簾の奥の方に小さな人影が動いて座ると、居並ぶ全員が平伏する。道香が拝謁者の役職と氏名を奏上したあと、三方に置かれた天盃の拝受を勧める。型の如くそれを押し頂いて受納し、幼帝桃園天皇（十一歳）拝謁の儀式を終える。その後、両者に対して、禁裏並びに女院より数々の御品が下賜された。

こうして無事に拝謁の儀式を終えて、両者は所司代の役宅に戻ってきた。離れの座敷には出入りの料理屋から運ばれた出前膳が用意されている。人払いをしているらしく酌人は誰も居ない。酒はそれぞれ手酌で飲む設えのようだ。

「腹も減りましたが、小用を堪えるのには苦労しました。ハ、ハ、ハァ」

忠用は上座の武元に太い首を捩じり、頬の膨んだ顔を向けると
「禁裏の連中は習慣で相当に我慢強くなっているのだろうね」

武元が下腹を摩るような仕草をする。

「はあ、なるほど、彼らは永年の間に位に見合った大袋を備えたというわけですか、蹴鞠の袋にも使えそうな」

「ところで讃岐守殿、これは秘密事項となるわけだが、上皇が三十一歳で急に崩御なされたことを、不審に思っている人物は大勢いるのだろうね。実は、私もその一人だが」

「ええ、突然でしたので、私もそれは気になっていました。それで、私なりにいろいろと禁裏に探りを入れておりますが、上皇に関する側近の発言は全くありませんし、御典医も一切口を閉ざしてい

ます。但し、我々には、平素からご病気を患っていたという話も届いておりませんのでね。だから毒殺などという畏れ多い話が巷に流れてくるわけですよ。無論、とんでもない噂話でしょうが」

「その噂話が問題なのでね。要するに事実を歪曲した作り話を、意識的に広げようとする輩の存在があるということだね。自分の、あるいは自分達の立場を有利に導く為の工作としてね。何かの利を模索する動きを感じる。まあ、いずれ正体を現すには違いなだろうが」

武元は自分で一、二度頷いて見せる。確信を持って言える意見なんだよ、という意味だろう。忠用は猪首を一度ぐるりと回し、辺りの様子を見て手酌で飲むしかないと諦めて言う。

「えー、先ずは飯にしてから続きを話しませんか、大した料理ではありませんが、お預けされているのも辛いでしょうからね」

武元は、お預けになっていて辛いのは忠用自身だろうと思ったが、徳利から冷たくなった酒を手酌で注いで飲む。用意された料理はさすがに都の上品な味付けだ。一方、忠用は無言で、ひたすら飲む、喰う、という単純動作を繰り返し、設えた料理を堪能してもらおうという仕出し料理屋の秘めた願望はそっちのけで、黙々と腹中に納めてしまったようだ。早飯は武士の習わしだから、さすがに戦場を走り回った武将の多い家系に育っただけのことはある。武元は早食いの忠用を、平時には少ない本物の武士だなと感心して見ている。

腹具合の落ついた忠用は口を拭って言う。

「食事を続けながらお聞き下さい。実はこのところ、都に少し気になる動きが見られましてね。ええ、端的に言えば、都を中心に復古している神道の教説です。最近多くなっている近辺の勉強会においてもですね、こうした神道教義が盛んに学ばれているということです」

武元は箸を置いて白湯を飲みながら言う。

「神道ですか。京の都には神道・仏教・儒教・医学などの高名な本山や教室が多くありますからね。また、全国に名の知れた高名な儒者・僧侶・学者・医師などが大勢集まっている。江戸が始まる前からね。ですから、学理や教義の真理を求めて、信徒や受講者が自然に寄せ集まってきますよ。こうした連中を対象に、方々で勉強会が行われるのは当然です。まあ、平和な学問の府であれば問題はないでしょう」

「それが問題となっているのですよ」

忠用はそう言いながら太った上体を器用に廻し、それぞれの前に傍らの煙草盆を引き寄せる。武元には食後の一服をどうぞとのお愛想だろうが、自分が吸いたいのは明らかだ。

「〝垂加神道《すいかしんとう》〟、または〝しでますしんとう〟と言われる、山崎闇斎の創始した崎門学のことですが……」

忠用は言葉を切って、武元の理解を試すような目を一瞬向けたが、武元は無視している。

「その思想がですね、禁裏の在り方の道義にまで発展する恐れがあるのではないか、との疑念が起こっているのです」

武元はこの話を既に承知していた。鹿島神流同門の先輩であり、現長崎奉行の旗本安部主計頭一信から、過日江戸屋敷の道場においてこの話は聞いていたが、無言を通す。

「大義名分という君臣関係がですね、朝廷内の古代神道と結び付いていくことはあまり好ましい状態ではありません。天皇《みかど》を中心に、幕府が定めた禁中並公家諸法度の規定を順守して、禁裏行事からはみ出すことのないよう注意していかなければなりませんが、如何でしょう、御老中の御意見は」

忠用は、あまり反応を示さない武元に少々いらいらしてきたのだろう、ここで返答を求めた。

「いや、全くお説の通りだ。学者であろうが民衆であろうがね、朝廷を尊び、日本古来の神道を守ることに異存はないが、世間に何かの意図を持って特殊な思想を醸成することや、不秩序な工作を企むことがあるとすれば、幕府の規範を危うくすることとなる。その芽を摘むために、お互いに任されている務めを果たしていくことだ。ところで、復古派に何か不審な動きでもあったのかな」

「ええ、若い公家の中にですね、垂加神道の儒学と『日本紀』（日本書紀）などを結び付けましてね、各地の勉強会などで、朝廷の在り方を本来の姿に改善すべきである、などと参加者に講釈している連中がいるようです。つまり幕府の現在のやり方を批判する動きがあるのです」

「なるほど。公卿には基本的に禁裏御料についての不平不満があるのだ。有徳院（吉宗）様は、朝廷の御料と御所の修理については出来るだけよく面倒を見るようにと常々仰せられていた。この問題は幕閣でも再検討してみたい」

両者の焦点は少しずれてはいるが、このときの懸念は、これからしばらくの後、現実の事件となって表れて来たのだ。

図 16　宝永七年寅十一月十八日 琉球中山王両使者登城行列（一部／国立公文書館蔵）

（一六）琉球使節

宝暦二～三年（一七五二～五三）

登場人物

今帰仁王子朝忠　四十八歳　琉球使節正使
小波津親方安蔵　年齢不詳　琉球使節副使
島津重年　二十三歳　薩摩藩七代藩主
島津継豊　五十歳　薩摩藩五代藩主
登免の方　年齢不詳　継豊夫人・重年母堂
平田靱負　四十八歳　薩摩藩江戸留守居役

宝暦二年（一七五二）十二月十五日、琉球使節正使の今帰仁《なきじん》王子朝忠《ちょうちゅう》（後の朝義・唐名は尚宣謨）、副使の小波津親方安蔵《うえかたあんそう》（毛文和）らは、薩摩藩七代藩主島津重年《しげとし》の先導で江戸城に登城し、謝恩使として九代将軍家重に拝謁、琉球国中山《ちゅうざん》王府国王尚穆《しょうぼく》からの国書（書簡）並びに献上物を奉呈する、いわゆる聘礼を行うことができた。

江戸上りと言われている琉球使節の将軍家拝謁は、鹿児島薩摩藩の琉球侵攻（一六三四）の後、当時の薩摩藩初代藩主島津家久《いえひさ》に伴われ、京都二条城において三代将軍家光に拝謁してからの行事となっている。琉球国は、歴史的、地理的に、隣国清との深い関係があるため、琉球と清との朝貢関係を維持しつつ、日本の支配下に置くという幕府の巧妙な政策から、直接的には薩摩島津氏がこの「異域」の所務独占を許されている。つまり、薩摩藩は、周辺国家との微妙な関係を維持しつつ、幕府の監視の下で琉球国の管理運営を行い、自領の経済基盤を増加させているのだ。

琉球王国使節には、琉球国王の即位に伴う謝恩使派遣と、幕府の将軍襲職の際の慶賀使派遣とあるが、このたびは新国王尚穆の即位に伴う就封御礼謝恩使である。

使節一行九十数名の最初の旅程は、先ず琉球本島から鹿児島までの海路だ。季節風の助けを借りるため、六月ごろ琉球を船出して、薩摩山川港に入る。その後、しばらくの間、鹿児島の琉球館に滞在することになる。この滞在は、江戸上りの為の装束を異国風に整えたり、各種の文化的交流に必要な物品を調達して、出発の準備を行うための期間だ。

九月になってから薩摩を立ち、長崎を経て下関まで陸路を行進する。下関からは船で瀬戸内海路を進み、内陸沿岸部の要所を通過して大坂に上陸した。陸路は京都から東海道を東に下って、江戸に入ったのは十一月頃となった。

江戸上りの数日後、三田の薩摩屋敷には、琉球使節副使小波津親方安蔵の姿があった。使節一行が将軍拝礼を無事に終えたことについて、挨拶及び新年祝賀打ち合わせのためである。表座敷では、薩摩藩江戸留守居役の平田靫負《ゆきえ》が対応し、煙草盆と茶菓を出してもてなした。頃合いを見て靫負は、左右に窪んでいる眼を一度固く結び、頬骨の出た顔を親方の安蔵に向け、ゆっくりと語りかける。

「聘礼も、あまり間が空きますと、万事馴れない連中が多くて大変でしょう。もっともお国では、北京への進貢使《しんこうし》派遣もありますから、まあ、年中行事のようなものですね。これは二年毎ですから」

安蔵は、でっぷり太った体を揺すり、達磨さんのような大きな目を開いて答える。言葉の発音は少しぎこちない。

「はい、そう、ウム。……大陸の進貢使、規模大きく、道中長い。大変。船で福州、定海《ていかい》まで行く。それから杭州、蘇州、揚州、徐州、徳州、北京へ、陸路。アフゥ……」

靫負は右手を挙げ、安蔵の延々と続くであろう大陸での進貢苦労話を遮り、太い眉を上げる。

「いや、御苦労の程はよく分っていますよ。また、ゆっくりお話をお聞きします。ところでですね、貿易関係者からの報告ですが、このところ琉球・奄美からの黒糖産出量が減っているようですね。もう一段と生産に励んでもらうよう頑張ってもらえませんか。商人からの強い要望がありますのでね、よろしく頼みますよ」

安蔵は大きな目玉をくりくり動かしながら言う。

「我ら、十分に説得している。でも、奄美の人間、働き、限度ある。これ以上、無理」

靫負も島民にあまり無理を押し付ける気はないので、話の方向を替えてゆく。靫負が窪んだ小さな目を左右に配ってから、膝を交互に進めて安蔵との間を詰めた。

「ここからは極秘の事項ですがね」

辺りを憚るように言う。安蔵が咄嗟に拳を固め、頭をやや斜めに反らしている。太った男にしては機敏な反応だ。

「対馬の責任者から連絡がありましてね。例の対馬基地での朝鮮経由取引を一時控えるということです。御承知下さい。危険区域は五島列島からですが、しばらくの辛抱です。情勢が変わるまでですから、多分そう長いことではないでしょう。このところ、長崎や対馬で幕府の忍びの者がしきりに動いているらしいのですよ」

安蔵はやや気を緩めて言う。

「忍者、話では聞く。観たことない。特別な職種か。琉球王国、男女住人、全員戦闘できる」

「特殊な技能を持っていましてね、他国に侵入します。無論、鹿児島には入れないが、他の地域で活動して、薩摩との関連を探り、それを細かく上の方に報告するのです。特に秘密の貿易などをね。秘密と言いますが、どこの国でも、多少は隠れた取引はありますよ、生き残るためにね。ですが、上の方がそれをどう解釈して、どう判断するか分かりません。誠に危険なのですよ」

安蔵が顔の前で両手を振り
「大陸の人間、オランダ人も、別取引、それ当り前」

靫負は痩せた肩を窄めてから

「大らかでいいですね。資源のない日本ではとても無理な話ですよ。大陸からの琉球渡りは、今までの通り変わりなく進めましょう。えーと、最初に打ち合わせました新年祝賀の話ですが、大広間で藩主、使節と向かい合わせに舞台を作っておけばよいですかね、伝承の演奏楽には」

「はい、御座楽《うざがく》、楽師、目出度く、演奏する、大丈夫、ふぅ……」

「よろしく頼みます。来年はよき年になればいいのだが……」

そう言ったときに、なぜか靭負の背筋にさっと冷気が走った。


年が明け、宝暦三年一月吉日、昼の八つ（午後二時）頃、三田の薩摩屋敷大広間には、来朝した琉球使節団の主だった役職の人物が、新年祝賀会のお祝いに参上していた。祝いの席には、薩摩藩主の島津左近衛少将重年をはじめ、家臣一同が居並び、藩主の脇には父君の左近衛中将継豊《つぐとも》、そして、珍しくも母君の登免《とめ》の方も取り巻きの奥女中達に囲まれ、にこにこと年賀の挨拶を受けている。

「新年を目出度く迎え、我が藩と琉球国の繁栄、並びに参加者一同の健勝を祈る」

会場ではこうした意味の両国代表からの挨拶があって、新年を祝う酒宴が繰り広げられた。琉球使節並びに藩主席に向かい合ったところには、緋毛氈に覆われた仮設の舞台が設けられている。前座の仕舞などが演じられてから、いよいよ琉球王国の室内楽である御座楽が、男女十一人の楽師により大広間の特設舞台の上に二列に座って演奏された。髪を琉球特有の結い上げにし、艶やかに中国風の衣装に身を飾っている女性楽師中の数名の男児は、「楽童子《がくどうじ》」と言われる元服前の良家の男児であり、王冠を模った金色の帽子を冠っている。江戸上がりの行列道中で歩きながらの「路次楽《ろじがく》」は、太鼓やチャルメラなどを演奏する賑やかな演奏であるが、御座楽の方は荘重な雅楽であり、誠に優雅な演奏である。このような楽器演奏の他、幾つかの唱曲《しょうきょく》（歌曲）も披露された。その高く低く緩やかな独特の合唱に、聴衆は言葉の意味は判明できなくとも、琉球の哀愁を詠んだ歌であることを感じさせて、深い感銘を与えられた。

こうして琉球御座楽の演奏する宮廷音楽に、会場一同も惜しげない拍手を送り、これを賞賛したのである。

この年の暮が迫る十二月二十五日に、幕府より薩摩藩主島津重年に対し、後に大変な難儀となってゆく木曽三川（木曽川、長良川、揖斐川）改修の命が下った。これは濃尾平野を貫流し、三川が複雑に合流、分流する地形であり、古来から洪水が多発するため、なかなか解決出来なかった治水事業であった。

この工事は、幕府の指揮監督下で、薩摩藩が工事資金を負担する形態で行われ、村方の経済救済をも兼ねた請負が基本となり、技術経験の乏しい地元住民に割高な賃金を支払わなければならなかった。薩摩藩は家老平田靱負が総奉行、大目付伊集院十蔵を副奉行とし、藩士総勢九百人を超える人数が派遣されて工事に当たった。工事は、宝暦四年二月から宝暦五年五月まで続き、その間、宝暦四年八月には工事方に赤痢が流行し、罹患者百五十七名中三十三名が死亡している。工事の設計・計画は幕府が行い、薩摩藩はそのお手伝い普請となる。計画変更を余儀なくされる工事も多く発生し、幕府の工事監督者と薩摩藩工事担当者との意見の食い違いや、施工上の揉め事も多かった。

宝暦五年五月二十二日の工事竣工時までに、薩摩藩士側の幕府への抗議のための割腹自殺者も多く（四十五名）いたが、表向きにはできなかった。幕府が狙っている家名断絶の口実を与えないためだ。このため、五月二十五日、すべての責任を負って総奉行の平田靱負も切腹したとも言われるが、公的には明確にされていないようだ（享年五十一歳）。

工事による莫大な借金と、多くの殉職者を出したこの宝暦治水事件の当事者である薩摩藩七代藩主島津重年も、翌月の六月十六日に亡くなった。病弱の上心労が重なった病死ということである（享年二十六歳）。薩摩藩は、藩主重年の死後、長男善次郎が十歳で八代藩主に就任し、家重の偏諱を賜り重豪《しげひで》と改名した。

この宝暦治水事業については、幕府の薩摩藩への任命根拠、工事中における幕吏と藩との対立、担当者、関係者の死亡など、不明確な問題点がいまだ多数残されている。

図 17　飛鳥井公、吉宗公の前にて蹴鞠之図
（月岡芳年画『徳川十五代記略』より・東京都立中央図書館所蔵）

（一七）花散る蹴鞠（宝暦の暁鐘）

宝暦六年（一七五六）

登場人物

正親町三条公積	三十五歳	権大納言
烏丸光胤	三十三歳	権大納言
徳大寺公城	二十七歳	権大納言
高野隆古	三十二歳	右近衛中将
坊城俊逸	二十八歳	中納言
西洞院時名	二十六歳	備前権介
中院通雅	十六歳	権中納言
近衛内前	二十八歳	左大臣
吉田兼雄	五十一歳	神祇権大副

春もやや盛りを過ぎたが、禁裏北にある公家屋敷の一角、今出川烏丸東の徳大寺家屋敷の鞠場では、先程まで飛鳥井流蹴鞠《あすかいりゅうけまり》の稽古が行われていた。

中院通雅《なかのいんみちまさ》は、蹴鞠の鞠壺《まりつぼ》（蹴鞠を行う囲の中）の乱れた砂の表面を丁寧に箒で均している。時々、盛りを過ぎた近くの老木の花びらが、風に運ばれてきて砂地に舞い落ちる。灰色地に所々を桜色が濃淡のぼかしを加えてくるのが心地よい。吉野川の水面に浮かぶ花筏《はないかだ》とは異なるが、砂礫の上の落花も捨てたものではないな、何かよい言葉はないものか、などと和歌集などの記憶を辿っていると、「ああ、適当でいいよ、下働きがするから」、そう柔らかい声を掛けて、黒い立烏帽子が鞠場に設えてある三間四方の小間鞠垣を廻って来た。薄青の水干に黄白色の揚羽蝶を散らした装束の若い公家は、丸顔で背が高い西洞院時名《にしのとういんときな》である。大牡鹿の滑皮《ぬめかわ》を繋いだ鞠が数個入った袋を下げている。先程まで「アリ、ヤア、オウ」などの掛け声で、この方の右足は連続百回以上も鞠を蹴り上げている。名足（上手な蹴鞠競技者）の一人だ。

「はい、でも荒れた懸かり（蹴鞠場）を残すのも気が引けますので」

「まあ、それもそうだが、終わったら、皆のいるあちらの桜の下で喉を癒そうね。じゃあお先に」

通雅は、次に四隅の元木となる桜（東北・艮）、柳（東南・巽）、楓（西南・坤）、松（西北・乾）の根元に溜まっている小さな落ち葉などを西の掃除口に掃き出す。何でも確実にやり通す性格らしい。有職故実（古来のきまり）の家柄も関連があるのだろう。

この蹴鞠には、単なる個人として鞠を蹴り続ける単独競技から、六人組、八人組などの団体戦競技がある。それぞれ師範家などもあり、ややこしい競技規則が定められている。蹴鞠装束には立烏帽子

（黒）、鞠水干（色々）、綾袴（惣紫）、鴨沓（黒）、鞠扇（蝙蝠扇）などが使用される。蹴鞠は仏教渡来の頃より、初めは貴族の間で行われていたが、時代が下ると貴族だけでなく、武家、神官、庶民なども男女の区別なく参加して行われたようだ。室町時代からは将軍家でも盛んに行われたが、混乱した戦国の時代を経て、次第に終息していったらしい。しかし、有徳院（吉宗）の打毬（ポロ）競技復活により、この蹴鞠もまた再び鞠競技の対象となったようだ。

通雅が懸かりが設えてある鞠場から南側の小高い丘を越えて池の畔に出ると、西側には屋敷の大広間が見え、この斜面には桜の大樹が数本枝を水面に向けている。蒸し暑い日和だが、時折さっと吹き寄せる風に揺れる枝からは惜しげなく花吹雪が舞う。その花びらを下から眺めるという趣向であろう、数人が鞠水干《まりすいかん》のまま日陰の斜面に横になっている。無論、大皺《おおさび》の立烏帽子は外して近くに置いてある。

通雅に気付いたのか、右端の人物が半身を起こして鞠扇で招く。先ほどの時名だ。通雅が更に近くまで進むと、今度は左端の鴨沓《かもぐつ》が動いて、その上の方からは嗄れたような音声が発せられた。

「空の青に舞う桜花は値千金だ。だが時は既に少ない。一寸の光陰を軽んじてはいけない。愛でることが肝要である」

小声で聞き取りにくかったが、発声源は正親町三条公積《おおぎまちさんじょうきんつむ》だ。細面のやせ型で、気の弱そうな公卿だが、本日の最年長である。

通雅は何処かで聞いたことのある文言であるとは思ったが、愛でることの意を汲んで、同じように横になることを選択し、立烏帽子を外して時名の傍らの草叢《くさむら》に寝転んだ。薄緑色の水干が周りの雑草と溶け合っている。仰向いて青の天井を眺めると、公積卿の詠みは正しく、空中を風で不規則に流れる落花の舞いは自然の動画だ。通雅は先ほどの灰色と桜花の濃淡を思い、背景が何色でも桜は映えるものだと実感する。公積卿の右隣で、小山のように盛り上がっていた萌黄色の塊が、一、二度横に揺れてからむっくりと頭が上がってきた。着装の灰白色水干に付けられた黄青の鶴の丸紋から、その人物が烏丸光胤《みつたね》だと分かる。

「三条卿の言われるように時は少ない。また、少年は老い易く学も成し難い。卿よ、寝ている場合じゃあないですよ」

光胤はそう言って隣の徳大寺公城《きんむら》の肩を揺する。同時に、よく響く低声が周囲の鼓膜を振るわせている。半身を起こした公城は、わずか五歳年上の光胤に少年扱いをされたことに少々むっとして色白の瓜実顔を顰めた。

「あちらの中院さんよりは、十歳も年上なんですが」

公城は鞠扇で右の方向を示して言い返した。そのついでに薄い朱色の水干の左袖に付いた緑の小片を、その扇で払い除けようとしたが、扇は光胤の掌で寸前に止められた。

「この芋虫が潰れると、花菱崩しの御家紋が汚れますのでね。この虫も、時名殿の水干に舞っているような揚羽蝶に変身するまでには苦労が多いのです」

そう言って光胤は、水干の袖の縫紋（木瓜花菱浮線綾）にしがみ付いている芋虫を指で摘まんで掌に載せ、そむけている公城の顔にわざと近づけるようにしながら言う。

「徳大寺卿は勘違いされているようですがね、私の言った少年とは、若者を一緒くたに総称したのでありましてね、全く他意はありません。朱子の言葉を偶々お借りしただけですよ。ところで、我らが受講していた貴家のお抱え学者竹内式部《たけのうちしきぶ》殿の『日本書紀』神代巻解説をですね、御聡明な帝《みかど》への御進講へ組み入れては、との話があります。その開始時期を早めなければならないと思うのですが、如何でしょう。先ほどの時は少ないという意味も、ここに重ねていますが」

公城の横で横たわっていた高野隆古《たかふる》は体を起こし、両腕を上にあげて大あくびをした。但し、この仕種は、幼稚な役者がお目玉を頂戴する程度の演技であった。

「徳大寺卿を越えて、こちらにもよくその声音が通じていますよ、寝てはいられないほどにね。さて、帝への早期の御進講には、ここにいる誰も異存はないでしょうね。私は予てからそう思っていましたので、徳大寺卿には既にお話ししてあります。大義名分の垂加神道から学んだ、皇室を尊ぶ考え方の重要なことを含めてです。私達はこの日本に伝わる、正しい国の在り方を未来に発展させるべき義務を負っています。また、今日は参加していませんが、今出川公言《いまでがわきんこと》（十八歳）卿や、久我敏通《こがとしみち》（二十一歳）卿も同じ考えでありましてね、それこそ、いまだ少年達ですが、これから仲間を広く増やしていきたいという頼もしい意見でした」

隆古中将の隣は坊城俊逸《としはや》中納言であるが、いまだ横になっている。中将が肩を揺するが、寝たふりをしている。すると左の方から何か黒い物体が飛んできて中納言の腹上に落ちた。飛鳥井流の「このてがへし」が付いた烏帽子が、紫の懸緒を行儀よく振り分けて股の上に鎮座する。慌てて身を起こした俊逸は、烏帽子を掴んで左方を見たが、犯人の見当はついているのだ。多分、烏丸の権大《ごんだい》（権大納言の略称）さんに違いない。

「〝池塘《ちとう》春草の夢〟はいまだ覚めていませんが、梧桐《あおぎり》の葉が風音を立てないうちに申し上げたいことがございます。今までのお話に無論異存はありませんが、幕府の体制思想を強化する学者の動きもある今日、崎門学の受容に拘らず、現実に勢力を持つ朝廷内の親幕派を排除することが急務でしょう。五摂家の重鎮の中にもおかしい方が居りますのでね。如何でしょう、三条卿」

五摂家の重鎮と言ったので、他の誰もが近衛と一条あたりだろうと推測してくれている筈だとは思ったが、俊逸は念の為、ここでは最年配の正親町三条権大さんに意見を求めたのだ。だが返事はない。起き上がることもない。

「いまだ春草夢の中らしいよ」

「……待ってくれ……」

三条卿の体を揺すっていた烏丸の権大は飛び退って叫んだ。

「起きないよ……、死んでいるのかも……」

一同の体は瞬間に固まった。顔を見合わせて無言が続く。少しの時が流れる。

「この中では精華家《せいがけ》の徳大寺卿の家格が最高位だ。指揮を執ってもらいましょう。お寺の家名でもあるし」

烏丸の権大はそう言って公城卿を招き、早くも手を合わせて拝んでいる。

「ちょっと待ってくれ。この際、家柄は関係ないだろう。家名は寺でも家業は笛だよ」

そう言って徳大寺卿は、面長な顔を青白くして怯んだ。確かに甘露寺、清閑寺、慈光寺などと家名に寺が付く公家達の家業も、笛や神楽が主な家業となっている。誰も動く気配がないので、公城は一同に頭を下げる。

「誰か屋敷に走って人を呼んできてくれ。そうだ竹内門下がいる。門下生には医道に通じている者が何名かいる」

これを聞いてすぐに最年少の中院通雅が屋敷へと走って行く。このとき、西洞院時名が恐る恐る徳大寺卿に申し出る。

「大納言卿、名家の諸卿を差し置いておこがましいことですが、私の家には少々医道の心得が伝されておりますので、この際、三条卿のご様子を診させていただけますか」

「ああ、それは有難い。遠慮なく診てやってくれ」

時名は三条卿に近づき、先ず鞠水干の胸紐を解き、胸を広げ、胸に耳を当てる。次に、首脇に片手の指を当てる。そして鼻先に摘まんだ草葉を翳してその動きを観た。

「三条卿、三条卿」

二、三度耳内に大声を放つ。だがいまだ反応はない。時名は、遠退いている一同に向かっておもむろに言う。

「皆さん、三条卿は御存命です。但し、今は意識が失われております」

「そうか、我は早とちりしたが、生きているなら有難い」

烏丸卿はまた早くも隣に腰を下ろした。

「でも、原因が分かりません」

時名は三条卿の衣装を直して立ちながら呟く。烏丸卿の手に誰かの冷たい手が乗った。びくっとして見ると、寝ている筈の三条卿の手だ。「うひゃー」と叫んで光胤が手を引くと、三条卿の目が開き、

「原因はね、分からない。数年に一度、こうなることがあるが、心配ない。喉が渇いた」

丁度そこへ屋敷から二、三人の家人を伴って通雅が戻ってきた。家人の中には、老婆を背負った屈強な男がいる。背負われているお婆さんは、白髪の束を後ろに垂らし、しわしわの両手に笹束のようなものを掴んでいる。

「竹内殿のお弟子は不在でしたが、ご家人中に多少なりとも医術の心得がある者がおりましたのでお連れしました。また、この老婆が罹っている呪いを解くとのことです」

通雅の報告に徳大寺公城は小さな口元を結んだまま笑い
「ああ、猿山姥《さるやまんば》か、もう呪いは解けたようだから心配いらない。それより、水を求めておられるのでよろしく」

大男の背から降りた猿山姥と呼ばれた白髪婆さんは、腰を曲げたまま皺の筒のような口元を動かして怪しげな呪文を唱え、持ってきた笹の葉を辺りに振り撒いた。御祓いをしているのだろう。

その後、落花の蹴鞠においての大騒ぎも落ち着き、一同は徳大寺屋敷に入り、ささやかなお開きの食事会を行っている。この頃は、位は高いとはいえ、公家の生活実態は、どの家もおしなべて質素な暮らしぶりであったようだ。


問題の事件が発生したのは、それから数年後の宝暦八年（一七五八）のことであった。そしてこの事件に際して首謀者とされたのが、竹内式部（四十六歳）である。式部（名は敬持《たかもち》）は、越後国新潟に正徳二年（一七一二）、土地の医者竹内宗詮の子として生まれ、十六歳のときに上京して、徳大寺家に仕えた。その後、山崎闇斎の垂加神道や軍学などを学び、その才能を練り鍛え、家塾を開いて公家らに儒書、神書などの講義を行った。

垂加神道の考え方は、王者を尊ぶ神道や、朱子学が融合する新しい神道理論がその中心であり、その概念は、次第に皇室の絶対化を伴う尊王精神となって地方にまで拡散していく。式部の講義を受けた少壮公家達は、その影響を受けて、現実の幕府による国家運営が如何に不合理であるかを自覚していくようになった。また、この現状を改善するためには、朝廷の権威を復活させなければならない。それにはは先ず桃園天皇（十八歳）にも我が国の国家概念をよく理解して頂く必要がある。このような考え方が若い公家を中心にごく自然に湧き起こり、式部による神書（『日本書紀』）神代巻進講が計られたのである。そして、その試みは、宝暦六年（一七五六）に実現した。

年少の帝であるが、桃園天皇は、式部の朝廷の在り方についての新鮮な講義を聴講し、当時の朝廷の状況をよく理解されたものと拝察される。

こうした舞台となっている御所という所は、建礼門から一歩中へ入ると、位の低い者にとっては途方もない迷路となる。この域内のあらゆる行動が、古来からの作法に則って行われなければならないからだ。従って、南面するすべての建物、部屋、廊下、庭までが、何等かの有職故実（礼式・先例・典故など）に則って使用しなければならない。極端な言い方をすれば、一木一草に至るまで、何らかの意味付けを持つ場所である。それだけ一千何百年という時間の経過と、空間と人間関係とが絡み合って存在している稀有な地域であり、この国の聖地の一つに違いない。当然、高位の人物でなければ天皇に近い場所に近づくことは不可能であった。因みに、最高位の公家である五摂家（近衛、九条、鷹司、二条、一条）

は、表向きには御所で行われるための有職故実が家業となっている。

その日、昼頃になって、御所の中ほどにある御学問所からの廊下を衣冠《いかん》（略式の装束）で下がってきたのは、左大臣の近衛内前《うちさき》（三十歳）である。背は高く、がっしりした大柄な体格だ。装束の袖先が、小御所への渡り廊下を兼ねる小橋の途中で後ろに引かれた。振り返って見ると、小柄で太った神祇権大副《じんぎごんのだいふ》吉田兼雄《かねお》（後に良延・五十三歳）がすぐ後ろに立っていた。この小男の家業は京都吉田神社の祠官《しかん》（神職）であるが、神祇職の役柄である彼の位階は高く、正二位である。今頃、御所のこんなところに入ってきているのは何故だろうかと、内前はやや不快に感じたが、彼からふと沈香のような香りがしたので、鼻梁を通った柔らかい音声が出た。

「何か御用ですかな、祠官殿」

内前の顔の真ん中に聳える山脈のような鼻はただ高いのではなく、声を円やかな音に変換する装置なのだ。兼雄には官名ではなく、吉田家の家業で問い掛けをしている。

「御無礼とは思いましたが、重要な話がありまして、左府（左大臣）殿。御所の屋敷内は密談に不向きですし、人目を避けてお話しする場所がなかなかありませんのでね」

しかし、兼雄の言葉には恐れ入った様子が全く見えない。大きな顔でそう言いながら、横に傾いていた烏帽子の懸緒を引いてその位置を正そうとする。坊主頭に汗をかいているので、またすべってしまう。小さめな烏帽子が大きな頭蓋には安定しないのだ。

内前は兼雄の様子を見ながら考えている。この男は神祇職の烏帽子より、むしろ神仏混淆の家なので坊さんの帽子の方が合うようだ。それに、渡り廊下の真ん中で立ち話はかえって人目に立つ。なんでわざわざここを選んだのか。それに、何処からこの橋に上ったのかも不思議なことだ。重要な話とは何だろう。彼は全国の神社やお寺に免状などを発行している家柄なので、趣味の古銭取集について、何かを企んでいるのかもしれない。

このとき、東の池に近い場所から「アリィー」「ヤアー」などという掛け声と、鞠を蹴る音が聞こえてきた。近くにある御所の蹴鞠場において、若い公家達の練習が行われているのであろう。

「帝もあのように蹴鞠でもなさるとよいのですがね。そう言えば左府殿は、西洞院（時名）殿と技を争う蹴鞠の名足でしたな」

兼雄は、声の来る方を向いて橋の欄干を両手で握り、烏帽子の不安定な頭を二、三度振る。

「帝のことで何か相談でもあるのかね」

内前は、太い眉を顰めて、柔らかいが事務的になった言葉で問いかける。兼雄の目論見を既に読んでいるつもりだ。

「お察しの通りです。竹内式部と帝との話です。帝に御進講する神書神代巻のことですが、我が国の基となるべき神道に重要な書物であることは間違いありません。ところが近年ですね、竹内の講釈に感化された若い公卿たちが、民人《たみびと》に敬神崇祖、並びに尊王の精神を推奨する風潮が起こっています。これは基本的には正しい行いでしょう。我らも全く異存のない思想です。しかし、問題はその連中がですね、皇統を貴ぶあまり、このところ地方の武家や農民、商人に至るまで、この思想を敷衍させてですね、不合理な幕府政治に対抗する尊王勢力を構築する方向にまで動いていることです。崎門学思想の大義名分が典型的に発展する形態ですよ。ここまでくると、極めて危ない反幕活動の範疇になってくるわけです。幕府の体制側としてはですね」

兼雄は太い声でここまで一気に述べ、ふーっと予備の息を吐き、やや突出する目玉で内前を見た。しかし、横並びの大きな眼には特別な感情の変化はないようだ。

「その動きの中で、侍講となっている式部の進講では、お若い帝に対して、彼の崎門学思想が直接影響してくる。それが心配なわけですよ。純粋な神道を自覚する人間としてはですね。ここまでは如何でしょう、左府殿の御意見は」

そう言って右手の笏を立てて見せる。帝を持ち出して、更に切迫の事態を表し、様子を診るつもりだ。聞き手の内前は、橋の下に誰かが聞き耳を立てていなければよいのだがと心配しつつ、問われたことは、架け橋の上の立ち話にしては重要な問題であるから、軽率な返事はできないと思った。内前は咄嗟に顎を上げて答える。今度は低い声だ。

「ああ分かった、だが、わしはこう考えている、と簡単に返答ができるような案件ではないな。橋の上でもあるしね」

兼雄は、橋の上には関係ないことであり、やはり公家の高位者ともなると逃げの一手でくるのだなと思った。そうはいかない、彼にも動いてもらうぞ。そう決意して肺に十分な息を吸い込む。気持ちが昂るとなぜか息が苦しくなるのだ。

「お立場はよく分かります。しかし、事態は予断を許しません。御存じの通り、宝暦六年五月に、京都所司代であった酒井忠用殿が辞めて、大坂城代の松平輝高殿が就任しました。輝高殿は確か四年前城代となった折に、位も従四位に上り、右京亮から右京太夫となっています。歳は確か左府殿と同じ三十歳で功名心旺盛な男です。実は、ここで後の問題との関連で、少し前置きの話があるのですよ」

兼雄は右手に持つ笏の下半分までを懐の帖紙《たとう》の内側へ押し込み、袖なわ（襷）を捲り、手を自由にして両腕を振る。血行をよくするため、坊主頭が載る首も回していて、その首上（装束の首回り）からは汗の匂いも放たれている。内前はこれに対して十分な距離をとって観ている。聞き手としての立場を冷静に保っているのだ。

「前任の讃岐守殿はですね、我らとは結構話の通じる方でした。まあ、近衛殿もよく御存じとは思いますが、禁裏に対してもですね、宝暦五年九月には御所の賢所《かしこどころ》の檜皮葺《ひわだぶき》修理を終わり、その年の十二月には女御御殿の修復、落成を成功させるなど、懸案事項を任期中に実行することで多くの功績を残しております。民間においてもです。彼には特記すべき事項がありましてね、宝暦四年に医家の山脇東洋に死刑囚の腑分け（解剖）を初めて許可しました。所司代としてですね。宗教的には異議を持つ人間が多い中で、我が国最初となる人体内部構造の観察となりました。画期的なことですよ」

内前はそろそろ過去の話に草臥れてきた。話の先が全く見えていない。兼雄は準備運動までしていて、この合間にも大きな口を開けて息を吸い込んでいる。まだ続けるつもりだろう。そのうちに装束を脱ぎはじめるのではないかと心配だ。内前は、そこで厚い唇をあまり開けずに言う。

「帝への神書進講の話とは、何か関連があるのか」

その口からは鼻音が掠れたように漏れて出る。しびれを切らした証拠だ。

「その通りです。申し上げましたように、この親禁裏派の酒井殿が退いて、馴染みのない禁裏強硬派の松平殿がですね、我らを取り締まる所司代として登場したのです。帝へ尊王思想を吹き込んでいる公家には、かなりの逆風が吹くでしょうね」

内前は、この男は私を利用して何かを企んでいると感じた。

「それで私には、どうするのが賢明だと言うのかな」

一応話に乗るような言葉を与えてみた。

「いや、私などが左府殿にあれこれと小賢しい意見を申し上げる立場ではありません。ただ、これからの情勢をお伝えしておくことがですね、少しでもお役に立てばと思うだけです。ですが、他の五摂家のうちでは、特に関白一条家が松平殿に近づく動きがありますね」

内前はそれを聞いて、兼雄がその動きに同調するよう勧誘に来たものと解釈した。無論のこと、何か代償を得るためにだろう。

「私はね、いまだ幕府に媚を売るような人間ではないよ。折角だが、今のままで過ごしたいのだ」

今度はきっぱりとした口調で兼雄に告げる。鼻にかかった音声も大きく聞こえた。

兼雄は思う。将棋で言えば天辺に金を打たなくても内前はもう詰んでいると。死に体に追い打ちとはなるがやむを得まい。

「ところがですね、その両家の動きに探りを入れてみますとね、気の毒だが摂政家の近衛家には、この際責任をとって頂くしかないとの話でしてね。何しろ皇室には特に所縁をお持ちですからね」

「何で私の家が責任をとるのか、私は何もしていないぞ」

内前は気色ばんで兼雄に迫る。声高になると音声は鼻腔を通過してこない。

「まあ、お静かに。この橋の下には、大きな鼠がぶら下がっているかも知れませんのでね」

兼雄は両足で橋板をドン、ドンと踏み鳴らす。内前は眉を上げ、大きな眼を開き、顔を青白くして、心理状態はかなり参ってきている様子だ。

「どのような責任の擦り合いになるのか、教えてくれ」

「まあ待ってください。一つだけ、この急場を抜け出す方法があるのです。ですが、相当の覚悟が必要です。左府殿」

「その前に、何で私に責任が掛かるのか、いまだに分からない」

「いいですか、他の摂家から見ますとね、帝に対しての崎門学の御進講を近衛家が認めている。またはは黙認しているという形になっているわけですよ。これは、幕府が定めている禁中並公家諸法度にも抵触している疑いがあるとのことらしいのです」

兼雄はここでまた大きく息を吸って内前を窺うと、右手に持った笏を左手の平に何度もパタパタと叩きつけている。

「まあ、幕府側から何らかの処分を受ける前にですね、禁中を統括する立場の方から身内に処分を出して、自ら責任を取っていただくしかないとのことです。先手を打ってですね、帝にまで累が及ばぬようにです。古来よりいくらでも先例がありますのでね」

禁中に於ける責任の取り方には色々あるが、この身がどのような処分になるのだろうか、内前は益々不安が募る。

「私が、この急場を凌ぐ方法があるのだろうか」

「あります。ただ一つだけですね。それは、竹内式部の御進講を早急に阻んで頂くしか方法はありません。また、左府殿御自身の動きが明白に分かるように行動することです。幕府にそれを通じさせるためにですね。この橋上における秘密会談のようにです」

兼雄は、そう言って橋の真ん中で、開いた両手を肩まで挙げる。特に作為はないらしいが、これで話は終わったということか。またはもうお手上げになっているという意味か。

内前は、棒立ちになって眼を瞑り、何かを思案しているようだ。閉じた口からは何も返事が返ってこない。兼雄は、その前をするりと抜け、体を内前の方に向き返して一礼し、退出口の方角に橋廊下を下がっていった。丸頭に乗った烏帽子が前方に傾いているままだ。内前は、笏を右手に持ったまま、渡り小橋の欄干に体を寄せ、その手摺に呆然と凭れていると、足がヒョイと上がって空を蹴る。鞠を求めて自然に動いているのだ。建物の間を吹き抜ける風が袖を煽った。その後で一瞬ではあるが青い香りが漂った。この香りは、多分内庭に植えられている樹々から運ばれてきたものであろう。青い香りで思い出したのは、ある日の「記念すべき想い出」である。それは、延享四年初夏のことで、桜町天皇（二十七歳）御在位最後の蹴鞠会のことであった。

蹴鞠は青葉の茂る御所内で行われたのだが、そのときの桜町天皇は、後世に謎を残すことになる桃園天皇（六歳）への御譲位という問題を抱えていたのである。幕府から何らかの圧力があったのではないかという歴史家もいるようだが、真実は不明だ。近衛内前は、その当時、いまだ十九歳の若者であり、蹴鞠の蹴力も技術力も未熟で、蹴鞠のお上手な桜町天皇からは時々丁寧な指導を賜っていたが、天皇と最後の蹴鞠会となったこの日には、たまたま女御である二条舎子《えいこ》（三十一歳）様も参加されていた。そのことがいまだに強く印象に残っているのは、あるいは、内前は女御の方への儚い憧れを持っていたのかもしれない。

内前は、この際、帝に対する竹内式部御進講阻止問題を、尊敬するかの方にお逢いして相談することが一番の上策であることを確信した。それで重い気分も少々浮いて楽になり、橋の上から廊下へ移動する足取りも軽くなっていた。しかし、内前には、このときの思い付きが、朝幕間の大きな事件に発展するための火種となり、後に朝廷関係者にとっては大きな悲しみをもたらす結果になるとは思いもよらなかったのである。

宝暦八年、関白・一条道香は、桃園天皇の侍講に関与した公家の処罰を一斉に行った。過激な学説の進講を天皇に勧め、朝廷・幕府間の対立を計ったこと事がその理由だ。この決定に道香は、自己の安全のため、近衛、鷹司、九条などの諸家を引き込んでいる。

公家達が処罰を受けた内容は、徳大寺公城は官職を辞して蟄居、正親町三条公積も蟄居、烏丸光胤は止官・永蟄居、坊城俊逸は停官・永蟄居、中院通雅は停官・蟄居、西洞院時名は停官・永蟄居、今出川公言は出家、高野隆古も職を追われて出家、などとされている。

竹内式部は、公家間に大義名分の自論を広め、天皇に直接進講を行い、結果的に朝廷権威の復古再生を謀る危険な活動家として京都所司代に告訴された。そして、翌宝暦九年に、追放刑では最高の重追放（犯罪地、住国、その他広範囲な地域の立ち入り禁止）処分を受けた。

この事件を「宝暦事件」といい、江戸時代中期において、幕府が尊王論を弾圧した最初の事件となったのである。しかし、この初回の尊王論弾圧事件は、この三年後に、より大きな衝撃となる事態を招いた。それはまだ若き桃園天皇（二十一歳）の突然の崩御である。お亡くなりになったのは宝暦十二年七月十二日であるが、その要因に、先の事件関係者処分によって被った精神的な痛手を除外することはできないだろう。

加えて、宝暦事件から約十年後の出来事であるが、次の事件は明和四年（一七六七）に起こった「明和事件」である。ここでは、『柳子新論《りゅうししんろん》』（幕府打倒の論を述べている小誌）の著者である山県大弐《だいに》（四十二歳）が主役となっている。彼は優秀な儒学者、兵学者、尊王思想家であったが、門弟に反幕者として密告され、幕府から処刑されることになる。この事件では、前の宝暦事件での竹内式部も関連者として捕えられ、八丈島に流罪となった。しかし、護送中に病気となり、明和四年、途中の三宅島で亡くなっている。五十五歳であった。

「尊王の火種を消すな、次の世代よ」

彼は最後に、この言葉を多くの若者に託したいという願望を残しながら、この世を去った。この後の長い間には、このように日本の歴史にとって重要な尊王論者の大勢が犠牲となっていく。当時の社会の動きの中では、このような事件は小さな出来事として見逃されていたが、後世になって考えれば、幕府体制の岩盤が大きく割れていくための小さな割れ目となっていたことは疑いない。つまり、この尊王思想の醸成と普及は、江戸幕府の権力が徐々に薄れていく遠隔地から起こり、初めは小さな事件として発生しているが、そのはるか先に起こる大変革の先触れであったのだ。

一方、黄金の島、銀の島として世界から利権を狙われている日本に、思惑を持つ外国の先兵が姿を変えて侵入し、継続的に情勢を探索していることを忘れてはならない。

宝暦の暁鐘は、このような内外の憂慮すべき薄靄《うすもや》を共振させ、その波動に共鳴するように、蘭学の進展を図る若者達が、各所で鳴動し始めてゆくのであった。

図18　福済寺裏山より撮影された幕末の長崎港
（『上野彦馬歴史写真集成』収載／2006年・渡辺出版）

（一八）隠れ里　宝暦十年（一七六〇）

登場人物

吉雄（定次郎改め）幸左衛門　三十七歳　大通詞・蘭方医
青木昆陽（文蔵）　六十二歳　御書物御用達
神代吉蔵　六十二歳位　元唐通事
熊代熊斐（吉蔵の息子・彦之進）　三十五歳　南蘋派画家
又兵衛　七十五歳前後　妙見社世話人

朝の四つ（十時）を少し回った頃だが、吉雄定次郎と青木昆陽は、立山川の縁の坂道をゆっくり登ってゆく。それほど急な坂ではないが、年配者の昆陽は時々立ち止まっている。

天候は晴れで、川はもう遥か下で見えない。右手には岩原御目付屋敷があり、この先は薄暗い林に入る。小高いここは、振り返ると街全体が鳥瞰図のように眺望できる場所だ。この風景で思い出したのは、故人となっている父親の藤三郎がこの先の林で小便をしていた姿だ。あれは、最初の石河妙見社訪問の帰り道であった。長く待たされたのでこの風景と相乗的な記憶となって残っているのだろう。

定次郎が少し遅れた昆陽を待っていると、萎びた瓜のような顔がようやく現れて、掠れ声が恨み言を述べる。

「ヤア、待たせました、もう山登りは無理ですな、わしには。あふう……」

植物学者の昆陽はかなり体力が弱ってきているのだ。定次郎は、やはりお諏訪様を参拝して山裾を回るべきであったと後悔している。

「少し景色でも見て休みましょう。林を抜ければ横の道になりますが、青木殿、背負っていきましょうか」

気休めだがお愛想の言葉を加えた。

「いやいやそれ程ではありません、大丈夫です。それに貴方は、お父さんほど体格はがっちりしていませんよ」

確かに父親の藤三郎は相撲取りにもなれたような大柄な男であったが、定次郎はひょろりとしている。多分母親に似たのだろう。さすがに昆陽も、こちらの見え透いた言葉には乗らないので急ぐことはない、ゆっくり行こう。早春の森は枯れ枝が青い天空に広がっていて空気が未だ冷たく感じる。

定次郎は、杖になりそうな適当な小枝を二本拾って昆陽の手に握らせたが、昆陽はその杖で二、三本先の木立を指して言う。

「吉雄さん、あの木に絡まっている蔦を解いてきてくれませんか。わしはそこで小用を済ませたいので……」

やはり人間も動物感覚で、小便の場所はおよそ同じ場所を選ぶようだ。親父が前にした場所でやっている、などと定次郎はつまらぬことを感心している。

蔦はなかなか木から外れない。それをごそごそと引っ張っていると、小用を済ませた昆陽がやってきて小刀を抜き、ぽんと蔦の下部を切ると、くるくると紐を解くように蔦が木から外れた。昆陽は、蔦先の前後を割いて撚り、結んで大きな輪を作った。その輪をくるりと三重にしてその中に自分が入った。昆陽が元気に言葉を掛ける。

「さあ、出かけましょう。もし私がへたばったら、この輪を引いてください」

昆陽は蔦の輪を腹に引っ掛けながら二本の杖を使い、緩い坂を選んで登っている。道が少し急坂となり、そこを上ると視界が開けた山の中腹に出て、見覚えのある平らな道が見えてきた。

「ああ、やっと道に出ましたよ」

定次郎は坂道から解放され、太股を摩りながら叫ぶ。昆陽も両手を組んで上に挙げ、大きな深呼吸をしたので蔦の輪が腹から足元に落ちた。昆陽はその蔦蔓を今度は肩に袈裟懸けにして、無駄なことをしたもんだ、とわざと渋い顔を作ってみせた。定次郎は道の前の山に向かって右手を上げ

「この道の右方向が妙見社です。道は整備されていませんが、まだ西に延びています」

妙見社には、本日の訪問について数日前に手紙で了解をもらっている。父親がいつも事前にそうしていたことを踏襲しているのだが、妙見社の管理人はまだ知り合いの又兵衛が行っているようだ。昆陽はしばらく手入れのされていない畦道のような道中に立って周囲を見回している。

「来る前お話ししたように、この道は途中で切れていましてね、何故か自然林に消えてしまいます。今登ってきた道も、この道との繋ぎ目は漠然としていますがね。我々が幻の街道、または幽霊街道と命名したのはですね、この道路の存在目的が全く不明なためです。道路を管理している妙見社の意図は何ですかね、さっぱり分かりません。少し歩いてみませんか」

定次郎が我々と称した中には、亡くなっている父親の藤三郎も入っているようだ。昆陽は「ああそうですか」とだけ言い、これには特に反応を見せない。

二人は幻街道をゆっくり歩いて、その自然林に向かってゆく。右側の所々には小山があり、その天辺の一部は岩盤の露呈する複雑な景色となり、左側は深い森だ。しばらく道なりに進むと、前回来た時と同様に、前の道は徐々に自然林に同化していき、その先方は林の中に消えている。

定次郎は立ち止まっている昆陽を、どうです言った通りでしょう、という目付きで見る。昆陽は鄙びた青白い顔をぐるりと回しながら、「なるほど、よく出来ていますね」と言って林の中へ入る。急な傾斜の山で降りることは出来ないが、耳を澄ませると下の方からは沢の流れが聞こえてくる。北条流の築城術かも知れないなどと考えていた。

「戻りましょうか、青木殿、転げ落ちないうちに」

定次郎は心配になってそう言ったが、昆陽は身軽に体を運んで周囲をしばらく観察した。二人が途切れた道を引き返している途中、今度は左側の岩盤の現れている小山の場所で、昆陽が立ち止まって指差す。

「繋ぎ目は曖昧ですが、ここに脇道がありますね」

なるほど、よく見ると、左に向かう小道らしい。本道との角度が殆どなく、ほぼ平行に走っているが、小道は崖際に沿って徐々に下っている。

「行ってみましょう」

定次郎は少々気が焦って来ている。

「ゆっくり進んだ方がいいですよ。先はまた行き止まりだと思います。いや、多分、急な崖ですよ」

定次郎はギクッとして足が止まる。昆陽は何を思ったのか少し進んだ場所からくるっと体を回し、反対方向に延びる急坂を認めて降りてゆく。先ほど見た築城法の学習効果によるものだ。定次郎は昆陽の後に寄って蔦の蔓を腹までおろし、それを後ろから腰ひもを結んでその端を掴んだ。下りは昆陽が転げる危険性があるからだ。蔦の輪はこうして役に立っている。

「猿回しの猿に見えませんか」

前を歩く昆陽は、そう言って皺の寄り合わさった顔にべそを作って振り返った。

「いいや……、とても、ううっ」

よく似ていることは間違いないが、慌てて首を横に振る。定次郎は仁王像の「吽形《うんぎょう》」のように口を強く結んで息を止め、噴き出すことに耐えた。

この坂道は、崖の下を潜り抜けて廻っている。道幅はかなり広くなり、更に大回りで何度か回転し、勾配も緩やかになった。ここは昆陽が腹に巻いた蔦の輪のように、中腹から平地に降りるための螺旋状の道路で、立体構造となっていたのだ。

「道は桶の箍《たが》のように輪になって降りていますね」

昆陽が右の人差し指を下に向けてぐるぐると輪を描く。回転の道が平坦となって、大きな山の塊が左側になると、右側に空間が開けた。そこからの穏やかな迎い風は少し甘くて、古風な梅花の香りがした。この一面が梅花に覆われているのだ。二人はしばらく辺りの様子に気を取られている。

「全く分かりません、私には。このような梅の里のあることが……」

昆陽は右手の親指と人差し指を開いたり窄めたりして、左側の大山（無尽山）と右手の小山（稲荷山）との方位と距離を推測している。

「この梅畑の端を南東に進めば先の幽霊街道に戻ることができますね。また少し登ることになるでしょうが」

昆陽はそう言って定次郎に腰の紐を外してもらい、蔦の輪を再び肩に懸けて左手で握り、右手を進行方向に挙げる。しばらく梅畑の縁を歩いていると、突然坊主頭で背の高い老人が、梅畑の中から前に飛び出してきた。

「皆さんこんにちは、梅林の里へようこそ」

男は、黒っぽい縦縞の着物に焦茶色の兵児《へこ》帯を巻き付けていて、紺色の羽織は右腕に抱えている。

「坂道を降りて来たときは泥棒が捕まったのかと思いましたぜ、腰縄付きでしたからね。ああ、私はですね、神代吉蔵と言いましてね、この辺の地主から頼まれている施設の見回り役ですよ」

定次郎は、以前、妙見社に父親と尋ねたときの先客がこの男だったと気付いた。あのときは、夏大島を着た、どこかやくざっぽい男であったことを記憶している。

「吉雄幸左衛門さんは蘭語の大通詞におなりになって活躍されていますので、よく存じています。また、こちらは植物学者で有名な青木昆陽先生ですよね。又兵衛さんから聞いています。でも、この里へ下りて来るとは思いませんでした。私は元唐通事でしたが、今はこのように隠居しています。もう少々惚けてきましたから。……ええと、ちょっと待ってて下さい。いま倅を連れてきますから」

吉蔵は長身を折って、梅の樹の中に姿を消した。

「驚きましたね、奇遇ですよ、こんなところで唐通事と会うとは」

「彼も思わぬ遭遇だったようだね」

少し間を置いて吉蔵が帰ってきた。色白で背が高く鼻筋の通ったよい男を連れている。

「熊代熊斐《くましろゆうひ》と名乗っている画家です。親の名は神様の神をクマと読んでいますが、倅のクマは熊さんの熊で、ユウヒのユウも熊です。幼名は彦之進でしたが、絵の方は沈南蘋先生の一番弟子です」

「親父さん、止めてくれ。恥ずかしいよ」

彦之進は顔を赤らめて右手を振った。左手には画架などの絵道具を下げている。

「よろしくお願いします。我らのことは既にお父上からお聞きでしょう、熊代さん。私の友人で通詞の今村明生をご存知でしょうか」

彦之進は定次郎の挨拶に頭を下げて答えた。

「はい、彼とは幼馴染ですから。今はそれぞれの道を歩むため御無沙汰しています」

「本日は、その今村の代理で参りました。用件を依頼されましてね」

こうしたやり取りが始まったので、昆陽は蔦の輪を回しながらその場所を離れ、手に持った羽織を羽織っている吉蔵に近寄り、小声で訊ねる。

「神代さん、この梅林の里は、あちらの妙見社と何か関係がありますか」

「ええ、この辺りの地主は、最初はすべて妙見社でしたが、近頃は別の所有者もいるとの噂があります。ところで、私達はこれから西山の妙見別社に戻りますが、いかがです、御一緒に。多分別社への道中を、梅の香りに引かれてこちらに降りてこられたのではないかと……」

「はい、お察しの道中で、ここへは紛れ込んだだけです、偶然にね。残念ながら鼻が利きませんでしたが。神代さん、一つだけ教えて下さいな。この梅園から西側の海に降りる道はありますか」

「重要な疑問ですね。ですが、答えはいいえです。ありません。西側の海と言えば、水主の御船蔵でしょうが、一度上の道路に戻らなければ降りられないのですよ。また隠し道を通ってですね、へっへっへぇ……」

「なるほど、上の道路の枝道に、何か細工がしてあるということですか」

「まあ、ここまでが話の限度です。うっかり喋ると、ここが危なくなりますからね」

吉蔵は右手を揃えて首筋を叩いた。

一同は二組の群れをなして、東の山地にある妙見別社に向かって歩いている。昆陽はまだ吉蔵を相手にしつこく尋ねる。

「ついでにもう一つだけ、これが最後です。そちらはただ首を縦か横に振るだけでいいのです。この辺一帯の道路整備は、以前の立山役所改修工事と同時期に行われたのですか。つまり、妙見別社の建設の時期とも重なっているわけでしょうか。また、この工事にはある特定の人物が采配を振って行われた。そう考えていいですか。どうでしょう」

吉蔵は、切れ長の目で昆陽の萎びた瓜のような顔をまじまじと見つめる。

「昆陽先生は植物学者と聞いていましたが、これは幕府の密偵も顔負けの尋問ですね。質問は二つですが、まあいいでしょう。ここの事業は、現在、秘密の話ではなく、周辺で採れる産物などは、町民の救荒食品として妙見別社の倉庫に備蓄されています。また、その運営には立山奉行所や長崎会所も加わっていることですから。えーと、妙見別社創立と道路整備の時期ですね、それと主体者。私などには真相はわかりませんが、答えは御指示のように首で致しましょう」

そう言って坊主頭を載せた首を二度ばかり縦に振り昆陽の質問に答えた。創立時期と実行者が問題なのだが、これについて吉蔵の返事は昆陽の予想通りであった。

一行は、東向きに建つ妙見社別館の裏側にまで続く岩山に着いた。畑からの登り道では奥は見えないが、北に聳える無尽山から流れ出ていると思われる小川が崖下を勢いよく流れ出て行く。東の大きな川に流れ込む支流なのであろう。下流の崖側には大小二個の水車が設置されていて、いずれも強い水流に従って順調に回転している様子だ。

「昆陽先生、もうこの蔦を使わなくても大丈夫ですよ」

後ろで遅れていた吉蔵は、昆陽に近づいてきて肩に懸けている蔦蔓に触れてみる。このとき、吉蔵の腰の回りに何故か薄い煙がさっと流れた。

「まだ長い坂道が続いているようだが」

「いえ、この先で昇降船に乗りますから」

昇降船とは何ですかと吉蔵に聞くまでもなく、一同は横道に入り、崖の前に整地されている百坪ばかりの広場に出た。正面の崖には、頑丈そうな厚い板で造られ、縦、横、縁が鉄板で保護された観音開きの扉があった。上部が半円形の門扉である。この造りには洋風な印象を受けるが、誰の設計だろう。昆陽は直観的にある人物が脳裡に浮かんだ。そのとき、何処からともなく男が現れた。焦茶色の筒袍袖と同色の猿股引をはいている。男は鍵音を立てて門扉を開錠し、その扉を外側に大きく開ける。奥の内部は暗いので見えない。

「どうぞ入って下さい。いま明かりを点けます」

吉蔵は入口近くの棚から鉄製の灯明を二個取り出し、腰に巻いている火縄の先の火を灯明の芯に点けた。棚に置いた灯油燈の明かりで大きな部屋が映し出される。大きな洞窟の中らしいが、天井を含めて周囲は厚い板張りである。床は突き固めた三和土《たたき》となっていて、隅には傘を広げたような集煙覆いが付く囲炉裏があり、外部へ排煙のための煙突が伸びている。岩屋の部屋には、大型の作業台が数個置かれていて、周りに数脚の椅子、食器棚などが散在しているだけであった。恐らくここは、農作業などに使われている作業場なのであろう。

「大小の用便所はこちらです。まあ上にもありますがね」

吉蔵がそう言って次の部屋へ歩き始めると、昆陽がその後に従う。どうやら最初に便所を使うらしい。

用便から帰ると昆陽はやや興奮して言う。

「紐を引くと水で流される仕組みがあった」

先程の男が入って来た門扉を閉じて施錠し、灯油燈を持って更に奥の方に案内する。二、三の仕事部屋らしいところを抜けてから船着場に入ると、斜め上方に走る大きく露出した岩盤の断層帯が見える。何処からともなく轟々という歯車が噛み合うような音が聞こえてきて、さっと強い風も吹き上がる。男が木槌で堅そうな板木を三度打ち鳴らした。何かの合図だろう。

「御覧の通り、ここは長年の風雨で造られた天然断層崖です。さあ、この昇降船に乗って下さいな、皆さん」

岩盤の亀裂岩床には、太い丸太の木枠を上の方まで填め込んだ横棒が差し込まれている。それが各々回転して動く軌道が造設されているのだ。その回る丸太が並ぶ上に箱舟のような船体が載っている。船体は上下方向に進行し、かなりの重量の物品が運搬可能になっているらしい。船体を上に運ぶため、太く編んだ艫綱《ともづな》が箱船の全体を巻き、舳先で一本に纏めてある。

昇降船の中には二列に腰掛けが用意してある。

「丁度四人乗りです。滅多に船が沈没することはありません。艫綱が切れない限りです。エッ、ヘッへぇ……」

定次郎は、滅多にという言葉と、艫綱が切れて船が奈落に転落することが不安材料となった。皆の手前なので平然としているが、手には汗を握っている。

乗船を確かめた吉蔵は懐から呼子笛を取り出し、頬を膨らませてピー、ピー、……ピーと合図の笛を大きく上の方に向かって吹いた。少し間を置いてから、丸太の上の箱舟がガクッと上方に動き始め、丸太の上をこゴロゴロと引かれて行く。尻が箱の底の動揺を伝えるが、箱舟は平底の川船のように造られていて安定しており、順調に木道の流れを上方に進んで行く。

「この箱舟を上に引き上げる力はですね、先程下で見た、小川の水流の力を水車で別の方向へ変えているのだそうです。これを理解する頭があれば、仕組みは納得出来る筈だそうですが……」

そう言って吉蔵も頭を振っているところを見ると、十分には納得していないようだ。定次郎は、この仕組みは、オランダ語の塾生である平賀源内なら解けるに違いないと思った。いずれ相談してみたいものだ。昆陽はもう不要になった筈の蔦の蔓をしっかりと握っている。吉蔵の息子の彦乃進の顔も青ざめている。一同が緊張から解放されたのは、船が上の船着き場にガクッと止まった時点である。

「やあ無事到着です。お疲れ様」

吉蔵はそう言って船から飛び降りると、下にいた作業者と同じような男達が寄って来て、皆を安全に下船させる手助けをした。そして、巻き上げ装置の回転音が共鳴する中を抜け、奥の部屋に誘導する。部屋で待っていたのは白髪頭の老人だ。定次郎には又兵衛とすぐに分かった。歳は確か七十半ば位になっている筈だが、あまり見た目は変わらない。傍には茶色の作業衣で頭に手ぬぐいを巻いた四十近い屈強な男がいる。

「よくお出でなさいました。皆さん、お舟でご来場になるとは思いませんでした。こちらは二代目の息子善太郎です」

又兵衛は白い歯を見せながら紹介する。善太郎は頭の手ぬぐいをとって頭を下げる。がっしりした体格で、顔は船乗りのように日焼けしている。

善太郎はすぐに持場に戻っていった。岩屋内部には、あちらこちらに数名の作業衣姿の男がいて、それぞれ何等かの仕事を行っている様子だが、内容は分からない。一同は曲がりくねった洞窟内を又兵衛に誘導されて進み、岩屋入口にある防火扉の外へ導かれ、続いている渡り廊下を通る。廊下はそのまま山荘につながっていて、又兵衛が一同を母屋内へ案内する様子に、吉蔵親子は、自分たちが客人ではないためどうしたものかを躊躇しているようだ。

「吉蔵さん、今日はね、せっかく膨《ふく》れ饅頭を蒸かしたのだから、食べてから帰ってよ」

「そうですか。じゃあ遠慮なく頂いていこう。なあ、熊斐どん」

「すいません。いつもご馳走さんです」

大きな身体の彦之進は相撲取りのような挨拶をする。

案内された板張りの部屋の中央には大きな囲炉裏が切ってあるが、定次郎には見覚えのある樫板の机が幾つか渡されてある。足を下ろしてターフルとして使えるためだ。隅の一角には山の湧き水を引いた大きな甕があって、以前の訪問で、明生とその清水を飲んだことが思い出される。

「定次郎さんの御用事は後回しになりますが、今、丁度饅頭が出来ましたので、召し上がって下さい」

家人が大きな竹の笊に膨れ饅頭を山盛りにしてきた。土瓶には熱い麦茶も入れてきている。饅頭を割ると、中には甘い味噌餡がたっぷり入っている。おいしいなどと言いながら皆がよく食べる。

少し間を置いてから又兵衛が一礼して述べる。

「さて、皆さんは、亡きご隠居様（石河隋柳）との御縁者でありますので、この妙見別社の、現在の運営について少し説明をさせていただきましょう。何も隠し事はありませんのでね」

昆陽は隠し事がないというのは、むしろ裏のある証拠だろうと思う。

「先ほど御覧のように、この社は、地域の物産はもとより、地方の産物、名産品などを集めまして、地元の長崎は勿論、かなり遠方にまで手を伸ばして商売をしております。梅園を御覧のように自家製品もあります。また、昆陽先生御専門の植物園もあります。将来、薬植物を育てるためにです。そして、これらは御隠居様が生前に計画した事業の一部です。また、お気付きのように、最初は欧州で育まれた知恵も少々加わっていましたが、残念ながら既にその源泉は全くありません」

そのとき、昆陽は、又兵衛の言葉にハンス・ケイゼルの姿を頭に浮かべた。

「ですから、吉雄大通詞さんのような方が、更に頑張って外国の知識を日本に導入していただく必要があるのです。ごめんなさい、何だか偉そうなことを言ってしまいました」

定次郎が常々気に掛かっているのは、この妙見社の生きた御本尊のような女性である葵のことだ。彼女についての説明が欲しいと思っている。思い切って発言した。

「妙見様御本尊の神事はどうされているのですか」

又兵衛は定次郎の思わぬ質問に面食らったが、

「無論、信者として日常のお務めは、一同変わりなく行っておりますよ。但し、御存じとは思いますが、御隠居の養女となられている葵殿は、関東で巫女修行をされた後、地方の妙見社を回っております。今は、確か対馬の方面に行かれているということでしたが、正確には分かりません」

昆陽は、ここで対馬島が出てくるとはおかしな動きだなと感じた。

「また、この社にはですね、その後、御隠居様の娘婿であります桑山孝晴《あつはる》殿、その御子息の孝政《あつまさ》殿が入ってまいりました。ですが、何の役にも付いておりません。いや、むしろ自由に活動されている方々です。仕来りには制約されないのですね、お二人とも。妙見様の御信仰の方はあまり熱心ではありませんが、九州近辺の産物の動きにはかなりの活躍をされています。本日も会合で、何処かへ出ております」

ここでも昆陽は十分注意しなければならないと思った。この世に、何の制約もなく生きられる人物などあり得ない。直感的に二人とも胡散臭い人物に思えた。細川藩、島津藩などとの密貿易の件にも、何か関係がありそうだ。

「まあ、今の社の活動はですね、こうした状況ですので、御了解ください。また、これからもよろしく御支援をお願い致します」

又兵衛の説明が終わると、神代、熊代父子は立ち上がって残った二人に挨拶し、又兵衛に送られて帰っていった。定次郎は、ようやく本日の役目を果たす順番となる。

「お手紙でお願いしてありますが、私と父親の藤三郎、今村明生の三人で故隋柳様にお願いし、お預けしてありますギヤマン筒のことですが、今村の代理人として受け取らせて頂きたく、参上しました」

「ああ、分かっております。妙見様にお願いしてあった品物ですね。神前に御報告して、ここに下げておきました。引き換えに妙見様の証票はお持ちになりましたか」

定次郎は明生から預かった木綿の小袋を又兵衛に渡す。明生からは、外科医の仕事を始めている定次郎に、このギヤマン筒の物品を譲りたいとの申し出を受けている。薬物か毒物かについてはいずれ判明するだろうと考えて引き受けた。

又兵衛は中の証票を改めて確認し、その品物を定次郎に渡した。正当な受取人と認めてくれたのだ。

昆陽は、本日は定次郎に頼まれて同行し、いま初めてこのギヤマン筒を見るが、何かの薬物であることは疑いないので、いずれよく見せてもらおうと思っている。何も急ぐことはない。

こうして両人は妙見社での用事も無事済ませ、丁寧に又兵衛にお礼を言い、帰路についた。定次郎の提案で、帰り道にあるお諏訪様にもお参りすることにした。悪性の風邪が流行っているので、この際、神前を素通りはできない。しっかりと厄払いをし、将来をお守り頂きたいとの願いがある。二人は、幽霊街道まで引き返すことなく、西山妙見本社の階段を下り、隣の「正一位諏方社」に詣でた。

昆陽は神前で礼拝する前に何かを決心している様子だ。

「定次郎さん、今は午の刻で丁度いいのだが、私にも預かっている難物がありましてね、出来ればここで厄を落としたいのですよ」

そう言って財布の中から紙に包んだ古銭を取り出す。

「これは、ある方からお預かりした因縁のありそうな古銭ですが、私の調べた限り、その関わりが解明出来ませんでした。これからの私の少ない人生では重荷になるだけです」

昆陽はそこまで言って思い出した。この古銭が、彼の父吉雄藤三郎から預かったものだったことを。

――もう遅い、このままで通すしかない。

「いっそのこと神様にお供えして、一切の心の苦役から逃れたいと思いましてね。定次郎さんに立ち会っていただければ幸いですよ」

ところが、定次郎は、「すいませんが……」と言ってその古銭を手に取ってじっくり見ている。その大きな古銭に見覚えがあったからだ。やはり、父親の藤三郎が持っていた例の古銭ではないか。

「これは全く驚きました。この古銭はですね、亡き長崎奉行の細井安明様が、冥土から父藤三郎に預けられた常平通宝ですよ、遺言と一緒にね。どのような経路か分かりませんが、ここにあるとは……」

しかし、昆陽の方が演技は一枚上手だ。びっくりした様子を見せて、

「ええっ、そんなことがあったのですか。これは偶然というか、何かの因縁というか、恐ろしい運命の古銭ですな」

二人はしばらく茫然となって拝殿前の石畳に立ち竦《すく》む。

「これは、神様に納めてもらうしか方法はないでしょう……」

昆陽はそう言い、小さい目を瞠《みは》って定次郎を見つめる。定次郎もこれに答えて頷く。昆陽は本坪鈴を見上げて瞑目してから、因縁の古銭を勢いよく本樫の賽銭箱に投げ入れる。銭が、箱の桟や受板に当って跳ねてから箱の奈落に落ちる音が、その受け入れを躊躇するかの如く頭を打った。昆陽に一瞬不安が走った。神様はこのまま無事に納めてくれるのだろうかと。昆陽は、ええいどうにでもなれ、と握った鈴緒をことさら強く揺すった。

その日、神前に置かれていた賽銭箱は、当日の禰宜（神職）によって奉納賽銭が改められ、中にあった古銭は社の古銭帳に登録されて保管された。その古銭は後日、記録とともに京都の吉田神社に送られ、賽銭内の古銭を収集、保管している神祇権大副の吉田兼雄祠官へと届けられた。

図 19　ペルシャ馬図（「異国産馬図巻」国立国会図書館ウェブサイトより）

（一九）ケ氏の鞍

宝暦十四年・明和元年（一七六四）

登場人物

桑山孝晴　六十七歳　石河随柳娘婿

桑山孝政（孝晴の息子）　三十四歳　密売人

対馬屋権左衛門　七十一歳　薬種商

高坂典膳　五十三歳　対馬藩通詞

松籟屋次郎　七十歳位　松籟館主人

武　三　六十代後半位　長崎屋手代

市兵衛　六十六歳前後　コンプラ仲間

明和元年（一九六四）に長崎へ入港してきたのは、唐船が九隻で、オランダ船は一隻だけだった。以前のように、オランダ船が二隻並ぶ姿は近頃見られない。貿易で支払う金銀銅の準備高が減り、十分な取引が出来ないためだ。そうかといって、代りの俵物（俵詰めした産物）を十分手当することも難しい。輸出水産物（煎海鼠《いりなまこ》・干鮑《ほしあわび》など）も、年間それほど集荷できるわけではないからだ。秋田の銅山（太良《だいら》・佐山・松岡など）といった古い鉱山でも、銅の採掘量が少なくなっているとの情報もある。

幕府は宝暦十三年（一七六三）から銀の輸出を止め、翌明和元年（一七六四）からは、銅の輸出も減じている。従って、清、オランダとの取引額は減り、当然ながら長崎会所の貿易利益も減った。それに連動して課される江戸幕府の長崎運上額（税金）も減ってくる。恒例のカピタンの江戸参府もこの年からは隔年となっている。

このような経済事情の中で、明和四年に御側衆の田沼意次（四十八歳）が側用人に昇格した。御側衆から御側御用取次が二、三人選ばれた前例はあった。有馬氏倫《うじのり》や加納久道などがそれである。しかし、側用人はこの役より格上であり、これまでは将軍お気に入りの譜代大名から選ばれてきた。殿中では、奥坊主が制止声（シーシーという声）で先導する老中待遇となる。田沼意次が、宝暦から明和にかけて、うなぎ上りに昇任していった背景には、以下のような出来事が関係している。無論、本人の持って生まれた才能、人柄、命運などが影響していることは疑いないが。

将軍家重は、宝暦十年四月一日に征夷大将軍を辞し、五月十三日に将軍職を嫡子家治《いえはる》（二十三歳）に譲り、吉宗に倣って大御所と称した。その大きな理由としては、側近として永らく仕え、四年前からは側用人に就任していた大岡出雲守忠光（武蔵国岩槻藩主・二万石）が、病に倒れたことによる精神的な打撃だ（宝暦十年四月二十六日卒去）。忠光は不明瞭な家重の言語を理解できた唯一の家臣であり、また盟友でもあった。

当時、隔年三度にわたりカピタンに就任していた第一四二代オランダ商館長のイサーク・ティチングは、忠光について、その著書『将軍列伝』の中で次のように述べている。

「家重は大岡出雲守という真実の友を持っていた。彼は誠に寛大で他人の過失を咎めることがなかった。（中略）その死後、大岡について次のような歌ができたのである。〝大方は出雲のほかにかみはなし〟その意味は、要するに〝出雲（＝忠光）のような神はない云々〟ということであるが――」

家重の時代にも大きな社会的問題が続発していた。吉宗時代からの引き続きとなったが、享保の改革による増税などで、各地で百姓一揆が起っていたのだ。その内の郡上一揆では、真相の究明のため田沼意次を評定所吟味に参加させ、郡上藩、相良藩を改易とし、老中、若年寄、大目付、勘定奉行などの要職を解任するなどの処分を行っている。また、治水事業では、薩摩藩が膨大な財政負担を背負う事になった木曽三川の大工事がある。この「宝暦治水事件」には、これを命じた幕府と、陰で薩摩藩の行っていた密貿易とに何か関連性がありそうだ。

京都では、竹内式部一件とも言われている江戸中期の尊王論者が最初に弾圧されたいわゆる「宝暦事件」が発生している。この尊王の動きが、後に池中に投じた小石となって波紋を広げ、尊王攘夷の基を作り、進んだ外国医学の吸収にも影響を与えるようになってゆく。

大御所と称した家重は、大岡忠光が死去すると添木の取れた折木のように、宝暦十一年六月十二日に死去してしまった（享年五十一歳）。家重には、脳性麻痺の後遺症があり、言語障害や頻尿など不自由な生活様態を示していた。後世の古病理学剖検によって、死因は尿路関連疾患（尿路感染症、尿毒症等）とされる。

嫡子家治は、生まれ落ちたとき、既に幼名を竹千代と命名され、将来の将軍を約束されている恵まれた人物だ。伝えられるところでは、家重は生前、今後の幕政には田沼意次を重用すべしと家治に遺言していたことになっている。しかし、誰が、どのようにして家重からその意向を確かめることが出来たのだろう。確証はないようだから、真相は不明だ。

吉宗は、家重の不自由な生活状態を常々見ていたので、孫の竹千代に一方ならぬ寵愛を注ぐことになったのは自然の成り行きであった。家治はこうした絶対権力者のもとで成長した。世間で言う典型的なぼんぼん育ちだ。このような場合には、得てして我儘で手前勝手な人間が出来上がるが、彼は、幸いにもそうした成分が十分に熟成されなかったらしい。また、加えて吉宗の訓育もあったのであろう、かなりの倹約家でもあったようだ。つまり、温厚で、他人の意見をよく理解し、自説を主張しない寛容な人物が形成されていった。但し、判断や決断の求められる政治面については、すべて側用人の田沼意次や古参の老中にお任せで、専ら趣味の中に価値観を求める人生を送ることになる。だが、仕え易く仕事がし易いのはお気に入りの取り巻き連中で、吉宗から引き続きの三世《さんぜ》将軍が出現したというわけである。この取り巻き組は、この後、自分たちの幕政方針に都合の悪い連中や、気に食わない天敵を抹殺していく。巧妙に、また徹底的に行っていくのは何時の世代でも同じことだ。

夕の七つ（午後五時）になった長崎港では、埠頭のあちこちの片付け仕事もすべて終了していた。

今日は久しぶりに結構忙しい港の動きであった。オランダ船で雄のペルシャ馬が一頭送られてきたので、動物陸揚げのための検査などに手間が掛かっていたのだ。

同じ頃、外町の西浜町にある唐人料理店の老舗「松籟軒」には、食事には少し早い時間だが、先程から三々五々に集まってくる客があった。暫くして店員が入口の扉を閉め切り、「陳謝休店」の札を下げた。本日は店内で何かの集まりがあるのであろう。

店内奥の片隅には、衝立に囲まれて十名位の人数が座ることができる大きな食卓が設けられていて、既に六名の男が座っていた。最後に入店してきたのは、五十代半ばと見える背の高い総髪の男だ。遅れたわけではないが、挨拶はない。右手で総髪を撫ぜながら言う。

「〝羅漢様の頭が並んだ〟とはよく言ったもんだね。五百羅漢寺に迷い込んだようだ」

「どん尻に来たわりには口が減らないな、典膳。もう勧進元（世話人）の松籟屋さんもここに座っているぜ」

丸顔の対馬屋権左衛門が、鯰のような唇を動かした。口の端には泡が残る。

「いやあ、済まない。皆さんの頭が、同じように見えたので」

松籟屋が神主のように首筋を立てて述べる。

「皆さんが揃ったようです。予定した二、三人の都合が悪いそうで欠席するということですが、仕方がありません。まあ、後で運が悪かったと言われるかも知れませんが、人生なんてその繰り返しです。勘弁してもらいましょう。実はですね、当事者は居ませんが、手紙と預かり物がありまして、それをここで披露するつもりです。ペルシャ馬が上陸しましたからね」

松籟屋次郎の隣に腰掛けている白髪頭の男が右手を挙げた。何か発言を求めているらしいが、松籟屋は話を続ける。

「ちょっと待って下さい。私から念のため、お出で下さった御一同の所属と氏名を紹介しておきましょう。一部の方々は顔見知りでしょうが、ここの席に居る理由が曖昧では、本日の仲間としていいのかどうかの不安もあると思いますのでね。先ずは右回りでいきましょう。今、手を挙げたのが桑山主水孝晴殿、故石河隋柳様の娘婿さんです。御本人は長崎の隠れた貿易商だということです。その隣が御子息の孝政殿、同業の手伝いをなさっている。次は出島の市兵衛殿、本業はコンプラ仲間ということになっていますが、二、三ヵ国語を同時に通詞出来るという魔術師のような方です。その次が長崎屋の武三殿、長崎屋手代という表看板はありますが、本当は薩摩藩の隠密だろうと思っています。見て下さい、本人は笑っていますが、実態が分からないのです。隣は高坂典膳殿、易者のような見掛けですが、一応は対馬藩通詞ということになっています。本当は朝鮮との取引が本業かもしれませんが。最後になりましたが、こちらが対馬屋権左衛門殿、対馬と長崎を往来する有名な薬種商です。私とは長年の商売仲間ですよ。また、私同様に裏表がありません」

しかし、聞いている方は誰もそんなことは信じていないようだ。松籟屋は全員を紹介してから

「私は本来、福健省渡来の帰化人の末です。本業は貿易商人ですが、商売上の情報を頂くためにこの店を経営しています。皆さんがそれをどうとらえるか分かりませんが、気にしていません。こうして世界を渡り歩くことが平気でなければ、唐人は生きてゆくことが難しいのです。えー、本日はですね、最初に言いましたが、ある謎の人物から依頼された手紙と依頼品を公開するつもりです。無論、

中身は私には分かりませんよ。その人が、ペルシャ馬を送って来たのを合図として皆の前で開けてくれと、荷物を置いていったのですよ。それっきり消えていったわけです。さて、桑山のお父さん、何か質問でもありましたか」

孝晴は萎びた顔だが、耳も目鼻も大きく、その額にはくっきりと三本皺が横に走る。

「皆さんとはあまりお付き合いがなかったが、本日は、義父隋柳との関係で、松籟屋さんから通知を頂いたわけです。多分故人の代理としてですね。ここに居る息子の孝政は私の手伝いと紹介されていますが、蘭方医師の修業中でしてね。私が心の臓が弱いもので、本日は私の付添人で附いてきたわけです。えー、先程はペルシャ馬と本日の関連が知りたいと思ったので手を挙げました。会合の合図だったのですね」

「実は、その合図を知らされたのはここにいる市兵衛さんからです。市兵衛さん、話してくれますか」

市兵衛は急に話を振られて一瞬狐顔を歪めたが、すぐにいつものようなへらへら笑いに切り替えている。

「オランダ船の入港で出島に行くとね、知り合いのくずねり（調理補助人）の徳治さんから、松籟屋さんにペルシャ馬が入ったとだけ伝言を頼まれましてね。ヘトル（荷倉役）からだという。ただそれだけですよ」

「そろそろ、その謎の人物を知りたいですね」

総髪の頭を撫ぜながら、典膳が話に割り込む。

「まあ、もう皆さんの頭にはとっくに浮かんでいる人物ですよ。敢えて名前を挙げなくてもね。しかし、この際符号で〝ケの字〟とでも言いますか」

その人の名は言うだけ野暮な話だ。松籟屋はそう思っている。武三が円い背を伸ばして、木彫りのような顔を上げた。

「私は長崎屋の手代ですが、ここで白状しますと、その方の手下でもありました。薩摩の隠密ではありませんが、この親方の命令があったので、その方面の仕事はしています。いまだ終わってはいませんが」

「これは丁度いい機会です。細川藩、薩摩藩などとの仕事については、この後で打ち合わせることにします。対馬屋さんのご希望もありますのでね。さて、そろそろ〝ケの字〟の預かり物を開けましょうか」

松籟屋がそう言って、隅の机に置いてあった荷物を中央の机まで運ばせると、一同はぞろぞろとその机に向かって集まる。家人が荷物の上の風呂敷を捲ると、釘で蓋を閉めた大きな木の箱が現れた。その上にも小型の頑丈な箱が置かれている。

「では今から開封します。小型の箱からね。誰か開けてくれ」

皆が見守る中、家人が鉄の工具を使って小箱の方の蓋を開ける。ゴクッと唾を飲み込む、誰かの音がした。小箱の中には折り畳んだ紙切れ一枚と、巾着のような小袋があった。松籟屋が紙切れを開いて言う。

「手紙らしいが、誰か読んでくれないかな」

お互いに他人の顔を見る目付がきつくなっている。背の高い総髪の典膳が、髪を振って隣にいる背の低い狐顔を標的にした。

「出島の市兵衛さん、出番らしいよ。わしは生憎朝鮮語だけが専門なんでね」

だけのところに力が入って、唇をへの字に曲げている。市兵衛は、ぱっと両手を挙げて降参する姿勢を採る。

「あのね、俺は喋りだけを耳学問でこなしてきたんでね。書き物が読めれば、今こんなところにいないよ」

「こんなところ、ああそうか、じゃあ、とっとと消えるんだね」

典膳が市兵衛の頭の上から強い口調で泡を飛ばす。松籟屋が右手を挙げて一座を鎮める。

「まあ、仲間内で揉めている場合じゃあないだろう。誰か名乗り出る人間が一人ぐらい居ないのかな」

そのとき、後ろの方から遠慮がちに下膨れの青白い顔が出て来て、恐る恐るの小声で言う。

「私に読めるかどうか、見せて頂いてよろしいですか」

「ああそうか、桑山さんの息子さんはオランダ医学を勉強しているという話でしたな。是非見てくれないかな」

孝政がその紙片をよく見ると、オランダ語の単語が横に並んでいるだけだ。恐らく文章にすると読み解けないだろうと、書いた本人が気を遣っていたのだろう。

「単語が並んでいます。繋げて意訳してみますと、〝皆さんとの。別れは悲しい。残念である。多くの友情に感謝する。心から有難う。人生は短い。しかし、技術は永遠だ。尊重されるだろう。私の、また、皆さんの国への役割。まだ終わっていない。お国の為に宝を使いなさい。賢く生きること。

願って止まない。さようなら。頑張ってください。素晴らしい未来を〃以上、簡略化しています」

孝政は顔を赤く染めて大きく息を吐いた。一同は馴れない言葉遣いに煽られて、しばらくの間、身体が揺すられている。

松籟屋が巾着の小袋を振ると、中から金色の小判が飛び出して床に落ち、聞き慣れない音を立てて転がった。素早く市兵衛がそれを拾い上げて掌に載せる。

「これは、正徳、または享保の吹替えの小判ですよ。目方が同じなんで区別ができないが、噂の多い代物ですぜ」

「さすがに目利きが早いな。だが、小判が一枚だけでは勘定が合わない。この大きな箱に気が散るのは俺だけではないだろうな」

典膳が懐手を解いて大箱に触る。

「ケの字も粋な計らいをするね。ただ、一人当たりの人数割ではなく、一家別の割合が適正な方法だと思うが」

典膳はもう中身の按分を考えて言う。桑山親子の取り分が心配となっているようだ。

松籟屋は家人を呼んで大箱を開ける作業を命じたが、典膳の言うように小判一枚という謎が解けない。と言って、この箱の中から小判の山が出てくるのもケの字のやることらしくない気がする。そうした不安な目で作業を見つめていると、頭には一幕の光景が蘇った。対馬黒瀬の石窟館での対馬屋の分厚い唇だ。そこから吐き出されたのは、確か正徳三年か四年の金貨を退蔵している話であった。

――彼が、何故あのときに、そんな話をしたのか、いまだに分からない。

退蔵金隠匿にケの字が絡んでいるのは想定内であるが、この一枚の金貨は、それを暗示しているのではないか。しかし、それでケの字に何の得がある。一枚の小判で、何かの謎を与えられたのは間違いない。松籟屋は、石河隋柳、町役人、ケの字などが退蔵金隠匿と何らかの関係があるとみている。対馬屋も多分そうだ。と、ここまで思い巡らしているとき、石窟のパマンゲが預け物の認証銭としている常平通宝折二銭が浮かんだ。ケの字は、石窟館にも自分専用の秘密倉庫を持っていたのではないか。与えられた謎は解かなければならない。松籟屋の頭は、目まぐるしく稼働している。

武三はその作業を見ていてふと違和感をおぼえた。連中の作業態様からは、小判がぎっしり詰め込まれているような重量物取り扱いの作業動作と異なる印象が感じられたのだ。

——これは一杯食わされたな。

そう直観する。親方がこれ程簡単に財宝を手放す筈はない。今までの遣り方から、収集品や財物は、数年のうちに細かく分散して船便で本国に送っている筈だ。江戸のどこかの屋敷にある洞窟に隠されていた仲間の財宝も、見事掠め取っていった形跡もある。親方は、また薩摩の国にある金山の話をしていた。かなり有望な鉱山《ヤマ》があるらしいと。そのとき、ふと武三は、遠くの暗がりで対馬屋権左衛門と桑山孝晴が、互いに何か耳打ちをしている光景を垣間見た。一瞬であったが、意外な感を受けた。あり得ないと思っていた組み合わせだからだ。

ギーッと音がして、木箱の蓋が開けられた。中からは布に包んだ大きな荷物が出てきた。

「何だ、これは、馬の鞍ではないか」

布を広げた典膳は面食らっているようだ。近寄った武三が塩辛い声で更に念を押した。

「古い木製のね」

ここで店内の雰囲気は陽から陰に切り替わった。

「賢く生きよだとさ。ペルシャ馬一頭が入船したら集って玉手箱を開けよ。中を覗くと馬の鞍一つ。成程勘定は合っている」

「箱の中から白煙が立ち昇り、忽ち一同が百歳となった。それに近い人もいるけれどね」

「皆さんが欲張ると、集まる顔は多分互いに馬か鹿に見えて来るだろうよ。鞍のお陰でね」

「猫に小判とはよく聞くが、馬の鞍に小判とはどういう謎掛だろう」

「答えはね、もう解けないだよ」

「さようなら、頑張りましょう、だってさ」

「未来があればね、羅漢様」

薄暗い店の中では、威勢の悪い数人の声でこのような遣り取りがあったが、互いの盃には遣る瀬無い酒が酌み交わされたのだ。小判の出どころなどは謎のままであるが、恐らくケの字の正徳小判は、今宵の酒代に費やされたのであろう。

また、この黒漆大和鞍《クロウルシヤマトグラ》は、一同の発意で、馬に対するこれまでの功績を称えて「ケ氏の鞍」と名付けられた。そして主人の了解があるので、これからは松籟軒の店内に展示品として置かれることになった。

哀愁の漂う長崎の夜はこうして更けていったのである。

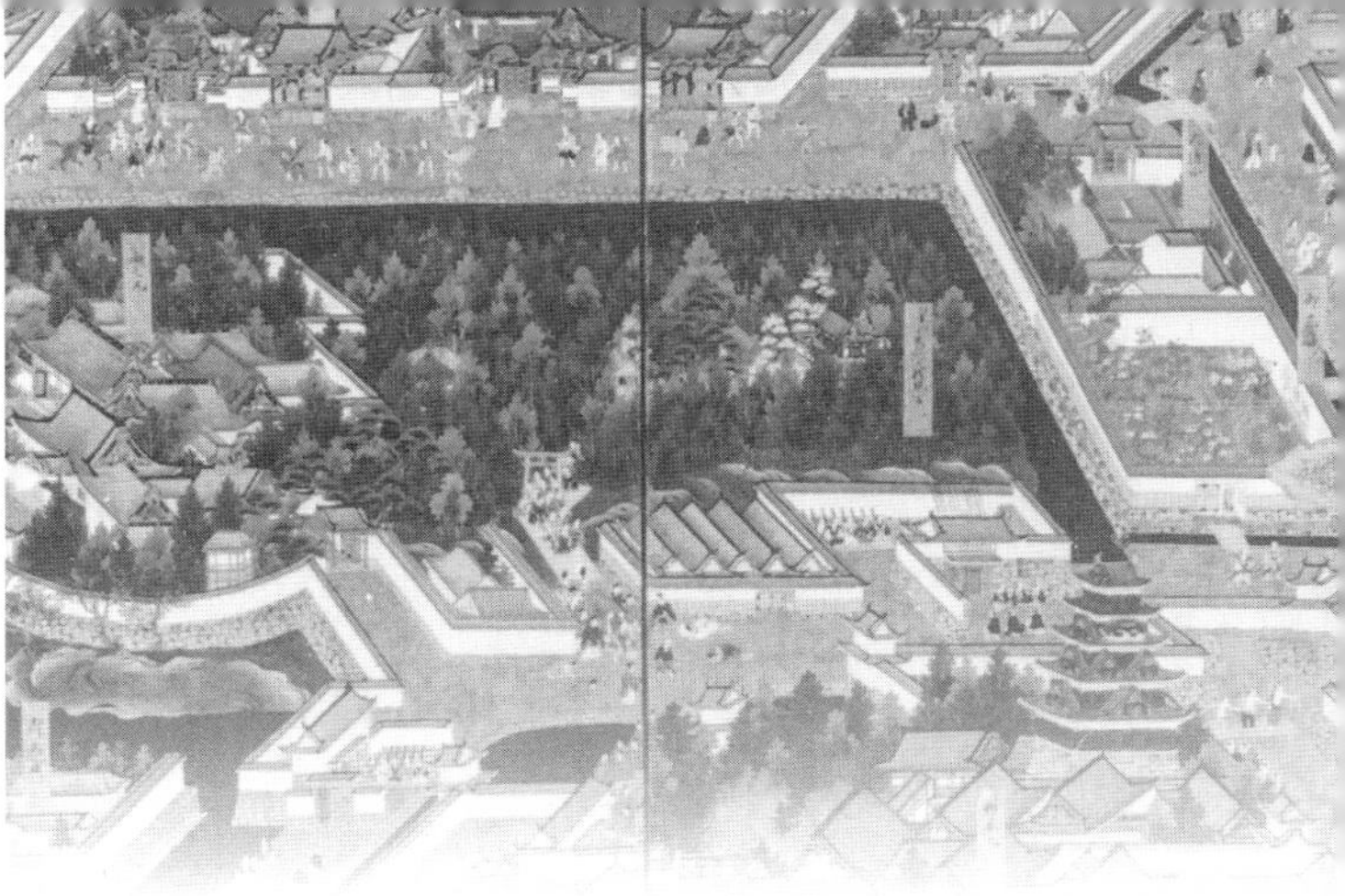

（二〇）
火《か》浣《かん》布《ぷ》香《こう》敷《しき》

宝暦十四年・明和元年（一七六四）

登場人物

平賀源内　三十七歳　蘭学者・発明家
中島利兵衛　四十四歳　武蔵猪俣村名主
青木昆陽　六十六歳　御家人・蘭学者
中川淳庵　二十五歳　小浜藩医・蘭学者
ヤン・クランス　年齢不詳　オランダ・カピタン
ヘンデリック・ジュルコフ　年齢不詳　オランダ商館書記

コルネイス・ボルストマン　年齢不詳　オランダ商館外科医
今村源左衛門（明生）　四十六歳　御用方通詞
楢林重右衛門（鉄之助）　四十四歳　江戸番通詞
長崎屋源右衛門　六十九歳　オランダ宿長崎屋主人
武三　六十歳後半位　長崎屋手代

図20 （左）平賀源内、（右）『火浣布略説』表紙
（左：『ヴィジュアル百科江戸事情 第４巻』収載／右：国立国会図書館ウェブサイトより）

江戸日本橋本石町三丁目にある時の鐘が、昼の八つ（午後二時）を打ち始めた。オランダ宿長崎屋はその鐘の近くにある。この長崎屋には、長崎のオランダ商館からカピタン及び書記、外科医の三名が、大勢の従者や関係者と共に滞在している。恒例の江戸参府のためだ。

江戸参府は今のところ毎年行われてきているが、このところ日蘭両国の貿易額が減少しているため、今後は隔年に減らされるという話である。また、今年（宝暦十四年）の江戸参府には、幕府としては更に他の行事が重なっていた。二月の朝鮮通信使と十一月の琉球使節来訪という日程だ。その朝鮮通信使は、既に二月十六日には江戸に到着している。

このような幕府行事次第によって、例年とは異なり、参府外国人達への対応には、幕府側も少々簡略化を余儀なくされていた。また、行列の通行の際には、いつも着飾った大勢の見物人が押し寄せていたが、今年はお触れにより町人が華美な衣装を着用することを禁じられていた。昨今の市場において銭価の高騰があったので、それを抑制することが狙いなのであろう。

例年のことではあるが、長崎屋に宿泊するオランダ人には、この機会を逃すことなく蘭学を勉強している地方の医者や本草家などが押し寄せていた。カピタンは謝礼金を受け取らないため、謝礼の方法も千差万別で、多くは地元の珍品を持参する。こうして、長崎屋の控室には、書画骨董品など、興味のない伝来の古物品が山ほど届けられていた。これらは長崎屋が出入りの骨董屋などに払い下げ、銀貨に替えてくれるので助かっているところだ。

本日も面会人が多く予約しているが、カピタンのヤン・クランスは疲れて、書記のジュルコフや外科医のボルストマンに対応を任せていた。しかし、幕府役人を通じてどうしてもカピタンに面会をという一組があった。仕方なく午後の休息時間を割いて会うことにしていた。

長崎屋二階の待合広間では、長崎屋主人の源右衛門が、長椅子に掛けた六人の客人と応対していた。源右衛門は七十近い歳には見えない色白の顔をしていて、皺もあまり目立たない。小太りの体を少し斜めによじって言う。

「お待ち頂いておりますが、蘭人の連中は、今時分は休息の習慣がありましてね、めったに面会しないのですよ」

「昼寝か、夜の活動が激しいのかな、うぅん……」

平賀源内はせっかちな性分で、待たされるのが苦手らしい。太い眉でのっぺりとした顔を顰めて顎を上げる。

「さあ、その辺は分かりませんが、なにしろ肉食ですからね。菜っ葉でお茶漬けを食べてる人間とは自ずから違ってくるでしょう。熊と兎の違いでしょうかね」

すると横から青木昆陽が口を出す。顔にはさすがに年を重ねた皺が深く刻まれていて、ひねた梅干しのようだ。

「そんなに大きな違いはないだろう、こちらは猪ぐらいか。いや、猿ぐらいかな……。確かにあちらの書物などは優れているからね、動物的な知恵も優れているに違いない」

昆陽が細い首を振って出した言葉には、先の御書物奉行らしい比較も自然に加わってくる。

中島利兵衛は、風呂敷に包んだ小箱を膝の上に置き、大事そうに抱えていたが、昆陽さんが猿ぐらいかなと言ったのは、昆陽さん自身のことを表現したのであろうと思った。彼はもう既にお仲間に近い顔付きになっているからだ。その昆陽が利兵衛にぼそりと言う。

「利兵衛さんよ、連中にその物を披露するには、実際に火にかけて見せた方がいいのかな」

本日の、発明品売り込みに関する欠かせない提案だ。中川淳庵が昆陽老人の提案を引き取って発言する。

「それは当たり前でしょう。火にかけて燃えないところが、この新製品の味噌ですから」

大きな体から湧き出るような若者の声だ。小箱を抱いていた利兵衛が、では申し上げましょうという風にゆっくり背を起こし、膨らんだ頬を動かして柔らかな声を出す。

「私は香道の作法は知りませんが、源内先生の御指示がありまして、七つの香道具が入れてある香箱と、染付の聞《きき》香炉を知り合いから借りてきました。火道具も用意してあります。香炉に埋めた香炭団《こうたどん》に付け火を置けば、新しい銀葉《ぎんよう》（香敷《こうしき》）の上で香を聞く（嗅ぐ）ことはできますね。白檀、沈香など何種類かの香も用意しました」

ここで利兵衛は安全を担保しておくため、香道具などは知り合いから借りてきたことにしている。香道の心得もあるのだが、何もすべてをさらけ出す必要はないと判断したのか、控えめな説明だ。

「ああ、利兵衛さんには負んぶに抱っこで全く申し訳ない。先程は淳庵さんが焼き味噌のような例えをしたが、この味噌焼き道具はね、大変な素材でしてね、これから先に大きな価値を秘めていると思うよ、うん……」

源内は語尾に仁王様の口型のような抑揚を付けるが、どう見ても申し訳ないような顔をしていない。源内と利兵衛の出会いは、宝暦十二年の湯島天神前で開催された物産会であった。その頃、ようやく本草家として知られるようになった源内が、かねて師匠としている田村藍水《らんすい》の後援で行った物産会で、地方からの出品物千点程を合わせて展示したものだ。

武蔵国猪俣村御料所名主の中島利兵衛は、この物産会にたまたま「石麪《せきめん》」（石綿）を出品した。利兵衛の在住する地方の河原（荒川）には、この石麪原石の小片が時々見つかる。黒くすんだ岩塊や、薄緑色の石片は硬い石で打つと割れ、中の割面からは繊維状石片が束状になって現れることがある。上流にある両神山などの岩塊が水流で破砕されて、川下まで下って来ているのだ。但し、この頃、我が国で石麪を布状に織るという最初の発想は、果たして誰であったのか。無論、大陸（中国・西域など）の書物にはあったろうが、誰も目にしてはいなかったであろう。源内とする説は多いが、淳庵、または利兵衛家の誰かという説もある。真実は不明であるが、その後の源内の幾つかの著書（『火浣布説』など）の中に書き込まれていることは、彼の有する過剰な自己宣伝癖が窺える。

階段の下から手代の武三がぬっと渋紙色の顔を出し、源右衛に目で合図を送って消える。かなりの

歳になっている筈だが、身のこなしは素早い。これを受けて源右衛門は一同に向かって腰を折り、

「ええ、大変お待たせしました。間もなく先様の御来場となりますので、部屋の方にお移り下さい」

広間には大きなターフェルが横向きに据えてあり、周りには赤いビロードのストゥル（椅子）が置かれていて、南向きにオランダ人用の三席、向かいの席には四名の来訪者席、東西の位置には各一名の通詞席が配置されている。階段からは、大柄のブロンド男が二人、茶褐色の髪をした中背の男が一人、それぞれギシギシと木材の軋む靴音を立てて登ってきた。三名は源右衛門の案内で南面する席に着いたが、机から椅子を引き、各人の相撲取りのような身体に比べると小さな椅子へどかりと尻を下ろし、それぞれの方角に足を組んでいる。

「（オランダ・カピタンのクランス殿、書記のジュルコフ殿、外科医師ボルストマン殿）」

一人ひとり、御用方通詞今村明生の日本語での紹介があって、三人とも椅子から立ち上がった。大人と子供のような背丈差だ。

「（こちらは本日の仲介をされた先の御書物奉行、江戸城図書館長、青木昆陽殿）」

先方の三名にはオランダ語で紹介する。本草家との肩書が省略されている。明生から促されて、ここで本来は、こちらから右手を出して握手するところであったが、昆陽はぎこちなく斜めに頭を下げた。クランスは冷静な青い眼で見つめながら顔には笑いを作る。

「アーンゲナーム（よろしく）」

低い声だ。明生は続いて後方にいた源内を前に導く、本日の立役者だからだ。

「（発明品考案者の一人平賀源内殿です。医師でもあります）」

源内は宝暦二年に十五歳で僅かな期間だが長崎に留学している。また、時々は長崎屋も訪れてオランダ医官などと問答をしているので挨拶ぐらいはできる。

「グゥイェ　ダーク（こんにちは）」

中川淳庵も頻繁にオランダ人との接触を試みている長崎屋の常連なので気後れはない。握手も自分から三名に手を出し行っている。中島利兵衛は黙って各人に頭を下げるのが精一杯だ。

一同が席に着くと早速カピタンのクランスが発言した。今度は楢林鉄之助が通訳する。明生よりやや簡便な言葉になっている。頭が揺れて広いおでこが光る。

「（皆さんとお会いできたことは大変嬉しい。早速だが、考案者からの説明を聞きたい）」

クランスは太い眉を上に挙げて前の席にいる源内に目を向ける。

源内は分かったというように右手を挙げてから説明に移る。

「あぁ……、本日持参の新製品は、我が国で香敷、または銀葉と呼ばれている品物だ。これを炭火の上に置き、上にお香を載せて香りを楽しむ。うん」

源内はここで通訳を意識して言葉を切る。これを楢林通詞が筆記しオランダ語に訳すが、鉄之助の八の字眉は深く寄っている。この段階では三人のオランダ人にまだ意味が通じていないようだ。誰からの頷きもない。使われる単語の意味が通じないからだ。

「源内先生、実物を示しながら説明をした方が分かり易いのかもしれませんよ」

中川淳庵が面長な顔を源内に向けて言う。

「ああ、そうかも知れないな。利兵衛さん、説明を代わってくれないかな。ううん……」

源内の顔は利兵衛に向いたが、右の目玉は外を見たままだ。役を振られた利兵衛は、クランスに軽く頭を下げて、自分の鼻を指さす。選手交代を身振りで示したわけだ。クランスは親指と人指し指で輪を作る。承知したとの合図だろう。

利兵衛は風呂敷包みを解き、香箱から聞香炉、白檀、沈香、銀貨、二種類の香敷などを取り出して机に並べる。

「では本日の品物を説明します。お香はお分かりでしょうが、こちらが白檀、こちらが沈香です。これは香炉という火の付いた炭をいれる器、火を保存する道具です。中の炭に火を点けて灰を被せる。火力を弱めて香が燻る程度。香を載せるため火では燃えない板をその灰の上に置く。この名前を香敷、または銀葉と言います」

利兵衛は三人の前の机に並べた実物を手に取って示す。鉄之助は手を利平に向けて話を止め、訳語をオランダ人三者に伝える。書記のジュルコフは言葉を手帳に記録し品物を丹念にスケッチしている。

「本日の新製品は、お香を載せる燃えない布製の香敷です。こちらの雲母《ウンモ》片や銀貨でも可能ですが。燃えない布で作成したことが特徴です。他の用途にも応用ができます。なお、この燃えない布の原産はトルコ国だそうです」

通詞の鉄之助は、利兵衛の言葉を速記した紙を手に顔を顰めている。「雲母」のオランダ語が出てこないのだ。これを反対側で見ていた明生が、遠くから親指を立てて横に倒し合図する。そこは飛ばせの意味だ。つまり不明な用語は飛ばして訳せとの指令だ。このとき、書記のジュルコフが雲母片の嵌まった銀縁の香敷を摘まんで言う。

「ミカ（mica・雲母）」

鉄之助は頭を掻いて会釈し陳謝する。

「ソリイ　ゾォ　イスト　ヘット（ごめんなさい　そうです）」

鉄之助はジュルコフの助けで、利兵衛の言葉をどうにかオランダ人に通訳することができた。クランスは前に並んでいる別の香敷を取り上げてじっと見つめる。銀で縁取りした親指大の粗い繊維状の布である。

「アスベスト　ヴェーゼル（asbest vezel・石綿繊維）グッド　ブライエン（よく編んである）」

鉄之助がそれを通訳すると、今まで発言を抑えていた源内が喚《わめ》きだした。

「あぁ……、燃えない布はね、火浣布《かかんぷ》と言って、清国でもなかなか手に入らない品物だ。原産国トルコでも織物にするのは秘伝であってね、今では作製されていない。古今の珍品である。この香敷を、今なら特別に何枚か作って販売することは可能だ。うん」

源内はそう言いやぶにらみ（右の斜視）で先方を眺めているが、何だか恩着せがましい言い方ではあった。今度は明生がこれを通訳した。但し、漢名の火浣布については石綿布（アスベスト　グート）であると説明している。しかし、これを聞いたオランダ側に大きな感銘を受けている様子はない。もう既に何処かの国で石綿布を見ているのではないか。昆陽が小さな体を伸ばして言う。

「源内さん、連中はまだ本品を信用していないよ。香炉に火を入れて、その燃えない香敷を置いて香を嗅がせたらどうだろう。何しろ実際の場面を見せないと、あちらさんは性格的に駄目だと思うよ」

明生は黙っている。外交上、何でも通訳するわけにはいかない。このとき、暗い奥のほうから木彫りのような顔がぬっと出た。手代の武三だ。手にしたお盆には火の入った別の香炉が載せてある。

「主人の言いつけで、あちらで用意しておきました香炉です」

さすがに永年オランダ宿を経営している長崎屋源右衛門だ。無駄飯は食っていない。既にこうなることを読んでいたのだ。

利兵衛はこれを受け取って机に置き、先の火浣布香敷を灰を被せた香炭団の上に置き、その上に白檀の香木片を載せる。すぐに白檀の東洋的な香りが部屋に漂う。「ウェルリーケンド（良い香り）」そう言ってオランダ組も笑顔を見せている。しばらくして、利兵衛が香炉に載せた燃えない香敷を香つまみで挟んで皿の上に置く。火浣布香敷は確かに燃えていない。クランスが青い眼を開いて言う。

「私達が既に見てきているトルコ産の石綿布と同じだと思う」

源内が鼻孔を膨らませて勢いづいた声を発する。

「ああ、そう。それなら話が早い。これは急いで何枚か作らなければね、利兵衛さん」

利兵衛はそう簡単な作業でないことをよく知っているので、返事が濁る。

「まあ、出来るだけ頑張ってやりましょう」

そこへ淳庵が水を注す。

「いや、源内先生、田沼様に頼んで将軍様に献上するほうが先ですよ。オランダの皆さんの前で何ですが、なにしろ我が国の産業に貢献しなければ、先がありませんからね」

無論、この遣り取りを通訳はしていない。この間、オランダ人には明生が気を利かせて香道具の説明をしている。

奥の方で小鈴の鳴る音がして、数名の給仕が、ワーゲン（ワゴン）を何台か押してきた。休憩のためのお茶の用意である。給仕がワーゲンに載せてきたコップやレーベル（スプーン）などの器を配る。また別人がコフィポットやテーポットを持って回り、各人に選択を求めてから注いでゆく。

「コフィ？　テー？（コーヒーか、紅茶か）」

「スィケェル？（砂糖は）」

給仕は、最初だけ飲み物を確かめて注いでから、ポットを机に残す。あとは御自分でという意味だろう。また、カステラ、チョコレート、焼菓子やビスケットなどを竹で編んだ大籠に和紙を敷いて載せ、別のターヘルに置いてゆく。一同は立ったり椅子に腰掛けたりして雑談しながら一服している。

煙草を吸うための喫煙具も、この時代の美術的に優れた名品が展示されていた。

真鍮丸型如信形朱羅宇太煙管
銀大型鼠屋形雲竜彫煙管
燻銀河骨形菊桐蒔絵大内御召長煙管
根来青貝入小判型煙草盆
青貝松葉模様長角平煙草盆
黒柿格子朱塗手付煙草盆

などが別のターフェルに置かれている。長崎屋出入り商人の青貝屋などの協力もあったらしい。三人のオランダ人はそちらの工芸品の喫煙道具に大変興味を示しているようだ。二人の通詞に色々と尋ねている。

「火浣布香敷の方はどうなっているんだろう、通詞殿」

源内がそちらの感心を呼び戻すような甲高い声を上げた。きつい眇《すがめ》（偏った目）で外人相手の通詞を見ている。御用方通詞の明生が源内に近づいて言う。

「わかっていますが、今はお茶の時間です。しばらく煙管でも見て辛抱して下さい」

先程から淳庵は、外科医のボルストマンに接近を目論んでいる。都合よくコフィのお代りを給仕に頼んでいるところだ。

「（ボルストマン殿、少しいいですか）」

拙いオランダ語ではあるが、話は通じている様子だ。窪んだ眼窩から茶色の目がこちらを向いて、いいよというように頷いた。

「（外科医の役に立つオランダの本を教えて下さい）」

丁度そのとき、江戸番通詞の鉄之助が側に来たので、ボルストマンが袖を取って近寄せる。

「（ちょっと待って通詞殿。彼が尋ねる問題の返事を訳してやってくれないか。あのね、外科医にとってオランダの参考書は何が一番役立つかという質問だよ。私個人にとっては『人体解剖図』だったと彼に言ってくれないか。医師はね、すべて経験が物を言う世界だから、一足飛びに名医にはなれないのだ、ということもね）」

ボルストマンはそう言って仲間内に戻っている。鉄之助の翻訳した回答には『人体解剖図』という新しい言葉が戻って来た。人体内部の図面だが、今までに考えていなかった新鮮な言葉であった。

一方、ドドネウスと言う昆陽の言葉が耳に入ったので、源内は聞き耳を立てた。昆陽は耳も遠いらしく声が大きいのだ。源内の向かい側で、小さい青木昆陽が、大きな身体の商館長ヤン・クランスと話しているのが見える。通詞の明生の顔が、山と谷の間を斜めに忙しく動いている。

「珍しい草木誌だから、手に入れるのは難しいでしょうな」

昆陽が上を向いて喚くように言う。明生のオランダ語訳に
「ダット　ザル　ウエル（そうだろうね）」

クランスが答えている。

源内はドドネウス・草木誌の言葉を頭に刻み込んだ。

しばらくして、部屋の一方からチリン、チリンと鈴の音がし、長崎屋源右衛門が現れて一礼する。

「皆様方、どうぞお席にお直り下さい」

一同が席に戻ると、オランダ・カピタンのクランスが立ち上がり、片手で金髪の髪を撫で上げながら挨拶する。

「（今日は皆さん、有難う。歓談出来て嬉しい。さて、石綿布のことだが大変よくできている。発明品は立派な製品だ。だが、購入については少し考える時間が欲しい。見本品、コーシカ（香敷）があまりにも小さいので判断出来ないためだ。少なくとも両手を伸ばした長さの布が出来たら長崎に送ってみてくれないか。商人達に相談してみよう。では、皆さん方の幸運を祈る）」

クランスは布の話に連動して、両手を大きく左右に伸ばして見せ、最後に一同に笑顔を振りまきながら、その手で拍手をしている。今村明生通詞の訳語を聞いて、源内は無性に腹が立ってきた。

――そんな大きな布が出来るようなら苦労していない。

針状の石綿原石を束ねて和紙で包み、紙縒りのように撚り、手で布のように編み、最後に和紙を燃

やして仕上げる作業のすべては、中島利兵衛の家族が行っているが、縦横一寸の火浣布を織るのに何日かかったたか。オランダの連中は、もっと柔らかい、肌着のような火浣布を求めているに違いない。しかも両手を広げた長さまでだ。どうもトルコ産の布には勝てないようだ。また、両神山の石綿原石も少ないので、量的にも到底無理な話だ。

「源内さん、引き上げですよ」

と中島利兵衛から声を掛けられ、源内はがっくりしている虚ろな目を利兵衛に向けた。何故か右の目は生気に満ちたままのようだった。この瞬間、源内の頭には、ふと、ある疑念が起こったのである。オランダ国は、近年対日貿易量が減少していて、あまり国家利益が得られていないものと理解している。では、連中は何のために費用を掛けて江戸などへ挨拶に来ているのだ。友好関係を繋ぐためだけか。そんな無駄をする連中ではないだろう。

——これは何か別の魂胆を隠すための擬態ではないのか。

強力な船団を使って、南方の国々を多数支配している国だ。昔から日本列島に執着し続ける真の意図は何か。それを誰かが明白にする必要があるだろう。今後、この疑問点を解決出来そうな有意の士に気付かせておかなければならない。しかし、それも重要だが、先ずは更に接近して、言葉をもっと理解しなければ話にならない。必要な蘭書も集めたい。これは、それに気付いた自分自身が持つ運命であり、我が国家への使命でもある。

彼の頭脳の歯車は急回転し、ここまで一瞬のうちに考えを纏めた。「あ、うん……、よいしょォー」と言いながら、源内は勢いよく席から立ち上がった。

（二一）桂川邸名月会

明和三年（一七六六）

登場人物

吉雄耕牛（定次郎→幸左衛門）　四十六歳　大通詞
桂川甫三　三十八歳　奥医師・法眼
桂川甫周　十五歳　甫三の長男
平賀源内　三十九歳　蘭学者・発明家
青木昆陽　六十八歳　御家人・蘭学者
杉田玄白　三十三歳　小浜藩奥医師

中川淳庵　二十七歳　小浜藩医・蘭学者
西善三郎　四十九歳　大通詞
荒井庄十郎（西の養子・吉雄の甥）　二十歳位　稽古通詞
前野良沢　四十三歳　中津藩医・蘭学者
工藤平助　三十二歳　仙台藩医・経世

図 21　猿猴捉月図

十月も初旬となり、朝晩は少し肌寒く感じるこの頃だ。あの息苦しい程の暑い夏の日々はあっという間に過ぎ、もううら悲しい秋の季節となっている。時の流れは止まらないのだ。

廻ってきた名月の本日は、昼過ぎから北東の風が吹いてきて、時折小雨がさっと降るような不安定な天候となっている。江戸では生憎真ん丸い月を見ることが出来ないだろう。

この一、二年は年初から悪性風邪の流行があって、大勢の罹患者が山を為し、江戸の町では多くの死人を出した。六月一日には、厄病神の退散を願って、流行正月《はやりしょうがつ》（正月のやり直し）の行事なども行われていた。一旦その山が治まったが、涼しい気候になるとまた再燃する傾向があった。この北東の風が一度は去った疫病神を北の方から連れ戻すなどと言う噂もある。それで、江戸の町民は、北東風に不気味な恐れを抱いてしまうようだ。

ここ、江戸京橋南の築地鉄砲洲中央部は、こんもりした木立に囲まれた西本願寺御門跡があり、その周囲には、有力大名の中屋敷、下屋敷などが軒を連ねて立ち並ぶ。鉄砲洲のほとんどは雄藩藩邸の抱地となっているのだ。新橋東側の一角には、有徳院殿（吉宗）が復活した「万葉の打鞠」の練習場となった采女ヶ原馬場もあり、その相向かいに当たる屋敷群の中に挟まって桂川邸がある。西側は秋田飛騨守と青山主水の屋敷に囲まれていて、東側は屋敷間を南北に走る道路だ。

昼八つ頃（午後二時頃）から、小雨の中を訪問する人達がいた。数人ずつの塊になって、両開きの門を入ってゆく。十五夜の会合でもあるのか。

しばらくしてから、その門は門番の手で閉められた。予定した人数が全員集ったのであろう。

桂川邸当主の桂川《かつらがわ》甫三《ほさん》は、幕府の医官桂川甫筑《ほちく》の孫で、三代当主であるが、宝暦十年（一七六〇）に奥医師に任ぜられている。甫三は、蘭方医学にも理解を持つ医師であったが、この頃はまだ蘭方医は奥医師に推挙されることはなく、漢方医がにらみを利かしている城内では、表向きには伝統医術（漢方療法）を行う医師であった。

当時の幕府医官制度は、本道《ほんどう》（現在の内科）が中心であり、その序列は医療行政を統括している世襲の典薬頭《てんやくのかみ》（半井家、今大路家）を別格として、上位から奥医師、番（または表御番）医師、寄合《よりあい》医師、小普請《こぶしん》医師、目見《めみえ》医師、御広敷見廻《おひろしきみまわり》医師、小石川養生所医師などがあった。その定員は、各序列本道の医師二人、その他（外科・眼科など）一人程度である。奥医師の役高はあまり多くないが（二百表高程度）、将軍家を診察し、健康管理を行うという特権的な役割がある。また、将軍家族の大奥にも同様な診療を行っていたため、身分的には高い権威を与えられていた。良医の評判が立つ奥医師では、業務の裏側において、貴人、大名・旗本家、富豪商人などからの診療依頼も多く、全治の暁には、表向き診療料金は受け取れないが、施療薬礼は受けることが出来たため、かなりの高収入が得られたらしい。

この辺りの屋敷には、決まり事のように筑地塀が回らされていて、同じような門構えの屋敷が多い。門屋根が簡便に造られている桂川邸の古い医薬門を入ると、そこは砂利庭の半円形広場となっている。おそらく、馬や駕籠で来訪する大勢の人数を捌くために、必要な場所として確保している空間であろう。門内の右側には、屋根付の待合がそれを物語るように並んでいる。その先は視界を遮る為の低い植え込みがみっしり続いていていては見えないが、全体地形からは、東西に伸びる広い矩形の屋敷地となっているようだ。

本日の訪問客は、係の家人に誘導されて、植え込み中の小雨に濡れた広い石畳を北側（門の右手）に進み、平屋建てで東西に伸びた長い家屋に入っていく。その辺りでふっと金木犀の香りがした。雨で落ちるだろうが気高い花だ。北の屋敷玄関に続いて広い控えの間がある。ここで大小など余計な持ち物を預けて次の間に案内され、右奥の手洗い所を教えられる。後に用を足すことを考えたうえでの丁寧な案内だ。その部屋を通り抜けて次の間に進むと、左側に広い廊下を持つ三十畳敷にも見える広間が現れる。通常は複数の部屋に仕切る襖があるのだが、本日は取り払われている。部屋の奥には四曲屏風一帖が立ててある。屏風絵は何かの樹木と池が描かれているようだ。中央には長い机を寄せた大きな卓が設置してあり、その周りには本日の来訪者九人が座っている。

先程まで、玄関式台に座って来訪者に挨拶をしていた甫三と息子の甫周《ほしゅう》が、再び本日来訪の御礼挨拶を行った。年の割には髪が後退していて、額が広く、顔が大きく見える。目は小さく離れているので、感情を読み取ることは難しい。

「えー、本日の御参集は月見の会となっておりますが、生憎その月は雲間に隠れております。これもまた、ままならぬ人生の一幕かと存じます。御覧のように、本日は自由席となっておりまして、上座も下座もありません。また、既に御一同様にはまわりのお顔触れでお分かりかと存じますが、実際には、蘭方情報を交換するための会合と考えております。特に、昨今の流行り風邪に対応する事柄について、皆様方の専門的な御意見を頂ければ誠に幸いです。なお、併せまして、本日こちらに控えております息子甫周の蘭学につきましても、今後ともよろしく御指導をお願い申し上げる次第でございます。以上、私の拙い御挨拶を終わります。御自由に御歓談下さい」

芝居好きの平賀源内には、何だか桂川家四代目の襲名披露口上にも聞こえた。なるほど、辞儀をした後で上げた甫周の顔は、親に似て顔が大きいだけでなく、目も同様に小さい。跡継ぎに間違いない。

中程の席からパチ、パチ、パチと手を打つ音がした。

「やあ、御丁寧な御挨拶を頂き恐れ入ります。これでお家も御安泰ですな、えー」

拍手して発言した人物は、先年、小浜藩奥医師に就任した蘭学者の杉田玄白だ。声も胴間声のように太く、太鼓腹の上体を揺すっている。

「あのぅ……、よろしいですか。流行り風邪のことですが、この一座には、御経験豊富な長老の昆陽先生がいらっしゃいます。先ず先生から口切りにお話を頂いてはいかがでしょう」

そう発言したのは、玄白の隣に座っている中川淳庵だ。同じく小浜藩医で若い蘭学者である。これを聞いていたのかどうか、特に変わった様子を見せていないのは、玄白の向かい側にいる、名指しされた青木昆陽だ。皺の重なった小さい顔を傾けてちんまりとしている。隣に座っている源内が耳元で声高に言う。

「あん、昆陽先生、流行り風邪の薬は何かないかだってさ」

昆陽の萎びた顔が源内の方を向き
「大声でなくても聞こえているよ。でもね、最近は年のせいか、めっぽう忘れっぽくなってね。飯を食ったかどうかも憶えていないよ。……あれ……昼飯喰ったかな」

源内は眇で昆陽をじっと見つめ
「あん……先生、それ冗談だよね」

そう言ってみたが、満更冗談ではないのかも知れないとも思った。源内は顎の方角を変えて上げ
「隣の前野先生よ、貴方は昆陽先生のオランダ語解釈を受けていた一人と聞いている。薬用植物についてもね、代わりに何か喋ってよ。うん……」

昆陽の左側に座っていた前野良沢は、幼少期に両親を亡くし、親戚の医者に養われて成人した。その後、寛延元年（一七四八）に妻の実家である中津藩医師前野家の養子となったため、現在は中津藩医となっている。寛保二年（一七四二）頃より一念発起して、オランダ語を勉強している。また、老年期の青木昆陽に師事した経歴を持つ、数少ない蘭学者でもある。良沢は横の昆陽の様子を見てから、太い眉を上げて言った。

「以前お聞きしたことですが、昆陽先生は幕府の薬物特別調査班の一員としてですね、西国一帯を流行病薬物調査のため回られたことがありました。小石川療養所の小川先生達とですね。そのときのいきさつは、私にはよく分りませんが、長崎で、オランダ館の医師からも流行対策の意見を聞き出したそうです。それでですね、流行病に効果のある薬物はいまだ国の内外何処にもないこと、ただ罹患した病人を隔離すること、それが唯一の方策である、との結論を得たそうです。なお……」

この話を続けている良沢の横から、昆陽が萎んだ口から唾を飛ばしながら声を上げた。隔離という言葉が鍵となったらしく、頭も回転してきたらしい。

「マーゼルン（麻疹）だよ、その話は、ケイゼルの仲介だ。ところで、ケイゼルはどうしたかな」

昆陽は古い事柄を想い出して述べた。ここで良沢の話は途切れたが、流行病への対応として、効能のある薬物がないことは皆も既に理解していることだった。

「詰まるところ朝鮮人参しかないのかな、うーん」

玄白が向かい側から、雪隠攻めに会って投げ出したような高い声で言う。この頃の医者は、高い発熱患者には葛根湯を、裕福な患者には朝鮮人参を処方することが多かったらしい。

「これだけ蘭方を修める先生方が集ってもそんな程度の話ですか。これでは、いずれこの国は亡びるかもしれない」

そう言い放ったのは、前野の隣に座っている仙台藩医の工藤平助だ。昆陽からは漢学を教えられ、医学、蘭学は淳庵、玄白、良沢などからも習っているという関係にある。これを聞いて源内が合点首のように面長な顔を上げて言った。

「ああ、私もそう思う。実はその話がある。うん……」

待ってましたとでも言いたげに胡坐を組み直したとき、桂川家の家人が大勢で料理や飲み物を運んできた。源内は、やむを得ず話を一時休止させている。甫三が、家人の運んできた酒類の中から焼き物の壺に入った薬用酒を取り上げた。大きな顔を左右に回して言う。

「まあ、何もありませんが、一杯召し上がりながら御懇談下さい。ああ、こちらは先程お話のありました朝鮮人参の入った高麗人参酒《インサムジュ》です。風邪除けにもなるでしょう」

家人が各自の前の机に青磁の小杯を配り、インサムジュを注いでゆく。甫三は、皆の杯に赤茶色の薬酒が満たされてから右方の二人に声を掛けた。

「では、本日、最も遠方からお越し頂いている大通詞の吉雄先生、西先生、どちらか乾杯の音頭をお願いいいたします」

吉雄耕牛は、やや窪んだ眼で西を見ながら言う。

「善三郎さん、頼みますよ」

「いや、耕牛さん、貴方ですよ。ほら、殆ど先生の塾生さんばかりではないですか」

西善三郎はこうした席での儀礼挨拶は大嫌いな性分であった。瓜実顔を固くして激しく手を振る。拒否の姿勢だ。耕牛は、なるほど、これでは音頭取りを頼むわけにはいかないと思った。

「では、僭越ですが乾杯の音頭を取らせて頂きます。本日は、桂川先生のお計らいで、名月を楽しむ会に大勢お招きを頂きまして誠に有難うございます。厚く御礼申し上げます。それに皆さん、もう一つ重ねて喜ばしいことがあります。このたび、桂川甫三先生には、医療者として最高の名誉である法眼の地位に御昇任されました。心よりお祝いを申し上げ、杯を挙げたいと存じます。乾杯」

一同は杯を手にして、乾杯し一気に強い薬酒を飲み込んだ。甫三は深く一礼してから源内に言う。

「源内先生、申し訳ございません、お話の続きをお聞かせ下さい」

源内は先程話の腰を折られてから、腹の虫がいまだおさまらない。

「あんの、先生、ちょっと喉がひりひりするので、水を飲ませてくれませんか。誰か先にやってくれませんかね、うぅん……」

そのとき、西善三郎が膝を固めながら発言した。小型の顔に付いた涼しい目を桂川に向けている。

「甫三先生にお尋ねします。先年ですね、神田佐久間町の天文台跡に、幕府より許可が出て躋寿館《せいじゅかん》という医学館が出来たそうですね」

「ええ、奥医師の多紀元孝《たきもとたか》先生が私費で創設されました」

「躋寿館では、医師の子弟や藩医にも医学を講義されていると聞きましたが、入館競争は激しいのでしょうか。実はですね、この荒井庄十郎ですが、私の養子です。こちらの吉雄先生のお姉さんの息子でして、先生の甥御となります。若いうちに何とか医師の基礎教育を与えておきたいと思いましてね。出来れば是非、その躋寿館長の多紀先生に御紹介頂きたいと思うのですよ」

甫三は禿げあがった額を撫ぜ上げながら困ったように言う。

「えー、その多紀先生が秋口に急逝されたのですよ。流行り病でね」

少しの間沈黙が続いてから、玄白が団子鼻を手拭いで拭きながら、甫三の方に顔を向けて遠慮のない声を出す。

「漢方医の大御所が流行病で亡くなったとなると、世間の関心は蘭方医に向かってくるのが人情ですからな」

甫三は小さい目を瞑るような仕草で言う。

「その通りです。大奥の中にも内々蘭方に期待を持つ方々がおりましてね。まあ、あちらには効果のある薬があろうというような憶測が飛んでいるらしいのです。そんな情勢ですが、御存じのように奥医師の診療体制は、漢方で岩屋のように固められていますのでね」

何だか煮え切らない話だ。これを聞いている一同も、あまりさっぱりとした顔付きをしていない。

一同を眺める甫三は、言うか、言わぬ方がよいか、迷っていたが、

「実は、今回、上様御近辺のさるお方のお勧めで、こうした非公式な会合を持つことになったわけです。お名前は差し控えさせて頂きますが……」

源内が突然声高に「あん、それは、御側御用取次の田沼様だろうか、うん」と言った。甫三は否定も肯定もせず、静かに訊ねた。

「平賀殿は先年、ドドネウスの『紅毛本草』を求められたと聞いていますが、何か流行り病に効用を期待出来るような記述はありませんでしたか」

「あぁ、なけなしの大金を叩いてね。だが、まだそんなところまでは判読出来ない。蘭書を読み解くにはこちらの語意が乏しくて駄目だ。漢文も同じだろうがね、ううん」

前野良沢はこの会話を聞きながら、昆陽から譲られた蘭日五百語の単語集のことを思った。確かに蘭日の語意拡充が更に必要だ。挨拶以来沈黙している吉雄先生のところには、秘蔵の語意集が沢山あるのだろうか。一度長崎をお訪ねしたいものだ、と決心した。

「源内先生、なけなしの金というお言葉ですが、この夏、秩父の山中で金山を発見されたそうではないですか。おこぼれでも頂戴したいような気分ですがね」

良沢の隣にいる工藤平助が、剃髪した頭を前に突き出して言う。源内の右目は正面向きでもそれが見える。

「あぁ、ええ、それが……そう上手く運ばないものでね。中津峡の鉱山はね、川越藩主の秋元凉朝《すけとも》様からの依頼で開発を手伝ったのさ。金銀銅の鉱石も、火浣布の石綿鉱石や石灰石もあることは間違い

ない。私が確かめた。それに中津川を使えば運搬も容易だろうと考えたんだが、その開発は事実上中断されている。秋元様の御意向でね。どうも御側御用取次の田沼様とあまりうまくいっていないようだ。何かあったのかも知れない。えー、話の筋が曲がってきたようだが、うん」

いつの間にか厠に立っていた昆陽が戻ってきて、ドッコイショというように座って言う。いつもより強い口調だ。言葉つきもかなり堅い。

「それがしは、あの屏風絵が気になる。長谷川等伯の作品でござるかな」

皆が上座の四曲屏風を見る。『猿猴捉月図《えんこうそくげつず》』であった。松の古木の枝にぶら下がる猿が、池に写った月を掬い取るという図で、実体のないものに心を奪われてはいないか、という戒めの諭《さとし》でもある。

甫三が長い顔を昆陽に向けて頭を掻きながら説明する。

「すいません。これは京都金地院《こんちいん》方丈の小書院襖絵の老松と捉月図を絵師が模写したものです」

むっつり顔をした昆陽は、何が気になるのか黙っている。しばらくは一座が緊張感に包まれた。冷たい雰囲気となる。

突然、誰かが「ウッ……」という声を漏らした。それが合図となり、あちこちからクックッという息を強く止める音が起こった。屏風絵の猿の顔が誰かに似ている。そっくりその儘なのだ。笑いをこらえるため急に厠に急ぐ者もいた。

「まあ、あまり欲をかくなという譬えでございましょう」

発言したのは冷静を装う玄白だが、語尾が震えて掠れている。そう言いながらも、大きく広げた手拭いでしきりに顔を擦っている。懸命に何かを抑えているようだ。この座の気配に、昆陽はよろよろと席を立ち、二つ隣の工藤平助の傍に寄っていった。一同が、何が起こるのか固唾を呑んで見守ると、懐中から冊子を取り出し、丸めて左手に握り、その腕を上に挙げ、肘を曲げ、枝にぶら下っている様子を表す。また、右手は剃髪した平助の頭に伸ばして、つるつるした頭をしきりに撫ぜようとする。猿猴捉月の図を真似たのだ。平助の方は、頭を左右に動かして昆陽の手を避けている。それでも何度か頭皮に手を触れたが、かするようなもので手ごたえはない。それが却って池に浮かぶ月に見えてくるわけだ。この様子に一同はもう堪え切れずに爆笑した。中には手を叩く者も居た。普段は渋い顔をしている源内だ。「これは猿楽役者だぁ」などと声をあげて、自分の創作する芝居よりも臨場感を味わっているようだ。昆陽はよちよち歩きをして吉雄耕牛に近寄り、持っていた冊子を恭しく押し頂いてから渡した。

西善三郎の席は捉月図を遮るようなところにあったが、この寸劇が始まったので、一同が屏風絵が見易いように荒井庄十郎の隣の位置に場所を移していた。善三郎は、拍手の音が止まったので、一時眼を閉ざし視界を閉ざしている。眠いわけではなく目を休ませているのだ。それが彼の癖になっているらしい。甘藷先生なるこの昆陽老人は、長らく寺社奉行の目付役のような仕事をしていたと聞く。長崎にも長く滞在したことがあり、その間のある時期には、密貿易商人らと共に五島列島や対馬島にも潜行していたらしい。だが、その報告をすべき任命者は、殆どがもうあの世に旅立っているのではないだろうか。

彼はもう七十近い老境にある人物だ。それがいまだこうして一座に笑いを巻き起こしながら道化猿《ロリス》を演じている。その心境を想うとぐっと胸を打つものがある。しかし、西国での長い監察経験から、この東洋において、今の日本が抱えている地勢的な危機についてどう考えているのか、彼の意見を聞いておきたい。瞑目してそのような思いに耽っていると、庄十郎の右脇から大きな声がして目を開けると、油の粒が浮いた大きな鼻の頭が見えた。小浜藩奥医師の杉田玄白だ。

「西先生、前野殿らと共にオランダ・カピタンを訪問した際にですね、先生から蘭語の学習はかなり難しい修行であることを承りました。私のように基礎知識がないとですね、全くその通りだとは思いますよ。しかし、これからの医学には、オランダ渡りの知識がどうしても必要ですな。私は、私のやり方で、更に蘭語を勉強していきたいと思いますが、如何でしょうかね……」

西は、目鼻口の全体が中央に纏まった顔を右方に向けて言う。

「それはおっしゃる通りです。蘭学の勉強は重要です。私は各人のやり方で勉強なさることを止めるつもりは全くありません。ただ、誰でも早く上達できるような道標《みちしるべ》がいまだありませんのでね、相当時を費やすのではないかとは思っていますが……」

今度は、先程今日の名月にされていた工藤平助が手を挙げて言う。

「西先生、先生は以前ですね、『紅毛天地二図贅説』を和訳された北島見信先生のところに入門されていたことがあったそうですね、私もその訳本を拝見しまして、〝ホルチス ヤマト〟の一大州構想を知りました。そこで思うのですが、現在の日本は、ホルチスどころか少しのんびりとしていませんか。北の大陸やオウロパ諸国の東洋進出を迎えているのにです。如何でしょう」

「あんの……私もそう思っていたところだよ、ううん」

源内は自分が言いたいことを先取りされたような気分で、吠えるように言った。目玉があちこちに動いている。

「実は私自身も知りたいところでしてね、落ち着いたら、長く西国を中心に全国を監察されていた昆陽先生の御意見をお聞きしたいと思っていたのです」

西善三郎がそう付け加える。皆が戻っている昆陽を見ると、自席に座ってにやにやと笑っている。何か意味ありげな笑い方だ
「あん、昆陽先生、日本はいま何処が危ないのか、教えて下さいな、うぅん」

源内が耳元で大声を出す。

「なんだと、何処が危ないかだと。大声でなくても聞こえているよ。ただ年のせいで忘れっぽくなっていてな……」

前にもその台詞は聞いている。

「あん、今度はだめなようだ、うん」

源内が右に寄った眼で昆陽を見て、匙を投げたように首を振っていると、昆陽が心配そうに言う。

「どうかしたかな、具合でも悪いのか。あのね、あそこにいる定次郎さんに診てもらいなさいよ」

その吉雄耕牛が源内を手招きしている。傍に寄ると
「あのね、先生はまだら呆けが始まっていましてね。……暫くするとまた元に戻りますよ、何かの調子にです。それから、耳の聞こえはまだ残っています、小声は無理ですが」

耕牛が小声で告げる。源内は分かったという手振りをして元の席に戻りかけていたが、すぐに耕牛の前に引き返し

「あんの、工藤さんや西さん、無論私もですがね、近年心配している日本列島の置かれた現状について、昆陽先生の日常の言動で何か気付いたことがあれば、この際教えてもらえないだろうかね、ホルチスヤマトの精神でね。ううん……」

そう言って源内の眼は平助と善三郎を左右同時に睨む。耕牛は一瞬困った顔を見せたが、諦めて一礼し、皆の方へ姿勢を正した。

「御承知のように、私の亡父藤三郎以来、昆陽先生とは公私にわたり、何かと御縁あります。その中で、私が一番印象に残っていることがあります。無論、先生のお役目上のことは分かりませんが、先生が日常心配されていた問題と考えています。それを〝列島三方向からの侵略〟とおっしゃっていました」

と言ってから、右手の指を三本立てた。

「南北に連なる日本列島の三方向とは、国の北端、西端、南端と考えて下さい。そこからの異国の侵略が心配されるということです。何故だろうかはどうか御自身で御判断願います。また、この話はここだけのことにして下さい。幕府の耳に入りますと、皆さんも御迷惑を被るわけですから」

西、工藤、平賀などは頷いている。

「三本の指か……北、西、南端。成程、東は海だから抜けているわけだ。でも、船で来る場合もあるからね」

玄白はそう言って指を四本立てている。

「そうだ四本にしようかな」

突然しわがれた声がした。その方向を見ると、昆陽が萎びた指を四本立てている。先程耕牛が立てた三本の指を見て記憶の鍵が開けられていたらしい。玄白はすかさず語り掛ける。

「昆陽先生、北の脅威は何処の国ですか」

昆陽は笑って言う。

「自分で考えることだよ。北方の蝦夷という空き地を狙っている国があるだろう」

玄白は今のうちに聞き出したいと焦っている。

「ついでに、西方は何処の国でしょう」

「西の大陸全部だ。先ず対馬が危ない」

「南側は島々で、ヤマトの続きですから脅威の国ではないでしょうね」

「もう島を伝わってとっくに来ているよ、オランダが。ウッヒッヒィー」

昆陽は変な笑い声を残し、工藤に助けられて厠に行った。

桂川甫三と息子の甫周の姿は先程から消えていた。話の内容が思わぬ方向にずれてきたので、奥に退避したのかもしれない。残された今宵の参加者達は、黙って料理を食べ、酒を飲んでいる。源内は、手にした煙管で自分の首筋を叩いている。瓔珞蘭《ようらくらん》（もみじらん）模様が深彫された銀鼠屋形の長い煙管だ。

どこかの寺の鐘が鳴っている。深く息がつまるような時を知らせて。

「ホルチス　ヤマト」

西善三郎がそう呟く声を隣に座っていた吉雄耕牛は聞いている。その言葉は、鐘の余韻のようにいつまでも耕牛の胸を揺るがした。そして、傍の源内にも、工藤にも、その声が染み入るように伝わった。

この声は、残念ながら、彼らが聞いた西の最後の言葉となってしまった。

（二二）ターヘル　アナトミア　明和七年～安永六年（一七七〇～七七）

登場人物

吉雄耕牛　五十歳　大通詞・蘭学者
栢植三蔵　三十六歳　御目付
平賀源内　四十三歳　蘭学者・発明家他
荒井庄十郎　二十四歳位　稽古通詞
前野良沢　四十七歳　中津藩医・蘭学者

杉田玄白　三十七歳　小浜藩医・蘭学者
工藤平助　三十六歳　仙台藩医・経世家
林　子平（仙台藩医林友諒の部屋住み）　三十二歳　経世家
長崎屋源右衛門　年齢不詳　阿蘭陀館五代目主人

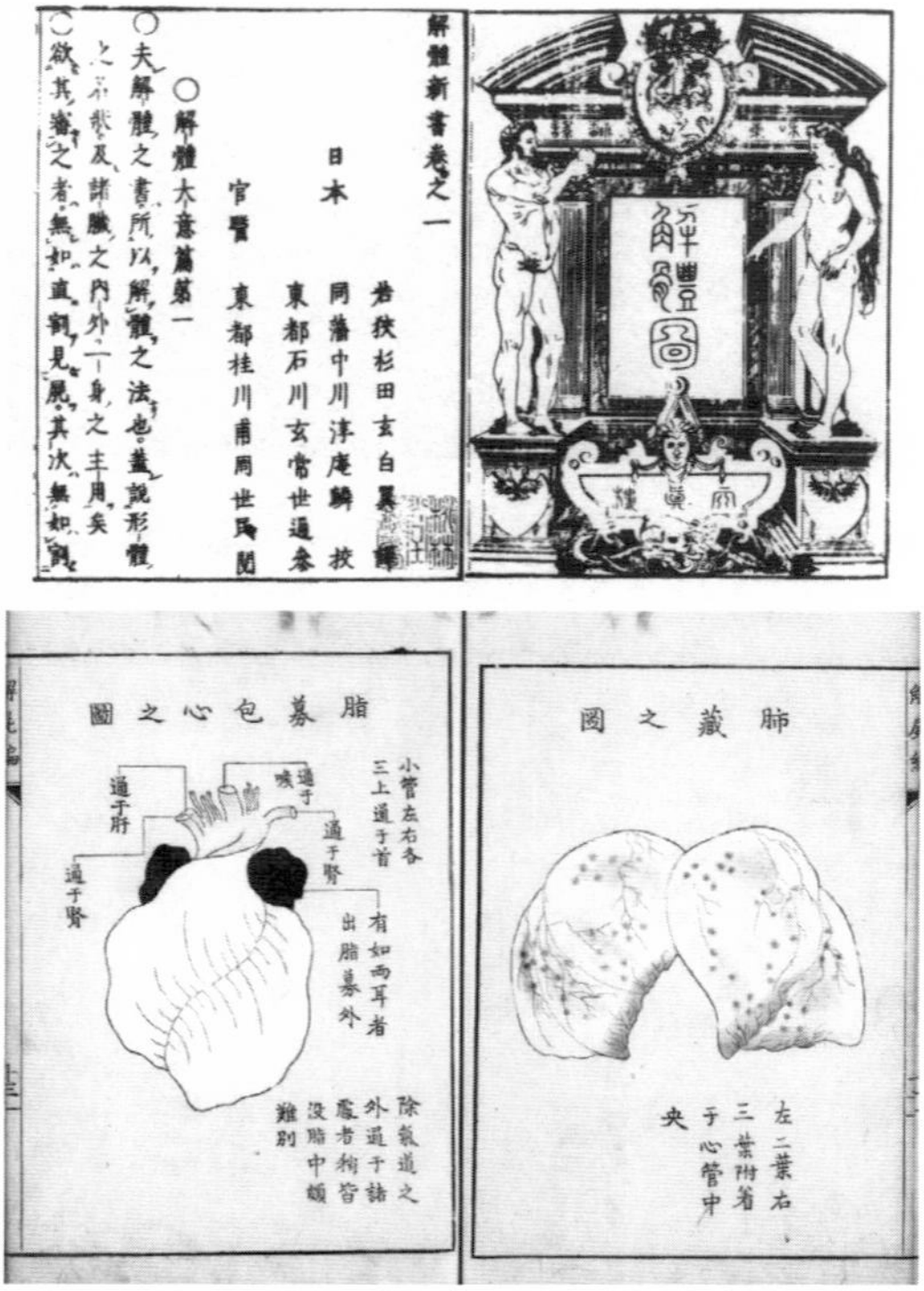

図22　（上）『解体新書』扉絵と巻之一巻頭（『ヴィジュアル百科江戸事情 第4巻』収載）（下）『解屍編』挿図（京都大学附属図書館蔵／京都大学貴重資料・デジタルアーカイブより部分）

平賀源内は、四年前のあの名月会の夜、心に深く誓ったことを忘れてはいない。

日本が疫病に翻弄されている今日、オランダ本草書から有効薬物の解明を急がなければならない。オランダ本草書の和解に先発した野呂元丈は九年前に亡くなり、名月会で猿楽役者を演じた蘭学者青木昆陽も昨年逝去している。この際、何としても自身でオランダ語をものにしたい。そのためにはどのような難儀も厭わないと心に誓った。それは自分自身の為だけではない、国家の為にも重要な使命なのだ。

老中格の側用人田沼意次が、源内の長崎留学に幕府の翻訳御用という肩書を与えてくれた。しかし、これは好意によって与えられた単なる名目にすぎない。道中諸掛りはすべて源内の負担だからだ。秩父中津川鉱山開発の挫折、それに伴う石綿を使った火浣布製造事業の失敗などで、共同事業者中島利兵衛にも大きな投資上の迷惑を掛けてきている。もう彼に借金は出来ないし、他に融資してくれる奇特な商人もいない。留学費用の全額を捻出することは極めて困難な状況だ。それだけではない。自己宣伝のために『火浣布説』や『火浣布略説』などを公表したためか、かえって〝法螺吹き源内〟と言う声も囁かれている。おまけにこのところ、有力な理解者である田沼意次からの殖産興業的な信頼も失ってきているようだ。

長崎留学の費用を捻出するため、源内が考え付いたのが浄瑠璃の脚本を書くことであった。原稿料とうまくいけば上演料も手に入る。こうした意外な発想も源内の得意技の一つである。

源内は思い付けば行動が早い。運よく当時の江戸人形浄瑠璃外記座《げきざ》の女形名人である吉田冠子《かんし》の指導を受け、明和六年（一七六九）暮れには『神霊矢口渡《しんれいやぐちのわたし》』をあっという間に書き上げたが、むしろ闇雲に書きなぐったというのが真相だろう。

この『太平記』を題材にした五段続きの浄瑠璃は、江戸の地口《じぐち》（俗諺などの洒落た別語を当てて別の意味を表すこと）などを入れて演じられ、江戸庶民の大当たりとなった。この時代物は福内鬼外《ふくうちきがい》という作者名であるが源内の処女作だ。その筋書きには、江戸浄瑠璃では見ることのなかった悪党の船頭頓兵衛らが登場し、その不道義振りをとことんまで演じさせたので、観客達を大いに激昂させた。しかし、最後には亡き新田義興《よしおき》の神霊が飛ばした白羽の矢によって、悪人達が成敗されるというもので、江戸者の意気に合致した作品であったのだ。矢口の渡し場には、その後、義興の霊を祀った縁起が基となって「新田大明神」が残されている。

源内は引き続いて、『源氏大草紙』や『弓勢智勇湊《ゆんぜいちゆうのみなと》』などを書き上げ、浄瑠璃作家としても江戸の人気作家となってきていた。

こうした幸運もあったとはいえ、肝心の長崎遊学経費の目途は付かないまま見切り発車をし、道中もどうにか食いつないで、ようやくこの長崎成秀館に辿り着いたわけである。彼にとっては二度目の留学であり、勝手知った長崎まで行けばどうにかなるだろう、そんな気楽な気分が濃厚にあったのだ。

明和七年（一七七〇）十月、江戸の長崎屋で、オランダ商館員からなけなしの大金をはたいて購入した重いドドネウスの『紅毛本草』を、長道中を厭わず鹿皮の背負い袋に入れ、吉雄耕牛の塾に担ぎ込んだのだった。しかし、ずぼらな源内に何故そんな底力が湧いたのだろう。源内自身も不思議な心境だった。

先の名月会でも話題となったが、耳学問でオランダ語を日本の言葉に通詞することは出来ても、辞書も文法書もない時代であり、オランダの書物を正確に和解することは難しい。塾主の吉雄耕牛は、源内の持ち込んだ『紅毛本草』について、自身も同書を所有しているが、この書は学名のラテン語が多く、新名称を考案せねばならないので、現在では和解を引き受けることは難しいと告げた。

「あんの、……先生、そこを何とか、頑張ってもらえないかな、ううん」

「源内さん、これは無理だよ。御存じだろうが、野呂元丈先生やうちの親父（藤三郎）などが散々手古摺っていた代物だからね。それに、今は外科の医業や塾生も増えましてね、新たな仕事を引き受けることは出来ないのですよ。まあ、塾に居れば、前野さんや他の塾生も居ることだから、相談しながらこつこつと、辛抱強く和解してみたらどうです」

「あんの、私はだねぇ、先生、その辛抱が全く苦手でしてね。そうかと言って、お上の翻訳御用を承って、はるばると長崎まで来ていますのでね、さようでござんすかと言って、手ぶらでは帰れませんよ。何とかしてもらわないことには、ううん」

そう頑張ってみたが、耕牛から色よい返事は頂戴出来なかった。多分この書を和解するには、これから先何年もこれに取り組むことになるだろう。源内はそう考えた途端に、のっぺりとした顔に嫌気がさしてきた。何か別の対策を講じなければならない。源内の思考が四方八方に駆け巡って、脳の中心が熱気を帯びた。うわっと両手を振って大声で叫びたくなる。いつもの癖だ。この瞬間から、彼の興味は、ドドネウスの書物からもう別の方角に移っていた。

それからの毎日は、塾に泊まってはいるが、オランダ文化を求めて、街中をとめどなく放浪し始めたのである。

ところで、大勢の塾生が通うこの成秀館の中に、桂川名月会に居た源内の顔見知りも塾生となっていた。一人は中津藩医の前野良沢で諱《いみな》を熹《よみす》、後に蘭化《らんか》とも号した。こちこちの蘭学三昧人間だ。

もう一人は、明和五年に亡くなった大通詞西善三郎の養子となって、一時は西雅九郎とも称していた稽古通詞で、後に本姓の荒井庄十郎に戻ったが、まだ二十四、五歳位で若い。塾長吉雄耕牛の甥御でもある。蘭学は幼いときから学び、蘭書の読解力も相当向上していた。耕牛は、源内に、この庄十郎を翻訳手伝いとしてみたらどうかと提案してくれた。庄十郎も喜んで引き受けるという話であった。

源内は既に蘭書翻訳の熱はかなり冷めていたが、耕牛のこの申し出を有難く受けることにした。だが源内の好奇心は留まることなく、庄十郎の案内で終日長崎の街をあちこち歩き回っていたのである。

ある日、源内より、知り合いだった故西善三郎の家に立ち寄り、線香を手向けたいという意向があったので、養家に案内した。そこで庄十郎が、たまたま養父が研究中であったオランダ渡りの道具があることを話すと、ぜひそれを拝見したいと言う。源内は、その道具をしばらくあちこちを動かしていたが、

「あん、庄十郎さんよ、この器具をここに埋もれさせておくことはね、亡き善三郎殿の御本意に悖るのではないかな。いっそわしに譲って、この機能を復活させるのが供養となるだろうよ、うん」

「源内先生、それには家族の同意が必要です。ですが、これは一体なんのお道具ですか」

「ううん、これが動くようにならなければ確かなことは言えないがね、多分身体に何らかの作用を起こさせるための新しい治療器だろうな、あぁ」

このとき、源内の右目が光ったことが庄十郎には分からない。源内は、西家の物置に眠っていた機械を、家族の了承によって安い値段で引き取ることとなった。但し、後払いであるが。

翌年、彼は、江戸でこの治療器具を復元し、摩擦起電力を発生させて方々で披露した。発電の原理は解らなかったが、当時「エレキテル」と称した火花が、雷の電光と同じであることは理解していたらしい。このからくり手品の器械が、日本における静電気放電の様子を実際に見せた器具の始まりとなったのである。

また、ある日の昼過ぎ、源内は庄十郎を連れて、西浜町の唐人料理で評判の高い松籟軒へ食事に入った。この店に庄十郎は何度か耕牛に連れてきてもらっていて、三代目の松籟軒主人とも知り合いだ。二代目はもう亡くなっている。

昼食には遅い時刻であったが、店内には数名の客が飲食をして居た。店員は二人を上客とみて奥の食卓に案内した。横の壁棚には大小の焼き物の皿や壺が並べてある。また、片隅にはなぜか立派な大型の馬の鞍（大和鞍）が置かれていた。源内の席からはそれらの陳列品がよく見えた。

「あそこの馬の鞍は〝ケ氏の鞍〟というものだそうです。吉宗公が万葉時代の打鞠を復活させたときに、その競技を指導したケイゼルという馬の調教師が使っていたものだそうですよ。彼はですね、アラビア種の馬の輸入にも大変貢献したそうです。それを記念して、町の有志が、彼の本国帰省の際に鞍を譲り受け、この店に寄贈して展示しているらしいのです」

庄十郎が聞かれもしない鞍の説明をくどくどとしたが、源内は全く反応を示していない。先程から不揃いな両目を寄せて、壁に掛かっている洋画を見つめていたのだ。

「あん、店員さんよ、ちょっと来てくれないかな。聞きたいことがあるんだ、うん」

源内の声を聞いて若い男性店員が寄って来た。

「あんの、あの壁に掛かった婦人画の作者は、誰かなあ」

「いや、私には分かりませんが、店主に尋ねて下さい、今呼んできますので」

庄十郎も面識のある背の高い三代目松籟屋次郎（養子の幸太郎）が奥から出てきて、腰を折って挨拶した。五十歳前後の痩せた男だ。顔も細い。

「この西洋婦人画の作者は誰か分かりませんが、先代がオランダ人から購入したものだそうです。多分あちらの人の描いたものでしょう」

「あんの、この絵を二、三日お貸し頂けないかな、模写したいのだがね。本当は買いたいところだが、多分売らないだろうから、ええん」

実際は、洋画を購入するようなまとまった金もないのだ。

「ああいいですよ、西通詞（庄十郎）さんのお知り合いらしいですから。先代からのもので、お売りすることはできませんが」

養家が裕福な西雅九郎（庄十郎）の懐を当てにして、源内は唐人料理を腹いっぱい堪能した。また、借用した大きな目玉の女人が描かれた洋画は、庄十郎が抱えて帰る羽目になった。好奇心旺盛な源内は、ついでのことに、棚に置いてある小皿も買って手にぶら下げていた。天草下島西の深江村の陶土で焼かれたものだそうだ。源内は数日後にその深江村を訪ねた。ここの優れた陶土については、後に天草代官所や郷里の志度浦に見本の陶土を送って陶器の生産を勧め、地域の殖産を図っていたらしい。後世に『陶器工夫書』という建白書が残されている。


五十歳近くで蘭語修得のために一念発起し、笈を負い来崎した前野良沢にとって、塾での生活は、自らに課した厳しい学習目標を実践しなければならない修行であったが、それは自身が望んでいたことであって、全く苦にはならない日常であった。彼は、生後間もなくから、獅子の子のように崖縁から何度も蹴落とされている。従って辛抱強い精神力が育まれているのだ。そのような運命を背負わされたから、充分に菊練りされた粘土のような執着性が生まれ、生涯、その類い稀な不動の信念に成長したのであろう。

良沢は、享保八年（一七二三）に福岡藩江戸詰藩士の息子として生まれ、幼くして両親を亡くし、母方の大叔父で、淀藩の医者宮田全沢の養子となった。義父は吉益東洞の流れを汲む古医方の名医であったらしい。後に『医学知津』という医書を残している。また、寛延元年（一七四八）には妻の実家である中津藩医師前野家の養子となった。この時代、三百石の家禄を絶やすことを避ける手段として、縁者による家名継承が必要不可欠であった。後に良沢は、理解ある藩主に対し、強く蘭学修行を請願し、中津藩の命による長崎留学が実現した。

長崎成秀館には、地方から大勢の塾生が不定期に参加している。しかし、内弟子として塾生を収容することは殆どない。世話をする手間がなく、対応出来ないのだ。もっとも、現在居座っている押しかけ塾生の数名は別であるが。

塾生は、通塾可能な距離のいずれかに宿をとって通う。また、塾の受講料は事前に一定期間の納入をしなければならない。かなりの額になるので、良沢のように藩の費用で賄われる場合は安心だが、源内のような公的塾費のない塾生は、金策にはかなり苦労するわけだ。無論、希望するオランダ書籍を購入する場合にも多額の費用が掛かる。

ある日、良沢は二階の吉雄耕牛の部屋に呼ばれた。明るく広い西洋風の部屋には、南北両側に透明な硝子の嵌まった小窓が幾つかあり、南面の洋式庭園と、北面の門から玄関までの前景広場が見渡せて、玄関前の円形の緑地には、御神木のような樟の大木が枝を広げている。部屋西側の壁際には、装飾彫刻まで施された重厚な書棚があり、数種の洋書が並んでいる。この書斎を含め屋敷全体は、長期間に亘って生前の故藤三郎が大改造を行っていた。

地下の「WIJN」と記された葡萄酒倉庫は幾つかの区画に分けられ、中には藤三郎の使っていた個室も残されている。その部屋には当主といえども容易に開けることができない木箱もある。箱を開けるのには色々と工夫が施されているらしい。別に言い残されてはいなかったが、大げさに言えば、家の非常時のみ中身を見ることになっている箱だ。幸いにも現在まで開ける必要はなかったが、長崎は外国船が唯一出入りできる港だ。いつ非常事態が起こるかも考えておかなければならない。そのときが来なければいいのだが、父が、それまでに集めた情報を、日頃から集約していたのは耕牛もよく知っている。家の何処かにその成果が残されている筈だと想定している。

また、大事な書物類は地下通路を通って、離れた場所に設けてある石造りの倉庫に入っている。その倉庫全体の壁の用材には乾燥材料を用いたり、天井に通風口を設けたりして、内部の過剰な湿気を防ぐ構造となっている。このような次第で、本館の耕牛の部屋には必要な書物のみが棚に置いてある。

その棚を背にして大机に向かい、ゆったりと腰を下ろしている大きな坊主頭の耕牛の姿には、既に大物蘭学者の貫禄があった。机には一冊の洋書が載せてある。良沢が部屋に入ると、耕牛は相向かいにある長椅子を指さして

「お掛けになって下さいな、良沢さん。以前から頼まれていた『クルムス解剖図譜』のオランダ語訳本『ターヘル　アナトミア』が届きましてね」

そう言って書物を手に取って良沢の所へ歩み寄った。

「ドイツ語の原本は五十年くらい前に出ているらしく、オランダ語訳版は十五、六年前にライデンの外科医ディクソンが翻訳したもののようです。本文は勿論、註釈まで訳すとなると大変な作業になるね。もっとも解剖図だけを参照することも出来ますが」

耕牛は額の左右に開いて付いている眉を寄せる。良沢は耕牛に深く頭を下げてから、傍らの小机の『ターヘル　アナトミア』を注意深く捲ってみる。二人とも人体の内部構造について、既に山脇東洋の『臓志』が出版されていることは承知しているが、このような細微に至るまで描写された人体解剖図にお目に掛かるのは初めてだ。

そもそも、日本が実験医学（人体解剖を伴う実証的な医学）の夜明けを迎えたのは、宝暦四年（一七五四）に、著名な古医方臨床家である山脇東洋と、その門人の小杉玄適《げんてき》らが京都で行った、三十八歳の男性刑屍の解剖からであるとされている。それまで刑屍の解剖は禁止されていたが、当時の京都所司代酒井讃岐守忠用の取り計らいで初めて実現したのだ。

その観臓記録（人体解剖図）、『臓志』乾・坤二巻は宝暦九年（一七五九）に発表され、四葉の記録のうち、剝胸腹図、九臓全面図によって、それまでの五臓六腑説の誤りが明らかにされている。但し、刑屍人なので頭部が無い。従って、この図には胴体と四肢がおおまかに描かれているだけであるが、初めての人体解剖図として公表された意義は大きいものであったのだ。

また、宝暦八年から九年にかけて、伊良子光顕が平戸で、東洋の門人栗山文仲らが長州で、それぞれ刑屍を解剖し、『観臓図巻』や『刳剝図』を著した。更に、栗山は、萩で女性刑屍を解剖して、生殖器の詳細図を東洋に提出している。

しかし、人体解剖の施行に対しては、医学者の皆が賛成しているわけではない。初期には反対の意思を表明した古方医も少なくなかったのだ。宝暦十年には、いち早く吉益東洞の『毉斷《いだん》』、佐野原泉の『非臓志《ひぞうし》』などが解剖無用論を述べている。

時代が下って明和七年（一七七〇）、蘭方外科医の河口信任は、その師荻野元凱《げんがい》とともに京都の西郊で女性刑屍体を解剖した。また、明和八年には、山脇東門も官許を得て、京都の獄中で女刑屍の解剖に立ち会っている。

安永元年（一七七二）に出版した河口信任の『解屍編《かいしへん》』は、解剖学的にも正確な図誌として認識されているので、その図絵項目を紹介しておきたい。

『解屍編』図絵項目（平安餘浚明図）

一　肎綮之図（こうけいのず・骨格に付着する肉）
二　肋骨之図（ろっこつのず）
三　臟腑全面之図（ぞうふぜんめんのず）
四　臟腑背面之図（ぞうふはいめんのず）
五　断頸之図（だんけいのず）
六　肺臟之図（はいぞうのず）
七　脂募包心之図（しぼほうしんのず）
八　解脂募見心之図（かいしぼけんしんのず）
九　剖心見中心之図（ぼうしんけんちゅうしんのず）
十　剖肺見中心之図（ぼうはいけんちゅうしんのず）
十一　肝臟之図（かんぞうのず）
十二　胃府之図（いふのず）

十三　爪募見腎之図（そうぼけんじんのず）
十四　脾臓之図（ひぞうのず）
十五　大小腸除脂之図（だいしょうちょうじょしのず）
十六　膀胱之図（ぼうこうのず）
十七　割皮解肌見脳内之図（かっぴかいひけんのうないのず）
十八　鑿脳内有白膜包髄之図（さくのうないゆうはくまくほうずいのず）
十九　爪募見髄之図（そうぼけんずいのず）
二十　脳髄之図（のうずいのず）
二十一　眼球側面之図（がんきゅうそくめんのず）
二十二　背骨正面之図（はいこつしょうめんのず）
二十三　背骨側面之図（はいこつそくめんのず）
二十四　剝皮見睾丸之図（はくひけんこうがんのず）

【京都大学貴重資料・デジタルアーカイブ参照】

このように人体解剖が行われ、内部構造の絵図面が公開されたため、人体の神秘は次第にその真実の姿を現していく。従って、それを筆写した内外の解剖書は、特に外科医家の渇望する書籍となった。前野良沢は江戸に帰り、長崎成秀館で入手したクルムスの『解剖図譜』のオランダ語訳『ターヘルアナトミア』を弟子達にも公開して、人体構造勉強の参考にしたのであろう。その噂はすぐに医師仲間に伝わっていった。

財政的に恵まれていた杉田玄白は、良沢の所有する優れた解剖図譜の情報を得ると、オランダ書を取り扱う長崎屋から手を回して、オランダ商館長を通じて同書を間もなく購入したようである。玄白のこうした動きは誠に早い。ただし、蘭学の語学能力については頼りない。平賀源内や中川淳庵などと長崎屋にオランダ人を訪ねた際、大通詞西善三郎から次のように止めを刺されている。

「杉田さん、無駄な労力を費やすのは止めた方がいい。我ら通訳はね、生まれたときから蘭語で育っているが、それでもなかなか理解が難しい。まして和文に翻訳するのはね、頑張るだけでは無理だよ。引き合いに出しては申し訳ないがね、蘭学では先輩の野呂先生や青木先生を見ても分かるでしょう」

玄白は、宝暦二年（一七五二）に若狭国小浜藩医を継いだが、五年後の宝暦七年には、江戸日本橋浜町の旗本屋敷を地借して開業し、天真楼という医学塾も開いた。体格は小柄だが、よく太っていて、団子鼻のぎょろ目である。「物事は大体（おおまか）でよい」という太っ腹なところがあり、洒落を解する人物でもあった。また、酔えば即興の詩を朗詠するし、絵も上手で、「医は自然に如かず」が口癖となっている。それでも彼に診てもらいたい患者は多く、江戸一番の上手と言われていた。

明和八年（一七七一）三月四日に行われた小塚原刑場における刑屍体の解剖は、杉田玄白の請願が許されて、前野良沢、中川淳庵が誘われて見学した。その際、玄白と良沢が同版の解剖図譜を懐から取り出し、オランダ書の図譜の正確な描写に感心したという場面は、後世の逸話作家が付け加えたものであろう。いずれにしても、これを機会に三者が協力して、『ターヘル　アナトミア』の翻訳に取り掛かったわけである。

この和解作業が行われたのは、鉄砲洲の中津藩中屋敷の前野邸であった。無論、藩主の許しを得ての話だ。藩主の奥平昌鹿《おくだいらまさか》は中津藩三代藩主で、国学を賀茂真淵に学び、藩政にも善政を敷いた。昌鹿は藩医の蘭学修行には殊のほか理解を持っていた。

前野良沢が蘭学修行にのめり込むきっかけとなったのは、藩の知人からオランダ語の書かれた切れ端を貰ったからとも言われているが、真実は解らない。疫病が流行った際、晩年の青木昆陽に偶然逢う機会があり、彼から色々なオランダ知識を得たことが影響したのではないだろうか。その後、良沢は昆陽に弟子入りしている。

またある日、藩主の昌鹿の母堂が脛骨を骨折したことがある。だが藩医の前野には治すことが出来なかった。偶然、オランダ商館長の江戸参府に随行して長崎屋にいた大通詞の吉雄耕牛に往診を頼み、彼の治療によって見事に治癒したことで、昌鹿が蘭方を信じる切っ掛けとなったという話もある。このような経緯で、昌鹿は、藩内における良沢への妬みにも関わらず、良沢の蘭学修行には全面協力し、長崎にも留学させた上、解剖書も購入させている。

このようにして、ヨハン・アダム・クルムス著『解剖図譜』のオランダ語訳である『ターヘル アナトミア』は翻訳され、『解体新書』四巻・序図一巻が、日本最初の西洋医学訳本として安永三年（一七七四）に出版された。なお、三人の他、協力者として石川玄常、桂川甫周、嶺春泰、桐山正哲、烏山松園らの名が挙げられている。

但し、この『解体新書』には、クルムスが心血を注いで付した註釈は訳されていない。本文のみであった。もっとも、もし註釈まで訳していたとすれば、恐らく『解体新書』は陽の目を見ないまま終わっていたであろうと言われている。

ところで、この『解体新書』の著者名には、翻訳事業において最も難儀を凌いで活躍した前野良沢の名が載せられていない。何故か。これについては、良沢が幕府の取り締りを恐れていたなど、後世諸氏の見解があるが、『日本医学の夜明け』に記された次の解説文を参考に挙げておきたい。

　良沢、玄白に序することを請われて言う。「筑紫宰府の管廟に謁し黙誓して曰く、某、和蘭医学を開かんと欲す、苟も未だ大いに真理の活法を明らかにせずして妄りに聞達を求むれば、則ち明神立どころにこれを殛《つみ》せん。今未だ志の如くする能わずして、妄りに題するに名字を以ってするは明神を如何せん」と。

一方、玄白にしてみればこの書が世に出れば、

「是に於いて海内始めてこの学あるを知って、蘭学また漸く盛行す」

※『日本医学の夜明け』（国公立所蔵史料刊行会編・一九七八年）一二二～一二五頁より

この解説文のように、実際に玄白が良沢に序文を請うたかどうかは不明だ。両者の関係から見れば、恐らくは後付けの物語であろうと考えられる。それは、玄白が後に著した『蘭学事始』を見れば明らかだ。つまり、不完全な翻訳を嫌う慎重居士の良沢と、蘭学推進の波に乗ろうとする玄白との見解の相違が、この書における両名の命運を分けたのだろう。また、本書の序文には、この翻訳の要所を指導した吉雄耕牛が筆を執っている。こうした玄白の実際の行動には、表と裏の政治的、功利的な意図と、秀でた力量とが感じられる。

安永三年、この書を世に出すに当たり、『解体新書』の書名を殊更に新書と称した所以は、既に前

掲の河口信任著『解屍編』などが発行されていたことが影響していたのではないだろうか。『解屍編』は、人体解剖図譜としては詳細な図絵書で、各臓器名称も大まかではあるが付してある。恐らく玄白、良沢らが、これも『アナトミア』翻訳に参照したものと推察できる。しかし、『アナトミア』はより正確な西洋の解剖書であり、『新書』は日本最初の翻訳本であることを、殊更に杉田玄白が強調し宣伝したというわけだ。

また、玄白は本書出版に当たり、この頃老中となっている田沼意次をはじめ、京都御所関係者にまで事前に運動して、幕府の了解を得るという用意周到なところがあった。

振り返れば、この『新書』出版の切っ掛けとなった小塚原での女囚の人体解剖後、江戸には大きな事件の発生があった。

一つは、明和九年（十一月に安永元年と改元）の二月二十九日丑の下刻、目黒行人坂の大円寺から出火した江戸の大火である（目黒行人坂火事）。目黒から芝、日本橋、本郷、浅草、千住へと燃え広がる。暮れ六つ前には、本郷菊坂から再燃して、駒込、谷中、根岸と燃える火事となっていく。記録によれば、焼死者一万五千人弱、焼失家屋九百余町の大災害であった。四月、その放火犯として、武州熊谷無宿の坊主真秀（二十六歳）が、火付盗賊改長官の長谷川平蔵宣雄により捕縛され、六月二十一日、市中引き回しの上、小塚原で火刑に処された。

もうひとつの事件は、疫病の流行（流感か？）である。同年の四月から五月にかけて、全国的に大流行し、江戸においても玄白らが、その治療に翻訳事業の手を止めて対応している。翌年（安永二年）の二月から五月にかけても、再び関東・東海において疫病が大流行した。記録によれば、幕府は「御救い」と称して朝鮮人参を一町当たり五両（江戸時代中期では十両が四十四匁）ずつ配布したとある。両（量）の多少は別で、庶民には為政者の気持ちが有難く理解できる。

波状的に繰り返して襲ってくるこの疫病禍では、江戸市中において流行り風邪に罹らない人間は殆ど居なくなり、江戸で重病となって亡くなった者は十九万人とも言われている。

こうした疫病流行の中であったが、玄白の甘い見立ては、良沢などが奮闘していた『アナトミア（本文のみ）』の翻訳は概ね完成したと考えているようだ。まるで工事現場の監督のような態度であったが、職人の皆さんは別に気にしていない。真に仕事に打ち込んでいる。

玄白はこの訳本を、『解体約図』という予告編として早く纏めたいと思っているので気が急く。『新書』公開は一日一刻でも早い方がいい。競争の社会で名を挙げていくためには素早い手段が必要だ。先ず気がかりなのは間違いの箇所がないかどうか、識者による校訂を受けなければならない。それには運よく江戸に居る吉雄耕牛に閲覧してもらう手配をしておくことだ。これは玄白の得意な分野なので、事は上手く運んでいた。このとき、吉雄耕牛は、一二八代オランダ商館長ダニエル・アーメナウルト（二度目）の江戸参府に随行して江戸に居たのだ。なお、玄白が『解体新書』を完成させ、江戸日本橋の板元・須原屋から無事に刊行されたのは、翌年の安永三年となっている。

吉雄耕牛は大通詞として、カピタンの江戸参府に生涯十三度も随行してきているので、中にはこのような厄病の波にも出会うことがあった。なにしろ治療薬はなく、罹患を避けるため流行の盛りには危なくて、オランダ屋敷長崎屋から外には一歩も出られない。この時代も引きこもりが一番の手当であったので、誰もが巣籠りとなっていたわけだ。

前野良沢、杉田玄白の二人が揃って耕牛の見舞いを兼ねて長崎屋を訪れたところ、耕牛には既に先客がいた。一階の待合から呼ばれて二階の控えの間に入ると、顔見知りで坊主頭を光らせた仙台藩医の工藤平助がいた。その隣の椅子には目の大きな小男が座っている。吉雄耕牛は別の面会室に居るらしい。玄白は自分の頭を撫でながら平助に言う。

「よう……平助先生、よく光っているね。元気な証拠さ」

「お互い様ですよ、ねえ、前野先生」

工藤平助は自分の光る頭に手を載せながら、前野良沢に切れ長の眼を向けて同意を求める。頭髪のある良沢は、下膨れの顔を僅かに崩して会釈するだけだ。平助はよく通る清んだ声で

「両先生、おめでとう。解剖の翻訳がようやく出来上がったようですね」

玄白は椅子を引いて座り、大きな鼻の孔を上に向けながら

「いやぁ、大変だったよ。解剖用語を日本語に直すのが難しくってね。もっとも、大方は良沢先生が捻り出したのだが」

全くその通りであったが、労苦を労われた良沢の顔には何の変化もない。むしろ憮然とした風情だ。

このとき、平助の隣にいる男が咳払いして自分の存在を示した。

「えへん……」

「ああ、こちらはね、私と同じ仙台藩士の林子平氏です。宜しく」

平助が隣の男を後から来た二人に紹介すると、その男は椅子からすっと立ち上がって一礼し、玄白に向かい大きな目を瞬いて聞く。

「オランダの海防書を翻訳されたのですか」

「ええ、まあ……本文だけですがね」

「絵図も付いていますか」

「それが誠に正確な絵図でしてね、絵師に頼んで転写したわけです」

子平はそこで着席したが、目を瞑り両手で頬を叩いている。興奮を抑えているようだ。荒れ馬のようにじっとして居られない性分らしい。実はこのとき、子平は重大な決心をしていた。俺も長崎に行って海防の勉強をしてくるぞと。そして、先ずは吉雄耕牛の弟子になることが蘭語への近道だろうと。子平の情報の認識と、それを基にした判断と実行は、江戸生まれだけあって素早いようだ。

オランダ宿主人の長崎屋源右衛門（初代元和からは五代目）が下手から現れて、女形のような声色で言う。

「吉雄先生がですね、先に面談中のお相手と、一緒に会談してもよろしいかを伺ってくるようにとのことですが、如何致しましょう。多分会場で食事になると思いますが」

先着の平助が切れ長の眼を伏し眼にし、右手の平を上にして、後から来た二人の方向に伸ばす。皆さんはどうですかとの仕種であろう。

「合点承知。あー、私には異存ありませんよ」

玄白の言い換え台詞に一同は黙っている。これからは糞も味噌も一緒でよいのかという疑問があるのだ。源右衛門が消えてから間もなく、長崎屋の若い手代に連れられて来たのは、のっぺり顔の平賀源内だ。その後ろには団栗眼の荒井庄十郎がいる。

「あん……皆さん、暫くだね、名月会以来かな。うん」

源内は左右異なった方角を見る眼で一同を見回す。手代がすかさず頭を下げて言う。

「お待たせ致しました。会場に御案内いたします。こちらへどうぞ」

一同がぞろぞろと控室から廊下に出て、トラップ（階段）の西側へ進み、建物の中程にある部屋に向かう。その様子を奥の暗がりからそっと見ている背の円い老人が居た。顔は角ばっていて、目鼻も大きい。手代の一人かも知れない。

部屋に入ると、中央に四曲の金屛風を背にして白布を掛けた大きなターフェルがある。屛風の右端には備前焼の大甕が置かれていて、蕾桜の枝が何本か入れてある。その周りに、屛風を背に南面した正客の二席、東西左右の二席、正客に向かって四席の合計八席が設えてある。手代からは自由席と言われていたので、杉田と工藤は素早く左右の端にそれぞれ陣取った。平賀は遠くに立って腕を組んで見ている。皆が勝手に席を決めろという魂胆らしい。前野は杉田の隣に、林は工藤の隣に腰かけた。残りは正客の前の二席になったので、前野の横に新井、林の隣に平賀の席が自然に決まった。平賀の読みの通りとなったわけだ。そこへ小柄な主人の源右衛門が少々腰を折って、紋付の羽織と袴を着用した二人の大柄な人物を先導してきた。一人は額が広く頬骨の高い大通詞の吉雄耕牛であるが、もう一人の武士は誰だろう。背が高く肩幅の広い四角な顔で剣士のようだ。歩きながら腕を組んでいる。

二人が席についてから耕牛がその武士を紹介する。

「お待たせしました。商館長のアーメナウルト殿との会談が長引きましてね。えー、こちらにお出で頂いている方は、旗本の柘植三蔵正寔《つげさんぞうまさざね》様です。現在は御目付のお役にありますが、このたびは佐渡の御奉行となられます。ああ、源内殿と庄十郎は先程まで席に居たね」

紹介された正寔は、一同に軽く頭を下げてから、への字に結んだ大きな唇を開く。声も大きい。

「やあ皆さん方、この暮れから佐渡の金山で仕事をすることになった柘植です。大きな声では言えませんが、佐渡ヶ島と言えば島流しのようですが、実際の任期は従来から向う二年ばかりでしてね、あっという間の期間ですよ。その後、順調にお勤めが運べば、長崎に転出出来るような筋道もありますのでね。先を見ればここは我慢のしどころです。もっともその間に、重大な落ち度がなければの話ですが。まあ、本日は、それらに関連した日本国内外の情報収集が目的ですよ」

それにしてもなんと開放的な性格で、天真爛漫な人物であろう。聞いている相手の全員が自分に好意的な人間であると一方的に思い込んでいる。耕牛は会談してみて、柘植三蔵を正直な方ではあるが、かなり危ない世渡りをしていると強く感じた。目付という役割からは想像しにくい人物のようだ。長崎屋主人が耕牛に近寄って、食事の準備が出来ていることを小声で告げた。

「そろそろ喉も乾いてきたようですので、飲み始めましょうか。えー、本日は柘植様の御就任祝いというお目出度い席となります。十分とは言えませんが、長崎屋さんの料理をお楽しみ下さい」

こうした耕牛の挨拶があってから、ビィエルで乾杯し、ボォルレル（アルコール飲み物）を好みで飲む。前菜としてトゥベレィデン（盛り合わせ料理）の大皿が二個机の左右に並ぶ。また、キップ（鶏肉）、ルンドヴレース（牛肉）、ヴィス（魚）、クラブ（かに）、モッセル（貝）などが、独特のスペーセラィ（調味料）で料理され、別々に大きな深皿で適度な位置に配られている。

飲食の間も、会話の内容が大きく東西のグループに分かれて弾んでいる。着席位置の関係から、正面に向かって、柘植、工藤、林、平賀らの西側グループと、吉雄、杉田、前野、荒井らの東側グループだ。西側では、柘植三蔵が佐渡ヶ島や対馬といった離島の国防についての危機感を訴え、更に大陸諸国との貿易・外交問題を取り上げていた。東側では、杉田玄白が蘭学を通じた西欧諸科学、技術・知識を中心にして話題とし、蘭方医学と従来からの伝統的な古方医学（漢方療法）との軋轢を問題としていた。柘植三蔵は大声をやや抑えて言う。

「ここだけの話だが、これから赴任する佐渡ヶ島においてはね、金山経営もかなり下り坂になっていて、鉱山開発の見直しが急がれているようだ。最初に圧し掛かる課題であることは間違いないよ。これは、こちらの平賀殿の御意見を頂きたく、御来島をお願いしていますがね。しかし、それよりもだ、問題は、日本海側の離島では、大きな拠点である北部の蝦夷島、中央部の佐渡ヶ島、西部の隠岐島及び対馬などについて、近年の大陸情勢から見て、外国の侵略を防ぐための防衛対策が不可欠であることだ。実は、これは私の剣道師範である元長崎奉行の安部主計頭殿からいつも聞いていたことでね。その安部殿も二、三年前に亡くなりましたが……」

横にいる平助が坊主頭を三蔵に近づけながら

「同じことを晩年の青木昆陽先生も言っていました。先生も明和六年に旅立たれましたが」

「ああ、『蕃薯考』を発表された甘藷先生ですな。野呂先生と蘭学も習得されていましたね。確か明和のその頃は御書物奉行をされていたのでしょう」

「ええ、秋口に流行った疫病の稲葉風にやられました」

林子平はこの柘植三蔵の話に強く感動した。子平の父岡村良通もかつて御書物奉行（六百二十石）の幕臣であったのだ。その父はあるとき、故あって諸国放浪の浪人となり、家族一同は父の弟である開業医の林従吾（道明）に預けられた。林子平は、叔父の家に引き取られても、運命の神に翻弄され続けることとなった。姉二人はその後、仙台藩江戸屋敷に奉公して五代藩主伊達吉村公の侍女となり、次姉のなお（きよ）は公の寵愛を受けるようになり一男一女をもうけた。その縁によって、義父の従吾は仙台藩の禄を受けるが、従吾の没後は子平の兄である林友諒がその禄を継いだ。

子平も一時期仙台藩士となっていたのだが、藩の上層部と防衛政策上の意見が合わず、禄を返上して藩医となった兄の部屋住みとして生活することを選んだ。それからは、日本の北から南までを行脚して学ぶ、言わば諸国回りの修学僧のような「経世風来坊」となっていて、江戸においては兄と同じ仙台藩医で、青木昆陽に師事したことのある蘭学医の工藤平助と親交を結んでいるのだ。

三蔵の話はまだ続いている。

「安部殿は、長崎に居られた天文方の北島見信殿を高く評価しています。その構想をですね。北島殿は元文の頃ですが、欧州書から星図と地球図の解説を行った『紅毛天地二図贅説』を著しています。その中で、日本列島を中心として東亜細亜の平和共存目的のための一大州を形成するという統一構想を述べています。共同防衛のための連帯州とでも言える関係でしょうか、分かりませんが。そうしなければ、島国の集合体である日本は、大陸や欧州の他国に侵略を許す危険が大きいという考えですね」

三蔵はここで口をへの字に強く結んだ。自分の言葉が持つ威勢に促されて両腕も組んでいる。緊張しているときの癖であろう。なお、三蔵こと後の長門守は、この二十五年後に老中列座の前でこの癖が出たため、場所柄を弁えずとして謹慎一ヵ月を頂戴することになる。

子平は思わずその説に共鳴して発言した。

「北島殿はまだ長崎に居りますか」

三蔵はその大声にびっくりしてそちらを見た。大きな目玉を広げた小男が、ターフェル上に身を乗り出している。東側の連中も何かわからずこちらを向いている。

「あんの、多分居ると思うよ。天文山荘にね。でも俺が逢ったのは、何年前だったかな、うん」

そう言ったのは横に居る源内だ。子平は、今度は源内をとらえて聞き出すつもりらしい。

――ホルチス　ヤマト

誰かの声が呟いた。

安永四年乙未《きのとひつじ》（一七七五）の夜明けに、長崎酒屋町の老婆が寝ぼけ眼で手燭を落とした家から出火し、折からの強風に煽られて五十戸あまりが焼失した。この火事では、昨年秋に亡くなった魏九官（帰化明人・鉅鹿氏・明樂の大家）の居宅で、唐風文化財の家屋や庭園もすべて類焼している。

年表によると、この年の長崎の入港船は、唐船が十三隻で、蘭船は一隻である。七月の中頃入港した蘭船の積荷の中には、一体の木乃伊《ミイラ》が輸送されてきたという。誰が、どんな目的で輸入したかは不明である。極めて珍奇な処置を施した人体標本として、館員のオランダ人が物珍しさを売り物に持ち込んだのかもしれない。

同じ船で、スウェーデンの植物学者、博物学者、医学者のカール・ペーテル・ツンベルクがオランダ商館付医師として来日した。この人物は、ウプサラ大学医学・植物学教授リンネの弟子で、日本滞在は短期間ではあったが、多くの植物学的な業績を後世に残している。

また、この年の九月には、佐渡奉行からの転任となった新たな長崎奉行の柘植長門守（三蔵正寔）も着任している。新奉行着任行列の中には、同行役人に混じって、一人の浪人風の侍が混じり込んで居た。目玉の大きな小男の林子平だ。恐らくは柘植奉行に頼み込み、長崎まで小判鮫のように行列に同行してきたのであろう。

長崎の大通詞吉雄耕牛にとっては、ツンベルクとの出会いには特別意義深いものがあった。それは、複雑な運命を辿って、現在は自分の持ち物となっているギヤマン壜に詰めてあるあの薬品に関することである。その壜には「MERCURIUS SUBLIMTUS CORROSIVUS」との標識があった。

耕牛の亡父藤三郎が「MSC」について、毒物の「塩化第二水銀」であると知っていたらしいことは前にも述べている。藤三郎には長崎では数少ないラテン語を解読する能力があった。よって、当時オランダ館が所有するラテン語で書かれていたケンペル著の『廻国奇観』を目にしていた可能性もあると見なければならない。

問題は鍵となる薬物の性質や希釈法だ。その頃、以下の事柄はいまだ判明していない。

この白色透明の結晶である「塩化水銀（Ⅱ）」は、「水銀」または「塩化水銀（Ⅰ）」に「塩素」を加えると得られる。また、「硝酸水銀」と「塩酸」を反応させることでも得られる。「塩化水銀（Ⅱ）」は毒性と腐食性が強い。皮膚に直接触れると皮膚炎や神経異常を起こす。水で薄めた液を昇汞水《しょうこうすい》といい、〇・二〜〇・四グラムが致死量なので、一滴飲んだだけでも生命が危ない。低温でも昇華するので、保存は通風のよい低温の場所にガラス容器等に厳封して保管する。

蘭館医エンゲルベルト・ケンペルが来日したのは元禄三〜五年（一六九〇〜九二）であり、その十年後に『廻国奇観』は出版されている。また、その後、『日本誌』がロンドンで出版されたのは、彼の死（一七一六年）後となる享保十二年（一七二七）であったが、これらの書中において、日本におけるヴィーナス病（梅毒）についても記載されていた。欧州ではこの猛毒の薬品を梅毒薬として用いた。実は、ケンペルは来日時にオランダから「塩化第二水銀」を持参し、欧州からアフリカ、アジアに蔓延する梅毒治療のため、希釈して使用する薬（後にファン スウィーテン水と呼ばれる）として売るつもりでいたが、成功しなかったらしいという話もある。治療を受ける者の生命の安全と、病毒（梅毒）を抑える有効濃度までの希釈法が難しい毒物であったからだ。薬物の服薬例では、過量の投薬が多く人体に副作用を起こしてしまうのだ。

『紅毛秘事記《こうもうひじき》　一冊』という十五頁の冊子がある（現存冊子は写本で京都大学アーカイブ・文書館蔵）。オランダの秘密事を記した冊子であり、書き出しには「崎陽　吉雄永章譯」と書かれている。崎陽とは長崎であり、永章は耕牛の諱（生前の実名）である。なお、耕牛は通称を定次郎、幸左衛門、幸作とも言い換えている。耕牛は号であり、別に養浩斎ともいう。因みに『解体新書』序文の結びにも「安永二年癸已之春三月、阿蘭譯官西肥　吉雄永章撰」とあり、印が押されている。西肥とは西肥前の略称で長崎のことだ。

さてこの『紅毛秘事記』には何が書かれているのだろう。

夫レメリクリュスワートルノ来由ヲ原ヌルニ——

この写本はこのような書き出しで始まっている。内容は、メリクリュス（昇汞）に関して、製法、水薬処方、加減法、服用法およびその変方、禁忌事項、推奨食物類などが記載されており、これを見ると、耕牛の場合、かなり以前から昇汞水の希釈処方を知っていたような内容であるが、身近な文献を当たってみても、耕牛がこの書をいつ頃書いたかを特定することは出来ない。ツンベルクが友人に送った一七七六年十二月の書簡では「現在日本では性病が蔓延していて、都の医師や、長崎商館の通詞たちに水銀水の組成を教え、大勢治療した云々」と記されていることから、耕牛はツンベルクに希釈法を教わっていたと一般的には理解されている。それを否定することは出来ないが、耕牛は、秘法のメリクルス稀釈処方を教授してくれた見返りに、ツンベルクが求めていた日本貨幣や渡来古銭を極秘に贈呈していたらしいという話もある。彼の亡父藤三郎は、何故か大量の古銭を家に残していた。誰かからの預かり金かもしれないが、それを最も有効に使ったというわけだ。

――梅毒蔓延を阻止することは、日本人全体にとっても有益な事柄となる。

多分、耕牛はそう考えていたのだろう。しかし、これは当時として相当危ない橋を渡ることであり、もし発覚すれば無論耕牛の首が飛ぶ取引であった。

高橋文氏の論文によると、『紅毛秘事記』には、ウィーンの医師ファン・スウィーテンによって考案された〇・一〇四％昇汞水の安全内用療法（公表・一七五四年）を含む、数種類の水銀水希釈液処方が記載されているとのことである（「日本におけるファン・スウィーテン水の受容　二、水銀水に関する日本の著述」『日本医史学雑誌』第四八巻第四号・二〇〇二年）。

そうであれば耕牛の『紅毛秘事記』は、ツンベルク来日以前にも、その安全希釈内用情報を取得出来ていたのかも知れない。いずれにしろ、耕牛がこの安全希釈〇・一〇四％昇汞水を用いて、多くの梅毒患者を救っていたことは確かである。

また、ケイゼル、今村英生、明生、藤三郎、及び妙見様などが関わった容量不明の分量が入った天授の薬品「MERCURIUS SUBLIMTUS CORROSIVUS」一壜によって、耕牛が莫大な財産を得ていることも想像される。そればかりではない、耕牛はその後、安永五年三月、江戸参府の江戸番通詞として江戸に出た際、弟子の杉田玄白、桂川甫周、中川淳庵らにもこの処方を伝授している。その中では、経済手腕の秀でた杉田玄白が、梅毒治療によって江戸医家一番の資産家となったという話が後世に語られている。

同じ頃、耕牛の弟子の一人である平賀源内は、七年前に長崎の西家の物置から持ってきたエレキテル（摩擦起電器）の組み立てに成功し、見世物興行として使っている。源内の経済的力量は乏しく、生涯銭には困っていたようだ。残されている彼の発想発明の業績は、経済的に困窮した境遇を抜け出すために捻り出された窮余の産物だったのかも知れない。イタリア・ルネサンス期の巨匠レオナルド・ダ・ヴィンチとは比較できないが、その学術文芸活動から見てマルチカルチ（多文化的）な人間であったことは疑いない。また源内は、残念ながら働き盛りにおいて、終末期には脳神経系を侵される梅毒にも罹患していたことが推定されている。自身の病態については、誰もが見逃してしまうのは古今変わらないようだ。

図 23　（上）モーリツ・ベニョヴスキー（下）田沼意次

（二三）『赤蝦夷風説考』

安永七年〜天明三年（一七七八〜八三）

登場人物

吉雄耕牛　五十五歳　大通詞

柘植長門守正寔　四十四歳　長崎奉行

久世丹後守広民　四十二歳　長崎奉行

工藤平助　四十九歳　仙台藩医・経世論家

林　子平　四十五歳　仙台藩士・経世論家

獺人（ロイアルト）という動物がいるらしい。獺（ダツ）はカワウソという獣の名であるが、『新長崎年表 上』によると、ナマケモノ（アリクイ目ナマケモノ科の哺乳類）の一種だということだ。

安永八年（一七七九）の八月、夏の盛りに一隻のオランダ船が長崎に入港したが、積荷の中にそっと積んであったのがこの珍しい動物である。昨年は、ペルシャ産牡馬二頭を積んできた。これは恐らく幕府からの依頼であろう。最初、吉宗が日本馬の改良を目論んで輸入して以来、代が変わっても継続されてきた。以前にも見世物用に象やワニなどを運んできたが、船中の飼育係は、その都度動物の食べ物の現地調達に大変苦労する。その点、樹上で暮らすロイアルトは行動が遅く、食べ物をあまり食べないようだ。この珍獣輸入について、関係者以外には全く事情が分からないが、珍獣類を好んで買う通詞がいるという噂は前からある。

しかし、この船には、珍獣などより、日本の歴史にとって大変重要な情報を与えてくれた人物が乗船していた。第一四二代オランダ商館長のイサーク・ティチング（チチングとも）である。彼は、アムステルダム出身で三十歳少々のオランダ外科医であり博物学者だ。このティチングは、その後、この最初の日本滞在を皮切りに、インド、バタビア、清、ヨーロッパなどへの駐在を重ね、オランダ東インド会社の最高位職を歴任する重要官僚に成長していくことになる。

九月になって、現地在勤の久世丹後守広民が長崎を立ち、江戸表在任となっていた柘植長門守正寔が現地に入って入れ替わりとなる。長崎奉行の勤務交代のためだ。両者は安永四年（一七七五）以来の同役で年齢も大差なく、大変仲の良い間柄である。

柘植三蔵正寔は、父親晃正の体格を受け継ぎ、大柄で騎射や武術に優れている。剣術は元長崎奉行で鹿島神流の使い手である安部主計頭一信に師事していた。また、安部の門下であることから尊王の精神を持ち、日本を取り巻く外国情勢にも深い関心を持っていた。その安部一信は、明和八年（一七七一）、江戸に大地震の発生した六月二日の翌日に亡くなった。七十七歳であった。しかし、彼の〝ホルチスヤマト〟の気概は、後輩の柘植正寔にも強く受け継がれていたことは間違いない。

一方の久世平九郎広民は、背は低く肥満体だ。武芸の方はそれほどの腕前ではないようだが、各種の学術文芸には通じていた。特に蘭語は大通詞吉雄耕牛の教導を受けており、近年では簡単な会話も理解出来るようになっていた。そのためもあり、厳しい幕藩体制の中において、柘植同様に開明的な文明思想を有する人物であったようだ。オランダ商館長ティチングが後に、この時代の日本人として一流な人物達であると感心していたと言われている。このような次第で、両奉行はお互いの心の中に特別な親近感が育まれていていたと思われる。

立山役所の表座敷では、二人の長崎奉行が業務交代のための事務引継ぎを終えて雑談していた。小柄の久世平九郎は正座しているが、大柄の三蔵正寔は既に座を崩していて胡坐の姿勢だ。その三蔵が煙草盆を自分の方へ引きながら話を続ける。

「館長のフェイトさんは、今回珍しく二年のお勤めでしたな。あの方は確か初回が明和八年だったと思いますよ。その年の六月、江戸で大地震があった年なので覚えています」

「ええ、そうですね、今度は四度目の館長勤務でした。先日も初回の赴任では江戸が大変だったと言っていました」

三蔵が燻銀宮形煙管の火皿に刻みを詰めて点火し

「地震の翌日に、我々の先輩だった安部一信殿がお亡くなりになり、その翌日には田安卿（宗武）もご逝去されましてね。全くの話、地震が関連していたとは思いませんが、お二人とも、これからの日本にはなくてはならない貴重な存在でした」

平九郎は流れてくる紫色の煙から顔を反らしながら

「確かにそうです。まあ、後に続く人士《じんし》が必要ですね、長門守殿のような」

三蔵は空いている左手を横に振りながら言う。

「いやいや、有難いお言葉ですがね、足元にも及びませんよ、正直言って……。ところで、御老中主殿頭（意次）殿のご長男、竜助（意知《おきとも》）殿はかなり英邁な人物に成長されているらしいですな。これも七面大明神のお陰ですかね」

七面大明神は日蓮宗では法華経を守護する女神となっていて、田沼家の守り神となっている。平九郎は三蔵の声が辺りを構わず大きくなってきているので、それを気遣ってか、自分は小声に抑えて言う。

「確かによく勉強されております。オランダからの知識には特別な興味を持っているようですね。将軍家の覚えも目出度くてですね、十九歳の時に従五位下大和守に叙任されていますから」

三蔵は太い眉を上げて見せるだけで、黙って刻み煙草を雁首に詰めている。このとき、役所の取次役が廊下から声を掛けてきた。

「吉雄耕牛大通詞が参っておりますが、如何致しますか」

三蔵は予期せぬ来訪に戸惑いながら、平九郎に、いいですかと目配せし、相手の頷きを見て返事をした。

「こちらへ通してくれ」

大柄な体格の耕牛が部屋に入り、頬骨の高い顔を二人に向けてから頭を下げた。どっしりしていて大先生の風格が出てきているが、やや緊張した感じがある。両奉行とも顔見知りの仲なので改まった挨拶などはない。耕牛が背を伸ばして急な訪問の真意を告げる。亡父藤三郎に似て声は太い、が、割れない明確な発音である。

「お引継ぎでお取込中のところにお邪魔して申し訳ありませんが、新旧御両人様が御同席であることがむしろ幸いです。実は、このたび来日したオランダ新館長のチチングから容易ならぬ情報を耳に致しましたので、早速御報告に参りました次第です」

三蔵は火の付いていない刻みの詰った煙管の雁首を耕牛に向けて
「イサク　チチンとか言うカピタンかな、何だろう」

平九郎も続いて言う。

「今回が初めての人物のようだね」

耕牛は疑問札を額に張り付けたような二人に、少し窪んだ眼を向けて、焦らすようにゆっくりと話し始めた。

「蝦夷の北方にオロシアという大国がありますが、昨年の夏、そこの船が蝦夷に来航し、松前藩に通商を求めて来たことは御存じですね。無論断りましたが」

平九郎は黙って頷いた。

「チチングはですね、オロシアという国は、それを左様ですかと言ってノコノコと引き下がる国ではないと言っています」

今度は三蔵が大きな口を開いた。

「じゃあ、戦を仕掛けて来るとでも言うのかな」

煙管を右手に握ったまま、腕を組んでいて声も大きくなっている。

「さあ、分かりませんが、先ずはこの長崎に廻ってくるに違いないそうです」

耕牛は少し音声を落として続ける。聞き手は自然に体を耕牛に寄せてくる。

「今から七年前の話ですが、先ずはお聞き下さい。既に御存知のこととは思いますが、〝はんべんごろう（ファン・ベンゴロ・モーリッツ・ベニョヴスキー伯爵 Count Mauritius de Benyowsky）書簡〟のことです。生まれは波蘭（ハンガリー）王国貴族で、戦争か何かの理由でオロシア国に捕虜となったベンゴロウという流刑人が、東方の流刑地、勘察加（カンサッカ）で同志百名余と反乱を起こして脱出しました。彼らは港の帆船を盗みましてね、日本を目指して出港したのですが、流れ流れて着いたのが我が国の阿波国徳島藩の日和佐でした。無論、徳島藩は上陸を拒み、水と食料を提供してこの長崎に向かうよう指示したのですが、方角を誤って奄美大島に着いてしまったというわけです。この地でベンゴロウは、やむなく長崎行きを諦めまして、出島のオランダ商館長を介し、ドイツ語の書簡を書いて幕府へ送りました。そして、自分達は清国澳門（マカオ）に去ったのです。その書簡が問題の〝はんべんごろう書簡〟でしてね。これが明和八年の話です」

耕牛の同僚通詞本木栄之進が『阿蘭陀本草』を著したのもこの年だった。平賀源内にもその写本を一部送ったのを覚えている。耕牛は一息つくために話を止め、開け放たれた外を見た。高台にある立山役所の表座敷からは、港の出島やその奥に係留されている大型船が数隻見える。そのとき、船の舷側がパッと火を噴いた途端、ドカンという大音響と共に地面が揺れる。艦砲射撃が始まったのか。そんな場面が耕牛の頭をよぎった。

「吉雄大通詞殿、そのなんとか書簡のことは初めて聞く話だが」

耕牛は平九郎の声で妄想を消された。

「やあ、すいません……続けます。多分、上の方で内密に処置されたのでしょう。逃亡外国船来航のことなどは、一般人には知られたくないですからね」

三蔵は腕組みを解いて、煙管の雁首を火種に寄せながら言う。

「それで、その書簡には何と記されていたのだろう、気になるな」

「その御公儀に宛てた書簡の話を、一介の通詞如きの私が何故知り得たのか、恐らく不思議に思われることでしょう。また、当事者が守秘義務を有することも当然のことです。しかし、今般、その書簡に関連する新たな問題が発生しつつあることに関連しますのでね、ここで御二方にお話しているわけです。御承知のように、出島に出入りする通詞には、外国文書の和解という技能によって、対外的には幕府の公的な役割が課せられています。この〝はんべんごろう書簡〟は、当時、年番大通詞でありました私の同役で、先代の今村源右衛門明生と、小通詞名村元治郎が命ぜられました。が、書簡が独文であったため、オランダ館員の協力も得た上で今村が和解したものです。オランダ語とドイツ語は多くが通じておりますから。なお、名村小通詞は、実際の書簡解読作業には加わっていなかったようです。独文和解に参加できない別の問題があったようです。ところが、今村にもある事情が発生してですね、その写しを今まで私が預かっておりました」

三蔵は黒班竹の羅宇を右手で握って呟いた。

「公儀への書簡の写しを……それはまた物議を醸す代物を預かったものだなあ、全くの話」

「いま御覧にいれましょう」

耕牛は懐から一冊の草紙を取り出し、その中の挟まれた一枚の文書を大事そうに取り出して、二人の前に広げた。

御渡被遊候横文字和解
書翰　長崎に至り阿蘭陀より差越居候頭役人江
日本之地江無據漂来致候儀、御救をも被下度先達申訴候然處船中入用之品相調難有御事候依之
志那国之端を指し致出帆候（此志那與申候は唐国之物名に而御座候）尚又懇切之蔭を以如件出帆を相遂候
御禮奉謝度一書を以申上候
はろんもりつあらあたるはんべんごろう
右御渡被遊候横文字一読仕候處阿蘭陀文字同様に御座候得共句切相違仕得と難相分候は荒増文面
分候趣和解仕差上申候　以上
卯　七　月
年番通詞

柘植三蔵は大柄の背を伸ばして座り直している。両奉行は代わる代わるそれを手にして読んだ。

「この書簡は、日本の地に立ち寄ったことへの簡単な挨拶状らしいがね」

小柄の久世平九郎は一読してそう呟いた。耕牛は剃髪した頭を掻きながら、久世の円い体に乗った

円い顔を見る。どうしようかなと少し躊躇ったようだが説明する。

「最初、私もそう思いました。ですが、この六月にオロシアの船が再び蝦夷地に現れ、松前藩に正式な通商を求めているという情報をですね、江戸に居る仙台藩医の工藤平助殿から入手しました。そこで、もう一度、この書簡を再検討していたところでしたが、工藤氏の情報を届けてくれた来崎中の同じ仙台藩に所属する林子平殿にこの件を相談したのです。栢植様は既によく御存じの人物ですが、子平氏は日本の海防に関する研究者で、長崎には二度目の遊学です。『紅毛天地二図贅説』を訳した北島見信先生を訪ねる目的もあったようですが、彼の意見では、どうもこの書簡はおかしいと言います」

三蔵は右手に握っている煙管を、まるで鹿島神流陰の構えのように斜めにして言う。

「子平氏はどんな意見でしたかな」

耕牛は両手を組んで膝に置き

「実際には、〝御禮奉謝度一書を以申上候〟の後にオロシアの千島侵略に関する文章があったのだろうと言います。これでは御覧のように単なる礼状でしかありませんが、えー、子平氏が肝心のオロシア情報の本文が抜けている理由として挙げているのは、ベンゴロウ一行は、日本に漂着して救助された御礼のためだけに、わざわざ長崎に向かって航海する筈がないということです。これは儀礼で行った行動ではなく、日本にオロシアの侵略計画情報を届けて、報酬を得るために長崎に向かったものだという見立てです。結果的に奄美大島に着いてしまいましたので、やむを得ず書簡をもって日本側にオロシア情報の一部を届けたのだろうということです。恩義に報いる意味もあってですね」

久世平九郎は頷いて言う。

「確かに一理ある子平氏の解析だが、ベンゴロウ書簡から詳しいオロシア情報を削除するとだね、一体誰か利益を得るのだろうか」

耕牛は窪んだ眼の瞼をぐっと閉じている。平九郎は何処まで分かっているのだろう。東インド会社の探検船が、既に択捉島や得撫島にも関与していること承知しているのだろうか。ここで下手なことを言えば話が混乱するだろう。耕牛はそう判断して言葉を濁し始めた。

「オロシアの機密情報を幕府に知られると都合の悪い人間がいる。そう考えるのが自然ですが……、このたびは該当する人物が見当たりませんね。もっと単純に解析してみますと、今後降り掛かる面倒を恐れる人間が複数いたとしてですね、相談の上、責任のある誰かの指示がなされ、手紙の内容が一部削除された。そういうことではないでしょうか。このたびのオロシア船来航にしても、松前藩からは正式に幕府に届けられていないようですから。お二人の前では言い難いことですがね……どなたでも、自分の任期中に解決不能な問題を抱えたくはありません。残念ながら、北から南まで事なかれ主義が横行しているわけですよ」

平九郎には、降りかかる火の粉を恐れて削除したのだろうという耕牛の説明は、あまりにも単純過ぎると思える。そこで先程の自説に戻って推考してみる。オロシアの南方侵出情報の削除によって誰が利益を得るのか。待てよ、その情報は日本にとっては大変な貴重な価値を持っている。確かにベンゴロウは日本にオロシア情報を売りに来たのではないのか。あるいは、オロシア情報の所有を告げにきただけなのか。彼は後日、日本がその価値を認識した後に再訪して交渉すればよいわけだ。

平九郎としては、耕牛から更にその辺の状況を聞き出したい。

「ベンゴロウ書簡の原本は、今何処にあるのだろうか」

平九郎は独文和訳の真実性について正面から攻め込んできた。耕牛は平九郎が急所を突いてきたことを感じた。同時に、こちらの腹を探ってきていることも間違いない。

「さあ、分かりませんが……この幕府への書簡は、ある人物の指図で、先代の今村（明生）が、小通詞の名村には内緒で文章を詰め、書き換えたことは確かでしょうね。後日、名村に災いの及ばないよう配慮したのでしょう。また、今村は、この書簡内容について、私にも何も言い残してはいません。しかし問題は、オロシア国側は、ベンゴロウによって機密情報が日本に渡されたものと誤解していることです。このベンゴロウなる人物がですね、申しましたように波蘭国の貴族で軍人でしてね、隣国オロシアの東洋進出機密も握っている人物だったようです。かなり凄腕の人物なのでしょう。オランダ人の話では、その後西インドにあるマタカスクル（マダガスカル）というところに渡って事業をしているそうです」

平九郎は考える。大通詞へ指示を出せるのは我々長崎奉行だ。誰が、何のためにそのような工作をしたのか。明和八年の奉行は誰であっただろうと記憶を辿ってみたが、すぐに新見加賀守正栄《まさなが》と夏目和泉守信政二名の顔が浮かんだ。その二人のいずれかが書簡原本（情報）を持っている筈だ。また二名の通詞も情報の内容を知っていると見なければならないだろう。すると合計四人だ。次に、その書簡を受け取るべき人物として老中田沼意次の顔もそこに並ぶ。意次殿に直接持ち込んで自身を売り込むという手もなくはない。

――この謎は必ず解かなければいけない。

耕牛は平九郎の思案顔を見て、更に重要な言葉を並べる。

「オロシア国は、我が北方の領土への進出計画を具体的に開始してきたようです。そういう野心は以前からあったようですが、今度はこの長崎に必ずやって来るだろう、というのが新任のオランダ館長チチング、及び前館長フェイトからの信ずべき情報です」

平九郎が耕牛にやや調子の上がった声で尋ねた。

「オロシアの船が、昨年蝦夷地に来て、松前藩に通商を求めてきたことは聞いているが、またやって来るのか、なるほど。館長達の、そのうちにオロシア船がこの長崎にも廻ってくるという予測は間違いないなかろう。日本では手続き上そうなっているからね。そうなると、その裏にあったというベンゴロウという男の秘密書簡原本にはどんなことが書いてあったのか、是非知りたいものだ、何としてもね。吉雄殿、我々が今村大通詞に会うことはできないかな」

切り込んできた平九郎の言い分はもっとものことだ。耕牛は、開いた眉を近寄せて苦渋の面を作りながら平九郎に言う。

「それがですね、今村明生大通詞は安永二年に急逝しました。公的には心労による急死ということでしたが……。彼が亡くなる少し前のことですが、事情があるので、私にこの書簡写しを預けたいと言ってきました。前にも貴重品を私に預けたことがありましたので、またかと理由も聞かずに気軽に預かりましたが、当時、彼が、かなり神経的に参っていたことは確かです。後を継いでいる現在の今村小通詞（明生の婿養子で明則）は、この件とは全く関係ありません。また、関係者の一人ではありますが、名村小通詞は、近年長崎には居りませんし、その後の消息についても全く分かりません。ですから、先代（明生）の見た真実の機密事項は、もう表には出てきませんね」

今まで黙って聞いていた三蔵は、これを聞いて崩れていた姿勢を直し、太い眉を上げ目玉を剝きながら言う。

「待てよ、安永二年と言えば、長崎奉行の夏目和泉守信政殿がこの長崎で急死したのもその年だった。その後へ桑原能登守殿が着任し、安永の四年からは我々二名が任命された。当時は悪疫で大勢が亡くなっているがね、実際の話。夏目殿は六十過ぎのお年でもあったが……うーん、分からない」

平九郎はすぐに計算した。三蔵の話によると、これでベンゴロウ書簡の改変を知る二人が居なくなったわけだ、小通詞の名村氏が蚊帳の外とすればの話だが。後には新見正榮殿が一人残っていることになる。実は、平九郎にはこの時点では分からなかったが、江戸に戻って調べたところ、新見正榮は勘定奉行在任中の安永五年九月二十七日に享年五十九歳で亡くなっていたのだ。死因は不明だ。しかし、書簡内容を知る関係者は新見殿以外にもう一人いると見なければならない。和訳した今村大通詞が、吉雄大通詞にその書簡内容を告げなかった証拠はない。貴重な写しを保管してもらっている仲だからだ。ところが、吉雄氏は、今日その話を我々に教えに来ている人物だ。また、この情報によって利益を得る立場にもない。

平九郎は事の成り行きに憮然としてきたが、この話にはまだ先があり、そう簡単には終わらない。取り敢えず今は、この場を纏めて終わりにしておこうと決めた。

「七年前、ベンゴロウが、オロシアの日本への通商を装った秘密戦略の一部を記した書簡は、表向きにはただの挨拶状に改変されて幕府に届いた。その後間もなく、その真相を知る直接の関係者は冥土へ旅立っていった。例外は残っていますがね……。現在、こうした不自然な事実が残っている。また、このところオロシアが、積極的に日本北部島の蝦夷を治める松前藩に通商交渉を仕掛けてくる。オロシアは、いずれこの長崎に商船を装って廻って来るであろうと予測されるが、いまだ事の真相は分っていない。このように、我が日本を取り巻く危機は確実に迫っている。我らが今何を為すべきか。それを自覚すべきときが来ていることは間違いないでしょう。吉雄大通詞は、今日我ら長崎奉行に対してそのように申し出ている。私はそう受け取っていますがね……吉雄殿、如何だろうか」

平九郎はそう結論を言って、二重瞼の目をゆっくり瞬く。耕牛は、本当はもう一つの重要な要因があることを秘めているのだが、今、この連中の国際事情の認識程度で相談するのは時期尚早だとの考えに至った。耕牛は張り子の虎（牛か）のように首を動かしながら言う。

「おっしゃる通りです。いまだ真実は解明されていません。江戸にお戻りになる久世様には、幕閣の要人に是非北方の状況をお伝え下さいますようお願い申し上げます」

柘植三蔵はまた腕を組んでいて、納得不十分なように口をへの字に曲げている。

「長崎に居残る俺はどうすればいいのかな。……正直な話、これは難しい局面だからな」

将棋盤で詰まったような顔をしている三蔵に向かって、耕牛は額の三本皺を押し上げながら言った。

「今は昔となりますが、私の亡父藤三郎の話では、奉行所は元御奉行故石河土佐守政郷様の時代から、長崎防衛拠点をこの役所から裏山の方角一帯に築いていたようです。私も数度妙見裏の一部、近辺各藩との連携道路などを拝見しております。こうして役人の方々も将来を予測して既に動いていました。長崎住民の避難場所を想定してですね。非力ではありますが、私も長崎町民の端くれです。こいが出そうになったが、ぐっと唇を噛み締めて堪えた。

耕牛はそう言った自分が〝ホルチス ヤマト〟の一人になっているような感じがして、思わず苦笑

の国を守るために皆で頑張りましょう」

天明二年（一七八二）十一月から同三年の五月にかけて、珍しく東北の岩木山が噴火して周辺に少量の火砕物噴石砂などが降下した。被災状況は軽度であったので、当時はそれほどの大騒ぎにはなっていない。このとき、これが大災害を起こす異常気象の最初の兆候であるとは、誰も気付かなかった。

翌天明三年五月九日、関東の浅間山が突然噴火を始め、七月六日にはすさまじい大爆発が発生した。噴火口からの火砕流は八月初めまで続き、噴火による近郷諸国住民の被災も大きく、合計死者二万人にも及ぶ大災害となったのである。その降灰は江戸の街にも及び、風が吹くと立ち上がる灰神楽に多くの庶民は目を傷めることになった。幕府も被災地方の田畑再墾に力を注ぐよう命じ、米の備蓄を禁じるなどの措置を講じたが、上野、下野、常陸、武蔵、信濃、越後などの被災地では、食料に困窮した一揆が起こり、その取り締まりに苦慮した。

悪いことは続くもので、日本人には分からなかったが、天明三年から五年にかけて、アイスランドの火山（ラキ火山、グリムスヴォト火山）に世にも稀な大噴火が発生し、その膨大な火山噴火物が上昇して成層圏にまで達し、北半分の地上が覆われたため、日照量を減少させ、北半球全般は低温化の異常気象となった。この現象を気象学者は〝日傘現象〟と呼んでいる。この現象による冷害や、噴火降灰によって、東北・関東各地の農作物は壊滅的な被害を被った。大凶作によって食物を失った東北農民

の餓死者は数万人にも及び、世間ではこれを「天明の大飢饉」と称し、江戸四大飢饉（寛永・享保・天明・天保）にも数えられている。

この近世最大の飢饉によって、農村部から逃げ出した農民（逃散難民）は各都市部に流入し、江戸、大坂では治安が悪化していった。また、地方でも難民が暴徒化し、各所で富裕商家を襲い、略奪や打ち壊しを始めたのだ。この無法状態は次第に全国各地に波及していった。

そこで幕府首脳部は、各地の代官、領主に命令し、この騒動を何とか権力によって鎮圧させたのであるが、このような大規模地域の同時災害では、これまでの体制による治安維持に限界があることを強く感じた。いずれの地域でも、非常事態発生時においては、平時から各藩を跨ぐ広域連携組織を構築しておいて、その機能を強化させておかなければならないことを強く認識したのである。

この東北大災害にあって世間の注目を浴びた一人の藩主がいた。陸奥白河藩主の松平越中守定信である。定信の父は田安中納言宗武で七代将軍徳川吉宗の次男だ。定信は宗武の七男であったが、生来文武に優れ、次期の将軍候補でもあった。しかし、安永三年（一七七四）、幕命により白河藩主松平越中守定邦の婿養子とされた。この縁組の裏には、老中田沼意次の画策があったとされているが、真偽については不明だ。

飢饉が始まった天明三年に定邦は隠居し、定信が二十四歳で家督を相続する。この災害に遭遇して、定信は、直ちに藩士の禄を減じ、租税の免除、藩内全員の質素倹約を励行する。また、商人達にも協力を求め、分領になっている越後から産米を取り寄せて集め置き、更に不足分を会津、江戸、大坂の各方面から米や雑穀類を買い集め、すべてを領民に配布したことで、藩内に餓死者を出さなかった。

無論、御三卿の一族ということから幕府の援助もあり、東北他藩に比べて有利な立場にはあった。

幕府はその後、この大災害を教訓として、冷害に脆弱な農地における稲作技術の改善、新地開墾を奨励するなどの重農主義対策を講じて、食料を確保することに重点を置く農業政策に転換していくことになるが、いずれにしろ、この世紀の大災害に遭った事態を、迅速果断な藩主の行動によって切抜け、農民の犠牲者をなくした対応によって、定信は天明の危機から藩を救った名君と評価されるようになり、老中に抵抗なく任ぜられることになったわけである。

林子平は、江戸湾が見渡せる築地鉄砲洲の海辺から松平越中守下屋敷前を通り、稲荷橋を渡って築地西本願寺の表門前に出た。これから新橋の東側で木挽町三丁目にある工藤平助の屋敷に向うところだ。相変わらずの下駄履きで歯音を立てて歩く。天明三年の十一月も終わりの頃だ。平助の屋敷は采女が原馬場の近くにあり、その馬場では吉宗によって復活した打鞠（ポロ競技）の訓練なども時々行われている。

平助は、仙台藩医ではあるが、藩主から屋敷を藩邸外にも持つことを許されていた。それは実父長井基孝（大庵）の友人で、養父の工藤安世《やすよ》（丈庵）が高名な武芸者であると共に、前藩主の侍医を務めていたことによる。十三歳で工藤家の養子となり、二十一歳で家督を継いだ平助は、この養父に武芸、漢籍などを徹底的に教育されている。但し、医学については、平助がオランダ医学に興味を抱いていたため自由裁量にしてもらっていたのだ。

現藩主の伊達重村《しげむら》にも大変信頼されており、著名な医学者である中川淳庵や野呂元丈に学んだ平助の医師としての実力を認めている。また、漢学・儒学は青木昆陽、服部栗斎に、蘭学は杉田玄白、前野良沢に、そして、その師でオランダ館長江戸参府に随伴する大通詞の吉雄耕牛にも、海外事情を学んでいることをよく承知しており、信頼し、頼みにしているのだ。

社交的で、器量人である平助の屋敷には、このような医者、本草学者、蘭学者、その診療を求める人々の他に、いつも異質な人物が全国から集まり、面談を求めている。よって、平助は自然に各地の情報が入手出来る。午前中は病人を診療し、午後は面談者との会談、夕方からは家族との食事・団欒で過ごし、夜は自身の執筆や時事研究という流れが、平助の一日の主な日課となっていたが、これはあくまでおおまかな原則であり、自身の都合でかなり自由に変更がなされていた。面談者は、文人墨客は勿論のこと、町役人、輸入物品を扱う商人、各藩の江戸藩邸用人、美術工芸家、料理人、職人、侠客、芸者などと様々だ。その中に尊王思想家の高山彦九郎、憂国の士である谷好井などもいた。今、この工藤邸に到着した林子平などもその一人であった。

東西に長い工藤邸は、北側にある広大な松平和泉守中屋敷敷地内の西南角にあって、道路を挟んで西側は大きな堀川に面している。表道路に面した屋敷門は、隣の大名屋敷を憚っているのか、小型に建てられている。とはいえ内部の敷地はかなり広く、五百坪くらいはありそうだ。工藤には家族も多いので、近年屋敷を増築し、本屋は二階造りに建て替えている。また屋敷門の東棟は隣家に沿って長く延長され、使用人の住居などに使われているようだ。その東棟の一部は二階造りとなっていて、サワラの厚板を使った湯殿があり、遠方からの来客をもてなしているという話もある。

しかし、来訪者を誰でも不用心に入れているわけではない。訪問時に門を入るには、二人の屈強な門番の検閲を受けなければならない。訪問者の氏名改めがあり、急用者を除き、原則として、予め予約簿に記載してある者のみが屋敷内に通ることが許される。無論、腰の刃物は門番に預けることになっていて邸内には持ち込めない。門番は予約簿と照合し、訪問者によって数種の色に塗り分けた番号札を渡す。子平には青札の三番が渡された。

——平助殿は、近頃は厳重に管理されているな。

そう思いながら邸内に入ると、邸内には葉の落ちた桜の木が沢山植えられている。案内人の話では、その中には新築祝に贈呈された大藩の藩主や、元老中からの珍しい桜樹もあるという。その樹間を縫って広い石畳の敷かれた通路が奥に延びている。石畳の道が左右に別れたところに金木犀の大木があって、そこで右側に進むように案内された。本屋北側には別棟があり、その東端に田舎家風の瓦家屋が見えて来る。この古家は以前のまま残っているようで懐かしい感じがした。最初は萱葺きの屋根であったが瓦葺きになっている。幕府の防火政策で、この一帯は瓦や銅板の屋根でなければ許可されないらしい。

案内人はそこで門の方へ引き返した。

薄暗い家の中に入ると、広い三和土の土間があって、その奥の方に赤く熾きた炭火が見える囲炉裏部屋が見える。囲炉裏の周りには、長板張りの小机が土間側以外の三方を取り囲んでいる。火を囲んで、会議でも食事でも出来るようだ。そこにはどこかの武士らしい二名の先着訪問者がいて、一服したり、白湯を飲んだりして話し込んでいる様子だ。言葉にふと北国の訛りを感じたが、子平は、その先着人の二人に一礼して土間を横切り、奥に続く通路を便所に向かった。何度か来訪しているので勝手は知っているのだ。

子平が用を足して土間に帰ってきたときには、もう二人の姿はなかった。面談のため別室に呼ばれたのであろう。脱いでいったと思われる草履が見当たらないが、屋敷の小者がどこかへ片付けているのかもしれない。子平は、上がり框に腰かけて膝を組み、懐から『赤蝦夷風説考《あかえぞふうせつこう》　上巻』の写本を取り出し、改めてその序文を見た。この書は天明三年癸卯正月に平助が上梓したものだ。

工藤平助が上巻の序文に記しているように、天明元年四月二十一日にそれまでに聞き書きした「カムサカス　オロシア　私の事　ゼオカラーヒ　アイヌの用具　赤蝦夷人図説　オロシア文字の事」などを合冊して下巻としている。但し、平助は、上巻序文の最後に、読者は上巻一冊で足りると思う、下巻は読まなくても事足りると記している。

序文では概ね次のように述べている。

　カムサスカとは赤蝦夷の正しい名である。よく調べたところでは、阿蘭陀の東どなりに、オロシャ国があって、都をムスコウビヤという。我が国では、ムスコベヤと呼んでいる。オロシャは、寛文年中（一六六一〜七二）ごろから勢力をえて、正徳（一七一一〜一五）ごろには、奥蝦夷のカムサスカの国まで従えてしまう。蝦夷とカムサスカの間に、千島の島々がつらなる。ここをも、オロシアは享保（一七一六〜三五）ごろから侵しはじめ、城郭を構えているともいう。オロシア人たちは、ときどき松前の近辺に漂流してくるそうだ。オランダに接しながら、そこから奥蝦夷まで手をのばしてきたと聞いている。以上の事情を考え、また松前での取沙汰と、オランダ本（『Geographie・ゼオガラフィー』および『Beschryving van Rusland・ベシケレィヒング　ハン　ルュスランド』）

の記載とが一致する箇所もあるし、わたしの考えもいれて珍しい話の一書とした。さらに私見の証拠もあげて一冊を加え、あわせて二冊とする。

上巻の内容は、赤狄風説の事としてオロシア国が大国であること、日本への思惑、交易のことなどがかなり詳しく述べてある。今のところ、日本の北方事情について、これ程の現状認識を記載した書物は他にないだろう。また付録として、蝦夷地に東西の区別ある事、西蝦夷のことなどとして、田沼老中が飛びつくような、蝦夷地金鉱の所在などを詳細に記している重要な情報書でもあるのだ。但しこの『風説考』では、子平の考え方とは異なる外交的に重要な意見も記されているので、本日、面談の上、これを確かめたいと思って来ているわけだ。

取次の用人が左手の奥から現れて土間に入ってきた。子平を案内するためであろう。この待合所を結ぶ通路は、便所方向と左右方向の三方に設けてある。

「お待たせしました。どうぞこちらへ」

屋根付きの渡り廊下を進むと、先方に奥庭が見えてくる。形のよい常緑樹が植えられていて、地面の所々には菊や萩などの秋花が揺らいでいた。二十歳位の女性が、その中から手折った黄色の菊と紫の桔梗を手にしてこちらを向いて立っていた。子平は無骨に会釈した。この女性は、平助とその妻遊《ゆう》の長女綾子（後に女流文学者となった只野真葛《ただのまくず》）であった。

案内された部屋に入ると、今は蓄髪している平助（剃髪時は周庵とも）が大机に向かっているが、まだ客人の残していった気配が僅かに残っている。平助は先客が置いていったらしい数冊の書類を読んでいたようだ。

「やあ、待たせたぁ……話が意外に長引いたのでね」

子平はよく通る平助の声を久しぶりに聞いたが、早速思ったことを口走る。相変わらずのせっかちだ。

「綾子さんはますます美人になっていますね」

藪から棒に長女の名を聞いて、平助は面食らったようだが
「遊に似たのだろうよ。庭に居たのかな」

遊は同じ仙台藩医桑原氏の娘だった。

「周庵さんの娘には見えませんよ」

「もう周庵は止めてね、今は万光《ばんこう》ともいう」

平助は、藩主に命ぜられて蓄えた頭髪を摩ってみる。

「まあ、どっちでもいいですが、全く惚れ惚れしますね。さて、例の『風説考』ですが、さすがに先生ですね、北方情報がよく分かり大変勉強になります。なお、この書の中で問題のある場所について、幾つか教えていただきたい所がありましてね。ところで、田沼御老中へはうまく届いたのですか」

子平の複数項目を含む発言には戸惑ったが、後の方から答える。

「御老中にはその筋を通して運動しているところだよ。まあ、何とかなるだろう。えーと、子平殿の言うその問題点、または疑問点かな……何でもいいから一つずつ聞いてくれ」

平助が一重瞼を上げて子平を見た。子平は大きな目玉をくるりと向けて言う。

「長崎人の物語のところ、ベンゴロウ（ベンゴロウ書簡）のことです。実は、私も長崎で耕牛先生からその写しを拝見し、意見を求められました。無論、極秘ですが。あの訳文は、担当された通詞殿が、

誰かの指図で、書簡の原文をただの謝礼状に直したものと思い、そう申し上げました。そこにはですね、当時、幕府にまともな原文訳を出した場合の影響を避けた意図があると思いますね。この指図をした人物が問題です。また、私の考えでは、ベンゴロウは日本に漂流したことになっていますが、本当にそうだったでしょうか。彼らは、千島や日本の東岸付近の海流などには精通していた筈ですからね。私は日本の情勢調査に接近していたものと考えていますが、先生も同じお考えのようですね。問題は、ベンゴロウとオランダ人との関連です。当然、裏では繋がっていると見なければならないでしょう。東洋を狙う遠国者同士ですからね。先生もそれはお見通しでしょうが、退散したベンゴロウはともかく、幕府は北のオロシア人も、南のオランダ人も、このまま放置しておくつもりでしょうかね、その辺の御意見をお尋ねしたいのです」

平助はそれには答えずに逆に尋ねる。薄い瞼は閉じている。

「第二の論点もあるらしいね、この際、続けてくれないか」

――先生は、先程一つずつ聞いてくれと言っていたのだが……

子平はそう思いつつも、ぼそぼそとした声に力を込めた。

「第一のお尋ねとも多少重なりますが、先生の『風説考』では、北辺に進出してきているオロシア人とも交易の道を一本作った方が、日本にとって有利な方策であろうという御意見ですが、それはオランダとの紅毛交易と同じような正式交易の認可ですね。また、更に俵物交易だけでなく、蝦夷地にある金銀銅の鉱物類についても、開発して実施する御方針ですが、これらは、横行している抜荷を防ぐ方策にも通じるのだというお考えですね。この御意見が私にはよく理解できないのですよ。果たして相手のオロシア国が、日本に対して、オランダのような貿易友好国になると判断してもよいのでしょうか。そこが疑問のところでしてね。オロシアはかなり以前から、温暖な日本列島を勢力下に組み込もうとして、虎視眈々と狙いを付けて準備していたようです。それこそ一歩一歩とさりげなく、姿勢を低くして獲物に近づいて来ていたわけです。何しろ日本人漂流民を拿捕して、自国内の日本語学校の語学教師とする国柄ですよ。私にはまさしく虎か白熊のような獰猛な本態が見えてくるような気がします。先生、このような相手を軽く見ていてもいいのですか……」

家人が、煙草盆と土瓶や湯飲み茶碗などを盆に載せて、それぞれ二人の前に置いていった。平助は土瓶に入ったドンケレ テー（紅茶）を白い茶碗に注いで、よい香りがする褐色の湯を一口飲んでから言う。

「子平さんのオロシアへの懸念はわかる。但し、我が国北方の状態については、まだよく認識していないようだ。これは無理もない話だと思う。日本人が今日まであまりにも国内外の情報不足に置かれていた結果なのだよ。私にしても、この度『風説考』を纏められたのは、運よく北方に多くの人脈が得られただけに過ぎない。ところで、今の日本人のうちで、北方の現状認識を正確に持つ人間が一体何人いるだろうか。恐らくいないだろう。オロシア人、蝦夷人、松前藩の役人、抜荷を取り仕切る運上屋の商人などの実情や、交易の場所などが、現在、どのように運用されているのかについてだ。それから、蝦夷と蝦夷人についてはね、別に付録として詳しく記したものがあるから、後で写しを差し上げるよ。土着の民だけに独特な生活習慣がある。無論、言葉や風俗にもね……」

平助は、片手で、土瓶の中で濃くなりすぎた液体を茶碗に注ぎながら続ける。

「その前に、我が国の北西部には、とてつもない大きな極寒の大陸と連なる半島や島々が、無数にあることを考えてみよう。そこの住民は、ほぼ一年中寒さに耐えて生き抜いている。だが、周辺を広く見渡すと、南の海には年中太陽の輝く大きな島があり、温暖で植物が茂り、人も動物も豊かに暮らす土地がある。我々もそこに暮らしてみたい。そうした希望が生まれてくるのは当たり前だろう。人間がそのようなあこがれを持つのは自然の摂理でね。おまけにだ、黄金や銀などがいくらでも地中に埋まっていると知ったらどうだろう。人は、その国土を何とか手段を講じて手に入れたいと思うに違いない。欲望は限りなく発展するものだ。まあ、これも動物にある縄張り争いと同じで、生物に生まれ備わった生存欲だと思うが……。関連して本邦の金山の話になるがね、田沼御老中が、平賀源内の話に乗って、鉱山開発を方々に試みていたことは知っているだろう。ところが、その源内もある事件に巻き込まれて死んだ。安永八年（一七七九）の暮れに獄中でね。死因は、後に破傷風ということになっている……。優秀な頭脳を失ったことは残念だが、これも恐らく欲が絡んだ結末に違いない。幸い源内の友人で、戯作者の平秩東作《へづつとうさく》氏が、浅草橋の総泉寺に葬ってくれたようだ」

そこで平助は、また茶碗のテーを呑んだが、砂糖を入れ忘れているので苦い。子平も、注ぎ置きして冷めた、少し苦みのある液体を喉へ流し込み、口をへの字にした。平助は声を新たにして淡々と続ける。

「ここで話を戻すよ、あれこれ飛んではいるがね。えーと、人々は始めは物々交換、そして交易交渉、各種の文化交流、やがては移住や利権がらみの買収、強制接取、交戦占拠などが起こる。そうした脅威なしとは言えない国が、近辺にはいくらでもある。広大なオロシア国の東端カムサスカ、千島の島々、蝦夷・松前の西側にある大陸の韃靼《タルタ》、朝鮮、大清などの地勢と支配、権益の知識は十分あるのかな。先程のベンゴロウ書簡に、訳者の意図的な改変が加えられたとすれば、幕府中枢にオロシアの脅威は伝わらなかった。しかし、実際問題として、今の日本には、他国と戦をするような余力は全くない。戦闘能力を整えようと考える先見のある人も居ない。裸の島国だ。このような状態では、現状の認識を植え付ける手段が必要だ。先ずは幕府の為政者に、北方の事情書を読んでもらうこと。そうして必要な調査を計画実行させたい。そのための第一歩が『風説考』の提出なのだ。えー、ここで重ねて言うがね、私がオロシアを軽く見ていることはない。脅威に思っているが、今争うとこちらが不利なことになることは明白だ。これは、先ず幕府に北方の貿易政策を考えさせて、蝦夷地の調査を行ってもらうための一つの手段だ」

子平はここで、心中が見えたというように大きく頷いてみせた。

「その的を御老中の田沼様に絞って、重商主義の頭を北方の蝦夷地に向けようというわけですね。金鉱もあるし……」

平助は、子平がやっと理解してくれたようだと思った。そして、その子平が言った田沼老中という言葉が頭の中心部を動かした。昨年の印旛沼・手賀沼開発事業の件で活動した勘定奉行の松本伊豆守秀持の顔が浮かんだ。田安家家老も兼任していて老中の信任も厚い。なかなかの人物だ。秀持が、田沼意次老中の子息である意知とも深い付き合いであることも知っている。意知は開明家であり、蘭学に深い興味を持っている。但し、酒癖と女性関係にはやや難があるという。だが、今はそんなことを言っている場合ではない。『風説考』については、秀持、意知の線で更に押し進めてゆこう。

平助は眼を大きく開いて、子平に向かって考えを告げる。

「むしろ御子息の意知殿の方が乗りが早いだろうな。今月には若年寄にも任ぜられているのでね」

子平は長崎で吉雄耕牛から、「田沼御老中の御子息意知殿は蘭書も読み、対外的に日本の防備体制を懸念している開明的な人物である」と聞いたことがある。江戸の長崎屋では、耕牛先生が意知殿をオランダ人に仲介していることも知っている。そのときに、耕牛が依頼されていたのは、館長チチングに対して、貿易船の建造と外国人船乗りの日本誘致の仲立ちであった。海禁の日本にあって、外海に目を開いている数少ない人物だ。

子平はこの際、彼を仲間にすれば都合がよいかも知れないと思ったが、多分、現体制に批判的な尊皇家の高山彦九郎は反対だろうな、そう思って苦笑した。

「では、彼は〝ホルチスヤマト〟の理解者と見てよいのですか」

子平は、いつもながら頭に浮かんだことをすぐに発言したが、平助は何故か黙っていた。何か考え事でもしていたのであろうか。このときの二人には、しばらく後に、田沼意知をめぐる予期しない出来事が待っているとは思いもよらなかったのだ。

この年の暮れ（二十七日）から数日間にわたり、未申《ひつじさる》（坤《こん》・南西）の方角の夜空に、怪しい彗星が出現した事実がある。青白い髪を引くようなこの星は、薄気味悪い不安感を与えて、人々は凶兆視するのだ。後の人々は、これを田沼時代の崩壊を予告する神霊現象であったと受け取っているようだ。

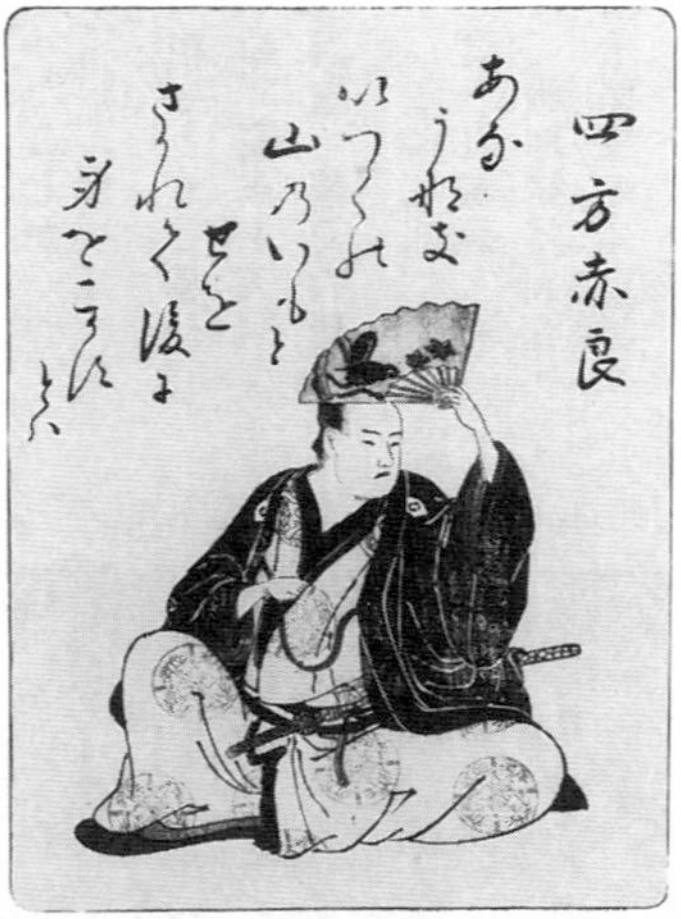

図 24　（上）四方赤良（太田南畝）、（下）谷風梶之助
（『ヴィジュアル百科江戸事情 第４巻』より）

（二四）萬歳楽　天明四年（一七八四）

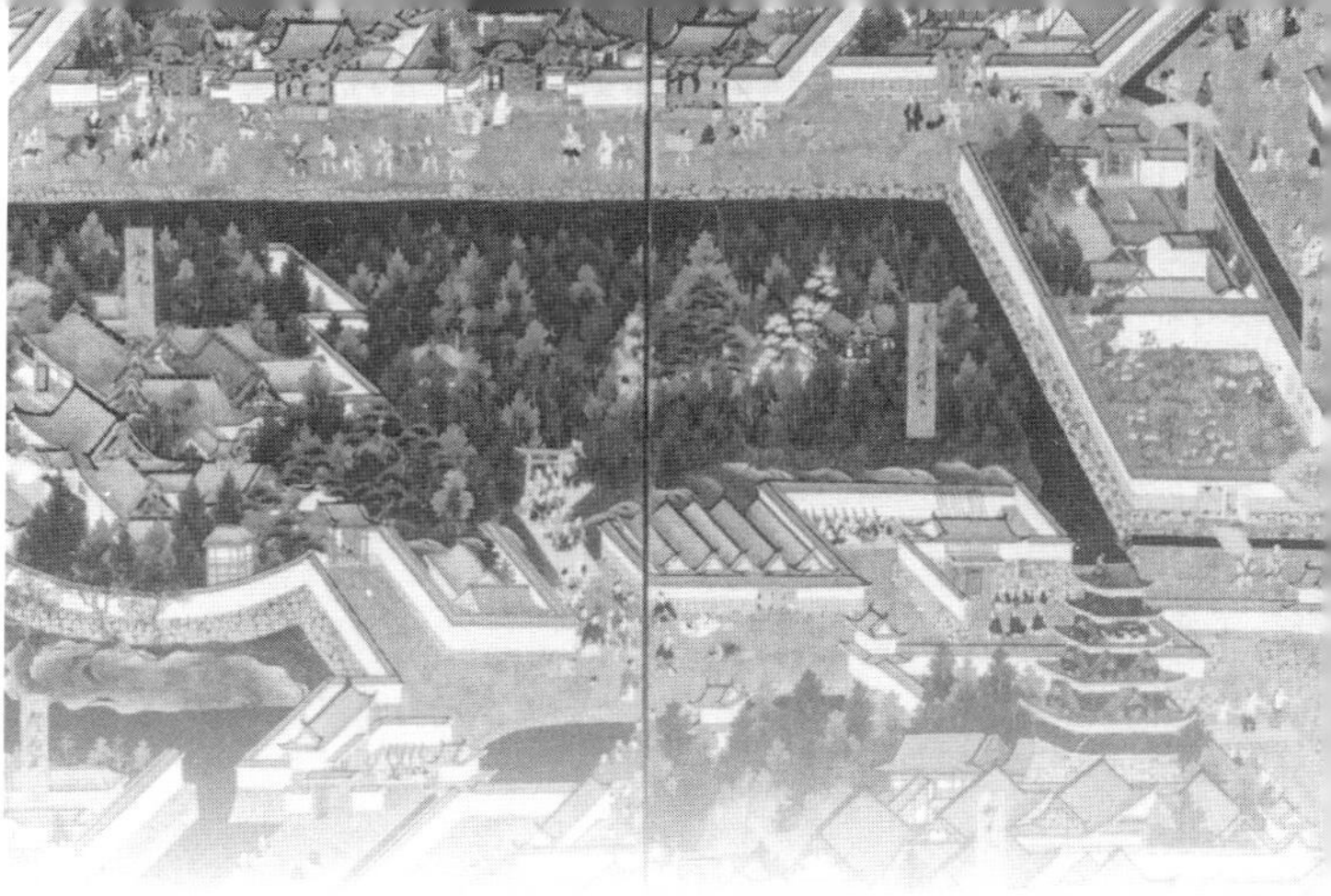

登場人物

工藤平助　五十五歳　仙台藩医・経世論家

高山彦九郎　三十七歳　尊王思想家

太田南畝　三十五歳　御家人・狂歌師

朱楽管江　四十四歳　御家人・狂歌師

平秩東作　五十八歳　戯作者・狂歌師

朧月《おぼろづき》　不詳　望汰欄若女将

松本秀持　五十四歳　勘定奉行

土山宗次郎　四十五歳　勘定組頭

谷風梶之助　三十四歳　大相撲・西大関

誰袖《たがそで》　不詳　新吉原妓楼大文字屋遊女

三保崎《みほさき》　不詳　新吉原妓楼松葉屋遊女

江戸深川の洲崎と呼ばれる湿地帯は、元禄の埋め立て当時には考えられなかった景勝地となり、今は潮干狩りの名所ともなっている。一帯には民家が立ち並び、中には鮮魚料理を提供する有名な高級料亭もあって、粋人の恰好な食事処となっていた。もっとも、この洲崎は、百年後に根津の遊廓が洲崎弁天の東側に移転してきたため、吉原の「北国《ほっこく》」に並ぶ大歓楽街の「辰巳《たつみ》」に発展していくことになるのだ。

天明四年（一七八四）二月、春とは名ばかりの冷え冷えとした大気の中、料亭「望汰欄《ぼうだら》」の奥座敷には、数名の歌人が狂歌合《きょうかあわせ》に集まっていた。狂歌といっても狂人の歌という意味ではない。字引では、万葉集の戯笑《ぎしょう》歌や、古今集の俳諧歌の伝統を承けた短歌をいうとある。また、夷歌《えびすうた》、夷曲歌《ひなぶりのうた》などともいうらしい。要するに和歌の滑稽な、鄙びた詠み方のことである。

「歌は人の心を種として、言の葉しげりそふものなれば、只情《こころ》の丸いがよいとなり。（中略）梅といへば口に酢たまり、苦参《くらら》の咄《はなし》には顔をしかむるなれば、十王の口澄《くすん》だ貌《かお》、天狗のはなだかう慢《まん》ずるものも、此の歌を聞きもしよみもせば阿々々《あはは》とこそあらずとも、屈々《くつくつ》とは言うべし。現在の果《くわ》にてきしかたゆくすゑを知るといえば、此わざを忘れず、今より終《つひ》の夕《ゆふべ》までも、腹たてずの正直坊《しょうじきぼう》、笑ふのもならば、情《こころ》の角菱《かどひし》の病ひしひしと癒え、真丸《まろ》になりなん後、人仁《にんじん》といふこころを持薬に用ひば、彼の笑ひ佛とやらんにならざらめかも」（『古今夷曲集・序文』より）

座敷には、やや厚手の羽織を着て脇差を腰にした武士らしい人物や、商家の旦那のような腹の太った男などが三人居て、あちらこちらにごろごろしている風情は緩やかで、四角に座っている人物はいない。上手《かみて》、下手《しもて》には手あぶりの大きな火鉢が置いてある。上の火鉢の傍に六十近い年配者で剃髪した痩せ男がいて、太い煙管の先に付いた大きな火皿に煙草を詰めている。青銅佛手柑高彫狂句入刀豆形煙管という護身用の喧嘩キセルだ。長さは七寸くらいか。

その男、平秩《へづつ》東作（稲毛屋八右衛門）が、隣にいる若旦那風の四方赤良《よものあから》（太田南畝）に、長い顔の皺を擦りながらそろそろと近寄る。

「〝月見むとわがかよひじの酒もりは〟……もう始めませんとね、時は待ちませんよ」

赤良は四角な顎を撫ぜながら彼の萎びた顔を見返す。

「〝よひよひごとに内も寝かさず〟……志月庵の月見歌じゃああるまいしね、じゃあ、この辺で飯にしましょうか、ねえ、あけら管さん」

丸顔の朱楽《あけら》管江（本名は山崎景貫）が、月には合わない赤良の顔を見てふふと笑い、彼の望汰欄月待の下句で答える。

「〝月影さむし宵の口塩〟……でも、夜の洲崎は月を眺めないとね」

東作がここで提案する。

「どうですか、折角の機会だから、四方山人の朗詠で鈍奈法師の述懐《じゅっかい》を聞かせてもらいましょう。そのうちに待ち合いの客人もお成りになるでしょうからね」

あけら管（管江）もお月さんが笑うような顔で頷いた。

赤良は観念して、太った腹でよいしょと立ち上がり、腰から扇子を抜いて、手に打ちながら節をつけて歌った。四角な口からは、思いがけない丸みを帯びた歌声が流れ出る。

〽思うこと　かなはねばこそ　うき世とは　かねて存じて居りぬれど　ややそろばんの　けたちが

ひ　二六時中にかねほしと　まなくひまなく　ふじのねの　もえつくとはに思へども　もっての外《ほか》に　さぶろくの　ゆきや氷にとじられて　はたらくことも　かたをなみ　あしずりしつつなにしかも　人をうらみん　さりながら　ふつまりなりし　年のくれ　ただかけごひの　かほを見てなきぬべらなり　後悔の　かへらぬながら　くりごとを　ゆる時なくかくなはに　思いみだれて勘定の　たらぬがちなる　足引きの　山した水の　にげかくれ　戸棚の中に　ひとり居て　あわれあわれと　なげきあまり　せんすべなみに　よこにねにけり

そこで東作が腰を振って反歌を歌う。ゴロゴロした老人の音声だ。

八重葎《やえむぐら》おほかる宿の冬がれも　などかけごひにさはらざりけん（『徳和歌後萬載集』）

廊下から小さな拍手が起こった。いつの間にか、望汰欄若女将の朧月が廊下に座っていたのだ。白い顔にはまだ小面《こおもて》のようなあどけなさを残している。小さな口元から鈴を振るような声が鳴る。

「すばらしい。もっとお聞きしたい……」

おだて文句に乗って、赤良の口からは歌が飛び出る。

煩悩の犬もありけば朧夜の　内侍《ないし》が顔にあふぞうれしき

東作も年にも負けずに続ける。

そしてまた　おまへいつきなさるの尻……

下の句は昔のように直ぐには出てこない。頭の廻りが少し渋くなっているのか。

こうした果てしのない歌のやり取りをまだ続ける男達のようだ。笑顔と柔らかい言葉と所作で、その場を繕った朧月の案内で、離れに伸びる渡り廊下を行くと、そこから見える東の海上には丸い月が浮かんでいた。一同は月を左手に見ながら屋根の付いた廊下を進み、木々に囲まれた築山の離れ屋に入った。東南に面した広い座敷と六畳ほどの次の間があり、西側には調理場、北側には手洗所などが付属しているようだ。大広間の中央にはでこぼこの縁を付けた長い杣板《そまいた》がそのまま置いてある。大欅の根本までを大がひき（大鋸）で縦挽きしたものであろう。無論、太い同材の枝を用いた足が付いている。存在感のある天然材のターヘルだ。

若女将の案内で部屋に入った。三人は空いている南側に並べてある床几のような折り畳み椅子の方に向かう。

「床几のほうが食べやすいでしょう。足も楽でしょうし」

朧月はそう言って東作の方を見る。欅のターヘル北側に腰かけていた一人は、五十半ばの男で蓄髪の医者工藤平助（周庵）だ。また、その隣りには角ばった顔の遊歴思想家の高山彦九郎正之《まさゆき》が居た。

一同が順不同に腰かけると、平助が挨拶する。

「皆さん、狂歌会は如何でしたか。御免を頂いてお先に一杯やっています。えー、こちらは高山彦九郎殿です。既にご存じでしょうがね。あー、初対面の方も居るのかな」

すると真ん中に腰かけた朱楽管江が丸い顔を回し、対面する二人に頭を下げて言った。

「晩功堂（工藤の私塾）の周庵先生、本日はお招き有難うございます。私は高山殿には本日初対面です。狂歌見習い中の朱楽です。よろしくお願い致します」

彦九郎は管江に会釈を返してから、太い眉を上げて、向かって右端の東作を見つめて言う。

「早速ですがね、平秩殿、蝦夷の話をお聞きしたいが、如何ですか。最近、松前へ行かれたことを工藤先生から聞いております。私は、オロシアの蝦夷進出を心配していましてね」

東作は性急な彦九郎の問いに、皺の深い顔を撫ぜて答える。

「あのですねぇ、私は、今回、松島まで月見の旅行で出掛けただけですよ。ところが、連れの新井庄十郎氏が、どうしても松前まで行くというのでお供したわけです。実際のところ、松前、蝦夷、オロシアの関係は誠に複雑でしてね、どうなっているか、私の身分では調べようもなく分かりません。特に勢力範囲がですね……。おまけに、松前藩では、役割上の何かごたごたがあってですね、取り込み中でした。私は関わり合いを避けるため、とんぼ返りで戻ってきた次第です。もっとも、同行の新井氏は、残って何か用事を済ませると言っていましたが……。多分、蝦夷方面の情報収集でしょう。ですから、このたび周庵先生が書き上げた『加摸西葛杜加《カモシカツトカ》（赤蝦夷）風説考』下巻以上の内容は知らないのですよ。ええ、ただ、ある筋からの情報ではですね、幕府は近々に蝦夷地調査団を結成して派遣し、現地調査を開始するということではありますが」

要点をぼかしたような東作の返答だ。また、松前行きを同行者新井庄十郎に被せていることは明白だ。部屋には中年の仲居が二人掛りで調理場から酒や肴を運んできている。ここで、平助が右手の扇子を上げてよく通る高音をあげる。

「〝魚木《うおき》に登る景色あり、月海上《つきかいしょう》に浮かんでは〟まあ皆さん方、兎が波を奔《はし》る気配も感じますのでね、先ずはこの屋の料理を賞味しましょうよ、乾杯」

若女将はこの間合いを逃さず、鈴玉を転がすような音声を発した。

「本日はご来店頂きまして誠に有難うございます。時期が少々早いかもしれませんが、蛤鍋《はまなべ》と白魚を用意させていただきましたので、どうぞ宜しくお願い致します」

濃紺の法被姿をした若い男たちが来て、欅の杣板には二ヵ所に厚い杉の敷板を敷き、それぞれに備長炭の熾火が入った素焼きの焜炉を据えた。仲居はそこに蛤の入った鍋を掛ける。中にはそれ以外には何も入れていない。薄紫色の白濁した汁が、縄文時代と同じように漂う。すると誰かが呟いた。

「これはこれは、……蛤だけだね」

ここは船で鮮魚の集まる江戸の洲崎ですから、という気概があるのだろう、若女将が顔を上げて答える。

「潮仕立てです。皆さまが召し上がっている灘の酒を入れただけですよ。さあ、口が開いたところを召し上がれ。固くならないうちに」

地方の調理では、セリやダイコンなど野菜の具を入れるところが多い。また、味付けには塩ばかりでなく、混布、鰹節、味醂などを使ったり、醤油仕立て味噌仕立てもある。葱と卵で綴じることもよく行われるが、何も他の味を混ぜないで主役の味を尊重するのが江戸の料理だ。白魚も同じで、ただ茹でただけの真っ白な白魚を、網代模様伊万里大皿に盛り、緑色の山葵を添えただけだ。醤油の出汁で食べる。

平助は、皆が蛤鍋を食べ尽くしたのを見てから彦九郎に尋ねる。

「高山先生、最近、林子平氏と逢いましたか」

「いや、このところ暫く会っていませんが、今、彼は江戸に居るのですかね」

「多分何処かに居ると思いますよ。先日、木挽町の拙宅を尋ねて来ました。先生にですね、日本国の皇統を尊重するお立場からの御意見を何か頂きたいと言っていました。……ところで先生、長崎の天文学者北島見信先生の『紅毛天地二図贅説』にある〝ホルチス ヤマト〟の大州構想は御存じですよね。彼は今、その〝ホルチス ヤマト〟の構想を推進するためにですね、日本に隣接する諸国との関係絵図を、もっと明確に確定すべきであるとの意見を纏めているようです」

彦九郎は太い眉を上げて大きく頷いた。

「ええ、〝ホルチス ヤマト〟のことはよく承知していますよ。林氏は頼もしいな。逞しく活躍されていますね、羨ましい。但しね、その構想を実現するためには旧態依然のこのままの体制では到底無理ですよ。将来のために考え直して、皇統を中心とした国家規範を確立していかなければなりませんね」

平助は、やはりこの人物は、今の世の中に適応することが難しいかなと感じた。

「彼も、このままでは日本の対外防備力が危ないという持論を持っていましてね、私の『風説考』でも、オロシアの南進と、北方の蝦夷地を心配して問い合わせに来たわけです」

「そうですか。それは是非進めていってもらいたいですね。私も長崎へは是非尋ねてみたいと思っています。外国事情をよく知る吉雄先生（耕牛）や、世界の地図に詳しい本木（良永）先生などに逢って、教えてもらいたいことが沢山ありますよ」

彦九郎がここで声を潜めて平助に囁く。

「大きい声では言えませんがね、特に幕府が忌み嫌う王室（日本の皇統）を中心とした、外国の国家体制のことが知りたいのでね」

そのとき、鍋の向こうで箸を動かしている丸顔の人物の目が一瞬光った。平助は頭を上げて、改めて声を高めた。

「今日はですね、狂歌会の方々に一つお願いがあるので宜しく。これは皆さん既に御存じの話ですが、近年、我が北方の領土にオロシア国の勢力が領土拡大のために南下していましてね、今はクナシリ島、エトロフ島、ウルップ島などにも支配の手を伸ばしています。ところが松前藩は、これに対して北鎮の務めを果たすどころか、蝦夷地には藩臣に〝場所〟と称する給地を与えて、商人に請け負わせています。その商人達はオロシア国との密貿易を行っている状態です。商人は利益優先ですから何でもやりますよ。しかし、このままでは、いずれ北方の我が領土は、オロシア国、その他の国の実効支配下に置かれることとなっていくことは間違いない。私がこのたび、御用人を通じて御老中の田沼様に提出した『赤蝦夷風説考』上下の著書は、これに対する我が国の緊急対策の資料となるものと信じています――、とここまでは前置きです」

そこで平助が一息ついていると、前にいる丸顔の朱楽管江が手を挙げた。

「お話を遮ってすいませんが、教えて下さい。北方の領土の実効支配を目論む国があるとのことですが、オロシアの他の国とはどこの国ですか」

平助は切れ長の目を鋭く朱楽に向けて言う。

「いや、具体的な国を指してはいませんがね。近辺の大陸には、無論、東を睨んでいる国があるし、情報では、昨年、東方彼方の大陸に、オイロパのエゲレスから同じ民族が独立して〝メリケン（アメリカ）〟という大国が出来たようですよ。力を持てば、いずれは船でオランダのように東洋にもやって来るでしょう。――いいですか、では、話を続けます。来る三月末に、御老中田沼様の御子息意知様が、昨年の十一月、若年寄に御就任になったお祝いの宴が行われるそうですね、新吉原で。狂歌会の皆さんが、その取り仕切りを任せられていることを知りました。そこで、私のお願いというのは、当日、この私を皆さんのお仲間として一緒に組み入れてくれませんか。そのお祝いの人数にです。狂歌を捻り出すのは無理ですが、……そこは何とか繕って頂いて。あの意知というお方は、蘭学も勉強されているようで、オランダ船を見習って大洋航海船を造りたいらしい。長崎奉行を通じてカピタンのチチングにバタビヤの船大工を招く計画を進めていると聞いています。私には、当面のオロシアを相手にするために強力な味方が必要なんですよ。それに、私とは話が合いそうな人物なのでね……。正直な話、まあ、この際近づきになりたいのですよ」

東作は端の方に居たが、痩せた半身を伸ばし、自慢の煙管を両手で握り、目を瞑ってそれを額に当てながら言う。

「私は同意です。でもよくご存じですね、参ったなぁ、さすが周庵先生のところへは、東西南北の情報が集まっている。当日は先生、謡曲でも披露して見せますかぁ……」

先手を打たれた太田南畝は、丸く太った胴に乗った四角な顔を窄めて、

「我らも全く異存ありません、喜んで従いますよ。何でもやりましょう。ねえ、あけら管さん」

隣で丸い顔が合点と頷いている。

早くも天明四年の三月二十四日となっていた。時は思いがけなく急速に流れている。

狂歌会の平秩東作は、勘定組頭の土山宗次郎孝之から、本日の吉原遊廓での宴会進行の一切を任さ

れている。表向きは狂歌会の定期宴会となっているが、実際には、土山組頭が田沼意知の若年寄昇任のお祝い会を設定しているのだ。老中田沼意次の腹心で、嫡子意知とも密接に接触している勘定奉行の松本伊豆守秀持もお相伴役として招待している。その意を含んだ東作は、八つ（午後二時）に会員の太田南畝、朱楽管江の二人、および本日の特別会員となっている工藤平助を伴って、会場の吉原遊廓揚屋の三浦屋に乗り込んだ。指名している花魁の到着にはまだ十分時があるが、本日は、接待者を満足させるための会場設営が必要なのだ。三浦屋二階の大広間に上がった東作は、先ずは日ごろから顔見知りの芸者や幇間（太鼓持）を呼び、出世祝に相応しい宴席の設営と催し物の段取りを始めた。

その中でも東作は勝手に憶測している。

――こちらは昨年、土山組頭の命令を受け、命がけで北端の松前まで、新井庄十郎と一緒に出張してきている。その慰労会の意味を含めての宴会である。だから費用はいくら掛かってもかまわない。すべて土山持ちなので遠慮はしないつもりだ。

東作は両手を擦りながら

「えーと、細かい段取りは後で相談するとしてだね、先ずは上段主賓の二名が並ぶ席から見て、左側はその御供、それから狂歌会の我ら、右側は二人の呼び出し太夫とその連れ人、それから皆さん方の席とする。ここまではその辺の素人でも考え付く。ところがね、今日は特別に有名な人物をお呼びしている。誰だと思う。最強の大関谷風梶之助だ。何しろ図体がでかいので、何処に据えるかが問題なのだ」

この難問に、宴席作りには慣れている芸者と幇間も首を捻ってしまう。苦み走った顔の幇間がポン

と腹を打って

「据える処に困ったときにはど真ん中とも言いますぜ」

座敷の中央に座ってもらうという意味だろう。すると傍から芸者が心配そうな顔を作り

「どでかい置物で、周りからの見物にはいいかもしれませんが、ただ本人が金茶金十郎《きんちゃきんじゅうろう》（馬鹿垂れ）にされたと怒りませんかねぇ……」

このとき、四方赤良が寝惚けたような四角な顔を突き出して

「確かに、ど真ん中では重しが効き過ぎるかもね、も少し下げてみたらどうです」

そこへ東作が皺の寄った顔を顰めてぬっと出す。

「下座《しもざ》を嫌う大関ですぜ。それに角界一の気難しい関取だそうでね」

「いや、ただ座を下げるわけではなくてね、その後ろ側に細工をするのですよ。つまり最上席を作ること」

「へぇー、そんなうまい仕掛けがありますかね」

「男衆の方、藁縄と白紙を下さいな」

男衆と呼ばれた小者が階下に行って直ぐにそれらを持ってきた。赤良は長い藁縄三本を綯る。白紙を切って四手《しで》（紙垂）を作り、その中央部に取り付けると注連縄が出来た。それを左右の鴨居に張って取り付けた。

「この注連縄が結界で、この内側に赤毛氈を敷いて神域に繕います。持参した祝樽などの神饌を並べてね。その前の席、つまり神前に座ってもらいましょうよ」

幇間と芸者は手を叩いて言った。

「なるほど、立派な上座になる」

江戸城内中央部の芙蓉の間は、寺社奉行、奏者番、大目付、町奉行、勘定奉行らの詰所となっている。但し、寺社奉行や勘定奉行には役宅制も認められていて、必ずしも連日登城の義務はない。また、勘定奉行には大手門内三の丸に下勘定所もある。勝手方勘定奉行の松本伊豆守秀持は、この芙蓉の間にはあまり落ち着いて居たことがない。忙しい役目なので、他の諸役との付き合いをあまり好まない。また性格的にも陰性なところがあった。本日は幸いにも多くは下城しているらしく、部屋には数名がたむろしているに過ぎない。

秀持は手にした半開きの扇子をパチリと閉じた。先程から何回も開閉の音を立てている。若年寄田沼山城守意知からの下城連絡を待っている。政務を執る御用部屋は、桔梗の間を越えるとすぐの所だが、奥祐筆以外の他職の出入りは禁止されている。機密保持のためだ。その奥祐筆の一人に意知下城の連絡を頼んでいた。

本日は、昨年暮れから延び延びとなっていた彼の若年寄就任祝いの相伴役で同席することになっている。八つ半（午後三時）頃、一緒に下城する約束になっていたのだ。宴会の設営は部下の勘定組頭土山宗次郎に任せてあるのだが、何しろ遊廓での祝い事は人目を引くので、現地に入る前に浅草で某所に立ち寄り、庶民風に着替えの上、吉原に乗り込む算段をしている。

そもそも勘定奉行には重要な役割が多く課せられていた。郡代、代官、蔵奉行、二条蔵、大坂蔵、金奉行、漆奉行、関東取締出役、評定所留役などのすべてが役職に組み込まれているのだ。先年から勘定組頭の土山宗次郎を通じてオロシア、蝦夷、松前藩の関連情報を調査している。オロシアの南方進出の動きが顕著となっているからだ。また、特に松前藩に内紛があるらしい。それに関連して、仙台藩医の工藤平助から田沼老中に提出を求められている『赤蝦夷風説考』という一書がある。成程田沼老中の好みそうな内容なので、文書を付けてこれを何とか上申するように工夫している。実際、これは我が国にとって重要な北方政策となるに違いないからだ。ところが、近年、米価の高騰が続き、勝手方（財政関係扱い）としては租税の徴収、禄米支給などの難問が山積している。また、多摩郡では農民蜂起なども起こっている。庶民にとっては米価高騰に抵抗する手段が外にない。そうした折の私的な宴会だ。なるべく内輪にして事を終らせなければならない。足を引っ張る人間は周囲に大勢いる。心配なのは勘定組頭の土山宗次郎孝之だ。松本自身とは違い派手な性格で、廓には馴染みの遊女も数名いる。朝方、土山には我らが用務で遅れることもあるので、定刻には会を始めているようにと申し渡しておいた。


廓に近い寺からは七つの刻を知らせる鐘が撞かれている。宗次郎は空席になっている上段を細い目で眺めて誰にともなくぼやく。

「お偉方は遅いな、それに大関もな。申《さる》の刻（午後四時）にもなるのに現れない」

すると、向かいに座った新吉原妓楼大文字屋の遊女誰袖が窘めた。

「主《ぬし》さん、やめなんし。新五左《しんござ》（田舎侍）でもあるまいし、廓で申（去る）は言いなんすな」

「へえ、じゃあ申の刻を何という」

今度は、松葉屋の遊女三保崎が答える。

「ほんにどうしんしょう、昼過ぎ七つとでも。わちきもエテの刻なんてげびすけなんす」

誰袖が不安そうに言う。

「この一月のけったいな妖星も坤《ひつじさる》でありんした」

「そうだったな、まあ、どうでもいいや、ではそろそろ始めるとしようか。そのうちに現われるだろう」

何故か元気のない東作に向いて宗次郎が痺れを切らして言った。部屋の中が妙に沈んだ空気で覆われているので座が持たない状態なのだ。

本日の宴会当番となっている狂歌会の一同は一旦準備のため席を離れている。また、各自に付いていた供の者たちは既に階下の控室に退いていた。上座の一席が未だ空席で、入口側には上から土山、その下座には狂歌会の平秩、太田、朱楽、工藤が座ることになっている。向かい側の席には、大文字屋の花魁《おいらん》誰袖、その次に松葉屋の花魁三保崎《みほさき》、三浦屋の芸者二人、太鼓持ちなどが所在なく座っている。特別招待客も空席のままだ。

「では東作さん、元気よく参りましょう」

催促するための強い言葉を痩せた東作に再度投げかけた。

その時までうなだれていたその東作が、突然剃髪した頭を上げて述べる。

「本日の宴会には特別招待客として、大相撲の千秋楽を打ち上げて間もない谷風関にご出席を戴く予定でありました……隠密にね。しかし、実に残念なことですが、大関は来られないとのことです。体調があまり良くないらしい。皆さんにご報告が遅れて申し訳ありませんが、つい先ほど付き人からの伝言が届きました。また、大関からの話がありましてね、〝相撲は神に奉納する神聖な競技なので、力士は心身の状態を清浄に保つよう日常の精進が必要なのだ〟とね」

上席から見ると、向かい正面壁際には緋毛氈を敷いたところに六曲一隻の金屏風が立てられ、その前には大きな五葉松の盆栽が猫脚の机に置かれている。その前方左右の鴨居には注連縄が渡され、中央に紙垂が垂れているので、その内部は神域の様相をかもし出す。

東作は思う。

谷風関の為に、神域処の前に大きな座布団を置いて座ってもらうように取り計らっていたが残念な事態となった。しかし考えてみると、大きな谷風関を遊郭に招くことなど始めから無理な話でもあったのだと。この際気分を変えて座を陽に反転させるしかあるまい、そう反省もした。

ところで、谷風関は今は大関だが、寛政元年（一七八九）十一月には、小野川と共に吉田司家から横綱の免許を授与されることになる。この大関は六尺（約一九〇センチ）近い身長で、体重は四十六貫弱（約一七〇キロ）のあんこ型力士である。少し猪首ではあるが、顔は大きく眉も太い。瞼が厚く顎は左右に張っている。しかし、西大関谷風の三月場所の成績は六勝無敗二預二休（優勝相当・十六）であった。本割（取組）の後半は、流行り風邪にかかっていて本調子ではなかったのだ。人は後年、この流行り風邪を〝谷風〟と呼んだ。

狂歌師の朱楽管江は、この時のことを次のように書き残している。

世の中しはぶきやみいたうはやりけるにその比世にならびなきすまひに谷風梶之助といふあり

この比の風つよければとてみな人谷風といひければ　あけら管江

水ばなのたれかはせきをせかざらん　関はもとよりつよき谷風（『萬載狂歌集』）

座敷の入口からは狂歌会の四人が烏帽子、狩衣、指貫（袴）姿で扇や鈴をもって入場する。いったん横に並んで、神前に一礼してから上座を向いて着座する。気分を転換してこれに合流した平秩東作が皆に一礼して口上を述べる。

「これよりこなたの狂歌方が廓三番を仕るー」

能楽の〝翁〟では、千歳《せんざい》の舞、翁の舞に次いで行われる老人の舞だ。普通は狂言方が行うが、今回は式三番の三番叟を廓で狂歌連が行うという趣向のようだ。囃子方は能楽者に依頼しているらしい。後ろに座った笛、小鼓、太鼓の囃子に合わせて、シテ（主役）となった直面（素顔）の工藤平助が中央に出て、勇壮で軽快な「揉みの段」を舞うと、そのツレ（助演者）も朗々と交互に唱和する。

とうどうたらりたらりら　たらりあがりららりどう

ちりやたらりたらりら　たらりあがりららりどう

所千代まであはしませ

我等も千秋さむらはふ

鶴と亀との齢にて

幸心に任せたり

とうどうたらりたらりらたらりら

ちりやたらりたらりら　たらりあがりららりどう
鳴るは滝の水　鳴るは滝の水日は照る
絶えずとうたり　ありうどうどうどう
絶えずとうたり　常にたうたり
君の千年を経んことも　天津とめの羽衣よ
鳴るは滝乃水日は照るとも
天下泰平国土安穏　今日の御祈祷なり
ありはららや　なじょの　翁ども
千秋萬歳の　悦びの舞なれば
一舞まはふ　萬歳楽《まんざいらく》　萬歳楽　萬歳楽

一同が唱和する中で、中央の平助が掛け声を掛けて、勇壮な足拍子を踏む。

エイ　オウ　ヨウ・・・・ドン　ドン　ドン・・・

笛、小鼓、太鼓、が神前に鳴り響く。平助は「勇敢な日本」への願いを籠めて、もう一度力強くドンと大地を踏み締める。このとき、土山宗次郎が急に席を立って中央に踊り出てきた。体格の大きな宗次郎は細い目を大きく開き、谷風に成り代わったようにつま先立ちになって腰を浮かし、膝を開いて蹲踞の姿勢を整えた。その目は宙を睨み。両手を前に下げて一礼し、ポン、ポンと大きく響く柏手を打つ。次いで、手の平を上にして天地を支えるように大きく左右に腕を広げた。鳳凰の羽のようだ。天下泰平、五穀豊穣　安穏長寿の願いを込めているのであろう。

城内の芙蓉の間では、いつの間にか勘定奉行の松本伊豆守秀持の頭がこくりこくりと船を漕いでいた。先程までは下城前の高官数名が同席していたが、今は一人となっていた。既に申の刻を過ぎている。このとき、外の廊下を数名の人物が走っているような気配がしたが、座って壁に寄り掛かり、すっかり寝込んでいる十郎兵衛秀持は全く気付かない。多忙な勘定奉行の役務をこなしながら、天明二年からは田安家家老も兼ねているので仕事が大変なのだ。疲れが出ているのであろう。

しばらくしてまた廊下を行き交う人の動きが多くなったが、ぐっすり眠っていたので秀持には分からない。

白河夜船に乗って時は移ってゆく。

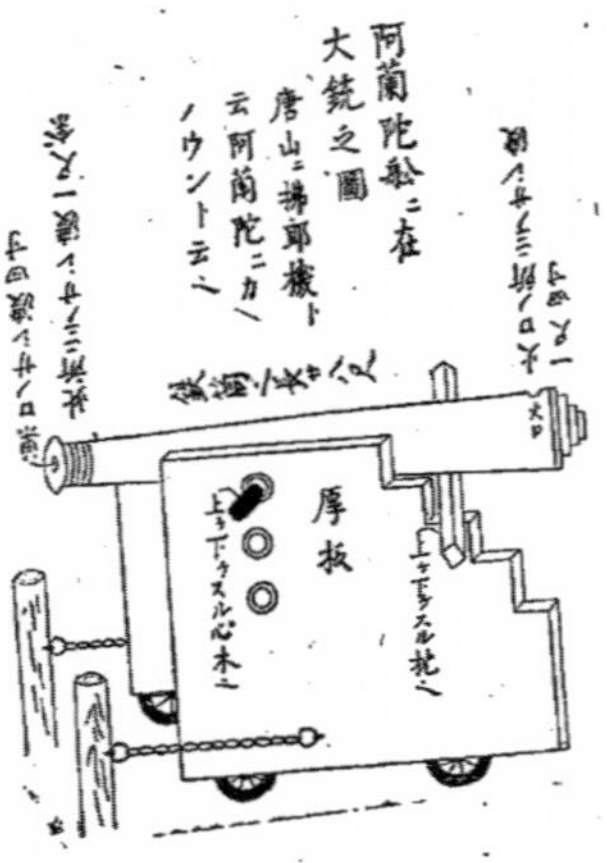

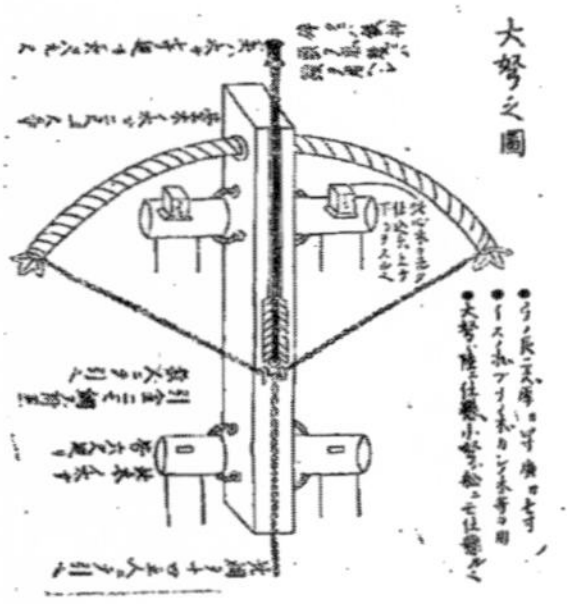

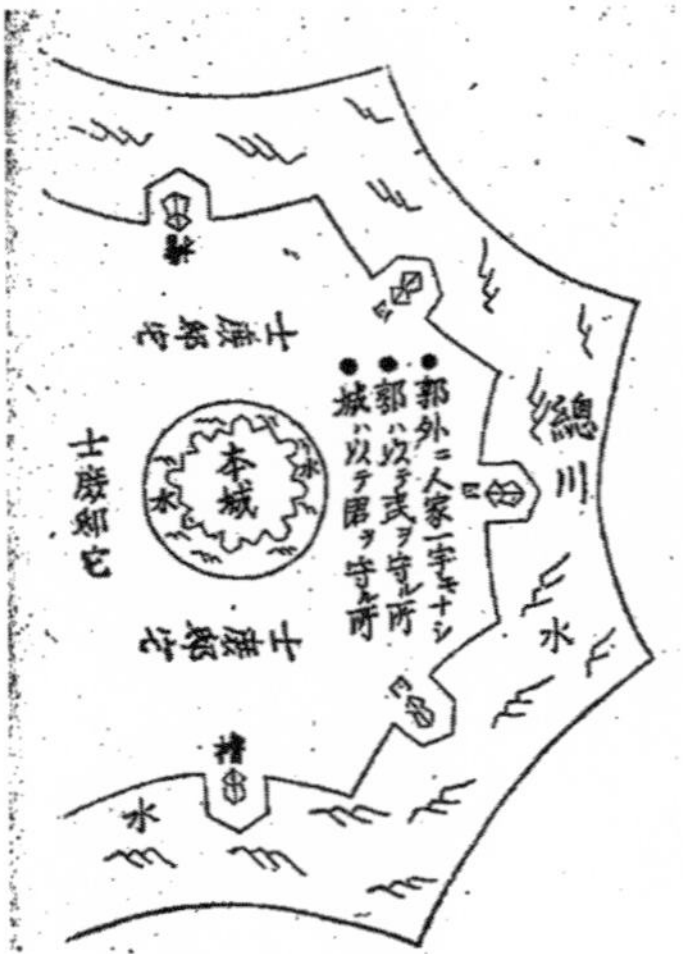

図 25 『海国兵談』挿絵（校訂：村岡典嗣／1939 年・岩波文庫より）

（二五）

『海国兵談』

天明四年〜六年（一七八四〜八六）

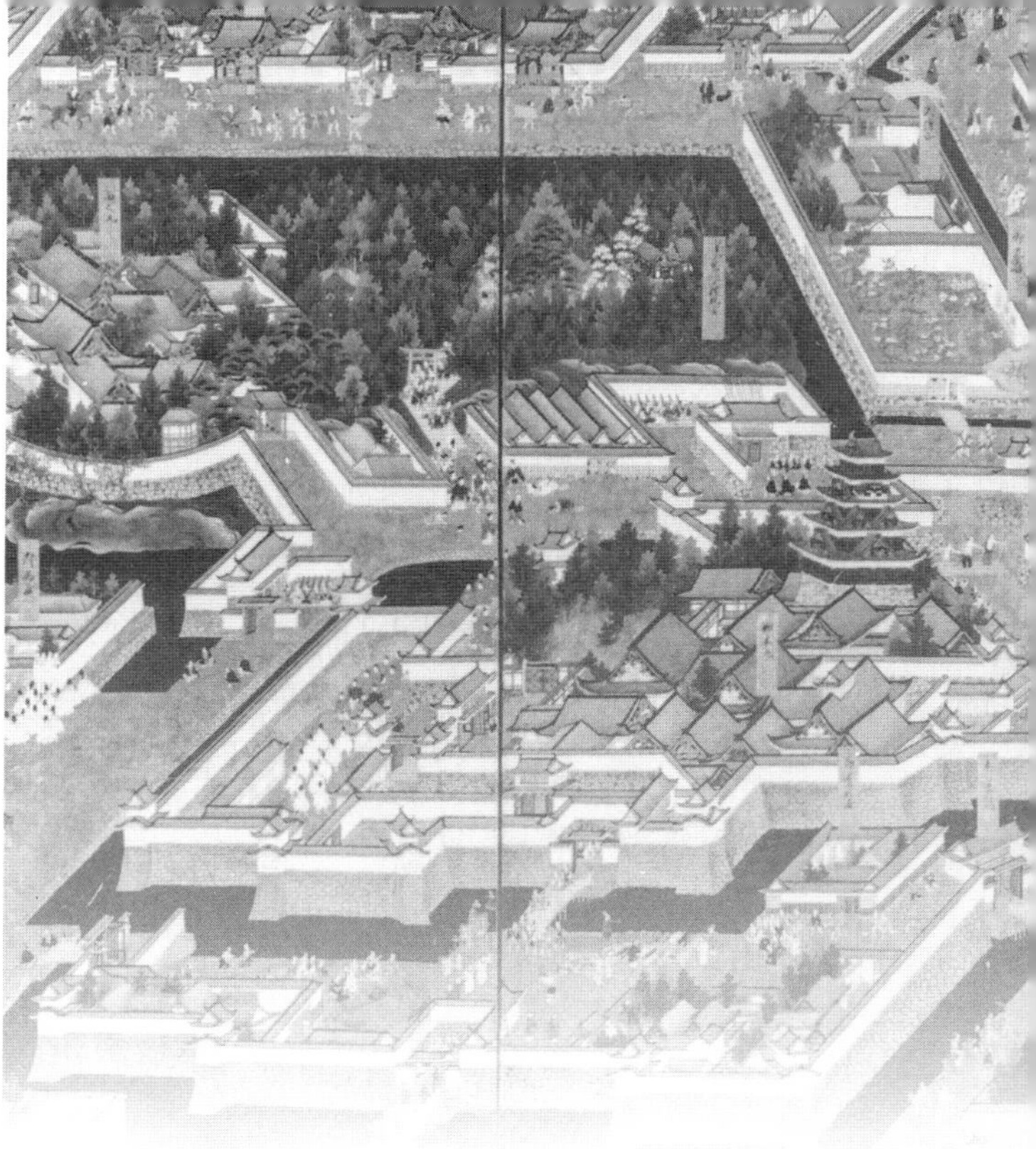

登場人物

松本秀持（十郎兵衛）　五十四歳　勘定奉行

志　麻　不　詳　松本秀持夫人

古坂孟雅　四十七歳　伊賀者（御庭番）

工藤平助　五十五歳　仙台藩医・経世家

林　子平　五十一歳　仙台藩医・経世家

屋敷内の木々は全体に新緑の芽を吹き出していて瑞々しい。朝一番の散歩は体を鍛えるために欠かせないので、早起きして誰もいない庭を黙々と往復して歩く。神田橋近くの役宅は、ウナギの寝床のように細長いがかなり広く、ざっと千五百坪位はあるだろう。

十郎兵衛は、この頃やや肥満体となってきているので、江戸詰仙台藩医工藤平助に勧められている朝の歩行を励行している。時々腰を下ろして休みながらである。

三月末のあの大事件の折に、芙蓉の間で急に立ち上がったため、瞬間的に腰を痛めてしまい、いまだ完治していないのだ。今朝は腰痛がことのほか強いので、秀持がよく休憩する平たい石に腰掛けていると、一羽の小鳥が目の前に下りてきて、緑色の小さな体を忙しく動かしている。鶯ではないようだが、若鳥だ。——すると、五年前の奉行就任の頃が思い出された。

松本十郎兵衛秀持が、十代将軍家治より勘定組頭から勘定奉行に任命されたのが安永八年（一七七九）の四月で、四十九歳であった。無論、田沼老中の推薦があってのことだ。その年の春三月には、伊豆大島の三原山が大噴火し、江戸中にその爆発音が鳴り響いたので記憶にある。任命の当日、家治からこの三原山大噴火の影響と、関東郡代普請役について細かく聴聞されたことを覚えている。また、同年の十二月には従五位下伊豆守に叙任された年でもある。

松本家は従来から御徒天守番の家系であって、この人事は誠に珍しい。父親も富士見宝蔵番までは進んでいるがそれが限度であった。奉行になるのは大抜擢の話だ。

宝暦十年（一七六〇）、家治が十代将軍を継承してから、隠居した家重の遺志もあって、田沼意次が側用人、老中と地位を進めた。田沼は、先輩の松平武元が安永八年に六十七歳で死去して幕閣から去ると実権を握り、自身の重商主義政策を自由に行うことができている。人々からは、田沼の賄賂政治など と悪口を言われたが、積極的に経済政策を進めていった。印旛沼、手賀沼干拓もその一つだ。為政者には、いつの時代でも世論は厳しい。

最高指導者の将軍家治は、この頃から政治意欲を失い、今は趣味の世界に没入して、すべてを意次に任せるようになっていた。老中の意次は、従来の家格にはとらわれず、仕事ができる人間を登用した。勘定組頭としての秀持の人物や、訴訟実務の手腕を認めて、重要な役割を持つ勘定奉行に取り立てたのである。

秀持は、庭の散策を終えて、簡単な朝食を摂り、いつものように登城する。槍持、草履取、鋏箱持、長柄傘持、駕籠舁き、押《おさえ》（足軽）など二十人程度の共侍が既に待機している。

秀持は、熨斗目服紗の上に麻裃を着し、籠に乗るために、今日は殊の外膝を使って腰をかばいつつゆっくりと籠の中へもぐりこんだ。下馬札前で乗物から降りるときは手を引いてもらいながら降りた。侍二名、草履取一人、鋏箱持一人が付いて入城した。

本日（五月二十三日）の閣議では、秀持が提出している北方問題に関する重要な案件が決済される筈だ。しかし城中では、この三月の終りに、田沼老中に関連する大変な出来事が起こっている。

天明四年（一七八四）三月二十四日の申の刻（午後四時）、江戸城内で刃傷事件が発生したのだ。桔梗の間において、新番士佐野善左衛門政言による若年寄田沼意知襲撃事件だ。佐野の脇差によって意知は肩に切り傷、大腿部に刺し傷を受けた。佐野にとっては命と家名を賭けた城内での襲撃だが、襲撃者の意図、あるいは目的については大きな疑問が残っている。襲撃の理由が、常識的に考えると全く不可解であるからだ。

犯行の当日、勘定奉行の秀持は、その日行われる筈であった意知の若年寄就任祝賀会に同行するべく、意知下城の際、奥祐筆に声掛けを依頼していたが、その奥祐筆によって事件を知らされたのだ。祐筆が突然部屋に入ってきて肩を叩かれ、びっくりして急に起き上がった際、ギクッと腰を痛めてしまった。しかし、そのお陰で当日は彼の誘導によって、ぎこちなく足を引きながらも無事退散し、この事件とは何の関わりもなく過ごしていられる。居眠りが身を救ったのだろう。そして、この原因不明の襲撃事件では、その後、当時現場近くにいた連中は、佐野政言との関連について、全員が大目付からの詳しい事情聴取を受けていた。単独犯行かどうか、誰が制止に入ったのか、または傍観していたのかなどの調査である。

この事件があってから一週間後、意知は刺された下肢からの出血多量などが原因で亡くなり、これは殺人事件となった。

人の噂話では、田沼家が佐野家の家系を勝手に使ったとか、幕府の米価騒動や重商業主義など悪政への義挙であるなどと囁かれていた。諸物価高騰で困っていた民衆の中には、この事件を天罰ととらえて、襲撃者佐野家を佐野大明神としてお参りするという輩も居る。しかし、被害者が実力者田沼老中の嫡子であることもあって、老中協議の結果、犯人の佐野番士は狂気による無意識の行動からの刃傷事件とされて、切腹という裁定が下されていた。佐野の行動は、その場では明らかに意知を狙ったと思われる犯行に見えた。しかし、それを私情の争いと判定されれば、喧嘩両成敗の掟がある以上、佐野は死罪、両家はお取り潰しとなってしまうのだ。

原因不明襲撃事件の後始末が事実上収まったので、五月十六日に提出していた、勘定奉行松本秀持の上申書「赤蝦夷之儀に付申上候書付」は、同月二十三日に幕閣での公式議案となって上程された。この上申書には、勘定組頭土山宗十郎が行った平秩東作、新井庄十郎による松前藩探索の報告書も付属書類となっている。この閣議において、古参老中は田沼意次ただ一人であり、久世広明は四年目、井伊直幸、牧野貞長は本年入閣したばかりの新参閣僚であったので、田沼の主導力が働いて問題なく採決されたのだ。

田沼老中のこの革命的な北方政策について、日本領土の北辺防衛のためという大命題に踏み込むだけでなかったようだ。老中は、意知という期待を掛けていた後継ぎを失った精神的打撃を補うための反動と、自身の晩年の功名心や地位の安定などの思惑が合わさって、本件審査を前に推し進めたものと思っていた。が、どうもそれだけではないようだ。

秀持は、最近、田沼自身が何かに憑かれたように動かされていることを感じている。何故か——。彼の行動には動物的な防衛本能を感じる。何か分からない身の危険を察知しているような気配がある。すべてが見えない敵を意識した行動に見える。しかし、よく考えるとこれは全く他人事ではない。彼に信任されている部下としては一蓮托生の話だ。秀持自身も、近頃、この北方政策問題と意知襲撃事件との関連性を真剣に考えている。正直言えば、自分も狙われているかもしれないという不安な気分のだ。それを自覚しつつある秀持は、追いかけるように具体的な行動計画・財政処置・調査員構成・輸送手段などを詳細に記した「蝦夷地見分計画書」を幕府に提出した。

幸い十月中旬には財政出動を伴うこの原案もすんなりと決済となった。機敏な行動をとること、それが迫りつつある身の危険を避けるための最適な方法だと確信している秀持のこうした素早い機敏な行動で拍車がかかり、この事案は、天明五年の春には、いよいよ蝦夷地調査の一行が編成されることとなった。

蝦夷地問題上申が一区切り着いて、十郎兵衛秀持は意知襲撃事件の真相に迫る機会がきたと思った。そこで、松本家の家系に少々繋がりのある古坂勝次郎孟雅《たかまさ》へ使いを送り、両者の連絡に使っている某寺院で密かに面談した。勝次郎の父包高《かねたか》（通称は辨蔵）とも昔から懇意な仲だったが、実は彼らは御広敷の伊賀者である。元文年間の頃からこの役を続けているが、幸いなことには、この父子が二代にわたり、九代将軍家重の愛妾お遊の方（徳川万次郎重好の母）の用人でもあったので、城内で起こるかなり重要な情報を収集できる立場に居る。体の大柄な勝次郎は大きな口を窄めて小声で言う。

「十郎兵衛様、親父からは〝危険信号〟が出ているのでお気を付けて下さいとの伝言です。まあ、こちらも、何かあれば、またお知らせしますが」

「分かっている有難う。よろしくな」

勝次郎が父の辨蔵から聞いている話を纏めると、次項のような事実に要約される。

一、今から約四十年前の延享四年八月十五日に、同じような事件が発生していた。旗本寄合板倉勝該による肥後細川藩主細川宗孝への城中刃傷事件である。

二、襲撃者は、目標とする者の着衣・裃の紋所を見間違えて別人を殺傷してしまったらしい。当時は「九曜紋の災難」といわれていた。

三、その真相は不明のまま襲撃者を狂気のための行為として、穏便な措置の裁定を行い、事を納めた。しかし、何か陰の力が働いて細川藩を潰しにかかった疑いも残っている。
四、事件前に奇妙な形をした妖星が天空に現れている。
五、妖星出現を預言した渡り巫女を含む厄除け祈祷団を対馬島の妙見様聖地に派遣した。
秀持は、勝次郎と別れて神田橋の役宅に戻り、夫人の志麻が点ててくれた茶を喫している。志麻夫人は心配そうな顔をして言う。

「腰痛があるようですが、いまだ手当はしていませんね。それに、近頃何か難しい顔をされていますが、大丈夫ですか……」

「いや、心配ない。今日は工藤平助先生に往診を頼んでいるから。今は少し考え事をしているのでね」

志麻が、そうですかと言って後ろ向きになって部屋を出る姿に気付いたのだが、その着衣の背中にある松本家の家紋が目に付いた。丸に右三階松（右側に寄った三階松）の珍しい家紋だ。秀持はこのとき、はっとして気付いた事がある。田沼家の七曜紋（中心の丸を同大六個の丸が囲む）。これは七面大明神にあやかる紋だということを意次殿から聞いている。意次殿と意知殿は同じ紋所であった。そこで辨蔵からの話が蘇る。この事件も九曜紋誤認殺傷事件と同じではないのか。

九曜紋と七曜紋の類似性もあるが、いずれにしろ襲撃犯人の佐野は、咄嗟の事で同じ紋所の両者を誤認したことが考えられる。本来は老中田沼意次殿の襲撃が目的であったのだ。

歴史は繰り返すというが、以前の「九曜紋の災難」と同じ誤りとなる「七曜紋の災難」が演じられたのだ。開明家の意知殿が狙われたとするのは少し考えすぎで、本命は田沼家当主を襲って、喧嘩両成敗のお家取り潰しを裁定させるのが狙いであった。要するに田沼潰しの道具に使われたのだ。

――成程、この方がすっきりして分かりやすいかも知れない。

では、佐野は一体誰の操りによってこの騒動を引き起こしたのか、という問題が次の課題となってくる。しかし、これはそう簡単に解ける謎ではないだろう。そう考えたとき、家の小者が部屋に来て来客を告げた。晩功堂の先生であろう。

工藤平助は、五十歳ばかりの目玉の大きな小男を連れて来ていた。

「仙台藩医部屋住みの林子平です」

そう名乗った男は、挨拶もそこそこで自身が書いたという『三国通覧図説』を取り出して説明を始めた。

「本書は昨年の秋に書き上げましたものです。本邦を中心にした朝鮮、琉球、蝦夷の地理を示しています。とりわけて蝦夷については――」

そこで平助は慌ててその説明を遮り、子供を諭すように言う。

「子平さん、ちょっと待ってくれないか、わしはお奉行様の診察に来ているのでね。先ずは診療を先に済ませなければならないよ」

子平は成程という顔をして素直に応じた。別室で工藤は、十郎兵衛を丁寧に診察し、患部には粘土に何か芳香のする植物の葉を刻み練り込んだ湿布薬を綿布に厚く塗り、それを温めて患部に施した。更にその上から晒の腹帯を腰部全体に巻いた。この湿布剤と、痛みを和らげるための飲み薬を渡し、よく澄んだ声で告げる。

「背骨や下肢の骨部には全く問題ないのでよかったです。痛む場所をよく温めて下さい。まあ時が経てば自然に治りますよ」

夫人もそれを聞いて安心しているようだ。

この後で、秀持と平助は、子平の『三国図説』の講釈をたっぷり聞くことになった。子平の説明によると、海に囲まれている日本列島は、周辺国は勿論、航海に長けた文明国に対しても、ぼんやりと対応している暇はないというのだ。海防という重要な対策を全国民がよく理解し、一歩一歩各自が出来る防備から実行していくことが求められている。強力な国造りが重要なのだ。そうでなければ、国はいつの日か被支配国に成り下がる。無論、信頼できる同盟可能な周辺国とも協力していかなければならない。

聞いている二人も、この問題については既によき理解者ではあったが、子平はここで、

「『通覧図説』には、皆さん御存じの桂川甫周先生の序文を頂いています。実はですね、図説書の方は次の書の先駆書でしてね、別に海国防備に備える一書があります。えー、もうほぼ完成していまして……」

子平が横を向いて傍らの風呂敷を解き始めたが、それを平助の手が止めた。子平の用意している一書というのは、水戦、陸戦から始まる用兵・武備などの詳細な軍事作戦書『海国兵談』らしい。平助はその序文を彼から依頼されているのだ。未完書のそれを、幕府の高官に見てもらうというのはいくらなんでも時期尚早ではないか。

「子平さん、それはまたの機会にしてくれませんかな。お奉行はいま御病人なんでね」

子平は気が抜けたような顔で振り返り、しぶしぶとこれに応じた。だが、秀持は、面長な顔に付い

た大きな目を優しく子平に向けた。

「私なら構いませんよ、林殿。腰が痛む位ではまだへこたれませんから。ところで、こちらから少々尋ねたいことがあるが、よろしいかな。『通覧図説』付録図に記載されている本邦の南北、朝鮮国付近の島嶼図は、どのような根拠で描かれているのだろうか」

秀持は、工藤平助の『赤蝦夷風説考』下巻の情報については、元松前藩士からの提供であったことを本人から聞いているが、子平の図面については、少し出所が気になっているらしい。

子平は額の横皺を撫でながら答える。

「『図説』の題初に記しておきましたが、本邦輿地図は水府の赤水氏（長久保赤水）が描いた全図を参照しました。えー、朝鮮国は崎陽（長崎）の人、楢林氏の秘蔵されている図面です。吉雄耕牛先生のお世話でお借りしました。また、琉球はですね、『中山伝信録』からです。蝦夷付近につきましては、正直な話、確証できる資料はありません。自身で松前までは行ってみましたが……。しかし、実際には白石氏の『蝦夷誌』、淘金家《とうきんか》や海舟人の記した文書などを参考にしたものです」

秀持は二、三度頷いて言う。

「有難う。よく調べていることは分かった。ただ注意するべきことは、本邦周辺の島嶼の記載については ね、他国との領有権が絡んでくるので、悶着の種にならないよう細心の注意が必要なんだよ」

子平は手拭いで首の汗を拭く。

「はい、そうですね。これからは無人島など不明な島は載せないようにします」

秀持は頷いて言う。

「この度は工藤先生の『風説考』のお陰でね、蝦夷地に調査団を派遣することとなった。田沼様も大変期待しておられるのでね。林殿、蝦夷風俗図は大変よく描けているね。なるほど、挿絵の効果は大いにある。一見して風俗が理解出来る。文章だけではいくら内容が重要な事柄でも、人はどうしても飽きてしまう。では、これらの書はがんばって是非完成させて下さいな。さて、もう一点注意したいことがある。――これは、私からお二人への最後の助言になるかもしれないがね」

秀持はそう言って一口白湯を呑んだ。平助と子平は急に居住まいを正した。

「既に承知のことと思うが、若年寄の意知殿が不慮の災いによって命を奪われた。就任祝賀会の当日に。この事件は客観的に見て、単なる個人の私怨によるものではないだろう。また、裁定のように狂人の刃物を受けたためでもないと思う。実は、何者かに仕組まれた、老中田沼家を没落させるための傷害事件であろうと考えている。恐らく喧嘩両成敗の掟を狙ったものだろう。結果的には、同紋を付けていた御子息殺人事件となったがね。老中田沼様の現在推進している政策によってだね、不利益を受ける立場の人間、あるいは国かもしれないが、この世界のどこかに存在する筈だと私は推測している。仕事を金で請け負う人間は世の中にいくらでもいる。では、田沼様を失脚させると、誰が利益を得るのか……。それが問題なのだが、今のところ全く分からない」

秀持は聞き手の様子を見たが、特に反応はない。二人ともぽかんとしている呑気な顔だ。

「さて、お二人への助言だ。……つまり、田沼失脚を試みている謎の個人か集団が、どこかに居るということは、その手助けをしている人間にも累が及ぶということだよ。間接的関連者にもね」

秀持は、分かったかなというように言葉を切った。聞き手の二人は、初めて自分と事件との関連性に気付いただろう。

「この度、田沼様は蝦夷の開発を手掛けている。私自身は、当然その指図で動いているので、敵対者の標的となっているだろう。そして、その手助けになる調査や文献などを提供する人物の中には、既にお二人とも入っていると思わなければならないだろう。言葉は悪いが同じ穴の貉だとね。そういう事でね、各自身辺の安全には十分注意を払ってほしいのだよ」

秀持は更に分かり易く解説したが、何故か平助はへらへらと笑っている。仙台藩の人間には、この程度は平ちゃらなことで、弱虫平助ではないと思っているからだ。一方で子平は、大きな目玉を剝いて宙を見つめている。何か考え込んでいる顔付だ。

「お奉行さま、我々は、そんな連中から注目されるほど重要な人物にはなっていませんので、御安心下さい。大丈夫です。むしろ、御身辺の警護をお願いしますよ」

平助は問題をごく単純に考えているのだ。子平はここで顔を紅潮させながら突然発言した。

「私は頑張ります。長崎で耕牛先生に励まされてきました。先生はですね、私をよく理解してくれていましてね。お前さんは今の日本の状態、国のあり方、対外防衛の必要性などをよく理解してはいるが、残念ながら独りよがりのところがある。国の為になるには、それを書物に書いて多くの人びとの目に開示し、啓蒙する必要がある。それを生涯を賭ける仕事としなさい、と。私も、今この年で、生涯を賭けた仕事がある。お互いに〝ホルチス ヤマト〟で頑張ろう。そう言ってくれました」

秀持は、この二人は仙台藩の医師ではあるが、経世家でもある。なかなか骨が太いと思った。

「なるほど、長崎の大先生はよく人物を見ているね。ところで、先生はお幾つになっているのかな。

いまだ生涯を賭けた仕事を成されているとの話だが」

「えーと、六十二歳です。何故なら先生には、このたび側室（正夫人は故人）に御子息の男子が生まれましてね。命名を六二郎（後年の吉雄権之助）と名付けたからです」

子平の言葉に秀持は驚きを覚え、腰を伸ばした。

「へー、恐れ入った次第だな。子孫繁栄の強い生命力の持ち主だ。まさか、それを生涯の仕事としているのではないだろうが。こちらには五十代で腰痛などと言っている人間もいる。誠に恥ずかしい限りだ」

平助は慰めるように言う。

「耕牛先生は蘭和辞書を作成しているらしいです。留学中の同じ仙台藩医仲間の大槻玄沢が知らせてきました」

そこで三名は、平助が持参した無名の酒を酌み交わす。

「仙台の親戚が酒蔵をやっていましてね。この酒はまだ命名されていなかったので〝萬代楽《バンダイラク》〟と名付けました。先日の祝会にも持参しましたので、厄払いにですね、少し辛口ですが。――あのね、子平さん、安心してくれ、『海国兵談』の序文は喜んで書かせてもらうよ」

子平はそれを聞いてすっと立ち上がり大声で叫んだ。

「『五図四説（三国通覧図説）』、『海国兵談』ともに成る。〝ホルチス ヤマト〟万歳――」

【註1】『三国通覧図説』
天明丙午夏　須原屋市兵衛梓　有之
写　十二歳　明治弐六年　田中茂松　印　東都書林
三国通覧図説序　天明丙午之夏　東都侍御醫　桂川甫周国惴
題初　仙臺　林子平述
朝鮮八道　国図ハ別ニ一枚ニ作テ此巻ニ付
琉球三省三十六島　国図ハ別三枚ニ作テ此巻ニ附
蝦夷　国図ハ別ニ一枚作テ此巻ニ附
無人島　地図ハ一枚ニ作テ此巻ニ付
右総計五図四説
天明五年乙巳秋　仙臺　林子平図幷説
〈付図〉「三国通覧輿地路程全図」（縦七六・五cm、横五三・五cm）
「朝鮮全図」（縦七六・五cm、横五三・五cm）
「琉球全図」（縦七六・五cm、横五三・五cm）
「蝦夷国全図」（縦九七・〇cm、横五三・五cm）
「無人島之図」（縦六六・四cm、横二六・六cm）

図 26-1　著者蔵『三国通覧図説』挿絵
※明治 26 年東都書林版掲載の田中茂松（12 歳）による模写図

此女夷ハ工品ノ姿也
女ハ皆面ニ草花或ハ破格子ナトヲ黥ニスル
薄ノ黵シテ青色ニ
スルナリ
此衣服ノ織物
モ自国ノ物ニアラズ。
皆日本。唐山等ノ織物也
帯ハヒフコキニテ前ニテ結ブ也。下
品ハ藤縄等ヲ用

図 26−2

【註2】『海国兵談』

海国兵談序

天明丙午夏五月念六仙臺工藤球卿撰　印

海国兵談自序

天明六年丙午夏仙臺林子平自序

海国兵談目録

（『海国兵談』の挿図は418頁に掲載）

参考文献

『古銭と紙幣　収集と鑑賞』矢部倉吉／金園社／一九七三年一月
『長崎偉人伝　吉雄耕牛』原口茂樹／長崎文献社／二〇一七年十一月
『病気の社会史　文明に探る病因』立川昭二／日本放送出版協会／一九七一年十二月
『オランダ語基本単語２０００』川端喜美子／語研／一九九六年四月
『江戸時代の洋学者たち』緒方富雄（編）／新人物往来社／一九七二年九月
『阿蘭陀商館物語』宮永孝／筑摩書房／一九八六年十二月
『崎陽群談』中田易直・中村質（校訂）／近藤出版社／一九七四年十二月
『江戸東京年表（増補版）』大濱徹也・吉原健一郎（編）／小学館／二〇〇二年十二月
『長崎年表』金井俊行／以文会社／一八八八年九月
『完本 大江戸料理帖』福田浩・松藤庄平（共著）／新潮社／二〇〇六年三月

◆

『新長崎年表（上）』満井録郎・土井進一郎（共著）／長崎文献社／一九七四年五月
『新長崎年表（下）』嘉村国男／長崎文献社／一九七六年六月
『蘭学の祖 今村英生』今村明恒／朝日新聞社／一九四二年五月
「歴史読本」一九九一年一月増刊号（特別編集号）／新人物往来社
『嘉永・慶應　新・江戸切絵図』鈴木理生（監修）／人文社／二〇一〇年九月
『江戸切絵図（１）』浜田義一郎（編）／東京堂出版／一九七四年二月
『再現江戸時代料理』松下幸子・榎本伊太郎（編）／小学館／一九九三年三月
『諏訪御神事奉納踊（第拾弐輯）』〈編集発行人〉山下誠／〈発行〉呂紅・博英社

『復元 江戸生活図鑑』笹間良彦／柏書房／一九九五年三月
『長崎出島の食文化』藪内健次（監修）／親和銀行／一九九三年三月

◆

『阿蘭陀宿長崎屋の史料研究』片桐一男／雄松堂出版／二〇〇七年十一月
『日蘭辞典』ファン・デ・スタット／南洋協会／一九三四年十二月
『復元 江戸時代の長崎』布袋厚（編著）／長崎文献社／二〇〇九年八月
『寛政重修諸家譜』堀田正敦他（共編）／栄進舎出版部／一九一八年六月
『読める年表〈決定版〉』川崎庸之等（総監修）／自由国民社／一九九〇年十月
『長崎版画・享和二年肥州長崎図』（享和二年・文錦堂版「肥前長崎図」）／長崎文献社／二〇一七年

◆

『赤蝦夷風説考』工藤平助著・井上隆明訳／教育社／一九七九年九月
『海国兵談』林子平述・村岡典嗣校訂／岩波書店／一九四二年五月
『三国通覧図説』林子平述（須原屋市兵衛上梓・天明五年）／東都書林／一八九三年（田中茂松 写）
『平賀源内と中島利兵衛』中島秀亀智／さきたま出版会／一九八一年九月
『平賀源内 江戸の夢』稲垣武／新潮社／一九八九八月
『吉雄耕牛』原口茂樹／長崎文献社／二〇一七年十一月
『古今夷曲集・満載狂歌集・徳和歌満載集』有朋堂書店／一九一五年六月
『日本医学の夜明け』国公立所蔵史料刊行会（編）／一九七八年六月

Therefore, this time, we will develop a story centered on events that are thought to have further advanced Dutch studies in the Bakuhan system from the middle to the latter half of the Edo period.

The following is a brief summary of this second volume.

(1) I wrote about the contribution of Nagasaki Dutch interpreter, Kosaku Yoshio, who appeared in the first volume to the development of Dutch studies and medicine.

(2) The work of Aoki Konyō, who is called Mr. Kanshyo, and the movement of the famous inventor, Hiraga Gennai, are also depicted.

(3) Then, he introduces the concept of a major state of "Brave Japan (Holtis Yamato)" and the activities of people who inherit it.

(4) He described the Joseon Tongsinsa, the Ryukyu envoy, and the director of the Netherlands, Edo Sanfu.

(5) He also mentioned the rise of Qin Wang's thought and the early melting phenomenon of the Edo Shogunate.

Most of the main characters appearing in this story are real people, but from the author's point of view, they often differ from the contents of existing history books.

Summary

The summary of『Fortis YAMATO*』

(*YAMATO is a old Japan name. Its named a translation version of the "KOUMOU TENNCHI NIZU ZEISETU" by Kenshin KITAJIMA.)

Toshiro Kumaki

In the middle of the Edo period in Japan, Yoshimune Tokugawa, the eighth general, relaxed the ban on importing orchids. The reason is that in order to innovate the shogunate administration so that the social life of the people can be carried out safely and happily, knowledge of calendar science, astronomy, geography, etc., medicine, pharmacy, botany about the treatment of epidemics, This is because I recognized that Western knowledge of the natural sciences was indispensable. Initially, both Aoki Konyō and Noro Genjo were nominated for the translation of Dutch books, and they are trying to learn Dutch and translate it.

In the first volume, he wrote the story "Manyo no Uchimari" about the revival of the polo competition in the Manyo era, which was the catalyst for easing the import of orchids. In it, he described the samurai, merchants, interpreters, doctors, scholars and related Dutch who were active in the revival of ball games.

However, as the author, I was very interested in the activities of people who contributed to the development of civilization centered on Japanese Dutch studies, so this time, I will tell the story of the activities of related people along the history of the first volume and beyond. I decided to create it as the second volume.

■著者略歴

熊木敏郎（くまき としろう）
医学博士・熊木労働衛生コンサルタント事務所所長。
埼玉県出身。県立熊谷高校、日本医科大学卒業。東京大学医学部物療内科教室入局。
日本医科大学栄養学（第二生化学）教室・衛生学公衆衛生学教室非常勤講師、日本医科大学客員教授、社会保険葛飾健診センター所長、慈誠会記念病院院長、日本労働安全衛生コンサルタント会副会長などを歴任。

【主な著書】

『理容美容の作業と健康』（1985年・労働科学研究所出版部）
『突然死はなぜ起こる〈第4版〉』（2008年・日本プランニングセンター）
『今も活きる大正健康法〈物療篇〉』（2015年・雄山閣）
『今も活きる大正健康法〈食養篇〉』（2015年・雄山閣）
『万葉の打毬』江戸〈洋学〉異聞㈠（2020年・雄山閣）

2021年8月31日　初版発行　《検印省略》

江戸《えど》〈洋学《ようがく》〉異聞《いぶん》（二）ホルチス ヤマト

著　者　熊木敏郎
発行者　宮田哲男
発行所　株式会社 雄山閣
〒102-0071　東京都千代田区富士見2-6-9
ＴＥＬ　03-3262-3231／ＦＡＸ　03-3262-6938
ＵＲＬ　http://www.yuzankaku.co.jp
e-mail　info@yuzankaku.co.jp
振　替：00130-5-1685
印刷・製本　株式会社ティーケー出版印刷

ISBN978-4-639-02779-9 C0093
N.D.C.913　440p　19cm